Luca Wagner

Julie Gallagher -
Königing der verborgenen Insel

AF235873

LUCA WAGNER

JULIE GALLAGHER

KÖNIGIN DER VERBORGENEN INSEL

Band 1

Dieser Titel ist auch als E-Book erschienen

Vollständige Taschenbuchausgabe
Deutsche Erstausgabe

Copyright © Luca Wagner
Herstellung und Verlag: BoD – Books on Demand, Norderstedt
Korrektorat: Federstaub Lektorat, Julia Weimer
Umschlaggestaltung: Désirée Riechert, www.kiwibytesdesign.com
Illustratorin: Romy M. Archer
Satz: Ryvie Fux
Bildlizenzen: © Adobe Stock,
korkeng, 265917564
Toni, 127271927
Lukas Gojda, 314141146
daliu, 169740943

ISBN: 9783755708698

Für die in mir, die nicht an die Erfüllung ihres Traums glaubte.
Und für die in mir, die ihn trotzdem verfolgt hat.

PROLOG

Julie Dorothee Gallaghers Augen waren von einem dermaßen bezaubernden nebelartigen Azurblau, dass Wills sonst so zuverlässig ruhig schlagendes Herz für den Bruchteil einer Sekunde auszusetzen drohte und gar nicht erst daran dachte, ihn regelmäßig weiteratmen zu lassen. Aber das war er ja gewohnt. Er kannte dieses prickelnde Sekundenglück, das er nur in Julies Nähe verspürte.

„Was hast du?", fragte sie sanft und blickte kaum merklich zwischen Will und dem cremefarbenen Barhocker, den er ihr hatte zurechtrücken wollen, hin und her.

„Gar nichts", sagte er schnell und ließ sie Platz nehmen. „Chai Latte?"

Er brauchte die Antwort gar nicht abzuwarten, da Julie immer dasselbe trank, wenn sie sich, wie sie es beinahe jeden Samstag zu tun pflegten, im *Curious Cafe & Bistro* zum Frühstück trafen. Er kannte die filigran gemusterte Theke aus blau lackierten Holzdielen, die schmalen Regale dahinter, in denen akkurat Weingläser und Spirituosen Reih an Reih standen, und die kugelrunden Lampen, die alles in ein freundliches oranges Licht tauchten, mittlerweile auswendig. Dieses Frühstück war bloß eines der vielen Rituale, die er und Julie miteinander teilten. Jeden Donnerstagnachmittag rief er sie an, um ihr zu berichten, ob seine überaus kritische Lieblingsdozentin der University of Gloucestershire, an der er Geschichte und Politik studierte, ihn zur Schnecke gemacht oder ihn bis zum Himmel hoch gelobt hatte. Und dienstags holte er Julie abends vom Krankenhaus ab, wo sie ehrenamtlich bei der Betreuung und Seelsorge der Patienten half. Als Will selbst siebzehn Jahre alt gewesen war, hatte er bloß sein Footballtraining und Partys im Kopf gehabt, aber Julie war anders.

„Was sonst?" Lächelnd strich sie sich eine honigblonde Strähne hinter ihr Ohr.

„Und das Steak-Frühstück?" Neckend hob er eine Augenbraue, denn er wusste genau, dass sie sich seit drei Jahren vegetarisch ernährte.

Sie verdrehte bloß ihre wunderschönen Augen, die von langen, hellen Wimpern eingerahmt wurden, und bestellte Joghurt mit Früchten.

Einen Moment lang wurde Will wütend. Er wollte sie so unbedingt haben, dass es ihn rasend machte. Sie waren Freunde, jahrelang waren sie das gewesen, und es würde schwer sein, sie davon zu überzeugen, dass er mehr sein konnte als bloß ein Freund. Lange hatte er nicht gewusst, wie er ihr die Augen öffnen könnte. Doch nun hatte er einen Plan. Er würde sie mit nach Hidden Island nehmen – eine Welt, die viel unglaublicher und magischer war, als sie es sich je würde erträumen können. Seit einer quälenden Ewigkeit sehnte er sich danach, ihr von Hexen zu erzählen und ihr den Palast zu zeigen. Bald wäre der Moment gekommen. Er würde Julie in ein Abenteuer verwickeln, das sie zusammenschweißen und auf ewig miteinander verbinden würde. Nichts konnte ihn davon abbringen, nicht einmal die zermürbende Tatsache, dass sie für kurze Zeit einem anderen gehören würde.

„Woran denkst du?", fragte Julie, die es immer sofort bemerkte, wenn Will nachdenklich wurde. Ihr herzförmiges Gesicht wurde dann ganz weich vor Empathie und aufrichtigem Interesse. Aber dieses Mal konnte er ihr nicht verraten, woran er tatsächlich dachte. Er hatte genau zwei Geheimnisse vor ihr – seine Gefühle und Hidden Island. Und er wusste nicht, welches zu lüften schwieriger für ihn werden würde.

„Ich habe mich nur gefragt, wie dein Referat gelaufen ist", sagte er so gelassen wie möglich.

Julies zarte Wangen erröteten und sie kratzte sich verlegen an ihrer schmalen Nase. „Ich habe in die Präsentation aus Versehen ein Bild von mir eingefügt, umringt von einem halben Dutzend Hunden, die mich mit ihren Schleppleinen zu Fall bringen."

„Du wolltest ja unbedingt den Job als Hundesitter haben." Will grinste schief.

„Ja, und das weiß jetzt auch der ganze Chemie-Kurs. Und das ist allein deine Schuld! Du musstest mich ja unbedingt beim Gassigehen fotografieren."

„Oh, ist es dieses Foto, wo du aussiehst, als würdest du gleichzeitig niesen und kreischen?"

Julie nestelte unwohl an dem Rollkragen ihres weißen, enganliegenden Oberteils herum. „Genau das. Kannst du dir etwas Peinlicheres vorstellen?"

„Mein Name ist Wilbert Gilbert, schon vergessen?"

Julies Kichern klang wie Musik in seinen Ohren. Musik, ohne die er nie wieder leben könnte.

Er musste sie in das magische Reich bringen. Bald.

KAPITEL 1

Es dämmerte bereits, als ich vor Mr. Davies' Haustür zum Stehen kam, dessen unbändiger Labrador mir jedes Mal aufs Neue die Arme ausleierte. Aber Will hatte recht: Ich hatte mir den Job ja immerhin ausgesucht. Und es machte wirklich mehr Spaß als das öde Praktikum, das ich vor zweieinhalb Jahren im Hotel meines Vaters absolviert hatte, was bedauerlicherweise nichts weiter als Kaffeekochen und die Teilnahme an langweiligen Meetings beinhaltete. Etwas Gutes konnte ich der Sache im Nachhinein aber doch abgewinnen, denn so hatte ich Will kennengelernt. Er hatte sich – im Gegensatz zu mir – aus freien Stücken als Praktikant beworben. Jedoch wurde auch ihm schnell bewusst, dass er besser keinen Fuß in das Hotel gesetzt hätte, so langwierig zogen sich die Tage hin. Darum warfen wir beide unsere Arbeitsmoral schnell über Bord und versteckten uns lieber draußen, was ohnehin niemandem auffiel. So lernten wir uns kennen, und seitdem waren wir unzertrennlich.

„War er denn auch artig?", gluckste der hagere Mr. Davies und fuhr sich über die drei Haare, die er noch auf dem Kopf hatte. Sein faltiges Gesicht wirkte freundlich wie eh und je, dennoch wollte ich lieber schnell weg, bevor er mir wieder seine hausgemachten Erdnussbutterkekse anbieten würde. Ein Bissen genügte, um fünf Minuten lang die Zähne nicht auseinander zu bekommen. Eine Schande, denn ich liebte Erdnussbutter.

„Ja, sehr artig", beeilte ich mich zu sagen und ließ es lieber unerwähnt, dass sein Labrador mich unkontrolliert durch den Park gezogen hatte, um ein Eichhörnchen zu erwischen, das ohnehin viel zu schnell für ihn gewesen war.

„Vielen Dank, Julie, du kannst ihn dann am Donnerstag wieder abholen."

Erleichtert nickte ich und verabschiedete mich, bevor Mr. Davies mich doch noch hineinbitten würde.

Ich überlegte kurz, ob ich den Bus nehmen sollte, aber wir hatten bereits Ende Juni, und die Abende waren warm, also konnte ich ebenso gut laufen. Eine Entscheidung, die ich im Nachhinein noch bereuen würde …

Zunächst zog ich unbeschwert durch die Straßen Cheltenhams und grübelte darüber nach, wie ich Mum und Dad dazu überreden könnte, einen Sommerurlaub mit mir zu unternehmen. Dann gelangte ich jedoch in eine verlassene Gasse, die ich eigentlich schon hunderte von Malen vollkommen sorgenfrei durchquert hatte, und wurde von einem unwohlen Gefühl übermannt. Ein Gefühl von Unsicherheit. Ich fühlte mich gar eingeschüchtert, als eine warme Brise den Rock meines blauen Sommerkleids zum Wehen brachte und die Straßenlaterne zu flackern begann. Wie festgewurzelt blieb ich stehen und schaute an der hohen Hauswand empor, dessen Risse und bröselige Stellen in ein ungewöhnlich grelles und stechendes Licht getaucht wurden.

Ich drehte mich einmal um die eigene Achse, als erwartete ich, dass jemand von hinten mit einer Axt auf mich losgehen würde, aber es war weit und breit niemand zu sehen. In diesem Moment kam ich mir albern vor. Ich wollte weitergehen, doch etwas hielt mich zurück. Ein Schatten. Ein Schatten, der sich langsam an der Hauswand aufbaute und für mich bestimmt zu sein schien, und schon bald starrte ich zu einer dunklen, Kälte verströmenden Kralle hinauf. Lange, gekrümmte Fingernägel schlängelten sich durch das Licht der Straßenlaterne.

„Julie Gallagher", hauchte eine junge weibliche Stimme aus dem Nichts. „Du darfst diese Welt nicht verlassen. Du bringst uns allen den Tod."

Ein Schauer lief mir den Rücken hinunter. Ich fürchtete mich bis ins Mark. Trotzdem konnte ich bloß dastehen und wie benommen auf die Klaue aus Schatten starren, die sich von der Wand löste und durch die stickige Luft nach mir zu greifen drohte.

„Julie Gallagher", raunte nun eine ältere Frauenstimme, die nicht weniger einnehmend war.

„Ja?", hörte ich mich wispern und streckte wie unter einem inneren Bann stehend meine zitternde Hand nach dem näherkommenden Schatten aus.

„Traue ihm nicht. Bleib fern von ihm." Die Stimme klang kratzig und gebrechlich. Dennoch fühlte ich mich bereit, ihr zu folgen.

Schlagartig wurde mir heiß. Kalter Schweiß rann mir den Rücken hinunter, die dunkle Klaue wuchs unaufhaltsam, die Stimmen wiederholten sich immer schneller, redeten immer intensiver auf mich ein. Ich verstand nicht, was sie von mir wollten, so sehr ich mich auch bemühte. Bald schon war ich so angestrengt, dass mein Kopf zu explodieren drohte und schwindelerregende Lichter vor meinen Augen tanzten. Ich hörte mich unnatürlich laut atmen, spürte das Blut in meinen Ohren rauschen, dann packte mich ein Paar großer Hände von hinten und …

Ich kreischte so laut auf, dass eine Straßenkatze fauchend zur Seite sprang.

Ich fühlte mich orientierungslos. Die Stimmen waren verebbt, der Schatten verschwunden, und zurück blieb eine bleierne Erschöpfung. Verstört sah ich mich um.

„Was ist los, Jools?" Will legte fragend den Kopf schief.

Noch nie war ich so glücklich darüber gewesen, seine goldblonde Haarpracht zu erblicken und in seine lavendelblauen Augen zu schauen.

„Was machst du hier?" Überrascht stellte ich fest, dass ich flüsterte.

„Ist etwas passiert?", fragte er, anstatt zu antworten. Besorgt zog er die Augenbrauen zusammen und wandte skeptisch den Kopf umher, ohne dabei seine durchtrainierten Arme von mir zu nehmen. Noch immer war mir so heiß, dass ich sie am liebsten weggeschlagen hätte.

„Ich bin mir nicht sicher", murmelte ich und kehrte dabei langsam in die Realität zurück, auch wenn es sich anfühlte, als würde die Kralle aus Schatten noch immer an einem Teil von mir zerren.

Ich ließ meinen Blick über Wills volle Lippen, die perfekt symmetrische Nase und eine helle Locke, die ihm in die Stirn fiel, schweifen und schaffte beinahe ein Lächeln. Wie so oft sah er aus, als sei er einer Calvin-Klein-Werbung entsprungen. Es gab mir ein Gefühl von Normalität.

„Du zitterst." Will zog seine dünne Lederjacke aus und hängte sie mir um die Schultern, obwohl sie mir in etwa dreißig Nummern zu groß war. Augenblicklich wurde mir noch wärmer. Ich behielt sie dennoch an, da Wills beruhigender aquatischer Duft an ihr haftete. „Komm, du gehörst nach Hause", fügte er entschlossen hinzu und schob mich sachte vorwärts.

„Ein Glück, dass du da warst", sagte ich leise, als ich mich nach ein paar Schritten mit ihm an meiner Seite nicht mehr ganz so wacklig fühlte. „Ich glaube, ich habe halluziniert ... oder so ... als hätte ich sonst was intus." Ich lachte auf, aber

Will blieb überraschenderweise ernst.

„Was hast du denn gesehen?", fragte er angespannt.

„Einen Schatten", sagte ich erstickt. Sein Unbehagen ging nahtlos auf mich über. „Eine überdimensionale Hand, die nach mir fassen wollte." Ich überlegte, ob ich ihm von den Stimmen erzählen sollte. Immerhin hatte ich noch nie ein Geheimnis vor ihm gehabt. Er wusste von jedem Schnupfen, den ich bekam, jeder Sorge, die mich plagte, und jedem Jungen, mit dem ich geschlafen hatte – Alejandro Lopez, der vor anderthalb Jahren spanischer Austauschschüler bei uns am Cheltenham College gewesen war und dem ich bei seiner Rückkehr nach Madrid bitterlich hinterher geweint hatte, und Ray Hudson, der Schönling aus meinem Psychologie-Kurs, mit dem ich Anfang dieses Jahres für knapp drei Monate zusammen gewesen war. Bis er sagte, er würde sich eine Neue suchen, wenn ich mich nicht auf einen Dreier mit ihm und dem Mädchen aus seiner Band einließe. Das Verwirrende an der Sache war nicht unbedingt die Trennung selbst gewesen, sondern Wills Reaktion. Er hatte auffällig oft beteuert, wie viel besser ich ohne Ray dran sei und dass der Richtige bestimmt näher sei, als ich vermuten würde. Ich hoffte zwar inständig, dass Will damit nicht sich selbst meinte, konnte seither aber nicht umhin, mich hin und wieder zu fragen, ob er vielleicht Gefühle für mich entwickelt hatte. Und ob ich in der Lage wäre, diese zu erwidern, auch wenn mir unsere Freundschaft alles bedeutete.

„Einen Schatten", echote Will nachdenklich, bevor die tiefe Falte zwischen seinen Augen endlich verschwand. „Du schläfst zu wenig. Du übernimmst dich mit der Arbeit im Krankenhaus, dem Hundesitten, der Schule und dem Ballett."

„Vielleicht solltest du mich einfach nicht mehr mitten in der Nacht anrufen, damit ich mir noch schnell deine Hausarbeit durchlese, die am nächsten Tag fällig ist", zog ich ihn auf und ging ein wenig auf Abstand, jetzt da ich mich auch ohne seine Nähe wieder sicher genug fühlte.

Will schmunzelte. „Das war ein Notfall. Aber im Ernst, warum machst du das alles? Du kannst Hunde nicht mal sonderlich leiden."

„Soll ich etwa mit einer Schildkröte um den Block gehen?", entgegnete ich kichernd.

„Ich würde dich auf jeden Fall dafür bezahlen, wenn ich dich wieder dabei fotografieren dürfte." Will grinste breit, bevor die Sorge zurück in seine großen Augen kehrte. „Du siehst dünn in letzter Zeit aus. Isst du genug?"

Ich winkte bloß ab, obwohl er vermutlich recht damit hatte, dass ich mehr auf mich achten sollte. Nun hingen wir beide schweigend unseren Gedanken nach, bis wir in den Montpellier Drive einbogen, wo ich die weiße Stadtvilla mit den langen Fenstern und der charmanten Stuckfassade erblickte. Mein Bett schien förmlich nach mir zu rufen.

„Danke fürs Bringen", sagte ich und legte meine Hand an das hohe Tor zu unserem Vorgarten.

„Immer gern." Will neigte sich vor, um mir einen Kuss auf die Wange zu geben. Ich musste das Tor fester umklammern, um mich selbst davon abzuhalten, ihn rüde abzuwehren. Aber im Ernst – was war das? Ein freundschaftlicher Kuss? Ein besorgter Kuss? Oder steckte mehr dahinter? Immerhin blitzten seine Augen sehnsüchtig auf, während er von mir ließ, oder bildete ich mir das nur ein? Wie ich es auch drehte, ich konnte bloß denken: *Bitte steh nicht auf mich.*

Ich kehrte ihm den Rücken zu und schloss, ohne mich noch einmal nach hinten umzusehen, die anthrazitgraue Haustür mit dem transparenten Seitenteil auf. Bevor ich sie hinter mir zuzog, winkte ich Will doch noch einmal zu, da ich mich schlecht fühlte und es falsch gewesen wäre, ihm nicht noch ein Zeichen der Zuneigung zu schenken. Ein Zeichen freundschaftlicher Zuneigung, wohlbemerkt. Immerhin war er sicherlich auf dem Weg zu mir gewesen, als er mir zufällig begegnet war. Normalerweise hätte ich ihn noch hineingebeten, aber abgesehen davon, dass ich mich ein bisschen wie eine Irre fühlte, war ich einfach nur müde und fröstelte trotz des sommerlichen Wetters am ganzen Leib.

Gähnend schleppte ich mich die glänzende Podesttreppe hinauf. Unsere hohen, weißen Wände, die modernen Deckenlampen und Dads Schwarzweißfotografien zogen bloß verschwommen an mir vorbei, da mir vor lauter Gähnen bereits Tränen in die Augen stiegen. Ich machte mir auch gar nicht erst die Mühe, nachzusehen, ob Dad bereits zu Hause war. Sicherlich war er noch im Hotel. Er kam momentan sehr spät heim, noch später als gewöhnlich, und Mum wohnte unter der Woche ohnehin in London. Dort arbeitete sie als Wirtschaftsingenieurin für ein großes Unternehmen mit ellenlangem Namen, den ich mir bis heute nicht ganz merken konnte. Sie kam nur an Wochenenden nach Hause.

In meinem Zimmer zog ich die pfirsichfarbenen Gardinen vor meinem Fenster zu, da ich fürchtete, eine dunkle Klaue könnte sich einfach hineinstehlen, auch wenn mir der Gedanke peinlich war. Ich konnte diese Furcht nicht abstellen und zuckte jedes Mal zusammen, wenn ich meinen eigenen Schatten über den Parkettboden, den weiß lackierten Schrank oder den aufgeräumten Schreibtisch aus Wildeiche gleiten sah.

Ich war heilfroh, als ich endlich in meinem Bett lag, mein Pinguin-Kuscheltier an mich drückte und es so dunkel in meinem Zimmer wurde, dass es keine Schatten – welcher Art auch immer – mehr geben *konnte*.

Obwohl es noch früh am Abend war, wollte ich bloß schlafen. Wollte die Stimmen, die ich gehört hatte, vergessen.

Das Porridge drohte vor meinen immer wieder zufallenden Augen zu verschwinden. Eine erholsame Nacht war das nun wirklich nicht gewesen.

Ich schreckte erst aus meinem Halbschlaf hervor, als Miriam unsanft an meiner Schulkrawatte zog, um sie vor einer Bekanntschaft mit meinem Orangensaft zu retten. Schlaftrunken blinzelte ich in die Runde und registrierte die verdatterten Gesichter der Mädchen, mit denen ich in der Kantine immer zusammensaß. Hauptsächlich, da ich mich gleich an meinem ersten Schultag mit der rothaarigen und energischen Miriam angefreundet hatte, die mich in unserem zweiten Jahr am Cheltenham College in die Gruppe ihrer Freundinnen aus dem Theaterclub integriert hatte. Auch wenn ich keiner von ihnen wirklich nahestand, fühlte ich mich wohl bei ihnen, denn einige von uns waren beliebt, andere eher introvertiert und unscheinbar (mich selbst würde ich in der goldenen Mitte einordnen), dennoch bildeten wir eine Einheit und schlossen niemanden aus.

„So, du interessierst dich also nicht für unser neues Theaterstück über die Konsolidierung der Tudor-Herrschaft?", schnappte Claire, die so etwas wie die Anführerin unserer Gruppe war. Pikiert strich sie sich eine glänzende, schwarze Strähne hinters Ohr und fixierte mich abwartend.

„Sie ist nun mal die Einzige von uns, die nicht Theater spielt", sagte Hannah leise, diplomatisch wie eh und je.

„Entschuldigt, ich bin nur müde", beeilte ich mich zu sagen, bevor Claire einen Vortrag über die Wichtigkeit des Interesses am Interesse anderer halten konnte. Dabei

hatte ich mir schon jahrelang artig jedes Gespräch über Kostüme, Schauspielübungen und Requisiten angehört. Nur heute gelang es mir nicht, genügend Konzentration dafür aufzubringen.

„Offensichtlich." Miriams tannengrüne Augen funkelten misstrauisch, während sie den Kragen meines weißen Polohemds ordentlich zupfte. „Was hat dich nur wachgehalten?"

Stimmen. Stimmen hatten mich wachgehalten. In meinem Traum waren sie mir wieder erschienen. Wieder hatten sie mich gewarnt. Doch anstelle eines lebendigen Schattens hatten sie mir ... *jemanden* gezeigt. Bloß von hinten hatte ich den jungen Mann mit den dunklen Haaren, der stolzen Haltung und dem breiten Kreuz sehen können. Aber jedes Mal, wenn ich auf ihn zugehen wollte, um ihm ins Gesicht blicken zu können, riss mich eine unsichtbare Kraft nach hinten und die Stimmen warnten mich vor ihm. Es kam mir immer noch wie der reinste Irrsinn vor. Ich hatte zwar nie sonderlich lebhaft geträumt, doch es war mir selbstverständlich bewusst, dass Träume gut und gern verrückt ausfallen konnten. Nur war das Verrückte, dass es sich nicht angefühlt hatte wie ein Traum. Auch nicht wie Realität. Vielmehr kam es mir wie eine mir bisher unbekannte Dimension vor, die mich, um ehrlich zu sein, einfach nur ängstigte. Außerdem zauberte sie mir fiese Augenringe und eine kränkliche Blässe ins Gesicht. Dabei brauchte ich in der Regel nicht viel Schlaf, um durch den Tag zu kommen, aber diese Nacht hatte es definitiv in sich gehabt.

„Vielleicht ja dieser Will." Hannah wickelte sich verträumt eine dunkelblonde Locke um ihren langen Finger.

„Also bist du über Ray hinweg, Julie?", fragte Claire mit einer Mischung aus Desinteresse und Skepsis.

„Ich stehe auf keinen von beiden", murmelte ich gequält und widerstand dem Drang, meine Haare, die mir bis zu den

Schulterblättern reichten, wie einen Vorhang vor dem Gesicht zusammenzuziehen.

„Das werden wir noch sehen", fügte Miriam feixend hinzu.

Danach diskutierten die anderen glücklicherweise wieder über ihr Theaterstück und ich tat, als würde ich zuhören.

In Wahrheit aber war ich mit meinen Gedanken ganz woanders. Ich schaffte es erst, den Jungen aus meinem Traum – oder besser gesagt aus meinem Nicht-Traum – aus meinen Gedanken zu verbannen, als die Schule vorbei war und ich am Schultor zu einer Salzsäule erstarrte. Das Mädchen aus Rays Band holte ihn ab und gab ihm zur Begrüßung einen leidenschaftlichen Kuss. *Sehr* leidenschaftlich. Es war mir peinlich zu beobachten, wie sie ihre Finger durch sein wildes, braunes Haar, das ihm schon über die Ohren wuchs, fahren ließ, also wandte ich mich ab, zuckte jedoch heftig zusammen, da Will plötzlich vor mir stand.

„Ich wollte dich abholen." Er lächelte und reichte mir einen wiederverwendbaren Kaffeebecher, den wir zusammen gekauft hatten. „Du siehst aus, als könntest du etwas Koffein vertragen."

„Nein, ich brauche eher Schlaf", sagte ich ungewohnt entschieden. „Sei mir nicht böse, Wilbert, aber ich möchte bloß ins Bett."

„Wenn du mich Wilbert nennst, scheint es wirklich ernst zu sein." Sein Lächeln wurde noch breiter, was einerseits sicherlich an mir lag, andererseits aber auch an dem Schwarm Mädchen, die ihn ungeniert musterten, als sie uns passierten. Zugegeben, das weiße T-Shirt betonte seine Muskeln hervorragend.

„Es ist mir auch ernst", beteuerte ich ihm und seufzte tief.

„Dann tut es mir leid, dass ich dein Anliegen ausschlagen muss." Wills Lächeln wich einem ernsten Gesichtsausdruck und er drückte mir nun energisch den Kaffee in die Hand. „Du musst mit mir kommen."

Ehe ich wusste, wie mir geschah, schob er mich durch die Schülerscharen, wobei ich aus dem Augenwinkel wahrnahm, dass Ray uns überraschenderweise ziemlich lang anstarrte. Ich verlor ihn allerdings aus den Augen, sobald Will mich auf dem Beifahrersitz seines Jeeps positionierte und sich selbst hinters Steuer setzte. Seine Hände zitterten leicht am Lenkrad, was mich nicht gerade ruhig stimmte.

„Was soll das, bitte?", fragte ich müde und schlürfte notgedrungen meinen Kaffee. Schwarz, wie ich ihn mochte.

„Ich muss dir etwas zeigen." Will presste verunsichert die Lippen aufeinander, bevor er weitersprach. „Wegen dem, was gestern passiert ist. Ich hatte es eh vor, also passt es nun ganz gut."

„Was hattest du vor und wieso passt es ausgerechnet heute?" Ich band mir die Haare zu einem Pferdeschwanz zusammen, da mein Nacken heiß und schwitzig wurde. Vielleicht vor Wut. Aber es war sicherlich nicht richtig, wütend auf Will zu sein, bei all dem Halt, den er mir schon in meinem Leben gegeben hatte.

„Wegen dem, was gestern passiert ist", sagte er wieder. „Wegen dem, was du gesehen hast. Wegen der Wesen, die du gehört hast."

„*Wesen?*", wiederholte ich laut. „Und woher weißt du von den Stimmen?"

„Ich habe sie auch gehört. Aus der Ferne."

„Und was hat das zu bedeuten?" Ich legte mir eine Hand auf meine pochende Stirn. „Sind wir beide verrückt? Bitte sag mir, dass da eine versteckte Kamera war."

„Du bist nicht verrückt, Jools. Du bist bloß unwissend."

Allerdings. Ich hätte mich in den nächsten fünfundzwanzig

Minuten nicht unwissender fühlen können. Immerhin hatte ich keine Ahnung, wo Will mich hinbrachte, warum er so verflucht nervös wirkte und was das alles mit meiner Halluzination zu tun haben sollte. Oder hatte ich mir die Stimmen überhaupt nicht eingebildet? Immerhin hatte Will dasselbe gesehen und gehört wie ich, was bedeutete, dass ich mir nicht länger einreden konnte, meine Sinne hätten mir vor lauter Müdigkeit einen Streich gespielt. Etwas Echtes, etwas durch und durch Reales war geschehen. Und es ängstigte mich.

„Hier ist doch überhaupt nichts", stöhnte ich, während Will in eine kleine Seitenstraße der Pike Road einbog. Grüne Felder, soweit das Auge reichte. Ansonsten gab es nur ein paar Bäume am Straßenrand und eine heruntergekommene Holzhütte, deren Planken so verwittert und morsch aussahen, dass es mich nicht gewundert hätte, wenn sie beim nächsten Windstoß in sich zusammengefallen wäre. Befremdlicherweise wurde die Hütte von einem hohen Stacheldrahtzaun eingerahmt, in den eine simple Gittertür eingearbeitet war. Darüber prangte ein gelbes Schild mit der Aufschrift *Privatgrundstück*.

Will wurde langsamer und parkte seinen Wagen davor. Schweigend stieg er aus, lief zackig um seinen Jeep herum und öffnete die Beifahrertür, woraufhin ich von meinem Sitz kletterte.

„Du machst mir Angst", sagte ich heftig, da Will sich ohne weitere Erklärungen abwenden wollte.

Er sah aus, als hätte ihn soeben jemand geohrfeigt. Ungewohnt demütig drehte er sich zu mir herum, nahm meine eiskalten Hände in die seinen und sah mir so intensiv in die Augen, dass ich ein unbehagliches Schlucken unterdrücken musste.

„Du brauchst keine Angst zu haben, ehrlich." Langsam

bahnte sich ein abenteuerlustiges Lächeln auf seinen schön geschwungenen Lippen an. „Ich möchte dir nur etwas zeigen. Gestern Abend wollte ich dir schon davon erzählen, bloß warst du da so ... fertig. Aber jetzt musst du es unbedingt sehen."

Seufzend entzog ich ihm meine Hände und hob sie ergeben in die Höhe, woraufhin er sich zufrieden abwandte. Ich folgte ihm zu der Gittertür, wo er wie selbstverständlich die dunkle Klingel betätigte. Nur wenige Sekunden später drang eine monotone Stimme aus der altmodischen Gegensprechanlage.

„Parole?"

Will neigte sich vertraulich vor. „Wunderschön liegt sie verborgen, dass ein jeder ihr verfällt, frei von Furcht und Sorgen: die magische Welt."

Mit hochgezogenen Augenbrauen lauschte ich dem Irrsinn, den er von sich gab, und zuckte erschrocken zusammen, als die Gittertür aufsprang. Skeptisch betrat ich hinter Will die umzäunte Fläche. Ich blieb dicht hinter ihm, während er die Tür zu der Holzhütte öffnete, die wir nach nur wenigen Schritten erreichten. Das unangenehme Knarzen ließ mich schaudern, und erst recht das, was ich in der karg eingerichteten Hütte vorfand. Es war nichts Außergewöhnliches, doch es wirkte so absurd und völlig fehl am Platz, dass ich bloß die Stirn runzeln konnte.

Eine kleine Frau mit glattem Haar, das irgendwie beige aussah, wandte ihr faltiges Gesicht von dem großen Schreibtisch ab, der vor ihr stand, setzte sich eine schwarz umrahmte Brille auf und schaute uns abwartend an.

„Wilbert Gilbert", sagte Will und verzog bei dem Klang seines Namens mürrisch das Gesicht, was mich unter normalen Umständen zum Kichern gebracht hätte, aber so konnte ich bloß die Frau anstarren, die mit ihren Wurstfingern einen Stapel von Listen vor sich durchblätterte, bis sie den richtigen Namen gefunden zu haben schien.

„Und Ihre Begleitung?", fragte sie mit quäkender Stimme und hob gelangweilt eine Augenbraue.

„Julie Dorothee Gallagher." Will versenkte angespannt die Hände in den Hosentaschen seiner kurzen Jeans. „Prinz Roderich weiß Bescheid."

„Bitte wer?", flüsterte ich wie aus der Pistole geschossen, erhielt jedoch keine Antwort.

Nun widmete sich die Frau einem anderen Stapel, bis sie begleitet von einem leisen „Aha" ein Post-it hervorzog. Sie nickte, sah mich dann aber skeptisch an. „Vielleicht sollte sie sich umziehen", schlug sie vor. „Die Schuluniform würde sicherlich auffallen."

„Gute Idee. Hast du noch andere Klamotten dabei, Jools?", fragte Will.

„I-ich glaube, ich habe noch Sportsachen in meiner Tasche, aber ..."

„Gut, kannst du sie anziehen gehen?" Er reichte mir seinen Autoschlüssel. Da ich ohnehin nur Bahnhof verstand, ging ich widerstandslos zu seinem Auto, um Polohemd und Rock gegen eine blaue Leggins und das passende Oberteil einzutauschen.

„Bitte!", sagte ich entnervt, als ich zurück in die Hütte kehrte. „Aber ich kann mir kaum einen Ort vorstellen, an dem ein Sport-BH weniger auffallend sein soll als eine gewöhnliche Schuluniform."

„Weil du diesen Ort noch nicht kennst." Will schenkte mir einen freudigen Blick, der trotz allem ansteckend wirkte.

„Können wir?" Die Dame stand auf und kniete sich auf den Boden.

Als Will und ich ein paar Schritte nach vorn taten, erkann-

te ich, dass sie eine Falltür öffnete. Nicht gerade einladend, doch Will hockte sich bereits hin und schlüpfte hindurch. Was hätte ich also tun sollen? Bei der gelangweilten Lady warten? Oder hinausstürmen, um nach Hause zu marschieren? Jetzt war ich hier und ich würde Will folgen.

Mit pochendem Herzen stieg ich durch die Öffnung im Boden. Unsanft kam ich auf beiden Füßen auf und geriet kurz ins Straucheln, bis Will mich stützte. Da ich aber angesäuert wegen seiner ganzen Geheimniskrämerei war, löste ich mich rasch von ihm und sah mich um. Ein Gang mit niedriger Decke, aha. Der Boden war mit dunklen Steinen gepflastert, und in die glatten, grauen Wände waren kleine Lampen eingearbeitet. Das hatte er mir zeigen wollen?

„Ist ja der Wahnsinn", sagte ich voller Sarkasmus und verschränkte beide Arme vor der Brust.

„Du schaust in die falsche Richtung." Will packte mich vorsichtig am Ellenbogen und drehte mich herum.

Vor meinen Füßen lag der Schweif eines Drachen.

KAPITEL 2

Ich realisierte kaum, was ich hier vor mir sah, da nahm Will schon behutsam mein Handgelenk und führte mich zu dem fantastischen Geschöpf.

Aber wollte ich das? Wollte ich meine Hand auf die schuppige, karamellfarbene Haut des Mini-Van großen Drachen legen? Er hielt seine dünnen Flügel, durch die feine Äderchen liefen, dicht am Rumpf und wandte seinen krokodilartigen Kopf leise schnaubend zu uns, als wir näherkamen. Will mit sicheren und ruhigen Schritten, ich unfassbar verkrampft und widerstrebend. Schluckend schaute ich dem Drachen in seine großen, schwarzen Knopfaugen, die merkwürdig freundlich wirkten. Einladend zuckte er mit seinem kleinen, spitzen Ohr. Ohne zu wissen, woher ich den Mut und die Bereitschaft nahm, in eine fremde Welt einzutauchen, legte ich meine Hand auf seinen rauen, starken Körper und streichelte mit bebenden Fingern über seinen Rücken.

Himmel Herrgott, was passierte hier gerade? Ich fühlte mich wie hypnotisiert von dem überirdischen Geschöpf, ansonsten hätte ich womöglich den Grips besessen, wegzulaufen.

„Bereit?", fragte Will in der Nähe meines Ohrs, wartete jedoch keine Antwort ab, sondern hievte mich einfach auf den Rücken des Drachen – ungeachtet der Tatsache, dass ich unwillig mit den Beinen strampelte. Als ich schließlich sicher saß, kletterte Will selbst hinauf. Wir mussten uns ducken, um nicht mit unseren Köpfen gegen die Decke zu stoßen.

„Ich hoffe, du zeigst mir einen neuartigen, hoch technologisierten Freizeitpark, und das hier ist gar kein Drache, sondern eine ausgetüftelte Maschine", sagte ich matt, während Will von hinten seine Arme um mich legte.

Innerlich tanzte Hysterie um mein ängstlich klopfendes Herz. Allein die Konsternation, die meinen Körper beherrschte, verhinderte, dass sie nach außen hin ausbrach.

„Du weißt es doch besser, Jools", antwortete Will weich.

Mein Magen zog sich krampfhaft zusammen, sobald der Drache sich unter uns in Bewegung setzte und den Gang entlang trottete. Mit jedem Schritt wurde es mir klarer – hier passierte etwas Übernatürliches. Aber war das etwas Gutes? Mein Kopf schrie ganz laut Nein, doch Will war bei mir. Er gab mir ein Gefühl von Sicherheit und bändigte die Panik in mir.

„Ganz schön wackelig hier oben", murmelte ich, da mir nichts Besseres einfiel.

„Keine Angst, in der Luft ist es angenehmer."

„Hm?", machte ich überrumpelt, da blieb der Drache schon stehen. Über uns klaffte ein breites Loch in der Decke. Eine böse Vorahnung beschlich mich.

Bevor ich jedoch panisch von dem Drachen herunterrutschen konnte, schlug er kräftig mit seinen Flügeln, zunächst unbeholfen, aber dann hob er zielstrebig vom Boden ab.

Wir stießen ins Freie und es fühlte sich an, als durchbrachen wir eine Mauer aus purer Energie, die sich wie warmes, flüssiges Gummi über uns ergoss und sich bei unserem Aufstieg über unseren Köpfen ausdehnte, bis der Drache noch einmal stark mit den Flügeln schlug. Die Materie schien zu reißen, purpurne Lichter blitzten vor meinen Augen auf. Als sie verblassten, waren wir bereits ein gutes Stück in der Luft, doch anstelle der Felder und der Pike Road lag ein dunkelblauer Ozean unter uns, dessen Wogen in der hochstehenden Sonne glitzerten.

„Atmest du noch?", rief Will mir vergnügt ins Ohr.

Die Wahrheit war: Ich wusste es nicht. Alles in mir schien stillzustehen, während dieses Wunder an mir vorbeirauschte. Der Wind pfiff mir um die Ohren, die Sonne schien mir warm ins Gesicht und vor uns lag eine grün bewachsene Insel, deren Küste ich schon sehen konnte.

„Soll ich dir die Insel zeigen?", fragte Will hoffnungsvoll.

Ich musste nicht antworten. In dieser Sekunde strömte perlendes Lachen aus mir heraus. Das war das Atemberaubendste, das ich je erlebt hatte. Wie hätte es das nicht sein können? Will musste meine wachsende Ausgelassenheit fühlen, denn ich spürte die Anspannung von ihm abfallen. Er stimmte in mein Lachen mit ein.

„Zeig mir alles", rief ich unerklärlich euphorisch.

„Alles, versprochen", antwortete er nicht weniger hochgestimmt. „Und am Ende besuchen wir Roderich. Er ist ..."

Will hielt inne, als meiner Kehle ein leiser Aufschrei entfuhr. Etwas Hartes hatte mich am Hinterkopf getroffen und ließ dort einen pochenden Schmerz zurück.

„Was war das?" Ich drehte mich, so gut es ging, zu Will herum und registrierte verschreckt den alarmierten Ausdruck in seinem Gesicht. Auch er hielt sich den Kopf und sah sich hektisch um.

Ich stöhnte auf, da ich wieder getroffen wurde, diesmal direkt in die Magengegend. „Sind das ... Lehmklumpen?", fragte ich verwirrt, und strich über die Erde, die an dem Bund meiner Hose hängen geblieben war.

„Flieg schneller!", schrie Will bloß, denn mittlerweile regnete es in regelmäßigen Abständen Lehmklumpen auf uns herab. Meine Schultern schmerzten bereits höllisch, allerdings spürte ich sie gar nicht mehr, als ich plötzlich sah, *wer* uns da angriff. Frauen in langen Gewändern, mit wehendem Haar und dunklen Masken ritten auf Besen über uns.

„Hexen!", brüllte Will.

„Du willst mich doch verarschen!", kreischte ich.

Was hatte mich bloß geritten, mich *hierauf* einzulassen? Meine Euphorie wurde von der plötzlichen Gefahr im Keim erstickt und wich einer unkontrollierbaren Nervenkrise. Ich wollte bloß noch weg. Seine dubiose Insel konnte Will sich sonst wo hinstecken!

Harte Erde flog mir ins Gesicht. Panisch duckte ich mich über den Hals des Drachen, der zwar schon an Tempo angezogen hatte, aber lange nicht schnell genug war, um die aggressiven Frauen abzuwimmeln. Aus dem Augenwinkel beobachtete ich, wie ein glänzender Gegenstand an mir vorbeizischte. Dann hörte ich Will aufschreien. Bevor ich mich nach ihm umsehen konnte, geriet der Drache ins Straucheln, denn nun stand auch er unter Beschuss. Rasch verloren wir an Höhe und schossen, alle drei halb benebelt, auf die Insel zu.

Die nächsten Sekunden zogen an mir vorbei, ohne dass ich etwas spürte. Jeglicher Schmerz schien vergessen, die Angst betäubt, die Panik verloren. Ich nahm kaum wahr, wie mir Blätter und Äste ins Gesicht schlugen und wie es sich um uns herum verdunkelte, je näher wir dem Grund kamen. Erst als der Drache hart auf dem Boden aufschlug und ich schreiend von seinem Rücken ruderte, kehrten alle Empfindungen zurück. Ein brennender Schmerz durchzuckte meine Schulter, auf die ich gefallen war, und für einen Moment fühlte ich mich bewegungsunfähig. Ich atmete gegen Dreck und Blätter, ohne zu wissen, wo ich war oder wie mir geschah.

„Will?", brachte ich mit hauchdünner Stimme hervor, sobald mein Atem etwas weniger zittrig ging.

Er antwortete nicht.

„Will?", sagte ich wieder und stützte mich mühevoll auf. Ich blinzelte die tanzenden Lichter vor meinen Augen fort und schaute nach oben. Hohe Bäume mit dunklen Stämmen und vollen Kronen verliefen in Richtung Himmel und ließen kaum einen Lichtstrahl zur staubigen und trockenen Erde hindurch, so dicht standen sie beieinander. „Lass mich raten, das ist ein magischer Wald", hustete ich ungewohnt zynisch, während ich mich umständlich aufrappelte. Kurz glaubte ich, ich würde sogleich wieder umkippen, doch der Schwindel ließ zum Glück nach, als ich mich gegen einen Baum stützte, dessen Rinde sich unheimlich kühl anfühlte.

„Ach herrje! Hey, alles ... in Ordnung bei dir ... Drache?" Ich kam mir merkwürdig vor, sowie die Worte meine Lippen verließen, aber ich verspürte das Bedürfnis, mit irgendjemandem zu reden. Außerdem blutete mir das Herz, da ich den Drachen klägliche Laute von sich gebend auf der Seite liegen sah. Ich eilte zu ihm hinüber und streichelte über seine schuppige Haut. Mein Herz machte einen erleichterten Hüpfer, als er ungeschickt zurück auf seine stämmigen Beine fand und mich mit seiner nassen Schnauze anstupste. Er schüttelte den Dreck von sich ab und marschierte los. Unbeholfen und mit wackeligen Knien folgte ich ihm.

Nach nur wenigen Schritten erspähte ich einen goldblonden Tupfer hinter einem kargen Strauch. Unverkennbar Wills Haarschopf! So schnell es meine bebenden Beine zuließen, kraxelte ich über moosbewachsene Steine und sprang über niedrige Büsche, um zu Will zu gelangen. Für den

Bruchteil einer Sekunde war ich erleichtert darüber, wieder bei ihm zu sein, doch sein Anblick ließ mir das Blut in den Adern gefrieren.

Verschreckt einatmend kniete ich mich neben ihn und nahm sein kühles Gesicht in meine zittrigen Hände, bevor ich meine Finger unruhig zu der Stelle wandern ließ, wo ein verdammtes Schwert in seinem Körper steckte, knapp unter seiner Brust, die sich unregelmäßig hob und senkte. Sein weißes T-Shirt war um die Klinge herum blutgetränkt.

„Himmel, Will", hauchte ich bloß, während der Drache nervös um uns streifte. „Will, kannst du mich hören? Sag doch was, bitte." Panisch fuhr ich mir durch die Haare. „Verdammt, Wilbert!"

„Nenn mich nicht Wilbert", brachte Will schwächlich hervor, und ich legte meine Hände sogleich wieder an seine bleichen Wangen. Mehr bekam ich jedoch nicht aus ihm heraus. Ihm fielen immer wieder die Augen zu. Mein Versuch, ihn auf den Drachen zu hieven, scheiterte kläglich und brachte ihn bloß zum Aufstöhnen.

Ein Knacken ganz in unserer Nähe ließ mich aufhorchen. Mein Herz pochte wild, denn ich war mir mehr als nur bewusst darüber, dass ich hier in einem fremden und unbegreiflich andersartigen Land gestrandet war. Ich wollte gar nicht erst wissen, wer oder was sich in unserer Nähe aufhielt. Hölzern richtete ich mich auf, schlich mit angespanntem Hals um einen hohen Busch herum und spähte durch das Dickicht.

Eine menschenähnliche Silhouette rückte sich in mein Blickfeld. Sie sah aus wie die eines großen Mannes und ließ mich an Hoffnung gewinnen. Womöglich nahte Hilfe.

„Hallo?", drang eine verblüffend tiefe und intensive Stimme zu mir hervor, gefolgt von einem leisen Grunzen. Der

Mann musste mich entdeckt haben.

„Können Sie mir helf...", begann ich zaghaft und so leise, dass er mich vermutlich gar nicht hörte. Die Worte blieben mir allerdings im Halse stecken, als ... *etwas* aus dem Schatten der Bäume hervortrat. Etwas von mindestens zwei Metern Höhe, doch die Größe war nicht das Beängstigende an dem Wesen. Nein, wohl eher waren es die Ohren, die aussahen wie Fledermausflügel, die Wildschweinschnauze und die borstige, olivbraune Haut, die mich rückwärts weichen ließen, bis ich gegen einen Baumstamm stieß.

„Noch nie einen Oger gesehen?", brummte das Geschöpf nahezu amüsiert und kratzte sich am Bauch, über dem es eine dunkelgrüne Latzhose trug.

Waren Oger nicht aggressive Kreaturen mit einer Vorliebe für Menschenfleisch?

Wie in Zeitlupe schüttelte ich den Kopf, überlegte schon, in welche Richtung ich fliehen sollte, dann aber wanderten meine mit ängstlichen Tränen gefüllten Augen zu Will hinüber. Und zu seiner Wunde. Er brauchte mich. Niemals hätte ich ihn einfach zurückgelassen. Ich musste alles in meiner Macht Stehende versuchen, um ihm zu helfen.

„I-ich brauche Hilfe", fasste ich all meinen Mut zusammen, drückte mich dabei vor lauter Furcht jedoch noch dichter an den Baumstamm. „Mein Freund ist verletzt."

Wieder grunzte der ... Oger. Ich atmete erleichtert aus, als er mit seinen riesenhaften Füßen lostapfte, Will wie einen Apfel vom Boden aufklaubte und ihn auf dem Rücken des Drachen absetzte, der sich wartend zu mir herumdrehte.

„Ich danke Ihnen", sagte ich – nicht ohne Sicherheitsabstand – zu dem Oger. „Ich bin übrigens Julie", fügte ich noch scheu hinzu, während ich auf den Drachen kletterte.

„Oswin", knurrte der Oger, in dessen dunklen Augen

hingegen seines groben Auftretens eine gewisse Sänfte abzulesen war. „Ihr müsst ins nächste Krankenhaus fliegen. Es ist nicht weit von hier. Der Drache kennt den Weg."

„Danke! Ich bin zum ersten Mal hier", rief ich, während wir bereits vom Boden abhoben. Die Anspannung wich langsam aus meinen Muskeln.

„Was du nicht sagst."

„Vielleicht sieht man sich ja mal wieder, Oswin", sagte ich steif, wollte in Wahrheit aber nur zurück in die Normalität, ohne Oger und ohne Hexen. Mein Kopf würde explodieren, bei all dem Übersinnlichen, was mir hier widerfuhr.

„Pass auf dich auf, Julie aus der anderen Welt", drangen Oswins Worte zu mir vor, ehe wir in die Lüfte verschwanden und ich mit meinen Gedanken wieder ganz und gar bei Will war.

„Wehe, du lässt mich in diesem Paradies für Irre allein", flüsterte ich in sein Ohr. „Ich brauche dich."

Ich hätte mich nicht unwohler fühlen können, wie ich im Wartebereich saß, die klinisch weißen Wände anstarrte und jedes Mal hochfuhr, wenn ein Pfleger den Raum betrat. Bisher war keiner von ihnen zu mir gekommen, dabei wollte ich nur wissen, wie es um Will stand.

Wenigstens ähnelte dieses Krankenhaus den Gloucestershire Hospitals, wo ich ehrenamtlich arbeitete, und erweckte somit trotz des sterilen Erscheinungsbildes eine heimelige Vertrautheit. Außerdem war ich heilfroh, dass keine Oger oder sonstige Geschöpfe mit mir warteten, sondern nur Menschen aus Fleisch und Blut. Keine Drachen. Keine … Hexen? Vielleicht waren die Frauen Hexen und ich konnte es ihnen nicht ansehen. Ich musste mich selbst dazu zwingen, nicht weiter darüber nachzudenken, was mir gar nicht mal so schwerfiel, da die weiße Doppeltür aufflog und ein junger Mann eintrat, der wie ein dunkler Fels inmitten des erdrückenden Weiß wirkte.

Er trug einen schwarzen Anzug und blickte sich mit angespanntem Kiefer um. Seine zurückgekämmten Haare hatten die Farbe von Toffee, und jede seidige Strähne sah aus, als säße sie genau an ihrem Platz. In seinen zimtbraunen Augen lag kein einziger Funken von Unsicherheit oder gar Emotion, nur seine schmalen Lippen und sein hervorgeschobenes Kinn zeugten von Anspannung. Der Mann wirkte eindrucksvoll, was nicht zuletzt an seiner Größe lag. Er war etwa genauso groß wie Will ... Gott, Will! Ich schämte mich, dass ich ihn beim Anblick des Fremden für einige Sekunden ganz und gar vergessen hatte, doch ich schien nicht die Einzige zu sein, die ihn in vollen Zügen registrierte. Alle sahen zu ihm hinüber, manche nickten gar ehrfurchtsvoll.

„Julie Gallagher?"

Ich zuckte zusammen.

Der Dunkelhaarige stand nun kerzengerade vor mir. Fragend hob er seine Augenbrauen, die so buschig waren, dass sie mich an das Fell eines Mittelamerikanischen Berghörnchens erinnerten.

„Ja?" Ich stand auf, um mich etwas weniger klein zu fühlen.

„Du bist mit Will hier, richtig?" Er musterte mich unangenehm intensiv, als suchte er nach etwas.

Ich nickte bloß.

„Komm mit." Der Junge drehte sich um, doch bevor ich mich dazu durchringen konnte, ihm zu folgen, zog sich alles in mir zusammen.

Ich erkannte ihn wieder. Aus meinem rätselhaften Nicht-Traum, der mich letzte Nacht heimgesucht hatte. Die

Stimmen wurden mir von Sekunde zu Sekunde präsenter – und ich fragte mich nur eins: Konnte ich dem Fremden trauen?

Regungslos beobachtete ich, wie er mit dem Mann an der Rezeption sprach, nur kurze Zeit später kam eine Pflegerin herein.

„Willst du nicht wissen, wie es Will geht?", rief der junge Mann mir stirnrunzelnd zu und machte eine Handgeste, die mir bedeutete, dass ich mich zu ihm stellen sollte.

Ich schluckte die ansteigende Nervosität in mir herunter und eilte zu ihm hinüber.

„Der Patient ist stabil. Die Klinge steckte zum Glück nicht sehr tief in ihm", sagte die Pflegerin freundlich. „Er ist im Aufwachraum. Ich schätze, er kann in zwei bis drei Stunden schon wieder entlassen werden."

„Kann ich zu ihm?", fragte ich, während mir Schweiß der Erleichterung den Nacken hinunterrann.

„Nein", sagte der Dunkelhaarige bestimmt. „Wir machen es anders." Nun wandte er sich an die Pflegerin. „Bitte schicken Sie ihn zum ...", ein kurzer Seitenblick auf mich, „zu mir, wenn er wach ist, ja?"

Die Pflegerin nickte gefügig und entfernte sich mit lautlosen Schritten.

„Wer *bist* du?", fragte ich verärgert und eingeschüchtert zugleich. Woher kannte er mich? Wieso mischte er sich ein? War er ein Freund von Will?

„Roderich." Seine erdige Stimme hallte leicht in meinen Ohren nach.

Mein Gehirn ratterte langsam und schwerfällig. Will hatte diesen Namen erwähnt. Bedeutete das, dass ich dem Fremden trauen konnte?

„Roderich Cunningham", ergänzte er beiläufig, packte

mich am Handgelenk und zog mich vorwärts in Richtung Ausgang.

„Was wird das, bitte?" Eine Mischung aus Panik und Neugier loderte in mir auf.

„Ich nehme dich mit zu mir. Dort können wir auf Will warten", erklärte Roderich, ohne sich nach mir umzusehen. Zielsicher zog er mich ins Freie.

„Und wenn ich das nicht möchte?"

Nun drehte er sich doch um und hob wiederum eine Augenbraue in die Höhe. „Im Moment kannst du nicht zu Will und sobald er aufwacht, wird er zu mir gebracht. Außerdem würde er sicherlich wollen, dass du mit jemandem gehst, der sich um dich kümmert."

„Wieso kann ich nicht zu Will?"

„Weil ich das veranlasst habe."

„Woher kennst du ihn überhaupt?", fragte ich so fordernd wie möglich und versuchte, mich nicht von dem Dutzend Drachen ablenken zu lassen, die vor dem Krankenhaus warteten.

„Er ist mein Cousin."

„Ich wusste nicht, dass er einen Cousin hat."

„Nun, er hätte uns nicht mal eben einander vorstellen können, oder?" Ich hasste es, wie überlegen Roderichs Stimme klang.

„Und warum jetzt? Warum bin ich jetzt hier?", fragte ich nahezu verzweifelt, als er sich schon abwenden wollte, so aber drehte er sich wieder zu mir herum. Kurz war ich abgelenkt, da ein Sonnenstrahl seine dunklen Bartstoppeln in goldenes Licht tunkte.

„Du stellst die richtigen Fragen, Julie." Und es war ihm anzusehen, dass er nicht vorhatte, sie zu beantworten. „Ich habe auch eine Frage. Wie ist euer Unfall geschehen?"

„Hexen", würgte ich hervor, da es so unfassbar befremdlich klang, „haben uns in der Luft angegriffen. Mit Lehmklumpen oder so. Und sie haben ein Schwert nach Will geworfen. Dann sind wir gestürzt. Ich weiß nicht, sie haben die Verfolgung wohl abgebrochen."

„Vermutlich fürchteten sie, man würde sie erwischen, kämen sie der Insel zu nahe", sagte Roderich sachlich. „Würdest du sie wiedererkennen?"

Ich schüttelte den Kopf. „Sie trugen Masken."

„Und du sagst, sie haben ein Schwert nach Will geworfen?" Eine nachdenkliche Falte grub sich in Roderichs Stirn hinein.

Ich überlegte kurz, dann wurde mir schlagartig übel. „Ich saß vor ihm und habe mich geduckt. Vielleicht wollten sie mich treffen? Aber das ergibt keinen Sinn! Ich war noch nie hier, woher sollten sie mich kennen? Was könnte *ich* ihnen getan haben? Und was ist das überhaupt für eine Insel? Ich meine, ich drehe langsam durch, so toll und fantastisch es hier auch sein mag. Es ist verdammt nochmal gruselig!" Ich kam kaum zum Luftholen. Erst als ich einen warmen Schimmer von Mitleid in Roderichs Augen registrierte, nahm ich einen tiefen Atemzug.

„Komm mit mir. Dann erkläre ich dir alles, was du möchtest." Er hielt mir seine große Hand entgegen. Seine Finger streckte er stark durch, als würde ihm die Geste ungemein schwerfallen.

Ich hätte zögern sollen, da ich nicht wusste, ob ich ihm trauen konnte, was für ein Mensch er überhaupt war, aber Will hatte ohnehin vorgehabt, ihn mit mir zu besuchen. Meinem besten Freund konnte ich wohl eher trauen als irren Stimmen aus einem seltsamen Traum. Oder?

Mühevoll schob ich meine Zweifel beiseite und griff nach Roderichs rauer Hand.

Er stieg auf den Rücken eines Drachen und zog mich hinauf. Es fühlte sich merkwürdig vertraut an, mit meiner Hand über die schuppige Haut zu streifen. Sobald wir jedoch in die Lüfte stiegen, drohte ich das Gleichgewicht zu verlieren und schlang meine Arme instinktiv um Roderichs Oberkörper, der sich merklich unter der Berührung versteifte. Ich fühlte mich aber nicht in der Lage, loszulassen, so hoch wie wir flogen.

„Ist dir nicht warm?", fragte ich, um das Schweigen zu brechen. „In einem Anzug im Sommer?"

„Du kannst mir ja deinen Sport-BH leihen."

Ich lächelte in sein Jackett hinein, bemüht, meine Sorgen nicht ausarten zu lassen.

Alles wird gut, Julie, alles wird gut.

KAPITEL 3

Ich zuckte zusammen, als die schwere Tür aus Eiche ins Schloss fiel, und wandte mich von dem atemberaubenden Ausblick ab.

„Danke", murmelte ich an Roderich gewandt, der mir eine Tasse Tee reichte. Ich kam nicht umhin, mich zu fragen, wie wertvoll das Porzellan, das ich nun in meinen Händen hielt, wohl sein mochte. Denn als Roderich gesagt hatte, wir würden zu ihm gehen, hatte er wohl mit Absicht falsche Erwartungen geweckt. Sein Zuhause war ein verdammter Palast! Hatte er es mir aus Bescheidenheit verschwiegen oder steckte berechnende Absicht dahinter? Oder hatte er mich bloß nicht mit dem Wissen über sein königliches Blut überrumpeln wollen? Vielleicht war es albern, aber ich wünschte mir inständig, dass er mir aus Bodenständigkeit nicht von seiner Stellung als Prinz erzählt hatte. Wer weiß, womöglich versuchte ich mich so, mit ihm zu identifizieren, immerhin käme ich selbst nie auf die Idee, mir etwas auf das viele Geld meiner Eltern einzubilden. In Wahrheit wäre es mir lieber, sie würden weniger arbeiten, damit ich sie öfter zu Gesicht bekommen könnte.

„Hier." Roderich riss mich aus meinem Gedankenstrom, indem er mir eine weiche Decke um die Schultern legte, auf die ich sehnlichst gewartet hatte, da es während unseres Flugs leider wie aus Eimern zu schütten begonnen hatte.

Der Drache hatte uns direkt vor einem beängstigend großen Labyrinth abgesetzt, dessen Hecken so hoch und dicht waren, dass sie kaum Licht und Regen durchließen. Nachdem uns die mit Schwert und Schild bewaffneten Wachen hatten passieren lassen, waren wir zehn lange Minuten schweigend durch das Labyrinth gestreift. Jeder von Roderichs Schritten war selbstbestimmt gewesen, während ich bereits nach dem zweiten Abbiegen nie wieder von selbst hinausgefunden hätte. Am Ende des Weges jedoch hatte mich der Anblick des Palasts dermaßen überwältigt, dass ich das Labyrinth, welches mich Sekunden zuvor noch bitter gegruselt hatte, sofort aus meinen Gedanken verbannt hatte und in Staunen verfallen war.

„Gefällt es dir?", fragte Roderich hölzern, als ich mich wieder von ihm abwandte.

„D-der Palast?", entgegnete ich unsicher.

„Ich meine – alles. Aber du hast ja noch nicht viel von der Insel gesehen."

Für heute hatte ich auf alle Fälle genug gesehen, wobei – an dem Anblick des Palasts hätte ich mich sicherlich noch eine Weile weiden können. Schon sah ich mich wieder draußen stehen, wie ich das Personal und die Angestellten, die in Anzügen und Business-Kostümen gewichtig über den Hof flanierten, ausblendete und bloß an den Palastflügeln emporschaute, die aussahen, als bestünden sie aus Saphir und Kristall. Sie gingen in gläserne Fassadentürme über, die mir von hier oben aus ebenso beeindruckend vorkamen wie von dort unten.

„Es ist alles sehr imponierend", sagte ich geistesabwesend. „Wer lebt hier im Palast?"

„Meine Eltern und ich wohnen im Westflügel, die Bediensteten im Ostflügel. Andere Angestellte haben Wohnungen in der Nähe, hinter dem Wald. Die Türme sind Arbeitszimmer, die meisten jedenfalls. Sie sind aus Glas, weil sie für Transparenz stehen. Wir legen unsere Absichten jedem Mitglied unseres Reiches offen dar."

„Klingt einstudiert", rutschte es mir heraus, aber vermutlich war Roderich zu genau solcherlei Antworten erzogen worden. „Ist es nicht nervig, hier oben immer beobachtet werden zu können?"

„Man muss sich nur zu helfen wissen." Roderich betätigte einen Schalter, woraufhin sich surrend eine schwarze Rolllade wie ein Schatten um das Glas schloss, bis kein einziger Schimmer Licht mehr zu uns hindurchdrang.

Auf einmal musste ich schlucken. Es fühlte sich befremdlich an, hier in diesem völlig abgedunkelten Raum, und alles, was ich spürte, war die Wärme, die von Roderich ausging. Er musste irgendwo hinter mir stehen. Ich war heilfroh, dass er in der Finsternis meine erhitzten Wangen nicht sehen konnte, und hoffte inständig, dass die Röte verschwunden war, als er eine Öllampe aus Messing entzündete. Sie tauchte den rotgoldenen Teppich, den urigen Schreibtisch aus Massivholz, die Pfeilwurz-Pflanzen und die rotbraunen Fliesen in ein hypnotisierendes, warmes Licht.

„Also, Prinz Roderich, was ist das für eine magische Insel?", fragte ich und straffte den Rücken, da mich eine bleierne Müdigkeit zu übermannen drohte.

„Unsere Insel wurde im achtzehnten Jahrhundert entdeckt." Roderich schlüpfte aus seinem Sakko, das noch Spuren von dem Regenschauer trug, und legte es ordentlich über den gepolsterten Schreibtischstuhl. „Und nenn mich nie wieder *Prinz*."

„Aber das bist du doch, ein Prinz." Ich stellte meine Teetasse ab, verschränkte herausfordernd die Arme vor der Brust und tat einen Schritt in seine Richtung. „Ist dir deine Stellung unangenehm? Oder tust du bloß bescheiden? Oder stinkt dir einfach nur das höfische Benehmen?" Ich wusste nicht, woher der neckende Unterton in meiner Stimme kam, aber es war das erste Mal, dass Roderich so etwas wie ein Lächeln wagte. Ein minimalistisches Lächeln. Eigentlich hob er nur ganz leicht seinen linken Mundwinkel an, doch er sah schön aus dabei.

„Zurück zu unserer wunderbaren Insel." Immer noch lag ein Schmunzeln in seinen Augen. „Du hast in der Schule sicherlich von Hexenverfolgungen gehört, nicht? In eurer Welt haltet ihr Hexerei für überholten Aberglauben, aber wie du nun weißt, gibt es sie wirklich. Hexen und auch Hexer. Sie lebten nie sicher in der Welt der Menschen. Magische Geschöpfe mussten sich fürchten und im Verborgenen leben. Aber dann, im Jahre 1785, geschah ein großes Glück. Eine Hexe hat zufällig den Zugang zu dieser Insel gefunden. Damals war es eine Dracheninsel. Das waren die einzigen Wesen, die hier lebten, aber durch die Entdeckung kamen die magischen Kreaturen, die sich bis dahin immer nur in eurer Welt versteckt hielten, her und fanden ihren lang ersehnten Schutz. Hier konnten sie endlich in Freiheit leben und sich vermehren. Zumindest sind die meisten hergekommen. Einige wenige sind in der anderen Welt geblieben und im Laufe der Zeit … eliminiert worden."

„Oh." Ich schluckte. „Wie kann es sein, dass sonst niemand die Insel entdeckt hat?"

„Sie ist nur zugänglich über Energieschleusen. Es gibt bloß eine naturgegebene Energieschleuse, in London. Die wurde von der besagten Hexe entdeckt, Hexen haben im Gegensatz zu Menschen ein Gespür dafür. Die anderen Energieschleusen, die heute existieren, wurden alle künstlich erzeugt. Will und du habt auch eine durchquert, als ihr hierher kamt."

Für eine Sekunde fraß sich mein schlechtes Gewissen in mich hinein, denn ich hatte Will über die faszinierende Geschichte erstaunlich leicht aus meinen Gedanken verbannt. Jetzt aber, da ich ihn mir wieder ins Gedächtnis rief, blieb das Bild, wie er benebelt und blutend auf dem dreckigen Boden lag und vor Schmerzen litt, unerbittlich in meinem Hinterkopf und sorgte dafür, dass ich furchtbar hibbelig wurde.

„Ich weiß, das ist eine aufregende Geschichte", sagte Roderich gedehnt. Seine Worte zeugten von Höflichkeit, doch seine Stimme und die dezente Falte, die sich auf seiner Stirn abzeichnete, verrieten mir, dass er sich über mich wunderte. Er konnte ja nicht ahnen, dass ich aus lauter Sorge um Will unruhig an der weichen Decke herumnestelte. „Auf jeden Fall entstand so ein Zufluchtsort für all diejenigen, die nicht in die andere Welt hineinpassten", beendete er die Geschichte.

„Und ... bist du dann ein, äh, Hexer?" Unwillkürlich wich ich einen Schritt zurück.

Roderich schnaubte belustigt. „Nein, ob du es glaubst oder nicht, ich bin ein Mensch wie du. Damals kam es schnell zu Spannungen im Streit darüber, wer die Insel regieren sollte – die Oger mit ihrer Stärke, die Hexen mit ihrer Magie, die Drachen mit ihrem Scharfsinn und der Gabe des Feuers oder die Feen mit ihrem Ehrgeiz und ihrer Waffenschmiedekunst."

„Ganz schön viele ... Fabelwesen." Mir schwirrte der Kopf.

„Zu viele, um einen Herrscher zu ernennen. Sie ließen eine Auswahl von Menschen in ihr neugewonnenes Reich, um aus ihrer Reihe König und Königin zu ernennen. Und es funktioniert seither. Die Regenten wahren den Frieden,

berücksichtigen die Interessen jeder Spezies und erhalten im Gegenzug die Loyalität ihrer ..."

„Untertanen?", vervollständigte ich den Satz, unsicher darüber, was ich von dieser Monarchie halten sollte.

„Ein unschönes Wort. Und irgendwie auch nicht treffend. Es ist mehr ein Miteinander."

„Ach ja? Und wieso sind Will und ich dann angegriffen worden?" Es schüttelte mich, als ich daran zurückdachte. Alles in mir zog sich zusammen und ich wickelte die Decke fester um mich. Um dem Gefühl der Angst keinen Raum zu geben, heftete ich meinen Blick an Roderichs Brust fest, an der sein regennasses, weißes Hemd klebte.

„Ich weiß es nicht." Er seufzte kaum vernehmlich. „Wir haben den Hexen nichts getan." Nachdenklich stierte er ins Leere, flüsterte das letzte Wort beinahe und fixierte schließlich mich mit seinen Augen. In den folgenden Sekunden konnte ich es hinter seiner Stirn förmlich rattern sehen. Roderich wirkte nicht angestrengt, doch es war ihm anzusehen, dass er stumm sinnierte und vielleicht sogar mit sich selbst rang. Sein eindringlicher Blick bereitete mir eine Gänsehaut. Ich war mir sicher, dass jede Sekunde die Worte nur so aus ihm heraussprudeln würden, und zuckte fürchterlich zusammen, da es stattdessen an der Tür klopfte.

Das Schmunzeln kehrte flüchtig zurück in Roderichs Augen, dann aber wandte er sich ab und drückte die goldene Türklinke hinunter.

„Hier ist jemand, der zu Euch möchte, Eure Majestät", erklärte ein älterer Herr mit Halbglatze im Frack, vermutlich ein Butler. „Wilbert Gilbert bittet um eine Audienz ..."

„Ich sage doch, einfach nur Will!", klinkte sich eine verärgerte Stimme ein, die mein Herz vor Aufregung höherschlagen ließ.

„Lassen Sie ihn herein, Daniel", sagte Roderich zu dem Butler. „Und über dieses *Eure Majestät* müssen wir noch sprechen."

Endlich tauchte Wills blonder Schopf im Türrahmen auf. Ohne zu überlegen, ließ ich die Decke von meinen Schultern gleiten und stürzte mich in seine leicht zitternden Arme. Ich hatte einige Mühe damit, die Tränen zurückzuhalten, und rang mich erst dazu durch, mich von Will zu lösen, als Roderich sich hörbar räusperte.

„Mir geht es gut, Jools, ehrlich." Will tätschelte mir die Schulter. Er wirkte immer noch bleich, allerdings deutete seine gelassene Haltung nicht gerade darauf hin, dass vor wenigen Stunden noch ein vermaledeites Schwert in seinem Oberkörper gesteckt hatte. „Ich schätze, ich zeige dir die Insel besser ein anderes Mal."

„Nie wieder setze ich einen Fuß auf diese Insel!", entfuhr es mir, woraufhin Roderichs linkes Augenlid zuckte. Anspannung eroberte sein Gesicht in beachtlicher Geschwindigkeit und ließ ihn lautlos schlucken.

„Ich würde euch gern für morgen Abend zum Essen einladen", sagte er, kerzengerade aufgerichtet, meinen Kommentar übergehend.

„Jools?" Wills Augen ruhten bittend und weich auf mir. Sie umgarnten mich, ehe ich empört nach Luft schnappen konnte.

„Ich überlege es mir", sagte ich leise, wusste aber in Wahrheit, dass ich mich dem ungebetenen Abenteuer nicht einfach entziehen konnte.

Zu diesem Zeitpunkt war ich mir dessen noch nicht bewusst, doch ebenso wenig würde ich von Prinz Roderichs zimtbraunen Augen loskommen.

Weinend presste ich mir meine Hände gegen die Ohren, in denen es unerbittlich laut rauschte. Und diese Stimmen ...

Ich irrte bloß umher, schlängelte mich ungeschickt um die Bäume herum, stolperte über jede noch so kleine Wurzel und sah mich panisch um, wenn es verdächtig nahe knirschte. Jede Sekunde rechnete ich mit einem Oger oder sonstigen Ungeheuern. Ich spürte die Gefahr lauern und konnte bloß hoffen, dass ich schnell genug rannte, um ihr zu entrinnen. Aber vielleicht würde ich auch geradewegs in sie hineinlaufen.

Meine Schläfen pochten schmerzhaft und meine Lunge arbeitete auf Hochtouren, als ich schließlich auf einem Haufen feuchter Blätter ausrutschte und zu Boden stürzte. Mit schmerzverzogenem Gesicht wischte ich mir die Tränen aus den Augen, um besser sehen zu können. Ich ließ meinen Blick über die kleine, erleuchtete Lichtung wandern. Er blieb an einem karamellfarbenen Drachen hängen, auf dessen Rücken Roderich saß und sanftmütig zu mir hinübersah. Mein Herz begann vor Erleichterung zu galoppieren.

„Gott sei Dank." Blitzschnell war ich wieder auf den Beinen. „Ich habe mich verlaufen und dachte schon, ich würde noch umkommen."

Als ich näherkam, hielt Roderich mir seine Hand entgegen, doch bevor ich nach ihr greifen konnte, schlug – aus heiterem Himmel – ein greller Blitz zwischen uns ein. Der Drache scharrte nervös, und ich taumelte keuchend rückwärts. Nur Roderich war nach wie vor die Ruhe selbst. Spürte er etwa nicht, wie sich ein gewaltiger Schatten über uns legte und die Sonne hinter einer dunklen Gewitterwolke verschwand? Und hörte er nicht die Stimmen?

„Traue ihm nicht." Das gesichtslose Flüstern traf mich bis ins Mark. „Das ist unser Untergang."

Mit großen Augen und leicht geöffnetem Mund starrte ich zu Roderich empor und wünschte mir nichts sehnlicher, als irgendetwas in seinem Gesicht ablesen zu können. Ein Schimmer des Guten oder des Bösen in seinen zimtbraunen Augen, das hätte mir genügt, doch er schaute bloß wach und ernsthaft zu mir. Unergründlich.

In meinem Kopf begann es zu dröhnen, während die Stimmen immer schneller auf mich einredeten und ich nicht wusste, was die richtige Entscheidung war.

„Jools?"

„Will?" Ich drehte mich um die eigene Achse, suchte alles um mich herum mit meinen Augen ab. So sehr ich mir auch gewünscht hätte, in ein vertrautes Gesicht zu blicken, da war niemand. Nach einer weiteren hektischen Drehung war auch Roderich mit dem Drachen verschwunden. Ich fühlte mich bitterlich einsam und wollte sogleich wieder losrennen, aber ich war festgewurzelt und konnte bloß zusehen, wie das Dickicht vor meinen Augen zu wanken begann, bis... ich schweißgebadet in meinem Bett hochschreckte?

„Es war nur ein Traum, Jools", murmelte Will schlaftrunken und doch einfühlsam. Langsam knipste er die Sternenlampe auf meinem Nachttisch an.

Es dauerte einige Sekunden, bis ich an Orientierung zurückgewann, denn das war wieder kein gewöhnlicher Traum gewesen. Dafür hatte es sich viel zu intensiv angefühlt. Außerdem konnte ich mich an jedes noch so kleine Detail erinnern.

„Das war ganz schön viel heute, hm?" Will setzte sich auf und rieb sich flüchtig über die müden Augen.

„Das ist eine Untertreibung. Ich verstehe nicht, wie du mir so etwas antun konntest." Es sollte wütend klingen, doch ich war so schläfrig, dass ich es gerade so über mich brachte, mich auf meinem Ellenbogen abzustützen. Um ehrlich zu sein, wusste ich nicht einmal, ob ich wütend auf Will sein sollte. Vielleicht hatte ich deswegen kein Wort mehr mit ihm geredet, seit wir den Palast verlassen hatten und zurück in unsere Normalität gekehrt waren. Ich hatte bloß schweigend aus dem Fenster seines Jeeps gestiert, ohne ihn zu beachten, aber ich hatte auch nichts dagegen unternommen, als er mir ins Haus gefolgt war. Mein Vater war zu diesem Zeitpunkt noch auf der Arbeit gewesen, und ich wollte unter keinen Umständen allein sein nach dem, was heute geschehen war. Auch jetzt war ich still und heimlich froh darüber, Will bei mir zu haben.

„Was hätte ich denn tun sollen? Du kannst nicht behaupten, dass du mir auch nur ein Wort geglaubt hättest, hätte ich dich vorgewarnt. Aber ich wollte dir unser Reich auch nicht länger vorenthalten. Es ist ein großes Privileg, dass du Zugang zu der Insel hast."

„Wie heißt eure tolle verborgene Insel überhaupt?" Erschlagen ließ ich mich wieder ins Kissen sinken.

„Hidden Island."

„Kreativ."

Will lachte leise. Auch ich konnte mir ein Grinsen nicht verkneifen, bemühte mich jedoch um einen neutralen Gesichtsausdruck, als ich seinen gefühlvollen Blick einfing. Jetzt erst bemerkte ich, wie unwohl mir in Wahrheit dabei war, mit ihm in einem Bett zu schlafen. Für den Fall, dass er tatsächlich Gefühle für mich entwickelt haben sollte, war das sicherlich nicht förderlich.

„Hidden Island ist so groß wie ganz England, weißt du", erzählte er gedankenverloren. „Dort ist mein wahres Zuhause."

„Wieso bist du nicht Prinz? Weil Roderich älter ist?" Ich

kicherte kurz, da ich mir Will im Königsmantel mit Zepter und Krone vorstellen musste.

„Er ist ein Jahr älter." Tatsächlich hätte ich Roderich auch auf zwanzig Jahre geschätzt. „Aber das hat nichts damit zu tun", fuhr Will fort. „Meine Mum ist die Schwester der Königin, aber sie hat damals freiwillig auf dieses Amt verzichtet. Sie wollte lieber die Welt sehen und ... normal sein eben. Hier in Gloucestershire hat sie dann meinen Dad kennengelernt. Sie pendeln zwischen den Welten, mal leben sie hier, mal auf Hidden Island."

„Oh." Ich wollte es nicht, doch ich verspürte einen kleinen Anflug von Enttäuschung. Ich hatte immer geglaubt, Will hätte Schwierigkeiten mit seinen Eltern, denn seit zwei Jahren gab es diese Phasen, in denen ich nicht zu ihm nach Hause kommen sollte. Damit ich nicht merkte, dass seine Eltern fort waren, wie ich mir nun vorstellen konnte. Vielleicht ging Will mit ihnen nach Hidden Island, wenn sie dort leben wollten und sie vermieteten ihre Wohnung unter, wenn sie nicht hier wohnten? Die Reise zwischen Gloucestershire und der magischen Insel schien ja ziemlich unproblematisch zu sein.

Ich fühlte mich schlecht, weil es mehr als nur falsch war, mich nicht aufrichtig darüber zu freuen, dass zwischen Will und seinen Eltern alles in Ordnung war. Wenn ich aber ehrlich zu mir selbst war, hatte mir der Glaube, er habe familiäre Probleme, etwas gegeben. Ein Gefühl von Identifikation. Ich konnte immerhin nicht gerade behaupten, dass ich meinen Eltern sonderlich nahestand, und ich hatte gedacht, Will würde das verstehen. Ich hatte gedacht, ich wäre nicht allein damit.

„Worüber denkst du nach?"

„Ich verstehe nur immer noch nicht, warum wir angegriffen wurden", flunkerte ich.

„Ich auch nicht." Will seufzte schwer. „Weißt du, der Friede

47

auf Hidden Island basiert auf Loyalität und Vertrauen. Nie gab es dort Krieg oder Politikverdrossenheit. Ich meine, es gibt schon eine Art, nennen wir es, Grüppchenbildung, aber eigentlich hegt niemand einen Gräuel gegen den anderen."

„Hat sich aber anders angefühlt." Unwillkürlich fasste ich mir an die Stelle, wo mich der erste Lehmklumpen getroffen hatte.

„Wir kommen schon noch dahinter", murmelte Will. „Du kommst doch morgen mit zu dem Essen im Palast, oder?"

„Wieso sollte ich? Ich habe mich zu Tode erschrocken, als plötzlich ein Oger vor mir stand!" Dabei war er nicht einmal bösartig zu mir gewesen. Mir wurde nur allzu bewusst, dass ich krampfhaft nach Ausreden suchte, um nicht wieder nach Hidden Island zu müssen. Meine Furcht stand mir im Weg, aber konnte ich wirklich wissen, ob ich die Insel am Ende nicht lieben lernen würde?

„Ach, die Oger." Will winkte ab. „Sie sind friedlich und, wenn du mich fragst, vollkommen überflüssig, so abgeschottet wie sie leben. Die braucht kein Mensch."

„Oswin hat mir geholfen", rutschte es mir trotzig heraus.

„Du hast dir den Namen dieser Kreatur gemerkt?"

„Ohne die *Kreatur* wärst du vielleicht im Wald verblutet", giftete ich und zupfte angesäuert an meinem weißen Schlaf-Shirt herum.

„Schon gut, Jools. Ich weiß, dass dein moralischer Kompass niemals schläft", zog Will mich auf.

„Du hättest wirklich tot sein können", flüsterte ich erstickt und versuchte, die Erinnerung beiseitezuschieben. „Die hätten dich heute Nacht noch im Krankenhaus behalten sollen. Haben die Ärzte bei euch überhaupt was auf dem Kasten?"

„Haben sie. Mehr als unsere Ärzte. Ihre Operationstechniken sind hochentwickelt und sie können sich zusätzlich magische Rezepturen der Hexer zu Nutze machen, deswegen bin ich so schnell aus dem Krankenhaus entlassen worden." Will schlug die dünne Decke beiseite und krempelte sein Shirt hoch.

Ich verfluchte mich selbst dafür, dass mir die Hitze nur so ins Gesicht schoss, als mein Blick auf seine Bauchmuskeln fiel, und hoffte inständig, dass ich dabei nicht allzu rot wurde. Schnell fokussierte ich mich auf die feine Naht, die dort verlief, wo das Schwert ihn getroffen hatte. Der Faden war unglaublich dünn und glänzend, und ich kam nicht umhin, mit meinem Zeigefinger über das seidige Material zu fahren. Dann ballte ich meine Hand zu einer Faust zusammen, um sie davon abzuhalten, an Wills Brust hinaufzuwandern. Woher auch immer dieses urplötzliche Bedürfnis kam.

„Es wird nicht einmal eine Narbe zurückbleiben", hauchte Will gefährlich nahe an meinem Ohr.

Ich räusperte mich unbeholfen. „Das ist beeindruckend. Tja, es ist spät, wir sollten schlafen gehen ... aber wir sind ja morgen Abend wieder ... auf der verkorksten Insel."

„Du kommst mit?" Wills Augen leuchteten vor Begeisterung.

Ich zögerte kurz, nickte dann aber.

Schnell drehte ich mich weg, rutschte an den Rand des Bettes und gab mir alle Mühe, meine kreisenden Gedanken abzustellen. Natürlich vergebens.

KAPITEL 4

Diesmal würde ich sicher nicht in einem dämlichen Sport-BH auf einen Drachen steigen, aber was zog man bitte an, wenn man vorhatte, mit dem Prinzen zu speisen? Zumindest hatte ich noch genug Zeit, um mir etwas Passendes zu überlegen. Ich war nämlich direkt, nachdem ich einen kleinen Terrier bei seinem Herrchen abgeliefert hatte, nach Hause geeilt.

„Dad!", rief ich überrascht und ließ beinahe mein Gurkensandwich fallen. „Was machst du hier?"

„Mich hat es erwischt", schnaubte er und lehnte sich mürrisch gegen die schwarze Kücheninsel. Er sah wirklich krank aus, das musste er auch sein, ansonsten wäre er niemals schon um siebzehn Uhr nach Hause gekommen. Tiefe Schatten lagen unter seinen mausgrauen Augen, sein kurzes, dunkelblondes Haar erlebte ich zum ersten Mal seit einer Ewigkeit unfrisiert, seine lange Nase war gerötet und entzündet und seine schmalen Lippen sahen aus, als hätte er stundenlang auf ihnen herum gekaut. Hätte er nicht so elendig ausgesehen, hätte ich lachen müssen, so ungewohnt fühlte es sich an, ihn im Bademantel anstatt im Anzug zu sehen, an dem Dad immer sein Namensschild festmachte, auf dem in Versalien *Carsten Gallagher* geschrieben stand.

„Soll ich dir eine Brühe machen? Ich könnte auch eine

Hühnersuppe kochen." Ich sah mich schon mein Handy zücken, um Will abzusagen, doch Dad winkte ab.

„Ich will nur schlafen." Er hustete demonstrativ, während er sich zum Gehen abwandte. „Aber wenn du Lust auf Hühnersuppe hast, koch dir welche."

„Ich bin Vegetarierin", rief ich ihm hinterher, da war er schon zur Tür hinaus.

Den kleinen Stich in meinem Herzen ignorierend, schleppte ich mich die Treppe hinauf und verbarrikadierte mich in meinem Zimmer.

Mal sehen, welches meiner Kleider war ... höfisch? Ich durchforstete meinen eher bescheiden gefüllten Kleiderschrank. Nichts kam mir passend vor, also entschied ich mich am Ende für ein schwarzes Etuikleid mit gerüschten Ärmeln. Es sah nicht gerade besonders, geschweige denn königlich aus, aber immerhin war es unauffällig und würde mich mit etwas Glück unsichtbar wirken lassen. An diesem Gedanken klammerte ich mich fest, während ich mir ein wenig Make-up auftrug und meine glatten Haare zu einem strengen Pferdeschwanz zusammenband.

Wie sich später herausstellte, war es nicht ganz so einfach, auf einem Drachen zu reiten, wenn man die Beine zusammenhalten musste, was dem engen Kleid geschuldet war. Und wie meine Haare nach dem Ritt durch die Lüfte aussahen, wollte ich gar nicht erst wissen! Dennoch verspürte ich zu meiner eigenen Überraschung eine freudige Aufregung, als der weinrote Drache in gemächlichem Tempo auf die Insel zu flog.

„Wir haben noch Zeit, etwas zu besichtigen, aber was?", rief Will mir ins Ohr. „Die Hütten der Oger wohl eher nicht! Vielleicht die Zelte der Feen, die Ländereien der Hexer, die Höhlen der Drachen oder die Stadt der Hexen?"

„Das meinst du also mit Grüppchenbildung!", sagte ich

laut. „Und von Hexen habe ich wirklich genug!"

„Du hattest eben einen schlechten Start mit ihnen. Vielleicht sollten wir sie besuchen, damit du dein Trauma überwinden kannst."

„Ich habe kein Trauma!", beschwerte ich mich.

„Na dann! Zur Hexen-Universität!"

Der Drache zischte so schnell abwärts, dass mir Tränen in die Augen schossen. Das blaue Meer und die Baumwipfel zogen bloß verzerrt an mir vorbei. Es gelang mir erst, die Tränen hinfort zu blinzeln, als wir sachte auf einer Art Campus landeten. Staunend blickte ich über den weitläufigen, asphaltierten Platz, der von akkurat beschnittenen Hecken und Bänken aus Eiche geziert wurde. Ein paar Mädchen mit langem, glänzendem Haar liefen uns, einen Stapel Bücher vor sich her balancierend, über den Weg, andere saßen auf einem Stück Wiese und ließen scheinbar mit der Kraft ihrer Gedanken einen Schwall Wasser durch die Luft wandern.

„Wow", hauchte ich.

„Ich weiß, das Gebäude ist toll", sagte Will und vergrub lässig seine Hände in den Taschen seiner schwarzen Stoffhose.

„Ich meinte eigentlich die Mädchen, die Wasser beschwören, aber das Gebäude ist auch nett." Wobei *nett* eindeutig eine Untertreibung war. Die Universität war imposant – das alte Gemäuer, die unzähligen Oberlichtfenster, der antike Fries. Vielleicht gefiel mir die Universität sogar besser als der Palast.

„Komm, da ist Mrs. Relish. Sie ist Dekanin an der Universität und überhaupt sehr angesehen unter den Hexen." Will zog mich in Richtung einer alten, nein, einer steinalten Dame, die erstaunlich aufrecht ging und einen wachsamen Blick hatte. Ihr faltiges, kleines Gesicht, das altbackene Kostüm in Schwarz und die dunkelgrauen Haare, die sie in einem strengen Dutt trug, hätten eher zu ihr gepasst, wäre sie krumm und wacklig am Stock gegangen, aber ihre straffe Haltung verriet rein gar nichts Gebrechliches.

Ein dünnes Mädchen, etwa sieben Jahre alt, dackelte lustlos hinter ihr her. Ich winkte der Kleinen freundlich zu, als die beiden näherkamen, woraufhin sie strahlend mit ihrer Sommersprossen besetzten Nase wackelte.

„Wilbert", schnurrte die alte Frau mit ihrer kratzenden Stimme, woraufhin Will kaum merklich zusammenzuckte. „Wie geht es deiner lieben Mutter?"

„Ausgezeichnet, danke." Er lächelte höflich.

„Und wer ist deine nette Begleitung?"

„Das ist Julie Gallagher", stellte Will mich artig vor.

Ich runzelte die Stirn, denn es fühlte sich an, als wäre Mrs. Relish kurz aus der Fassung. Sie lächelte zwar weiterhin, doch ihre dunklen Augen wirkten alarmiert. Oder bildete ich mir das nur ein? Vielleicht war ich Hexen gegenüber zu skeptisch eingestellt und suchte nach Zeichen, die es gar nicht gab.

„Julie, ja?" Mrs. Relish reichte mir ihre knorrige Hand, und ich schüttelte sie schüchtern.

„Und ich bin Lisa!", brachte sich das kleine Mädchen ein, wobei ihre olivgrünen Augen vergnügt funkelten.

„Niemand hat danach gefragt", zischte Mrs. Relish scharf und schenkte Will ein entschuldigendes Lächeln, das er manierlich reflektierte.

„Aber, Grandma...", versuchte Lisa zu protestieren.

„In der Anwesenheit anderer hast du mich mit *Dekanin* anzusprechen. Wie oft soll ich dir das noch erklären?" Mrs. Relish seufzte entnervt und packte ihre Enkelin unsanft an der Schulter. „Jetzt geh und setz dich dort drüben auf die Bank, bis ich fertig bin. Ich möchte hier eine erwachsene Unterhaltung führen."

Lisa schob beleidigt die Unterlippe vor und stapfte davon.

Mein mitleidiger Blick folgte ihr, während ich mir auf die Zunge beißen musste, um ihrer Großmutter nicht die Leviten zu lesen. Was für eine kaltherzige Hexe!

„Wohnen Sie in der Großen Stadt?", säuselte Mrs. Relish nun an mich gewandt.

„Ob ich in einer Großstadt wohne?", hakte ich verunsichert nach.

„Nein, in der Großen Stadt von Hidden Island wohnen die Nicht-Magischen", erklärte Will, dann wandte er sich an die Hexe. „Julie kommt aus England, müssen Sie wissen. Übrigens ..." Er grinste verlegen. „Ich weiß, Sie haben schon abgeschlossen, aber meinen Sie, ich könnte kurz die Toilette benutzen?"

Mrs. Relish verdrehte freundlich die Augen, kramte in ihrer krokodilgrünen Handtasche nach einem großen Schlüsselbund und reichte ihn Will.

„Danke", sagte er schon halb im Gehen. „Vielleicht können Sie Julie ja von Hidden Island erzählen. Sie hat noch nicht sehr viel gesehen."

„Ist das so?", fragte Mrs. Relish und bedachte mich mit einem wachsamen Blick. „Ihr solltet euch später unsere Einkaufspassagen anschauen. Die Lichter sehen großartig aus im Dunkel."

„Das klingt fantastisch", sagte ich, da Mrs. Relish nicht den Eindruck einer Frau erweckte, die es gern hinnahm, wenn man ihr widersprach. „Allerdings sind wir für heute Abend verplant. Wir sind zum Essen in den Palast eingeladen."

„Dann kennen Sie Prinz Roderich?", erkundigte sie sich hellhörig, beinahe angespannt.

„Ja." Ich fühlte mich kleinlaut unter ihren prüfenden Blicken.

„Man munkelt, er will bald heiraten."

„Ja?" Ich wusste beim besten Willen nicht, ob es daran lag, dass Mrs. Relish sich respekteinflößend über mich beugte, oder an ihren Worten selbst, doch ich musste schwer schlucken.

„Sie wissen nicht zufällig, wer die Glückliche ist?"

Worauf wollte diese Irre hinaus? „N-nein, ich kenne Prinz Roderich erst seit gestern. Ich habe im Grunde genommen gar nichts mit ihm zu tun."

„Ach so." Mrs. Relish atmete kaum hörbar aus. „Tja, ich bin einfach neugierig. Es wird bestimmt eine traumhafte Hochzeit. Wir Hexen sind treue Fans der königlichen Familie."

„Was ... hexen Sie denn so? Ich kenne mich ja nicht aus", murmelte ich und kam mir furchtbar plump dabei vor.

„Wir beherrschen die Elemente, ja, wir betreiben Naturzauberei, natürlich in unterschiedlich starker Weise. Während die Schwächeren von uns gerade mal ein Glas Wasser zum Gluckern bringen können, beschwören die anderen eine Welle herauf."

„Oh, das mit dem Gluckern klingt aber auch ... Will!" Vermutlich gelang es mir nicht recht, meine Erleichterung zu verbergen, zumal ich Wills Namen schon rief, als er noch ziemlich weit von uns entfernt war. Nur dummerweise hatte ich diese Angewohnheit, an meinem Unterarm zu kratzen, wenn ich in unangenehme Situationen geriet. Mein Unterarm war dementsprechend bereits hässlich gerötet, weswegen Wills Wiederkehr mir gerade recht kam.

„Vielen Dank, Mrs. Relish", sagte er, als er endlich bei uns war, und reichte ihr die Schlüssel zurück. „Wir müssen los, damit wir nicht zu spät kommen. Bis bald!"

Bereitwillig ließ ich mich von ihm zu unserem Drachen führen.

„Ich weiß, ich sollte nicht vorschnell urteilen, aber die Lady ist schräg", murmelte ich. „Ich hatte das Gefühl, sie würde mir misstrauen ..."

„Sie ist einfach nur streng. Jeder wäre am Anfang von ihr eingeschüchtert." Will winkte desinteressiert ab. „Freust du dich aufs Essen?"

„Nein", rutschte es mir heraus. „Ich weiß doch nicht, wie man mit einem Prinzen speist! Und da werden so viele fremde Leute sein ... Roderichs Eltern, seine Verlobte ..."

„Seine *Verlobte*?" Will blieb abrupt stehen und sah ernsthaft verwirrt aus.

„Mrs. Relish sagte, Roderich würde heiraten."

„Das wüsste ich aber. Sie wird wirklich etwas senil ..."

„Gut zu wissen. Wäre sicher peinlich geworden, hätte ich mich nach seiner nicht-existenten Frau in Spe erkundigt." Energisch strich ich mir das Kleid glatt und stapfte auf den Drachen zu. Ich zog mir die Schuhe aus, um nicht mit meinen hohen Hacken auf seinem Flügel herumzutrampeln, und schwang mich auf seinen Rücken.

„Vor denen hast du wohl keine Angst mehr." Will setzte sich vergnügt hinter mich.

„Nicht halb so viel wie vor dem Abendessen."

Ich hatte es ernstgemeint. Das Abendessen machte mich immer noch nervös, als wir bereits den Salat zur Vorspeise verschlungen hatten und nun auf den Hauptgang warteten. Ich war so sehr darauf bedacht, mich nicht zu blamieren, dass ich kaum ein Wort herausbrachte und bloß höflich in eine unbestimmte Richtung lächelte. Das Reden überließ ich getrost Will, der bereitwillig von seinem Studium erzählte, aber irgendwann würden ihm die Geschichten ausgehen. Dann wäre ich wohl an der Reihe.

„Noch ein Glas?" Ein Bediensteter tauchte mit einer

Karaffe Rotwein hinter mir auf.

„Gern." Das konnte unter den gegebenen Umständen wohl nicht schaden.

Kurz entzog sich meine Aufmerksamkeit dem Gespräch und richtete sich wie zu Beginn, als ich den Speisesaal betreten hatte, auf die gewölbte Decke, an der Balken aus Ebenholz verliefen. Sie spiegelten sich in dem glänzenden Parkettboden wider, über den sich ein graublauer Vintage-Teppich erstreckte. Darauf stand eine festlich geschmückte Tafel, die von silbernen Sockeln mit kleinen Skulpturen aus Metall umrundet wurde. Vor jedem von uns ruhte ein Porzellanteller mit floralen Verzierungen, die ich nach einiger Zeit des Grübelns als Lavendel identifizierte.

„Erzählen Sie von sich, Julie", forderte Roderichs Mutter (aka die Königin von Hidden Island!) mich freundlich auf.

Oh je, jetzt ging es wohl los.

„Ja, was haben Sie für Interessen?", klinkte Roderichs Vater sich ein. Seine braunen Augen wirkten warm und seine buschigen Augenbrauen, ebenso das braune, dichte Haar, verliehen ihm eine Teddybär-Note.

„Ich tanze Ballett." *Und kratze unter der wahrscheinlich sündhaft teuren Tischplatte meinen Unterarm wund.* „Und … ich arbeite ehrenamtlich im Krankenhaus. Also, eigentlich habe ich im Moment nicht so viel Freizeit, aber wenn doch, dann gehe ich gern in den Plattenladen oder in die Bücherei."

„Aha, und sind Sie derzeit in festen Händen?", fragte die Königin ungeniert. Von fürstlichen Manieren zeugte das nicht gerade!

Roderich verschluckte sich und hustete heftig.

Himmel, dieser Abend würde nicht gut für meinen Unterarm ausgehen. „Nein, gerade nicht", presste ich mit hoher Stimme hervor, woraufhin die Königin lächelnd

durchatmete und ihre kristallblauen Augen verheißungsvoll in Roderichs Richtung wandern ließ. Ich konnte meinen Blick bloß von ihren hellblonden Haaren, die zu einer aufwendigen Hochsteckfrisur verarbeitet worden waren, über ihren marineblauen Hosenanzug schweifen lassen und mich über ihre Gelassenheit wundern. Genau wie Roderich saß sie kerzengerade auf ihrem Stuhl, wirkte aber im Gegensatz zu ihrem Sohn beneidenswert unbefangen.

„Wo bleibt denn die Hauptspeise?" Roderich sah sich angespannt über die Schulter hinweg um.

„Lasst uns über etwas anderes reden", warf der König diplomatisch ein. Dachte ich zumindest, denn in dieser Sekunde konnte ich nicht ahnen, dass er mit dem, was er ansprechen würde, eine schwerwiegende Entscheidung anstieß. Eine Entscheidung, die ich würde treffen müssen. „Wir müssen bald eine Lösung für unser Problem finden."

„Ich bitte dich, Dad, das müssen wir doch nicht jetzt besprechen." Roderich nahm einen großzügigen Schluck Wein zu sich.

Fasziniert starrte ich den Prinzen an. Bis auf die Röte unter seinen Bartstoppeln (und seinen Alkoholkonsum) wies nun nichts mehr darauf hin, dass er sich unwohl fühlte.

„Doch, es ist dringend", widersprach der König. „Und ich hoffe, das war dein letztes Glas Wein für heute Abend, wenn du nicht etwas langsamer trinkst."

Roderich verdrehte kaum merklich die Augen.

„Ich finde auch, wir sollten jetzt darüber sprechen", klinkte sich die Königin mit ihrer herzlichen Stimme ein. „Uns fehlen immerhin die nötigen Mittel, um die entflohenen Hexen zu einem Gespräch zu bewegen."

„Entflohene Hexen?", echote ich, bevor ich es verhindern konnte.

„Ja, ganz genau", sagte die Königin an mich gewandt. Zu meiner Verwunderung wirkte sie nicht verärgert darüber, dass ich sie unterbrach, sondern nahezu erfreut. „Wissen Sie, Julie, wenn man zwischen den Welten wechseln will, muss man sich vorher bei unserem Amt eine Einwilligung holen und angeben, wohin man möchte, warum man Hidden Island verlassen will und wie lange man vorhat, in der anderen Welt zu bleiben. Das ist kein Problem, denn es geht schnell und es wurde noch nie ein Antrag abgelehnt. Einige wenige, die wie Will regelmäßig pendeln, haben eine permanente Erlaubnis."

„Aber eine Gruppe von Hexen hat Hidden Island einfach verlassen", erklärte Roderich ernst. „Ohne eine Einwilligung. Sie haben die Wächterin am Schalter in Cheltenham, die Namen und Papiere überprüft, überfallen ..."

„Die Frau in der Hütte?", fragte ich an Will gewandt, woraufhin er flüchtig nickte.

„Und nun weiß niemand, wo genau sich die Hexen aufhalten. Sie sind seit zwei Monaten verschwunden, aber wir kennen ihre Motive nicht", fuhr Roderich fort.

„Na, so ganz stimmt das nicht." Der König schnaubte verbittert. „Wir haben Grund zu der Annahme, dass sie Angriffe, wenn nicht sogar einen Krieg, in der anderen Welt planen."

„Das ist unmöglich. Sie sind zu wenige, um zu kämpfen." Roderich schüttelte selbstsicher den Kopf. „Ich vermute eher, dass sie ihre Kräfte verraten, und auch Hidden Island, und mit den Politikern verhandeln, um an Machtpositionen zu gelangen."

„Das fürchte ich auch." Die Königin rieb sich unglücklich die Hände. „Das Problem ist, dass wir laut Gesetz unsere königliche Macht nicht in der anderen Welt ausüben dürfen. Deswegen können wir den Hexen nicht befehlen, sich zu versammeln, um mit uns über ihre Motive zu sprechen. Wir würden sicherlich zu einer Einigung kommen."

„Allerdings", der König richtete sich gewichtig auf, sah aber niemand Bestimmtes an, „sähe die Lage anders aus, wenn Hidden Island einen Herrscher oder eine Herrscherin aus der anderen Welt hätte. So jemandem wären die Hexen auch dort verpflichtet. Das wäre unsere einzige Chance, mit ihnen zu kooperieren oder sie notfalls zu einer Rückkehr nach Hidden Island zu zwingen."

„Tut mir leid, aber ich fürchte, ich verstehe nicht ganz", sagte ich verzagt. In meinem Kopf schwirrte ein wirrer Gedanke um den anderen herum, und dass ich vor lauter Nervosität ununterbrochen an meinem Wein nippte, war auch nicht gerade förderlich.

„Es ist so", sagte Roderich mit fester Stimme und stierte dabei auf seinen Porzellanteller, „wenn wir eine Chance haben wollen, eure Welt vor dem Vorhaben der Hexen zu retten, dann muss ich ein Mädchen aus der anderen Welt heiraten." Langsam löste er seinen Blick, in dem ein Hauch von Ehrfurcht lag, und ließ ihn zögernd zu mir wandern, bis wir einander angespannt in die Augen sahen.

„Ehe Sie vorschnell urteilen, denken Sie nur an all das, was geschehen könnte", lenkte Roderichs Mutter meine Aufmerksamkeit nun auf sich. Sie sprach mit Tränen in den Augen. „Die magischen Wesen wissen nicht, wie sie sich in der anderen Welt zurechtfinden können. Sie würden ihre Freiheit und Unabhängigkeit verlieren. Ihr Leben wäre fortan fremdbestimmt. Menschen können so grausam sein. Sie würden Experimente mit den magischen Spezies durchführen, würden sich vor ihnen fürchten und sie darum wegsperren – und alles wäre wie früher. Natürlich würden sie alle versuchen zu kämpfen, die Drachen, die Feen, die Oger, die Hexen und

Hexer, aber das ist keine Schlacht, die sie gewinnen könnten. Wenn sie sich gegen die Unterdrückung aufbäumen, werden sie sterben, und wenn nicht, geht ihre größte Errungenschaft verloren: ein sicheres, friedvolles Leben, in dem sie sich nicht unterdrücken lassen und fürchten müssen."

„So ist es." Die Unterlippe des Königs bebte leicht. „Aber Sie, Julie, Sie könnten womöglich verhindern, dass all diese Opfer gebracht werden müssen – in beiden Welten. Wenn Sie nur ..."

„Ihr wollt mich doch verarschen", platzte es aus mir heraus. Mein gängiges Vokabular sah eigentlich netter aus, aber meine gängigen Abendessen endeten normalerweise auch nicht damit, dass das Königspaar einer magischen Insel und ihr Sohn andeuteten, ich solle seine Ehefrau und Königin von Hidden Island werden, um ein paar irre Hexen in Schach zu halten. Das konnte ich mir nicht antun, auch wenn die Worte der Königin mich eindeutig nachdenklich stimmten, wenn sie mich nicht gar berührten. Mit aller Mühe schob ich sie von mir. Vielleicht war es nun an der Zeit, an mich selbst zu denken.

„Jools", sagte Will beschwichtigend, zuckte jedoch erschrocken zusammen, als ich wild zu ihm herumwirbelte.

„Hast du etwa davon gewusst?", bellte ich. Ich konnte mich nicht daran erinnern, wann meine Wangen zuletzt vor Zorn geglüht hatten oder ich gar ausfallend geworden war, aber jetzt strömte eine unbändige Wut durch jede Faser meines Körpers.

„Natürlich nicht!", entrüstete sich Will.

„Und du bist mir ja ein feiner Prinz, der Mummy und Daddy neben sich braucht, weil er nicht den Mumm hat ..."

„Jools!", sagte Will wieder, diesmal im warnenden Tonfall. Aber es war zu spät. Ich war längst aufgestanden und gestikulierte wild in Roderichs Richtung, so wild, dass mein Zopf von einer Seite zur anderen schwang. „Nein, lass dieses Jools! Roderich hatte gestern die Chance, mich in einem ruhigen und privaten Moment darauf anzusprechen ..."

„Du meinst den Moment, in dem du dir Sorgen um deinen verwundeten Freund gemacht hast?" Roderich zog selbstgefällig eine Augenbraue nach oben. „Ja, ein sehr ruhiger Moment war das."

„Trotzdem ist es unfair, mich in dieser Konstellation damit zu überrumpeln!", rief ich, nachdem ich mich wieder gefasst hatte, denn Roderich hatte mich kurz aus dem Konzept gebracht. „So etwas von mir zu verlangen, ist nicht sehr königlich", fügte ich hoheitsvoll hinzu, bevor ich auf dem Absatz kehrtmachte, geladen an der Tafel vorbeirauschte und energisch die hölzerne Doppeltür aufstieß. Als sie hinter mir zufiel, nahm ich mir eine Sekunde, um durchzuatmen. Ich hörte Will noch „Du bist ein verdammter Idiot, Rod" knurren, dann setzte ich mich in Bewegung und lief ziellos den Korridor entlang. Nur mein pochendes Herz und das Klackern meiner Absätze auf den gräulichen Fliesen waren zu hören. Die hohen Wände, die mit Fackelhalterungen und dunkel umrahmten Portraits versehen waren, zogen fliegend schnell an meinen Augenwinkeln vorbei.

„Hey!" Wills Hand legte sich um meinen Arm, als ich bereits zweimal abgebogen war.

„Ich will mir nur die Nase pudern!", fauchte ich.

„Das Bad liegt aber in einer ganz anderen Richtung." Seine Stimme klang mitleidig, wofür ich ihn stillschweigend verfluchte.

„Wenn hier auch jeder verdammte Korridor gleich aussieht!" Erschöpft massierte ich mir den Nasenrücken. „Das ist zu viel, Will", flüsterte ich nach einer Weile des Schweigens. „Das ist alles zu viel. Die Hexen, die Oger, die Drachen ... und jetzt auch noch der unromantischste Heiratsantrag aller Zeiten!"

„Du siehst das falsch", sagte Will hypnotisierend ruhig. „Es wäre ein Abenteuer."

„Ach ja? Ich heirate einen Wildfremden und werde Königin einer Insel, die es gar nicht geben dürfte?" Ich lachte hysterisch auf. „Außerdem weiß ich nicht, was ich von Roderich halten soll. I-ich habe ihn in einem Traum gesehen, bevor ich ihn überhaupt kannte. Das hatte irgendetwas mit diesen verflucht gruseligen Stimmen zu tun, glaube ich. Ja, ganz sicher hatte es das - "

„Die Gabe des Schattens", fiel Will mir leise ins Wort. „Es ist selten, aber manche Hexen beherrschen die Gabe des Schattens. Damit können sie dir fiebertraumartige Episoden in den Kopf einpflanzen. Überleg mal, wenn die entflohenen Hexen Wind davon bekommen haben, dass du sie zur Rückkehr bringen könntest, würden sie eine mögliche Zusammenarbeit zwischen dir und Roderich sicherlich verhindern wollen. Vielleicht war es ihr Ziel, dass du ihm misstraust?"

„Dann planen Roderich und seine Eltern schon länger, mich um diesen Gefallen zu bitten?" Verwirrt zog ich die Nase kraus. Womöglich hatte Will recht mit seiner Theorie, womöglich auch nicht. Wäre es für eine Bande skrupelloser Hexen nicht am einfachsten gewesen, mich umzubringen, wenn sie mich tatsächlich als Bedrohung ansahen? Oder scheuten sie sich etwa davor, unschuldige Mädchen zu töten? So oder so, ich konnte mich noch nicht entscheiden, was das in Bezug auf Roderich zu bedeuten hatte. Konnte ich ihm trauen?

„Keine Ahnung, ich habe oft von dir erzählt." Angestrengt presste Will die Lippen aufeinander, wobei seine Augen nachdenklich flackerten. „Hör mir zu", bat er mich schließ-

lich, atmete hörbar aus und nahm meine Hände in die seinen. „Du hast Bedenken, was mehr als nur nachvollziehbar ist. Du kennst unser Land nicht und du kennst Roderich nicht. Aber vielleicht solltest du dich einfach mal mit ihm verabreden …"

„Und dann?", fiel ich ihm empört ins Wort. „Ich treffe ihn, realisiere, was für ein Traumtyp er ist, verliebe mich in ihn und bettle darum, dass er mich heiratet?"

„Nein, natürlich nicht", sagte Will heftig und hielt meine Hände nun unangenehm fest. Ich wagte einen schwachen Versuch, sie zurückzuziehen, scheiterte jedoch. „Herrgott, es wäre ja nur eine Zweckehe! Aber wenn du dich mit Roderich verabredest, kannst du in Ruhe mit ihm reden und verstehen, wofür du das machen würdest. Jools, niemand hat eine bessere Menschenkenntnis als du. Du hast einen Riecher für die Absichten und die Seele eines Menschen." Als er das Wort *Seele* benutzte, musste er sich unübersehbar eine Grimasse verkneifen. „Es würde dir einiges klarer erscheinen, wenn du siehst, dass Roderich kein schlechter Kerl, sondern ein bemühter Herrscher ist", fuhr er dann aber ernst fort.

„Du schlägst also tatsächlich vor, dass ich ihn heiraten soll?" Ungläubig riss ich die Augen auf.

„Ich weiß nicht. Ich glaube, ich schlage vor, dass du es in Erwägung ziehen sollst. Wer weiß, wie lange die Hexen noch stillsitzen werden? Wer weiß, wann sie mit dem Schmieden ihrer Pläne fertig sind und sie in die Tat umsetzen? Du hast keine Verbindung zu Hidden Island, schon klar, aber es ist auch dein Zuhause, das in Gefahr geraten könnte. *Deine Welt.*"

Will wusste ganz genau, welche Knöpfe er bei mir drücken musste. Und ich fiel darauf rein. Auf einmal fühlte es sich beinahe falsch an, Roderich nicht helfen zu wollen.

„Schön, lassen wir es mal außer Acht, dass das alles total

verrückt ist", sagte ich so konzentriert wie möglich. „Aber was ist mit der Schule? Ich setze doch nicht meinen Abschluss dafür aufs Spiel! Und was ist, wenn das Abenteuer vorbei ist? Dann stehe ich da, mit einer unglücklichen Ehe, sehe meine Freunde nicht mehr, habe kein normales Leben ..."

„Schon mal etwas von Scheidung gehört?" Will hob neckend die Augenbrauen. „Außerdem kannst du jederzeit nach Hause, wenn dir danach ist. Und bald sind Sommerferien. Ich bin mir sicher, dass ihr es innerhalb der sechs Wochen schafft, die Hexen zu bändigen."

Widerstrebend schaute ich zur Seite weg. Mir fielen tausend Gründe ein, warum ich es nicht tun sollte. Aber konnten sie das Leid aufwiegen, das Hidden Island ereilen würde, wenn ich ablehnte?

„Wer hat sich überhaupt dieses blöde Gesetz ausgedacht, dass die Regenten dieser Insel keine Macht über ihre Untertanen haben, wenn die in der anderen Welt herumgeistern?", maulte ich.

„Soweit ich noch aus dem Geschichtsunterricht weiß, war das damals ein großes Streitthema im Palast", erklärte Will leichthin. „Die einen waren dafür, die anderen dagegen, also haben sie wohl eine Art Kompromiss eingeführt, indem sie festlegten, dass jemand aus der anderen Welt König oder Königin werden muss, um ..."

„Wie unsinnig", fiel ich ihm seufzend ins Wort.

„Vielleicht. Ich glaube, man ist einfach davon ausgegangen, dass es ohnehin keine Rolle spielt. Jetzt hör mal zu, Jools." Will legte mir beide Hände auf die Schultern und sorgte dafür, dass ich ihm in seine lavendelblauen Augen schauen musste. „Sechs Wochen. Du darfst Feen und Drachen sehen, musst bloß mit ein paar Hexen verhandeln und danach brauchst du nie wieder einen Fuß auf diese Insel zu setzen, wenn du es nicht möchtest. Du kannst die Sache jederzeit abbrechen. Und du musst dich auch nicht jetzt entscheiden, du solltest bloß darüber nachdenken."

„Wieso ist dir das so wichtig?", fragte ich viel weicher als beabsichtigt.

„Ich ..." Zwiespalt trat in Wills Augen, schlug dann aber in Entschlossenheit um. „Du triffst niemals eine Entscheidung, ohne dich zu fragen, was richtig und was falsch ist. Du würdest nie etwas Falsches tun. Du fragst dich jeden Tag aufs Neue, was gut und was böse ist, und würdest in jeder Lebenslage auf der Seite der Guten stehen. Du wärst eine erstklassige Königin. Jedes Königreich könnte sich glücklich schätzen, dich an der Spitze stehen zu haben."

„Es tut mir leid, Will, aber ich kann jetzt nicht zurück zu Roderich und seinen Eltern", begann ich ernst, konnte mir aber ein Schmunzeln nicht verkneifen, als Will bereits zerknirscht dreinschaute. „Ich werde mich Ende der Woche mit deinem Cousin treffen. Der viel reicher und wichtiger ist als du. Und jetzt will ich nach Hause."

Will gab mir grinsend einen Klaps auf den Hintern, als ich an ihm vorbeilief. Mit nur wenigen Schritten holte er mich ein und machte eine ausladende Handgeste. „Ihr Drache wartet vor dem Palast, Eure Hoheit."

„Ich präferiere *Durchlaucht*", näselte ich, zog dann meine Pumps aus, nahm Wills Hand und lief lachend mit ihm die königlichen Flure entlang.

Und vielleicht rannte ich geradewegs in eine unverhoffte Zukunft.

KAPITEL 5

Noch nie hatte mein Herz so schnell bei dem Klang unserer Schelle geschlagen.

Da ich nicht wusste, was Roderich mit mir vorhatte, trug ich bloß eine blaue Jeans und ein rotes T-Shirt. Würde eine Hochzeit mit dem Prinzen für mich bedeuten, jeden Tag pompöse Kleider und wochenlang keine bequeme Hose zu tragen, wäre er ohnehin für mich gestorben.

Angespannt öffnete ich die Tür – und stutzte.

„Ray?", entfuhr es mir und ich hatte kurz mit dem Bedürfnis zu kämpfen, ihm die Tür vor der Nase zuzuschlagen.

„Ich weiß, es ist recht spontan." Er grinste lässig und schüttelte sich in einer leichten Kopfbewegung die Haare aus den dunklen Augen. „Aber wir haben lange nichts unternommen, also ..."

„Liegt vielleicht daran, dass du mich zu einem Dreier drängen wolltest und dann Schluss gemacht hast." Zu meiner eigenen Überraschung klang ich gar nicht bissig, sondern eher erschöpft.

„Ja, aber ich habe mich gestern Abend von dem Mädchen getrennt, mit dem ich den Dreier wollte, von daher ..."

„Von daher?", mischte sich eine dritte Stimme ein, die mir für ein paar Sekunden Atemprobleme einhandelte.

Was hatte Roderich hier zu suchen?

Gelassen stellte er sich neben Ray und streckte ihm höflich die Hand entgegen. Ray schlug locker ein und wandte sich dann wieder grinsend an mich.

„Ich wusste nicht, dass du Pläne hast", sagte er ruhig, aber mit einem eindeutigen Anflug von Verärgerung.

„Ich wusste nicht, dass du unsere Pläne über Bord geworfen hast", sagte Roderich und setzte ein kleines, unergründliches Lächeln auf.

„Ich – wo bleibt Will, verdammt?", brachte ich überfordert hervor.

„Du erwartest *noch* jemanden?" Ray schob beeindruckt die Unterlippe vor. „Vielleicht gibt das ja doch noch was mit dem Dreier."

„Bitte?" Roderich sah neugierig zwischen meinem Exfreund und mir hin und her.

„Um das klarzustellen: Von euch beiden habe ich keinen erwartet." Ich seufzte schwer, da mich pochende Kopfschmerzen heimsuchten. Ich hatte mit Will abgemacht, dass er mich abholen und nach Hidden Island bringen würde, wo ich dieses blöde Gespräch mit Roderich führen wollte. Dass der nun vor meiner Haustür auftauchte, war definitiv nicht geplant gewesen. „Geh jetzt, Ray", fügte ich unglücklich hinzu.

„Scheint so, als würdest du heute das Rennen machen, Bruder." Ray klopfte Roderich freundschaftlich auf die Schulter und ging mit federnden Schritten davon.

Roderich räusperte sich geschäftig. „Ich verstehe deine Verwunderung, aber Will wird nicht kommen. Ich dachte, es wäre leichter für dich, dich auf ein klärendes Gespräch zu konzentrieren, wenn wir alles in deiner gewohnten Umgebung besprechen. Darum bin ich an seiner Stelle hergekommen. Ich schlage vor, wir gehen in ein Restaurant deiner Wahl und lernen uns kennen."

Ich starrte ihn mit leicht geöffnetem Mund an. Wieso klang er erst wie jemand, der ein Geschäft abwickeln, dann aber wie jemand, der mich ernsthaft ausführen wollte? Und was fand ich weniger furchtbar?

„Du weißt aber, dass ich kein Date mit dir will, oder?", sagte ich mit Nachdruck.

„Glaub mir, das will ich auch nicht." Roderich versenkte seine Hände in den Hosentaschen seines grauen Anzugs. „Betrachte es als Geschäftsessen."

„Du gehst also nicht auf die Knie?" Ich schmollte theatralisch und entlockte Roderich dieses aufrichtige Lächeln, das ihn schon bei unserer ersten Begegnung so schön hatte aussehen lassen.

„Wir werden sehen, wo es hinführt." Roderich hielt mir seine große Hand entgegen. Schlagartig fühlte ich mich in meinen Traum zurückversetzt, in dem ich gezweifelt hatte, ob ich mit ihm gehen sollte. Ich wartete förmlich auf unheimliche Stimmen, die mich vor ihm warnen würden, oder gar auf einen Blitz, der zwischen uns einschlagen würde, aber glücklicherweise geschah nichts dergleichen, weswegen ich behutsam nach seiner Hand griff und wir uns auf den Weg ins *East India Cafe* machten. Roderich wollte ein Taxi rufen, was er „die Drachen der anderen Welt" nannte, aber das Restaurant lag in Laufweite, also waren wir auch zu Fuß nach wenigen Minuten dort.

„Ich komme mir irgendwie overdressed vor", murmelte Roderich, lehnte sich auf der gepolsterten Sitzbank zurück und nippte an seinem Bier. Beiläufig strich er sich über die Krawatte.

„Wir sind hier eben nicht in deinem Palast."

„Ja, ist eine nette Abwechslung." Er sah sich gelassen um. „Ich bin heute das erste Mal in eurer Welt."

Prompt verschluckte ich mich an meinem gesüßten Milchtee. „Wie bitte?" Ich hüstelte noch ein wenig. „Aber es ist so einfach, von Hidden Island hierher zu reisen. Und ist es als Prinz nicht wichtig, ähm, weltoffen zu sein?"

„Keine Sorge, ich weiß alles über eure Welt. Ich bin viel darin unterrichtet worden und habe jegliche Bücher gelesen. Ich kenne alle Kontinente, alle Epochen, die Weltkriege, die Erfindung des Internets ..."

„Du kennst all das nur aus Büchern. Ist es nicht sehr aufregend für dich, zum ersten Mal hier zu sein? Ich meine, ich habe auch schon von Feen und Drachen gelesen, aber es war trotzdem ein Schock, als ich nach Hidden Island kam."

„Das ist doch etwas anderes", tat Roderich meinen Einwand ab. „Ich habe schon tausende Fotos von England gesehen. Es ist also nicht aufregend, nein."

„Nicht mal ein bisschen?", hakte ich nach, da ich ihm nicht glaubte.

Ein aufgewecktes Glänzen trat in Roderichs Augen. „Ja, ein bisschen. Meine Eltern wollten bisher nicht, dass ich Hidden Island verlasse, damit ich mich an die Verpflichtungen meines Amts gewöhne."

„Was ist mit den Verpflichtungen *meines* Amts?" Ich lehnte mich nach vorn und verschränkte förmlich meine Finger ineinander.

„Du dürftest Hidden Island jederzeit verlassen. Ebenso wie mich." Roderichs Stimme trug auf einmal eine düstere Nuance in sich. „Deine einzige Aufgabe wäre es, die Hexen zu einem Gespräch zu versammeln, nachdem du unsere Kultur ein wenig besser kennengelernt hast."

„Und du meinst, das schaffe ich innerhalb der

70

Sommerferien?" Ich spürte, wie sich eine drückende Unsicherheit über mich legte.

„Auf jeden Fall. Wir haben das gut kalkuliert", antwortete Roderich, der so etwas wie Unsicherheit nicht zu kennen schien. „Also?"

„Also?" Ich starrte ihn mit erhobenen Augenbrauen an.

„Hilfst du uns?"

„Wir sind gerade mal ein paar Minuten hier! Ich kenne dich noch gar nicht", empörte ich mich.

„Ich dachte, das soll kein Date sein?" Nun war es an Roderich, die Augenbrauen zu heben.

„Nein, aber ich ..." Meine Stimme versagte.

„Raus mit der Sprache", sagte Roderich unerwartet weich.

„Schön." Entschlossen strich ich mir eine lange, blonde Strähne hinter mein linkes Ohr. „Ich dachte nur, wenn ich ein paar Stunden mit dir verbringe, könnte ich irgendwie abschätzen, ob du ein guter Mensch bist." Ich bemerkte selbst, wie kindlich und naiv ich klang, was meine Wangen zum Erröten brachte, doch Roderich lachte nicht. Er sah mich bloß verständnisvoll an.

„Du hast Angst, ich wäre so etwas wie ein despotischer Herrscher?", fasste er meine Sorgen erstaunlich treffend zusammen. „Du kennst unser Land nicht, aber ich versichere dir, dass bei uns keine Diktatur oder Ähnliches herrscht. Es gibt Volksabstimmungen, meine Eltern haben Berater aus allen Klassen – Hexen, Drachen, Feen, Oger, Menschen – und wir leben in Frieden. Nur weil ich Macht habe, bin ich kein schlechter Mensch."

„Ich wollte dir auch nichts unterstellen", versicherte ich ihm. „Es fühlt sich nur so falsch an, eine Zweckehe einzugehen."

„Und doch wäre es richtig, unserem Königreich zu helfen

und seine Mitglieder vor einem grauenhaften Schicksal zu bewahren." Nun lehnte auch Roderich sich vor. „Julie, man kann nicht immer zwischen Richtig und Falsch entscheiden. Es gibt so viel mehr zwischen Licht und Schatten, was das Leben äußerst kompliziert macht. Aber wenn du ehrlich bist, geht es bei deiner Entscheidung nicht darum, ob es richtig wäre, mich zu heiraten, sondern ob du es wagst. Es ist eine Frage des Mutes."

Ich starrte ihn so fasziniert an, dass es schon dümmlich aussehen musste, wie ich meinen Kopf vorschob und meinen Mund leicht öffnete. Zu meinem Glück kam in diesem Moment ein Kellner und holte mich aus meiner Trance zurück. Wer wusste schon, wie lange ich sonst noch Roderichs hohe Wangenknochen angestarrt hätte?

„Das Übliche?", fragte der schlanke Mann mit den wuscheligen, schwarzen Haaren an mich gewandt.

„Mhm." Ich nickte langsam. Und ein wenig benommen, zugegebenermaßen.

„Und für Sie?" Der Kellner wandte sich nun Roderich zu, der nicht einen Blick in die Speisekarte geworfen hatte.

„Ich ... nehme dasselbe", sagte er nach kurzem Zögern und richtete seinen Blick auf mich, nachdem der Kellner verschwunden war. „Wehe, der Laden ist nicht gut."

Zwei Stunden später saßen wir uns immer noch gegenüber und lachten ausgelassen. Nein, eigentlich lachte nur ich. Roderich schmunzelte bloß angelegentlich. Vielleicht lag es daran, dass ich ihm um ein Glas Wein voraus war, vielleicht aber auch daran, dass er überhaupt recht zurückhaltend und bedacht in seiner ganzen Art war. Ja, an dem Wein konnte es wohl kaum liegen. Es war immerhin erst mein zweites

Glas und ich verspürte keine Anzeichen von Trunkenheit. Zumindest ging ich davon aus, ich war immerhin noch nie betrunken gewesen.

„Ist Hidden Island nicht irgendwie etwas ... rückständig?", fragte ich angriffslustig.

„Wie meinen?"

Ich kicherte. „Na ja, es wirkt alles ein wenig altertümlich. Versteh mich nicht falsch, altertümlich auf eine charmante Art und Weise, aber – du weißt schon: der Palast, Schwerter ... wobei eure Mode teilweise wie die unsere ist.."

„Du kennst eben noch nicht die Große Stadt", sagte Roderich Schulter zuckend. „Und dir mag das, was du gesehen hast, altmodisch vorkommen, aber wir haben eben den Vorteil, eure Welt zu kennen und diejenigen Dinge, die wir als nützlich erachten, zu übernehmen, wohingegen wir andere Dinge für abträglich oder unnötig halten."

„Und was habt ihr so aus unserer hoch technologisierten Welt abgekupfert?" Ich lächelte provokant.

„Glühbirnen."

Schon war es vorbei mit meiner Beherrschung. Ich lachte los und brauchte eine Weile, bis ich mich beruhigte. „Toaster?", giggelte ich.

„Sicher, die auch." Roderichs gerade Zähne kamen zum Vorschein, ähnlich einem Grinsen. „Aber wir haben keine Handys, Laptops, Autos ..." Er brach mitten im Satz ab, reckte seinen starken, angespannten Hals in die Höhe und stierte alarmiert aus dem Fenster.

„Was ist?" Verwirrt drehte ich mich um.

„Komm", sagte er bloß. Er stand rasch und lautlos auf, warf ein paar Geldscheine auf die Tischplatte und packte mich sachte am Arm, damit ich mich ebenfalls erhob.

„Das ist viel zu viel", sagte ich mit einem Blick auf das Geld,

73

da zog Roderich mich bereits vorwärts, geradewegs aus dem Restaurant hinaus.

Noch nie war mir die weitläufige Promenade so düster und gefährlich vorgekommen wie heute. Am Himmel braute sich ein Unwetter zusammen, die Luft wurde schwül, die Restaurants, die sonst vor lauter Leben und buntem Treiben strotzten, wurden von Sekunde zu Sekunde grauer, wie ich es mir einbildete, und die Blätter der sonst so freundlich aussehenden Bäume raschelten bedrohlich. Sofort bekam ich eine Gänsehaut an den Armen. Am liebsten wäre ich zurück ins Restaurant gelaufen, um sicher und sorgenlos einen Gulab-Jamun-Käsekuchen zu verspeisen, doch Roderich eilte unerbittlich weiter und hielt mich dabei immer noch fest.

Ich wusste nicht, wer oder was sein Ziel war, und mir blieb nichts anderes übrig, als mich von ihm mitschleifen zu lassen.

Meine Vorstellungskraft ging mit jedem Schritt mehr mit mir durch, denn in jedem Gesicht, dem wir flüchtig begegneten, erkannte ich einen Schimmer des Bösen, jeden Passanten vermutete ich als verdächtig. Mein Herz pochte unregelmäßig aus lauter Furcht davor, was Roderichs seltsames Verhalten zu bedeuten hatte.

Ich sog erschrocken die Luft ein, als er mich in eine Seitengasse zwischen den *Yellow Shark Recording Studios* und einer Immobilienagentur zerrte, deren Gemäuer hoch hinausragten und mir ein beengtes Gefühl verliehen.

Roderich ließ meinen Arm los, und nun erkannte ich, hinter wem er her gewesen war. Eine schöne, junge Frau mit auffällig grauen Augen und seidigem, schwarzen Haar sah sich scheu nach uns um. Sie wollte ihre Schritte beschleunigen, doch Roderich war in einem Satz bei ihr, zog sie an ihrem zerschlissenen und dreckigen Umhang zurück, drückte sie grob gegen die Hauswand des Tonstudios und packte sie mit verbissenem Gesichtsausdruck am Kragen.

„Ich kenne dich doch", raunte er und legte angestrengt die Stirn in Falten. „Ja, du hast ein Jahr lang als Gärtnerin im Palast gearbeitet, weil du es an der Universität der Hexen zu nichts gebracht hast."

Zittrig trat ich einen Schritt näher. Mein Herz krampfte schmerzhaft zusammen, sobald ich den verängstigten, beinahe panischen Blick der Frau registrierte. Sie musste zu den geflohenen Hexen gehören.

„Was habt ihr vor, hm?", blaffte Roderich sie an.

Die Hexe schien nur gar nicht erst daran zu denken, ihm zu antworten. Ihre Augen huschten angewidert in seine Richtung, ihre Lippen presste sie fest aufeinander. Unverkennbar wäre sie lieber auf ewig mit der Wand verschmolzen, als Roderich nur eine Sekunde länger so nahe sein zu müssen.

„Was sind eure Pläne?", versuchte er es erneut. Sein gebieterischer Tonfall hätte mich sofort zum Einknicken gebracht, aber die Hexe schwieg. Langsam bewegte sie ihre dünnen Finger in Richtung ihrer Rocktasche. Bewegungsunfähig beobachtete ich, wie sie ein scharfes Messer hervorzog und es krampfhaft in die Höhe hielt.

„L-leg das weg", stammelte Roderich, wobei sich blanke Panik auf seine Züge legte, und distanzierte sich erschrocken von der Hexe, ohne sie dabei loszulassen.

Für einige quälend lange Sekunden starrten die beiden einander bloß an. Roderichs Augen waren weit aufgerissen, die der Hexe merkwürdig verdreht. Mein Herz drohte stehenzubleiben, als Roderichs Hand schließlich vorschnellte, um nach dem Messer zu greifen, die Hexe aber war ihm einen Schritt voraus. Geschickt wich sie seiner Bewegung aus, und für einen kurzen Moment blitzte ein Bild seines Leichnams vor meinem inneren Auge auf. Anstatt jedoch das Messer in seine Brust zu jagen, legte die Hexe sich die Klinge an den überspannten Hals. Ehe Roderich ihr die Waffe aus der Hand schlagen konnte, begann sie den Schnitt – und brachte ihn zu Ende. Das Messer fiel aus ihrer schlaffen Hand, das Leben wich aus ihren Augen und rotes Blut tropfte auf Roderichs zitternde Finger hinab. Schockiert ließ er von ihr, woraufhin sie leblos an der Wand hinabglitt.

Erst als er sich unregelmäßig atmend zu mir herumdrehte, merkte ich, dass ich angefangen hatte zu weinen. Ich stand ein wenig gekrümmt da und kämpfte mit der Galle, die in meinem Hals aufstieg.

„Julie", brachte Roderich mit hauchdünner Stimme hervor und kam ein Stück näher, doch ich wich vor ihm zurück. „Tu nicht so, als hätte ich sie umgebracht!" Seine aggressive Wortwahl passte nicht zu seinem hohen, überforderten Tonfall. Leichenblass wischte er sich die Hände an der Innenseite seines Jacketts ab.

„Du hast ihr Angst eingejagt", flüsterte ich.

„Nein ... nein ...", stotterte Roderich und fuhr sich unruhig durch die Haare. „Ich – wer tut denn so etwas, nur weil ...? D-das zeigt bloß, dass die Sache, die sie planen, so groß ist, dass sie lieber dafür sterben, anstatt sich zu verraten - oder?"

Er wirkte nun dermaßen aufgelöst, dass mir das Herz blutete. Eine Welle von Mitleid übermannte mich und ich kam nicht umhin, nun doch näher an ihn heranzutreten und ihm sachte eine Hand auf seine bebende Schulter zu legen. Er zuckte unter der Berührung zusammen und drehte seinen Kopf zur Seite, doch ich hatte das verdächtige Glänzen in seinen Augen längst gesehen. Trotz seiner abweisenden Haltung blieb ich dicht bei ihm, in der Hoffnung, dass wir einander Kraft geben konnten, um das Geschehene zu verarbeiten.

„Wir müssen hier weg", sagte Roderich schließlich gehetzt.

„Was?" Konsterniert ließ ich es zu, dass er mich am Handgelenk packte und zurück in Richtung Promenade zog. Niemand bemerkte unser Auftauchen aus der Seitengasse. „Und wenn man uns erwischt?", fragte ich trotzdem.

„Dann buchten sie dich ein, mich finden sie niemals." Roderich wirkte wie ausgewechselt. Er schien sich wieder gefasst zu haben, keine Spur mehr von jeglichen Emotionen. „Ich muss meine Eltern informieren. Und vielleicht sollten wir eine Hexe als Spionin - "

„Jetzt warte, verdammt!", rief ich ungewohnt energisch, entriss ihm meine Hand und blieb nahezu trotzig stehen.

Er drehte sich verwundert zu mir herum, dann trat eine Art Milde in seine zimtbraunen Augen. Seine Arme zuckten, als wolle er sie um mich legen. Da er sich anscheinend nicht dazu überwinden konnte, lehnte ich mich ermattet an seine Brust, unter der ich sein Herz völlig aus dem Takt geraten klopfen spürte. Verhalten erwiderte Roderich die Umarmung. „Tut mir leid, dass du das mit ansehen musstest", murmelte er. „Ich verstehe, wenn du mit alledem nichts zu tun haben willst. Das war wirklich heftig."

„Eben! Wer weiß, was diese Hexen treiben?", schniefte ich in sein Hemd. „Wir müssen sie irgendwie aufhalten!"

Roderich schob mich ein Stück von sich weg, um mir ins Gesicht zu schauen. Er zog die Augenbrauen zusammen und ein unscheinbares Lächeln bahnte sich auf seinen Lippen an. „Heißt das ...", sagte er gedehnt, „du willigst ein?"

„Vielleicht", flüsterte ich zu meiner eigenen Überraschung. „Will meint, ich habe einen inneren moralischen Kompass und eine gute Menschenkenntnis. Womöglich wäre ich ja geeignet als Königin."

„Glaubst du an Bestimmung?", fragte Roderich leise.

„Manchmal. Wieso?"

„Dein Nachname ist Gallagher, das bedeutet *ausländischer Helfer*. Und das wärst du, wenn du dich bereiterklären würdest, Hidden Island zu helfen. Wenn das nicht Bestimmung ist."

„Glückssache." Ich brachte ein schwaches Grinsen zustande, ehe ich ernst wurde. „Du sagtest doch, es sei eine Frage des Mutes. Ich bin nur kein sonderlich mutiger Mensch. Wer weiß, ob ich nicht versagen würde, selbst wenn ich euch helfen möchte?"

„Mach dir keine Sorgen darum. Ich glaube, du bist viel abenteuerlustiger, als du denkst."

Zwiespalt ließ meine Gedanken angestrengt umeinanderkreisen, weswegen ich mich in Roderichs Armen versteifte, die er sogleich wieder zurückzog.

„Das ist eine große Entscheidung", deklarierte er nun nüchtern. „Du musst sie nicht jetzt treffen. Schlaf darüber. Verarbeite alles. Du wirst schon merken, ob du es willst oder nicht. Komm, ich bring dich nach Hause."

„Ich will nie wieder jemanden sterben sehen", hauchte ich, als wir uns bereits in Bewegung setzten.

„Wirst du nicht!", antwortete Roderich bestimmt. „Aber sieh es mal so: Jetzt weißt du, dass es auf keinen Fall ein Date war."

„Oh ja, ein Date würde ich mir wirklich anders vorstellen." Ich lächelte müde.

„Du scheinst ja Dreier zu bevorzugen", entgegnete er trocken, während ich am liebsten im Erdboden versunken wäre.

Ich hatte es gekonnt verdrängt, wie Ray heute vor meiner Haustür gestanden und mir hübsche Augen gemacht hatte. Und wer weiß, ob ich nicht mit ihm ausgegangen wäre, wäre Roderich nicht aufgekreuzt? Nicht weil ich noch in Ray verliebt war, aber kurz, da hatte ich mich daran erinnert, wie es gewesen war, in ihn verliebt zu sein. Es war schön gewesen, aber vermutlich wäre die Illusion nun verflogen. Die Illusion, dass mich die Beziehung mit einem Regeln brechenden Draufgänger zu einer gelösteren Version meiner Selbst machte. Vielleicht würde ich meinen moralischen Kompass niemals abstellen können.

„Natürlich, darum ist die Ehe mit dir ja so reizvoll für mich", erwiderte ich reichlich spät. „Nur du, ich und Hidden Island."

KAPITEL 6

Eilig lief ich den Steinweg in unserem Vorgarten entlang, sog flüchtig den Duft der Rosenbüsche auf und nahm Mum ungebeten den kleinen, schwarzen Koffer aus der Hand, den sie gerade erst aus ihrem dunkelgrauen Audi hervorgezaubert hatte. Trotz der langen Autofahrt saß jede ihrer eisblonden Strähnen, die ihr seidig über die schmalen Schultern fielen, am rechten Platz. Ihre Haltung war wie gewohnt aufrecht und stolz, was nicht zuletzt ihrer Größe geschuldet war. Sie war gut einen Kopf größer als mein Vater und ich.

„Ich dachte, du wolltest gestern schon wiederkommen", keuchte ich, als Mum mich mit zwei weiteren Taschen belud. Jede Woche schleppte sie ihren ganzen Krempel von London nach Cheltenham, und nach wie vor verstand ich nicht, warum sie ihn nicht einfach dort ließ. Sie hatte hier, ohne Frage, genügend Sachen fürs Wochenende.

„Die Arbeit", seufzte sie bloß und klappte den Kofferraum zu. „Du weißt ja, wie es ist." Sie schritt mit ihren langen Beinen in Richtung Haustür und ich tippelte mit ihren Taschen hinter ihr her.

„Was steht denn für heute Abend an?", ächzte ich, während ich mich hinter ihr durch die Haustür quetschte, die sie mir, Königin wie sie nun mal war, nicht aufhielt.

„Bloß ein wenig Schönheitsschlaf – ganz vorsichtig!" Sie hielt ihre Arme schützend unter ihren Koffer, den ich nun mit doppelter Behutsamkeit auf den kalten Fliesen abstellte. „Und, hast du gestern Abend etwas Schönes unternommen?", fragte sie, ohne mich dabei anzusehen, und machte sich auf den Weg in die Küche.

Etwas Schönes? Ich hatte zugesehen, wie sich eine flüchtige Hexe die Kehle durchgeschnitten hatte. Und dann hatte ich mich die ganze Nacht lang damit gequält, eine Entscheidung fällen zu wollen, was mir nicht recht gelungen war. Zu manch einer Stunde war ich aufgewacht und alles war mir glasklar erschienen. In diesen Augenblicken der Erleuchtung war ich fest entschlossen gewesen, Prinz Roderich und seiner geheimnisvollen Insel zu helfen, immerhin war es Wills Heimat, die mir viel zu fantastisch erschien, um ihr den Rücken zu kehren. In anderen Momenten hingegen, wenn ich nach einem unruhigen Traum hochschreckte, fürchtete ich mich bis ins Mark vor dem Abenteuer und der Aufgabe, die mir bevorstehen würden, und ich schwor mir selbst, mich von allem Abnormalen abzuwenden. In den Morgenstunden stand ich bereits am Rande der Verzweiflung und glaubte, ich würde mich niemals entscheiden können. Auch jetzt kam es mir wie ein unmögliches Unterfangen vor. Ich konnte ja nicht ahnen, dass ich mich bereits in wenigen Minuten entscheiden würde, und am Ende des Tages würde es keine Frage des Mutes sein, wie Roderich es prophezeit hatte, sondern vielmehr eine Frage des Trotzes und auch der Enttäuschung.

„Du siehst überarbeitet aus, Süße", begrüßte mein Vater meine Mutter, als wir in die Küche kamen. Er gab ihr einen Kuss auf die Wange, bevor sie sich daran machte, Tee aufzusetzen.

„Ihr seid beide überarbeitet", sagte ich besorgt und lehnte

mich gegen den Backofen, den wir seit einer Ewigkeit nicht mehr benutzt hatten.

„Ja, da hast du wohl recht." Dad kratzte sich nachdenklich an der Nase. „Ich schätze, wir brauchen Urlaub."

„Urlaub", echote ich so leise, dass sie es nicht hören konnten. Mein Herz pochte vor freudiger Aufregung. Das letzte Mal, dass ich meine Eltern zwölf Tage am Stück für mich gehabt hatte, war nun auch schon wieder vier Jahre her. Damals hatten sie eine Finca in Spanien gemietet und mir den schönsten Urlaub, den man sich vorstellen kann, geschenkt. Keine Arbeit, keine dringenden Telefonate, nur wir drei in der Sonne.

„Ich dachte da an Spanien", sagte Dad und strahlte meine Mutter an. Es fühlte sich zu schön an, um wahr zu sein. „Ehrlich gesagt habe ich schon etwas gebucht. Als Überraschung."

Mum drehte sich zu ihm herum. Ich hatte sie lange nicht mehr so warm lächeln gesehen. „Ist das dein Ernst?", fragte sie ruhig.

„Hätte ich vorher fragen sollen?"

„Nein, so ist es perfekt!", antwortete ich an ihrer Stelle.

„Das wird großartig." Dad nahm Mums Hände in die seinen. „Vierzehn Tage lang am Meer, nur du und ich."

Es war wie eine Ohrfeige, die mich zurück in die Realität holte. Unzählige Tapas zerplatzten wie Seifenblasen vor meinem inneren Auge. Wie hatte ich so naiv sein können? Mum und Dad hatten sich im Laufe der Zeit immer mehr zu einem Zweierclub entwickelt und ich war wieder mal außen vor.

„Ich freue mich wahnsinnig", versicherte Mum. Ihre blauen Augen leuchteten.

„Ich auch. Immerhin ist Julie jetzt alt genug, um allein zu Hause zu bleiben."

„Um ehrlich zu sein", sprudelte es aus mir heraus, ohne dass ich darüber nachdachte, „habe ich auch Pläne."

Meine Eltern sahen abwartend zu mir herüber.

„Mit Will", ergänzte ich und verschränkte pikiert die Arme vor der Brust. „Wir wollen die Ferien bei seiner Tante in ... Beverly Hills verbringen."

„Will?", wiederholte Dad skeptisch. „Dieser neunzehnjährige Student? Und ihr wollt wirklich ganze sechs Wochen ...?"

„Aber du kennst doch Will, Schatz." Mum wandte sich wieder dem Teekessel zu. „Er tut keiner Fliege was zuleide, ist wohlerzogen und Julies bester Freund. Ich finde, das klingt nach einer ganz wunderbaren Idee."

„Mag sein, Carol, aber ..." Dad kratzte sich unsicher am Hinterkopf. „Hat er denn keine Vorlesungen in der Zeit?"

„Mach dir darum mal keine Sorgen", tat ich seinen Einwand schnippisch ab.

„Gut, wird schon in Ordnung sein." Er zuckte die Achseln, umarmte Mum von hinten, und schon waren die beiden wieder in ihre eigene zweisame Welt versunken.

Mein Blick wanderte einige Sekunden lang ins Leere, dann ermahnte ich mich selbst, meinen Eltern ihr Glück zu gönnen, nahm mir einen rotbackigen Apfel und schleppte mich in mein Zimmer, um Will anzurufen.

„Und? Bist du bereit, mit dem Prinzen durchzubrennen?", begrüßte er mich.

„Das werde ich wohl müssen. Sein Palast ist mir zu klein", entgegnete ich und fühlte mich sogleich besser angesichts der Vertrautheit, die zwischen uns herrschte.

„Im Ernst, wie war es mit Roderich? Ist er ein Märchenprinz oder ein gieriger Monarch?"

„Das solltest du wohl am besten wissen. Ist doch deine schräge Familie." Ich ließ mich rücklings aufs Bett fallen und musste mich zusammenreißen, um nicht gleich weg zu dösen.

„Spaß beiseite. Er ist ... schwer zu durchschauen, aber ich denke, man kann ihm vertrauen. Oder?"

„Ich weiß. Roderich ist ein emotionsloser Brocken, hat keinen Humor und benimmt sich wie ein verklemmter Spießer, aber er ist kein schlechter Mensch. Er hat auch seine Werte."

„Den Eindruck hatte ich auch." Und dass Roderich ein humorloser Langweiler war – das konnte ich beim besten Willen nicht bestätigen. Er war anders als all meine Freunde, dennoch hatte ich den Eindruck gehabt, mit ihm auf einer Wellenlänge zu sein. Will mochte ihn für gefühllos halten, aber meine Intuition (woher auch immer sie kommen mochte) sagte mir etwas anderes. Roderich war sicherlich bloß eine seltene Nuss, die man knacken musste. „Und deswegen", ich atmete tief durch, „werde ich ihn heiraten, um eurem Königreich zu helfen." Mein Herz bubberte wild, nachdem ich die Worte ausgesprochen hatte. Kurz fürchtete ich, ich würde die Entscheidung sogleich wieder bereuen und sie würde sich abgrundtief falsch anfühlen, doch dem war nicht so. Ich fühlte mich vielmehr gelöst, als wäre eine große Last von meinen Schultern gefallen. Es musste das Richtige sein.

„Du veräppelst mich doch nicht, oder?", fragte Will konsterniert, nahezu ehrerbietig.

„Das würde ich niemals wagen, Wilbert."

Zum ersten Mal ignorierte Will geflissentlich, dass ich ihn bei seinem vollen Vornamen nannte, so sehr freute er sich über meine Entscheidung, und es hätte mich nicht gewundert, hätte er am anderen Ende der Leitung ein Freudentänzchen aufgeführt.

„Nur fürs Protokoll – du darfst während der Sommerferien auf gar keinen Fall an unserem Haus vorbeispazieren. Ich habe meinen Eltern erzählt, wir machen sechs Wochen Urlaub in Beverly Hills."

„Sie haben nichts dagegen?"

„Nein, überhaupt nicht", sagte ich leise und dachte daran zurück, wie sie, ganz und gar mit sich selbst beschäftigt, über ihren bevorstehenden Urlaub redeten, während ich wie ein unbedeutendes Requisit unbeachtet am Ofen lehnte und stumm über meinen Stellenwert in ihrem Leben sinnierte.

„Du hast echt die entspanntesten Eltern der Welt, Jools. Ich werde grün vor Neid."

„Mhm." Entspannt oder gleichgültig? Auf einmal musste ich mich fragen, ob Will mich tatsächlich so gut kannte, wie ich immer geglaubt hatte. Ich schüttelte den Gedanken jedoch schnell wieder ab. Was unterstellte ich da bitte meinem besten Freund? Bloß weil ihm in einem Moment der Euphorie eine Prise Empathie fehlte!

„Tja, dann genieß die letzten Tage vor den Ferien", sagte Will weich. „Danach wirst du Königin sein."

Und der Tag der Krönung kam schneller, als mir lieb war.

Mir wurde ein wenig schummrig, wie ich vor dem silbern umrahmten Ganzkörperspiegel stand und meine romantisch frisierten Haare beobachtete, die mir in Wellen über die Schulterblätter fielen.

Der ganze Tag spielte sich in der Manier eines Kurzfilms vor meinem inneren Auge ab. Ich sah mich selbst am Frühstückstisch sitzen, wie ich vor lauter Aufregung meine Cornflakes nicht hinunterbekam. Mit leerem Magen war es in der Schule allerdings noch schwieriger gewesen, den Gesprächen von Miriam und ihren Freundinnen zu folgen, die in den Ferien ein sündhaft teures Theatercamp besuchen wollten, zu dem sie auch mich hatten überreden wollen, aber ich war ja ohnehin im Begriff, die vielleicht größte Rolle meines Lebens anzunehmen. Auf alle Fälle war ich heilfroh gewesen, als die Schule endlich vorbei gewesen war und ich mich auf den Heimweg begeben hatte. Ein vertrauter Gang, an dem ich mich festzuklammern versuchte, um nicht an das zu denken, was auf mich zukommen würde.

„Hast du alles?", fragte Dad, als ich mit meinen Koffern im Hausflur stand.

„Wo ist Mum?" Ungeduldig öffnete ich die Haustür und sah die Straße hinunter.

„Sie steht bestimmt im Stau. Du weißt doch, wie das ist. Schau, da ist schon Will!"

Tatsächlich fuhr er in seinem Jeep vor, stieg lässig aus und zog sich, während er den Weg durch unseren Vorgarten entlanglief, die Sonnenbrille vom Kopf, als sei er geradewegs einem Hollywood-Film entsprungen.

„Bereit?", fragte er, nachdem er meinem Vater die Hand geschüttelt hatte.

„Nein, wir müssen noch auf Mum warten", sagte ich nervös.

„Aber ... wir haben nicht viel Zeit." Wills Augen huschten gehetzt zu seinem Auto, und es war sein Glück, dass Mum in dieser Sekunde den Montpellier Drive entlanggebrettert kam, denn ich hätte mir noch stundenlang auf unserer Vorstufe zur Haustür die Beine in den Bauch gestanden, um mich von ihr verabschieden zu können.

Jetzt, da all das hinter mir lag, kamen mir meine Eltern und mein Zuhause weiter entfernt vor denn je. Das königliche Frisierzimmer mit der rotgoldenen Tapete, dem hölzernen Kleiderschrank mit den schön geschwungenen Knäufen und dem nussbaumfarbenen, italienischen Schminktisch bereitete mir ein ungutes Gefühl. Ich bildete mir ein, der riesige Kronleuchter würde jede Sekunde auf mich hinabstürzen, doch es geschah nichts dergleichen. Die Stylisten schoben mich bloß geschäftig über den glänzenden Parkettboden, um hier ein bisschen Puder aufzutragen, dort ein Löckchen hinzuzaubern, und, und, und …

Seufzend spielte ich mit einem Haargummi herum, als die Tür geöffnet wurde und die Königin anmutig lächelnd eintrat. Wie von einer Tarantel gestochen ließ ich das Haargummi fallen, warf beim Aufstehen tollpatschig ein Fläschchen Parfüm um und knickste unbeholfen. Vielleicht tat ich das, weil sie heute durch und durch royal aussah. Anstelle eines Businesskostüms trug sie ein saphirblaues Kleid, das in derselben Farbe gehalten war wie der Palast, mit großzügigem Ausschnitt und Reifrock. Ihr schlanker Hals wurde von einer diamantenbesetzten Kette geziert – und hatte sie letztes Mal auch so viele Haare gehabt? Ein Turm aus Locken ließ sie heute besonders groß erscheinen.

„Bitte, nicht so förmlich. Das mit dem Knicksen machen wir hier nicht." Sogar ihre kristallblauen Augen strahlten. „Wie geht es Ihnen? Haben Sie schon Ihr Kleid gesehen?"

„Nein, aber ich hoffe, es ist nicht allzu … bauschig." Ich kratzte mich nervös am Unterarm. „I-ich meine, ich weiß es sehr zu schätzen, wie sich alle um mich kümmern. Es ist nur – dieses ganze Spektakel! Es fühlt sich ganz schön befremdlich an. Muss die Hochzeit wirklich so groß sein? Ich dachte, keine Ahnung, wir würden bloß aufs Standesamt oder so gehen. Gibt es hier überhaupt ein Standesamt? Na, ist ja auch egal, ich hatte mir alles etwas intimer und vielleicht auch erst morgen vorgestellt. Oder besser noch: übermorgen!", redete ich mich um Kopf und Kragen und fügte schnell noch ein genuscheltes „Eure Majestät" hinzu.

Zu meiner Überraschung wurde der Blick der Königin noch weicher. „Mein Name ist Livia, nicht Eure Majestät, ja? Und ich verstehe Ihre Bedenken, aber wir wollen kein

Misstrauen schüren. Wir können die neue Königin nicht geheim halten und niemanden einladen. Es tut mir ehrlich leid, aber eine große Hochzeit ist Brauch. Wäre Ihnen denn wenigstens etwas geholfen, wenn wir das bauschige Kleid im Schrank lassen und ein schlichteres Brautkleid wählen?"

Ich atmete tief durch und rang mir ein Lächeln ab. „Das wäre nett."

Um ehrlich zu sein, wollte ich gar nicht erst wissen, wie das bauschigere Exemplar ausgesehen hätte, denn das vermeintlich schlichte Kleid war für meinen Geschmack auch schon auffällig genug. Ein Traum in Rosa. Eine Ladung Tüll umfloss meine Beine und das Oberteil mit V-Ausschnitt glitzerte fröhlich. Tatsächlich waren die Spaghettiträger das Einzige an dem Kleid, das mir simpel erschien. Außerdem betete ich, dass ich auf den hohen Schuhen nicht stolpern würde, während mich eine Angestellte in energischem Tempo zum Ort der Trauung geleitete.

„Wartet hier." Sie stoppte abrupt im Schatten des Palastes. „Ich gebe Euch ein Zeichen, wenn Ihr losgehen sollt, verstanden?"

Ich nickte, stand in Wahrheit aber kurz vorm Hyperventilieren. Dennoch wagte ich einen Blick um die Ecke und bekam einen zauberhaften, riesigen Garten mit sattgrünen Büschen, einem idyllisch plätschernden Bachlauf und bunt blühenden Blumen zu sehen, die so schön waren, dass es sie in unserer Welt nicht geben konnte. Das Wasser glitzerte malerisch in der Sonne, nur leider lenkten die zahlreichen Gäste viel zu schnell meine Aufmerksamkeit auf sich. Die Hexen erkannte ich an ihrem langen, seidigen Haar. Sie trugen festliche Umhänge mit prächtigen Stickereien, ebenso die Männer mit schulterlangen Haaren, die bei ihnen Platz nahmen. Vielleicht waren sie Hexer? Hinter ihnen saßen gewöhnliche

Menschen, insofern ich das beurteilen konnte. Mein Puls schoss rasant in die Höhe, als ich die Feen entdeckte, von denen ich bisher keiner begegnet war. Die Frauen und Männer mit transparenten, abgerundeten Flügeln waren gerade mal so groß wie Marionetten, dennoch zeugten ihre kantigen Gesichter, die etwas Katzenähnliches an sich hatten, von Stärke. Ich musste mich abwenden, da ich bei ihrem Anblick eine Gänsehaut bekam. Es waren bloß drei Oger anwesend, sie saßen in der letzten Reihe, und über allem kreisten fünf Drachen, jedoch nicht solche von der Art, mit denen ich geflogen war. Sie waren viel größer und dunkel, mehr konnte ich nicht erkennen, da sie so hoch oben flogen.

„Sieh an, die Königin in Spe."

Ich wirbelte herum und fiel Will um den Hals. „Gott sei Dank, ich stehe kurz vor einem Nervenzusammenbruch!"

„Nur die Ruhe." Er löste sich von mir, rückte seine grüne Krawatte zurecht und reichte mir einen Brautstrauß. „Einfach nicht nachdenken, Jools. Gleich geht es los."

Wieder lugte ich um die Ecke. Tatsächlich schwirrten nur noch ein paar Angestellte zwischen den Sitzreihen hin und her und riefen dem Orchester, das vorn aufgebaut war, Anweisungen zu. Inmitten des Treibens entdeckte ich ein nervöses Gesicht. Roderich stand stolz und aufrecht unter einem Rosenbogen. Seine Eltern redeten gutgelaunt auf ihn ein, doch er hielt den Blick in die Ferne gerichtet. Seine Miene verriet kaum eine Emotion, aber an der Art, wie sein Augenlid zuckte, konnte ich ihm seine Nervosität ansehen.

„Das ist verrückt", flüsterte ich. „Was tue ich nur?"

Will packte mich fest an meinen Armen und lehnte seine Stirn gegen die meine. „Jetzt mach keinen Rückzieher", sagte er eindringlich. „Es wird alles gut, das verspreche ich dir."

„Danke." Seine Nähe ließ mich ruhiger werden.

89

Die Angestellte, die eben noch bei mir gewesen war, winkte nun unverkennbar in meine Richtung. Das Orchester begann zu spielen. Die Gäste erhoben sich.

„Komm schon." Will hielt mir lächelnd seinen Arm hin. Schluckend hakte ich mich bei ihm unter.

Wir traten aus dem Schatten des Palasts hervor. Sofort waren alle Augen auf mich gerichtet, aber Will hatte recht: Wenn ich nicht darüber nachdachte, ging es ganz einfach. Ich musste mich bloß den Gang entlangführen lassen, mich vor Roderich aufstellen, dessen zimtbraune Augen konzentriert auf mir ruhten, und so tun, als würde ich dem König zuhören, der sich vor uns aufbaute und eine Rede hielt. Sie zog bruchstückhaft an mir vorbei. Nur am Rande bekam ich mit, wie er davon erzählte, dass sein Sohn sich in ein Mädchen aus der anderen Welt verliebt habe und dass es ihm eine Ehre sei, sein Amt an Roderich weiterzugeben.

Erst als die Rede vorbei war, erwachte ich aus meiner Trance. Der König hatte Roderich bereits seine goldene Krone aufgesetzt. Nun stellte sich die Königin vor mir auf, löste das funkelnde Diadem von ihrem Haupt und überreichte es an mich. Das Orchester spielte nur ganz leise in diesem Moment, den ein jeder mit Ehrfurcht zu genießen schien, dann wandten Roderich und ich uns wieder einander zu.

„Du siehst gut aus." Er lächelte hölzern.

„Du auch." Ich ließ meinen Blick über seinen Frack schweifen und sah ihm dann wieder in die Augen.

„Mein Sohn", sprach der König feierlich, als wäre es eine echte Hochzeit, „du darfst deine Braut jetzt küssen."

Immer noch schaute ich zu Roderich empor, und für den Bruchteil einer Sekunde glaubte ich, ich würde ihn tatsächlich küssen. Ich glaubte, ich würde mich tatsächlich auf meine Zehenspitzen stellen und ihm einen Kuss auf seine

roten Lippen hauchen, und Roderich sah aus, als würde er sich jeden Augenblick zu mir hinunterneigen und mich in seine Arme ziehen, doch bevor etwas Derartiges geschehen konnte, ertönte ein ohrenbetäubender Knall.

Erschrocken ließ ich den Brautstrauß fallen und starrte bang in Richtung der Gäste, die aufgeregt aufstanden, Stühle umwarfen und „Was war das?" riefen. Bald schon verschwanden ihre alarmierten Gesichter in dickem, rußigem Nebel, der sich über dem ganzen Garten ausbreitete und nun auch in unsere Richtung strömte.

Über den dunklen Schwaden tauchten Schilder auf, auf denen in fetten Lettern WIR WOLLEN KEINE NEUE KÖNIGIN, RODERICH GEHÖRT ERSTICKT und NIEDER MIT DEM PRINZEN stand.

„Ist das", hörte ich Roderichs irritierte Stimme sagen, „eine *Demonstration*?"

Ich fing seinen hilflosen Blick ein. Das war das Letzte, was ich sah, bevor mich der düstere Nebel einhüllte und mir die Sicht nahm. Augenblicklich ergriff mich Panik. Ich fühlte mich verloren und allein. Eine Vielzahl von Schreien drang an meine Ohren.

„Will?", rief ich verzweifelt und drehte mich hektisch um die eigene Achse, obwohl ich ohnehin nichts sehen konnte.

„Jools!", hörte ich ihn laut und ängstlich antworten, noch einmal „Jools!", dann wurden seine Rufe immer leiser, bis sie schließlich verebbten.

„Wir müssen in den Palast!", schrie die Königin, nein, die ehemalige Königin.

Hilflos tastete ich umher, bis ich eine große, raue Hand zu fassen bekam.

„Schnell", sagte Roderich und zog mich vorwärts.

Ich stolperte ihm hinterher und glaubte, dass alles gut gehen würde, dass er mich in Sicherheit bringen würde, dass die Sabotage der Hochzeit bloß der Streich eines Querkopfs sei …

Ich kreischte auf, als jemand Fremdes, den ich in dem stickigen Nebel nicht erkennen konnte, mir die Beine wegriss. Roderich rief meinen Namen und zog unerbittlich an meinem Handgelenk, doch der Angreifer war um Längen stärker. Nach nur einem Anlauf befreite er mich aus Roderichs Griff. Wir fielen beide zu Boden, unsere Köpfe schlugen im Fall aneinander. Während ich noch versuchte, mich an Roderich festzuklammern, zerrte der Fremde weiter an meinen Beinen. Ich schlug mit den Händen auf dem Boden auf und wusste, dass ich versagt hatte. Ich konnte nirgends Halt finden, nicht nach Roderich greifen, mich nicht wehren.

Ein Paar starker Hände schleppte mich durch das dunkle Chaos hinfort.

KAPITEL 7

Würgend spuckte ich ein paar Blätter aus und hob meinen Kopf, um nicht noch mehr Erde einatmen zu müssen. Aus den Augenwinkeln heraus erkannte ich, dass ich in den Wald geschleppt worden war, der hinter dem Königsgarten lag. Hier sahen die Bäume gepflegt aus, trugen freundlich grüne Blätter und ließen viel Licht durch ihre Kronen hindurch. Dennoch fürchtete ich mich zu Tode. Wer wollte mich entführen und wieso?

„Stopp!", rief ich schrill, als mein Kinn über einen dicken Stein schrappte.

Zu meiner eigenen Überraschung ließ der Fremde mein Fußgelenk los, das schwungvoll auf den Boden plumpste. Sofort drehte ich mich auf den Rücken, blinzelte den Staub, der sich in meinen Wimpern verfangen hatte, hinfort und legte meinen Kopf in den Nacken.

Herrje, ein Oger! Die waren doch für ihre Stärke berüchtigt, wenn ich das richtig im Kopf hatte. Dieser hier war kleiner und dicklicher als Oswin, der mir geholfen hatte, als Will verletzt gewesen war, und in seinem Gesicht prangten zwei riesige Hauer, wie die eines Wildschweins. Seine Gesichtszüge waren unfreundlich und eine Narbe zog sich über seine olivbraune Haut.

„Bequemt es dir nicht, Prinzessin?" Er lachte grunzend und stemmte seine wulstigen Hände in die Hüften.

Ich wollte mich aufrappeln und entfliehen, doch der Oger packte mich mühelos an der Hüfte und hievte mich über seine massige Schulter.

„Wieso tust du das?", kreischte ich und trommelte vergebens mit meinen Fäusten auf seinem Rücken herum.

„Gute Bezahlung", brummte er nur und setzte sich in Bewegung. Nach wenigen Schritten schon wurde es ihm anscheinend lästig, mich über der Schulter zu tragen, also warf er mich wieder auf den Boden und schleifte mich ein paar Meter weiter. Er summte zufrieden wie bei einem gewöhnlichen Spaziergang. In seine schräge Melodie stahl sich plötzlich ein anderes Geräusch hinein. Ich hörte, wie sich jemand raschelnd näherte, hörte eilige Schritte, die über das Laub donnerten. Ich glaubte schon, wieder angegriffen zu werden, doch als der Oger ein gepeinigtes Ächzen von sich gab, wurde mir klar, dass man *ihn* angriff, nicht mich.

Ich nutzte die Gunst der Stunde, um mich zu befreien, rappelte mich blitzschnell auf und machte mich bereit, wegzulaufen, aber ein Blick über meine Schulter ließ mich Halt machen. Roderich drosch mit einem Degen auf den Oger ein, dessen Arme bereits blutbefleckt waren, was wohl bloß dem Überraschungseffekt zu verdanken war. Innerhalb des Bruchteils einer Sekunde wendete sich das Blatt. Der Oger umklammerte die Klinge von Roderichs Waffe und verbog sie, als sei sie aus Gummi. Ich bildete mir ein, Roderich bis hierher schlucken hören zu können. Sein Gegner schlug ihm kräftig ins Gesicht und verpasste ihm einen Tritt gegen den Oberschenkel, dann packte er Roderich am Kragen, drückte ihn so grob gegen einen Baumstamm, dass er vor Schmerz aufschrie, und legte seine dreckigen Finger um den Hals seines Opfers.

„Hör auf!" Kopflos warf ich Äste und Steine nach dem Oger – ohne Erfolg!

Ich zitterte am ganzen Leib, wusste nicht, was ich tun sollte, dann fiel mein Blick auf Roderichs Gesicht, das bereits rot anlief, und sprintete los. Brüllend (ein Schrei, den ich mir niemals zugetraut hätte!) sprang ich auf den Rücken des Ogers, der überrumpelt von Roderich abließ. Natürlich war mein Glück nicht von Dauer. Mein riesiger Gegner schüttelte mich ab wie einen Käfer, drehte sich zornig zu mir herum und stellte seinen fürchterlich miefenden Fuß auf meinem bebenden Brustkorb ab.

„Sag gute Nacht, Prinzessin." Er lachte heiser vor sich hin, trat fester zu und ... fiel zu Boden?

Keuchend richtete ich mich auf und sah mich hektisch um. Ein Pfeil hatte den Oger mitten im Kopf getroffen, hatte mich gerettet. Der Anblick seines durchbohrten Schädels ließ mich würgen.

„Julie", murmelte Roderich, der hustend und krauchend auf mich zu kam. „Bist du okay?"

„Ich bin okay, aber sieh dich mal an!" Ich riss ein Stück Stoff von seinem halb zerfetzten Hemd ab, um es ihm unter die blutende Nase zu halten.

„König Roderich!" Eine Wache in schwarzer Uniform rannte auf uns zu. „Königin Julie! Seid Ihr verletzt?"

„Alles in Ordnung, Smith", raunte Roderich, an dessen Hals fiese rote Abdrücke zurückgeblieben waren. „Danke. Ihre Künste mit Pfeil und Bogen sind nicht zu übertreffen."

Die Wache nickte glücklich und half Roderich auf die Beine.

„Wie ist die Lage am Palast?", fragte er überraschend gefasst.

„Chaotisch, mein König. Die Gäste sind in Aufruhr und

die Nebelschwaden beinahe unnachgiebig."

„Dann laufen Sie dorthin zurück und helfen. Wir kommen so schnell, wie wir können", sagte Roderich mit fester Stimme.

„Aber ich kann Euch stützen ..."

„Nicht nötig. Gehen Sie, bitte."

Smith deutete eine Verneigung an und machte sich im Laufschritt davon.

„Er hat uns gerettet", murmelte ich, bloß um irgendetwas zu sagen.

„Du hast mich gerettet", erwiderte Roderich eindringlich und ließ sich von mir stützen. Er kam bloß humpelnd voran.

„Und davor hast du mich gerettet." Ich grinste kurz, wurde jedoch schnell wieder ernst. „So viel zum Thema, dass ich nie wieder jemanden sterben sehen möchte."

„Es tut mir leid, Julie. Tut es wirklich."

Meine Gedanken wanderten zurück zu der Trauung, dem Moment, in dem alles begonnen hatte. Die Erinnerung lenkte mich auf wundersame Weise von der abscheulichen Entführung ab. Röte schoss mir ins Gesicht, und doch purzelte die Frage einfach aus mir heraus: „Hättest du mich wirklich geküsst? Auf der Hochzeit?"

„Natürlich", antwortete Roderich, ohne zu zögern.

„Ja?" Ich spürte mich nervös werden. Lag es daran, dass seine Antwort mir schmeichelte? Oder war es mir unangenehm, dass er tatsächlich vorgehabt hatte, mich zu küssen?

„Ja", sagte Roderich mit Nachdruck und schaute mich verwundert von der Seite her an. „Das ist doch Brauch. Die Gäste hätten sich sicherlich gewundert, hätte ich dich nicht küssen wollen."

„Oh", machte ich verschämt und rügte mich selbst dafür, überhaupt gefragt zu haben.

Den restlichen Weg legten wir glücklicherweise in einem nachdenklichen Schweigen zurück.

Ich musste feststellen, dass der Oger mich gar nicht mal weit in den Wald hineingezerrt hatte, dabei hatte es sich angefühlt, als wäre er kilometerweit mit mir gelaufen.

Kaum näherten wir uns dem Königsgarten, kamen Roderichs Eltern auf uns zugestürmt und zogen uns beide besorgt in ihre Arme.

„Wir haben doch gesagt, du sollst nicht allein nach ihr suchen!", schimpfte seine Mutter.

„Kommt, wir bringen euch in den Palast – nun lass den Jungen endlich los, Livia!" Roderichs Vater zog seine Frau behutsam von uns weg und bedeutete uns mit einer Handgeste, ihm zu folgen.

Ich warf einen letzten Blick über meine Schulter – Smith hatte recht. Immer noch hingen dunkle Schwaden über den Sitzreihen und alle möglichen Leute wuselten überfordert durch den Garten. Ein paar Gäste lehnten erschüttert an der Rückwand des Palasts, andere hörte ich sogar weinen.

„Ich verstehe das nicht", keuchte Roderich, der nun von seinem Vater gestützt wurde. „Die Inselbewohner sind äußerst tolerant - wie können sie solch einen Aufstand machen, weil ich ein Mädchen aus der anderen Welt heirate?"

Ja, das fand ich in der Tat auch ganz schön unfair.

„Es ist, als sei das Volk über Nacht misstrauisch geworden", sagte Livia besorgt. „Gut, normalerweise hätte unsere Amtsübergabe erst in zehn Jahren stattgefunden … Sie wissen ja nichts von den entflohenen Hexen und unseren Motiven! Glaubst du, wir können die Leute wieder beruhigen, Malcolm?"

„Ich dachte, das hätten wir bereits!", grummelte Roderichs Vater. „Seit Julies Zustimmung haben wir intensive Publicity betrieben. Wofür haben wir denn in die Öffentlichkeit ge-

tragen, du hättest ein Herzproblem und es würde dir guttun, wenn jemand anderes das Amt der Königin übernimmt? Wofür haben wir in jedem Interview erzählt, dass wir mehr Zeit zum Reisen haben wollen und dass Roderich überdurchschnittlich verantwortungsbewusst sei, hm? Wir haben doch alles vorbereitet!"

„Reg dich nicht auf, Dad", murmelte Roderich, während ich mich bereits wie das dritte Rad am Wagen fühlte, unwissend über die Politik, die in diesem Reich betrieben wurde. „Wir überlegen uns eine neue Taktik."

„Und zwar?", rief Malcolm ungehalten.

„Wir müssen bloß das Vertrauen unserer Leute zurückgewinnen." Roderich drehte sich mit erhelltem Gesicht zu mir herum. „Sie müssen Julie kennenlernen."

„Mich?", entfuhr es mir etwas zu schrill. Meine letzten Begegnungen mit magischen Mitbürgern waren nicht gerade glimpflich verlaufen.

„Das besprechen wir noch in Ruhe." Livia legte beruhigend ihren Arm um mich und führte mich in Richtung des Palasteingangs: eine hohe Tür aus Edelholz, verziert mit ästhetischen, bunten Malereien. Kurz kam es mir vor, als würden die abgebildeten Blumen und die zwei eingeschnitzten steigenden Einhörner am Boden der Tür lebendig werden, doch als ich meinen Namen hörte, kehrte ich sofort zurück in die Realität.

„Jetzt lasst mich schon zu ihr, sind doch bloß drei Schritte!" Will schob sich an zwei Wachen vorbei, joggte auf mich zu und zog mich in seine Arme. „Es tut mir so leid, Jools! Ich bin einfach von der Menge davongetragen worden, dabei habe ich mal Football gespielt. Das muss man sich mal vorstellen! Auf jeden Fall wollten die mich nicht mehr in die *Gefahrenzone*", er zog eine Grimasse, „lassen, als ich dann raus aus diesem furchtbaren Nebel war. Wie fühlst du dich?"

„Geht schon", antwortete ich ermattet und löste mich sachte von ihm. „Bin gerade so davongekommen."

„Du hast dir ja das Kinn aufgeschürft." Er fuhr mit seinem Zeigefinger über die Stelle. Meine Haut kribbelte unter der sanften Berührung.

„Wart ab, das sieht gar nicht mehr so schlimm aus, wenn ich den Dreck erst einmal abgewaschen hab."

Wieder zog Will mich in seine Arme.

Nach einer kleinen Ewigkeit räusperte Roderich sich leise, wofür ich ihm irgendwie dankbar war. Es war mir unangenehm, wie innig Will sein Gesicht in meinem Haar vergrub, hier vor allen. Er schien nicht zu merken, wie ich auf Distanz zu gehen versuchte, also kam es mir ganz gelegen, dass ich nun einen Anlass hatte, von ihm abzurücken.

„Ich schätze, ich muss ... nach Hause." Entschuldigend hob ich die Schultern.

„Ich komm dich morgen wieder besuchen, ja?" Will sah zutiefst unglücklich aus.

Ich nickte bloß und ließ mich erschlagen von Livia in den Palast geleiten.

„Dein erster Tag auf der neuen Arbeit", murmelte Roderich neben mir, während wir den Korridor entlangschritten. „Kein guter Start, was?"

Nein, kein guter Start. Aber würde es besser werden?

Mir entfuhr ein leises Kreischen, als ich am nächsten Morgen die Augen aufschlug.

„Was machst du hier?", fragte ich mit merkwürdig hoher Stimme, während Roderich sich schlaftrunken auf seinem Ellenbogen abstützte.

„Das ist mein Schlafzimmer, weißt du." Er hob seine

buschigen Brauen und gähnte hinter vorgehaltener Hand.

„A-aber … ich dachte nicht, dass wir in einem Bett … also … wir sind ja nicht wirklich verheiratet …", stammelte ich drauf los, setzte mich auf und wickelte mir die Bettdecke fester um die Brust.

Ich trug bloß ein dünnes Nachthemd aus Seide, das man mir gestern gereicht hatte, bevor ich schlaftrunken in dieses übertrieben große Schlafgemach mit der silberblauen Tapete und den Kordelvorhängen gestolpert war. Das Letzte, woran ich mich erinnern konnte, war, dass ich mich hundemüde auf der Bettkante niedergelassen hatte, und Roderich war auch da gewesen. Im zerschlissenen Hemd und mit getrocknetem Blut unter der Nase. Er hatte sich immer wieder und über die Maßen höflich erkundigt, ob es mir wirklich gut ginge, und mir alles gezeigt, was ich brauchen könnte – Getränke, Taschentücher, Medikamente, Snacks. Die Hälfte davon hatte ich kaum mitbekommen, aber ich wusste noch, dass ich mich darum bemüht hatte, ihn dankbar anzulächeln, und ihm schließlich mit allerlei Nachdruck, den meine Stimme hergab, befohlen hatte, er solle endlich ins Krankenhaus fahren – äh, fliegen. Es war kaum auszuhalten gewesen, wie er unruhig und königlich bemüht durchs Zimmer gehumpelt war.

„Ist gut, heute Abend schlafe ich auf dem Sofa." Er nickte in Richtung des marineblauen Chesterfield-Sofas, das am anderen Ende des Schlafgemachs gegenüber dem Himmelbett stand.

„Wie wäre es mit getrennten Schlafzimmern?", versuchte ich es erneut. „Stichwort Privatsphäre."

„Nach einem Tag Ehe?", scherzte er und fuhr sich durch seine zerzausten Haare. „Tut mir leid, aber es würde merkwürdig auf das Personal wirken, wenn sie ein separates Zimmer für dich herrichten müssten."

„Ach ja. Hier fangen die königlichen Pflichten wohl an." Niedergeschlagen winkelte ich meine Beine an und schlang meine Arme um die Knie.

„Allerdings, Eure Hoheit." Nun setzte auch Roderich sich auf, neigte sich über mich – mein Herz schlug mir bis zum Hals, da ich für den Bruchteil einer Sekunde (warum auch immer) glaubte, er würde mich küssen wollen – und nahm das Diadem, mein Diadem, von dem Nachttisch aus Birnbaum, um es mir aufzusetzen. „Ganz schön leichtsinnig, das Diadem offen rumliegen zu lassen, meine Königin."

„Ich bin lernfähig", entgegnete ich und räkelte mich ein wenig. „Muss ich das den ganzen Tag tragen?"

„Nein, das ist eigentlich nur für Zeremonien und besondere Festlichkeiten. Ich muss mich jetzt fertigmachen, wir sehen uns später, ja? Es gibt noch einiges zu besprechen nach dem gestrigen Vorfall." Roderich schlug seine Bettdecke beiseite, so dass sein Schlafanzug aus Flanell zum Vorschein kam.

„Oh ... sollte ich nicht, ich weiß nicht, dabei sein ... oder so?", fragte ich abgehackt.

„Lass es langsam angehen, Julie." Damit verschwand er ins Bad.

Ich schlief nur wenige Minuten später wieder ein und wachte erst eine Stunde später auf, als es an der Tür zum Schlafgemach klopfte.

„Herein", rief ich, ohne zu bedenken, dass meine Haare ungefähr so zottelig aussehen mussten wie die des Affenpinschers, den ich an Wochenenden auszuführen pflegte. Aber zu spät. Herein trat ein Mädchen Anfang zwanzig. Ihr granatrotes Haar biss sich herrlich mit dem enganliegenden orangenen Kleid, das sie trug. Ihre großen Bambi-Augen weiteten sich ungläubig, als unsere Blicke sich trafen, und sie wurde reichlich blass um die Nasenspitze.

„Entschuldigung!", sagte sie dann wie aus der Pistole geschossen, wobei sich ihre quietschende Stimme beinahe vor Aufregung überschlug. „I-ich weiß, ich habe … ich sollte …" Sie atmete tief durch und zog einen kleinen, knittrigen Zettel aus ihrem Ausschnitt hervor. „Guten Morgen, Eure Hoheit", begann sie stockend zu lesen, „ich hoffe, Ihr habt in eurer ersten Nacht im Palast gut geschlafen. Wenn Ihr erlaubt, würde ich Euch nun Euren Kleiderschrank zeigen. Bitte zögert nicht zu fragen, wenn Ihr etwas benötigt." Sie faltete den Zettel wieder zusammen und grinste mich stolz an.

„Bist du so etwas wie meine …?"

„Persönliche Assistentin, jawohl." Mit geschwollener Brust stolzierte sie durch das Schlafgemach und öffnete die Tür zum Ankleidezimmer. „Also, meine Königin, die Geschmäcker sind in unserem Reich bekanntermaßen verschieden. So manch einer scheint im Mittelalter hängengeblieben zu sein, während andere in Party-Pumps durch die Große Stadt stöckeln. Wonach steht Euch der Sinn? Wir hätten ein paar herrliche Kleider im Stil des Barocks, furchtbar unbequem, aber machen ganz schön was her. Ansonsten hätten wir auch schlichtere Exemplare, ohne Reifrock, dennoch königlich. Selbstverständlich könnt ihr auch Jeans wählen – oh, ein Cargorock würde Euch sicherlich fantastisch stehen, bei Eurer Figur! Aber falls das alles nicht Euer Fall ist, hätten wir auch ein paar Outfits im Madonna-Style!" Das Mädchen balancierte mittlerweile einen Stapel an Kleidern auf ihren dünnen Armen.

„Weißt du, nenn mich doch einfach Julie, ja?", sagte ich unbeholfen, woraufhin sie sofort die Kleider fallen ließ.

„Ist das Euer Ernst?" Ihr kleines Gesicht wirkte ganz schockiert.

„Ja! Es wäre sicherlich schön, eine Freundin hier zu haben."

Sie quiekte auf, tippelte los und ließ sich neben mir auf die Bettkante fallen. „Ich bin Mary Bell, und du hast ja keine Ahnung, wie aufregend das für mich ist, für die Königin verantwortlich zu sein. In so jungen Jahren! Ich bin erst dreiundzwanzig, musst du wissen, und mein Bruder und ich arbeiten seit fünf Jahren als Service-Kräfte im Palast. Es ist eine riesige Ehre, dass wir nun zu deinen persönlichen Assistenten befördert worden sind." Die ganze Zeit über schüttelte sie mir überschwänglich die Hand.

„Dein Bruder?", pickte ich mir wahllos Worte aus ihrem Redeschwall heraus.

„Ja!" Und schon stand Mary wieder auf den Beinen, riss die Tür zum Korridor auf und schallerte in ohrenbetäubender Lautstärke „Stephen!"

Ich hörte Schritte auf dem Flur, und nur einen Augenschlag später steckte ein großer, schlaksiger Junge, der dieselben graublauen Augen wie Mary hatte, seinen Kopf ins Schlafgemach hinein. Sein Schopf leuchtete in einem etwas dezenteren Rot als der seiner Schwester.

„Meine Königin." Er verneigte sich, ohne die Augen von mir zu nehmen.

„Wir dürfen sie Julie nennen." Mary stupste Stephen überdreht mit dem Ellenbogen an.

„Julie. Wunderbar." Er legte sich grüblerisch einen Finger an das spitze Kinn und ließ seinen Blick zwischen mir und dem Ankleidezimmer hin- und herwandern. „Ich sehe Seidenbrokat mit Silberstickerei, ja, und vielleicht einen Hut."

„Einen Hut?", echote Mary entsetzt und machte eine Würge-Geste in meine Richtung.

„Hey, hört mal", unterbrach ich die beiden, da mir schon ganz schummrig wurde. „Wie wäre es, wenn ich mich fertigmache ... allein? Und dann treffen wir uns draußen?"

„Wir bereiten dir ein Frühstück im Königsgarten vor", rief Stephen übereifrig. „Allergien? Abneigungen? Wie wäre es mit hausgemachten Omeletts mit Zutaten aus dem Kräutergarten der Hexer?"

„Klingt gut", sagte ich höflich. „Wenn ihr Erdnussbutter da habt ..."

„Alles, was du möchtest", fiel Mary mir ins Wort. „Oh, und Einhorn-Bacon!"

„*Einhorn?*", wiederholte ich entsetzt, da waren die beiden schon zur Tür hinaus. Ihr Verschwinden kam mir gerade recht. Ich musste immerhin meine Gedanken sammeln.

Seufzend begab ich mich ins Bad (Gott, war hier etwa alles aus Marmor?) und betrachtete mich im Spiegel. Meine Haare waren weniger zottelig als vermutet, und an meinem Kinn war nur ein kleiner Kratzer zurückgeblieben. Dafür hatte ich schillernde Augenringe und sah kränklich blass aus.

Es sollte mich nicht wundern, immerhin schaffte mein Verstand es noch nicht, all die Geschehnisse zu verarbeiten. Dass es eine verborgene Insel mit magischen Wesen gab, damit hatte ich mich mittlerweile angefreundet – mehr oder weniger. Aber die Angriffe gingen mir einfach nicht aus dem Kopf. Wieder und wieder spulten sich die furchtbaren Geschehnisse vor meinem inneren Auge ab. Will, der mit einem Schwert verletzt worden war, die Hexe, die sich selbst umgebracht hatte, der Oger, dem ein Pfeil durch den Kopf gejagt worden war – wie passte all das zusammen? In einem Königreich, das angeblich für die Sicherheit seiner Mitglieder sorgte und noch nie so etwas wie politische Spannungen erlebt hatte? Konnte das alles an mir liegen? Konnte ich so wichtig sein? Oder steckte mehr dahinter? Vielleicht verschwieg Roderich mir etwas, denn ich hatte keineswegs die Stimmen vergessen, die mich vor ihm gewarnt hatten. Womöglich war er nicht der gerechte Herrscher, für den ich ihn hielt. Es wäre vielleicht das erste Mal in meinem Leben, dass mich meine Menschenkenntnis trügen würde, doch ich durfte die Möglichkeit nicht ausschließen, dass Roderich böse Absichten haben könnte.

Vor lauter Grübeleien zog ich mir das mintgrüne Sommerkleid, das mir im Ankleidezimmer ins Auge gesprungen war, zweimal verkehrt an, bevor ich endlich bereit war, das Schlafgemach zu verlassen. Jetzt erst merkte ich, dass mein Magen vor lauter Hunger knurrte, und ich fing an mich auf das Frühstück zu freuen. Jedoch wurde ich aufgehalten, kaum dass ich um die erste Ecke bog.

„Meine Königin", sagte ein älterer Herr mit Halbglatze und dunklen Augen. „Man hat mich beauftragt, Euch das Protokoll mit dem Zwischenstand des Meetings über den gestrigen Vorfall zu überreichen. Seid Ihr interessiert?"

„Ja!", antwortete ich wie aus der Pistole geschossen und viel zu laut. Eifrig nahm ich dem Angestellten den schwarzen Lederordner aus den Händen und klappte ihn auf. Auf der ersten Seite stand unter dem Datum in der oberen linken Ecke in fein säuberlicher Handschrift mit blauer Tinte geschrieben:

Vorkommnis:
Gestern wurde die Hochzeitsfeier von Prinz Roderich Cunningham und Julie Dorothee Gallagher, nun König und Königin, und die Amtsübergabe durch Königin Livia Cunningham und König Malcolm Cunningham, nun nicht mehr König und Königin, durch plötzlich aufsteigende dunkle Nebelschwaden sabotiert. Kurz später erschienen Protestschilder in der Luft. Keiner der Gäste wurde verletzt. Königin Julie wurde von

einem Oger in den Royal Forest verschleppt. Prinz Roderich erlitt durch den Versuch, ihr zu helfen, eine Prellung am Oberschenkel. Dank des Einsatzes von Wächter Smith, der den Oger mit einem Kopfschuss tötete, sind König und Königin wohlauf.

Aktueller Stand:
Oger ist tot. Keine Befragung möglich. Schuldige nicht identifiziert. Protestschilder verschwunden.

Verdächtige:
Alle Anwesenden sind Verdächtige. In besonderem Interesse stehen die Hexen, da sie den Nebel mit einem neuartigen Zauber herbeigeführt haben könnten, und die Feen, die den Nebel mit einer dem Palast unbekannten Erfindung erzeugt haben könnten. Alle Oger müssen wegen der missglückten Entführung befragt werden. Sie müssen mit eventuellen kurzen Freiheitsberaubungen und Sanktionen rechnen, da aus ihren Reihen das Hauptverbrechen des Abends verübt wurde.

„Hier liegt vielleicht ein Missverständnis vor", murmelte ich fiebrig, bevor ich mich entschlossen an den Angestellten wandte. „Ich muss mit König Roderich sprechen!"

KAPITEL 8

„Ich möchte wirklich nicht stören", stammelte ich unsicher. Jetzt da ich tatsächlich in dem Turmzimmer stand, das wie eine kleinere Version des Konferenzsaals meines Vaters aussah, und mich zwölf Berater – vier Hexen, drei Feen, drei Menschen, ein Oger und ein Drache, der draußen seine Kreise um den gläsernen Turm zog – anstarrten, schrumpfte meine Entschlossenheit von Sekunde zu Sekunde. Sie schüchterten mich ein, keine Frage. Sogar Livia und Malcolm, die ich als freundlich und fürsorglich kennengelernt hatte, sahen mich eher abweisend an. Roderichs Gesichtsausdruck konnte ich nicht deuten, dabei hätte ich mich nach einem kleinen, aufmunternden Lächeln von ihm verzehrt. Trotz meines Unbehagens wusste ich aber, dass ich das Richtige tat.

„Ja?", fragte eine weibliche Fee mit kristallklarer Stimme. Sie trug einen strengen Dutt und musterte mich mit ihren schaurig großen, bernsteinfarbenen Augen.

Ich räusperte mich leise. „Ich habe gerade das Protokoll mit dem Zwischenstand der Sitzung gelesen und ..."

„Oh, macht Euch darum keine Sorgen!", mischte sich nun eine alte Hexe mit abgebrochenem, grauem Haar ein. „Es ist bloß eine Formalität, dass Ihr das zu Gesicht bekommt. Ihr könnt ruhig wieder gehen."

„Nein", antwortete ich bestimmt, woraufhin mich ein jeder mit hochgezogenen Augenbrauen anstarrte. „Ich habe gelesen, dass die Oger unter strengem Verdacht stehen, aber ich denke, dass Sie da an der falschen Adresse sind."

Die Feen verdrehten ihre unheimlichen Augen, die Hexen seufzten gelangweilt und der Oger grunzte genervt. Ich wusste, was sie dachten. Sie wollten mich abschütteln, weil sie glaubten, meine Stimme würde nicht zählen. Sie konnten sich nicht im Traum vorstellen, dass ein Mädchen wie ich etwas beizutragen hatte, und schlagartig wurde mir bewusst, dass diese Welt der unseren gar nicht mal so unähnlich war.

„Der Oger, der mich entführen wollte", fuhr ich also so erhaben wie möglich fort, „sagte, er sei dafür bezahlt worden. Vielleicht sollten Sie Ihre Suche nach den Verantwortlichen noch einmal überdenken."

Es gab mir ein wildes Gefühl von Genugtuung, dass sich die Berater nun interessiert nach vorn lehnten und grüblerisch die Stirn krauszogen.

Die Hexe, die mich gerade so unverschämt hatte abhandeln wollen, drehte langsam ihren kleinen Kopf zu mir herum. Ich war mir sicher, dass sie mir ein Zeichen der Anerkennung aussprechen würde, doch stattdessen sagte sie: „Ihr könnt nun wieder gehen, Julie."

Ich stand da, ohne mich zu regen, starrte bloß mit offenem Mund in die Runde. Dann wurde ich von einer Woge von Wut übermannt. Sie war so stark, dass ich mir sicher war, noch nie dermaßen zornig in meinem Leben gewesen zu sein, und ehe ich sie einfach herunterschlucken konnte, sprudelten die Worte schon aus mir heraus: „Sie sind doch königliche Beraterin, stimmt's? Das bedeutet ja wohl nichts anderes, als dass Sie *meine* Beraterin sind. Wenn ich mit Ihnen über dieses Königreich diskutieren oder Ihnen Informationen liefern möchte, dann haben Sie mich ernst zu nehmen, verstanden? Und solange ich Sie nicht darum bitte, können Sie Ihren Rat für sich behalten – es sei denn, Sie möchten gefeuert werden. Ach, eins noch: Für Sie heißt es nicht Julie, sondern *Eure Hoheit*."

Die Genugtuung, die genüsslich in mir aufkeimte, hielt noch eine kurze Weile an, wie sie alle dasaßen und keinen Mucks von sich gaben. Livia und Malcolm tauschten unsichere Blicke und sahen aus, als wollten sie etwas sagen, ließen es im letzten Moment aber bleiben. Roderichs Augen funkelten lebhaft. Der Rest seines Gesichts war nach wie vor versteinert. In diesen Sekunden liebte ich es, den Beratern die Stirn geboten zu haben. Sobald mein Blick aber auf den riesigen Drachen fiel, der immer noch um das Turmzimmer kreiste und aus dessen Nasenlöchern, die so groß waren wie Untertassen, wütende Dampfwolken austraten, schluckte ich schwer und konnte mich nur noch fragen, was zur Hölle ich getan hatte.

„Ähm, das war eigentlich alles von meiner Seite aus." Unbeholfen schlug ich die Hände zusammen und wagte es kaum, jemandem von ihnen in die Augen zu schauen. „Ich wünsche Ihnen dann noch viel Erfolg, äh, gut – also, ich bin zum Frühstück verabredet. Wiedersehen." Ich knickste ungelenk.

„Ich begleite dich nach draußen." Roderich war mit wenigen Schritten bei mir, legte mir seine Hand auf den Rücken und schob mich durch die stahlgraue Tür.

„Es tut mir so leid!", wisperte ich, als wir die Wendeltreppe hinunterliefen. Ich hatte Mühe, mit Roderich Schritt zu halten.

„Nein, das war fantastisch." Er lächelte zwar nicht, doch seine eifrige Stimme verriet mir, dass er es ernst meinte. „Wie gern hätte ich diesen Wichtigtuern mal die Meinung gegeigt.

Und du hast recht, es ist unverschämt, dass die alte Hexe dich beim Vornamen genannt hat."

„Nein, war es überhaupt nicht! Ich zucke jedes Mal zusammen, wenn mich jemand mit meinem neuen Titel anspricht, und erzähle Mary und Stephen, sie sollen mich ja Julie nennen, aber die Beraterin mache ich dafür fertig. Das war falsch, sehr falsch. Sie kennen mich nicht, wieso sollten sie mir eine Stimme geben?"

„Weil du ihre Königin bist. Mag sein, dass du Hidden Island noch nicht sonderlich gut kennst, aber du bist garantiert nicht blöd, Julie. Sie haben dich zu respektieren. Bloß weil sie wissen, dass du nach den Ferien fort sein und nicht aktiv regieren wirst, dürfen sie dich noch lange nicht wie ein Requisit oder ein Mittel zum Zweck behandeln." Roderich schob mich energiegeladen vorwärts. „Mit mir haben sie doch dasselbe gemacht. Sie haben mich nie richtig ernstgenommen, während sie Mum und Dad Honig ums Maul geschmiert haben, sogar jetzt noch! Mir gegenüber erweisen sie bloß ein bisschen mehr Anstand, weil ich eben der Sohn ihres heiligen Königspaares bin."

„Wenn wenigstens du hinter mir stehst, bin ich beruhigt." Ich pustete mir eine verirrte Strähne aus dem Gesicht. „Warum sind denn keine Hexer unter den Beratern? Und was hat es mit dem Drachen auf sich?"

„Hexer sind eher unpolitisch. Keiner von ihnen wollte einen Posten als Berater annehmen", erklärte Roderich beiläufig. „Und der Drache ist nur ab und an dabei. In der Regel lassen wir ihm ein Protokoll zukommen. Die Drachen mögen einfach nicht das Gefühl, übergangen zu werden, also ziehen sie manchmal aus Prinzip ihre Kreise um das Konferenzzimmer. Sag mal, gefallen dir die beiden?" Zackig bogen wir in einen Korridor ab.

„Hm?", machte ich bloß, da ich mit meinen Gedanken wieder in das Beratungszimmer gewandert war und trotz Roderichs aufbauenden Worten noch daran zweifelte, ob ich mit meiner Ansage das Richtige getan hatte.

„Mary und Stephen. Magst du sie?"

„Ach so. Ich denke schon. Sie sind witzig." Hoffentlich waren sie nur nicht immer so hibbelig.

„Gut." Roderich atmete erleichtert aus. Er wirkte plötzlich nervös. „Weißt du, eigentlich wollte dir meine Mutter ihre Assistentin zur Verfügung stellen, weil die schon seit dreißig Jahren hier arbeitet und dementsprechend sehr viel Erfahrung hat, aber ich dachte, es wäre dir vielleicht lieber ... jemanden in deinem Alter ... also, du kennst ja kaum jemanden ..."

„Das war deine Idee?", fragte ich überrascht und nickte im Vorbeigehen den Wachen zu, die den Eingang zum Palast bewachten.

„Ja, wieso?" Roderich blieb stehen und blickte mit gerunzelter Stirn zu mir hinab.

„Ich wusste nicht, dass du so empathisch bist." Ich lächelte angriffslustig.

„Ist es nicht *falsch*, jemanden seinem Anschein nach zu beurteilen?", zog er mich auf. „Du legst doch so viel Wert darauf, immer das Richtige zu tun, nicht?"

„Ja, das war sehr falsch von mir." Ich grinste und spürte, wie mein Herz zu pochen begann, da wir auf einmal sehr dicht voreinander standen. Seine Hand lag immer noch auf meinem Rücken und sein Gesicht wurde, wenn möglich, noch etwas ernster als gewöhnlich. Ich ertappte mich selbst in einem Zustand der Faszination, als ein warmer Windstoß sein kurzes, toffeebraunes Haar zum Wehen brachte.

„Ich finde, du hast sehr viel Mut bewiesen, Julie", sagte er leise und strich mir eine honigblonde Strähne hinters Ohr.

Meine Schläfe kribbelte unter seiner zufälligen Berührung.

„Und ich finde es ganz schön makaber, Einhörner zu essen", entgegnete ich bloß, da ich es mit der Angst zu tun bekam. Ich durfte nicht mit dem König einer magischen Insel kokettieren oder mich gar in ihn verlieben. Das konnte doch nirgends hinführen! In sechs Wochen würde ich Hidden Island verlassen und vielleicht würde ich nie wiederkommen. Außerdem kannte ich Roderich kaum ... und ... Will! Wenn Will tatsächlich Gefühle für mich hatte, konnte ich ihm das unter keinen Umständen antun. Mit seinem Cousin anzubandeln! Außerdem – hatte ich nicht vor Kurzem noch überlegt, ob ich nicht auch Gefühle für Will entwickeln könnte? Es wäre so einfach ...

„Einhorn-Fleisch ist sehr besonders", erklärte Roderich sachlich und ließ von mir ab. Kurzlebige Unsicherheit zeichnete sich in seinen Augen ab, während er mich am Palast vorbeiführte. Dann aber schüttelte er kaum merklich den Kopf und ging mit bestimmten Schritten voran, als wäre nichts gewesen. „Wir schlachten keine Einhörner, falls du das denkst. Sie sterben nach etwa dreißig Jahren einen natürlichen Tod, und das Besondere ist, dass ihr Fleisch sich danach noch drei Wochen hält und man es verwerten kann."

„Ohne Kühlung? Verkommt es nicht? Ist es nicht zäh?", fragte ich, um mich von meinem schnellen Herzschlag abzulenken.

„Es schmeckt gut", antwortete Roderich schulterzuckend. „Aber du hast ja genug zur Auswahl." Er machte eine einladende Geste in Richtung des Königsgartens, wo ein runder, weißer Tisch üppig gedeckt war. Um ihn herum saßen Mary, Stephen und ...

„Will!" Ich strahlte nun über beide Ohren, rannte auf ihn zu und fiel ihm schwungvoll in die Arme. Lachend wirbelte

er mich herum. Als er mich absetzte, lugte ich über seine Schulter. Roderich stand immer noch dort. Vielleicht bildete ich es mir nur ein, denn er war uns nicht nah genug, um es mit endgültiger Sicherheit zu sagen, aber ich glaubte, so etwas wie Trübsal in seinen glänzenden Augen zu erkennen.

Und es schnürte mir die Kehle zu.

Ich lehnte es dankend ab, vom Einhorn zu kosten, verschlang mein Omelett aber an einem Stück. So sehr ich die Hexen bisher auch hasste, diese Hexer bauten köstliche Kräuter an, das musste ich ihnen lassen. Überhaupt genoss ich das Frühstück in vollen Zügen. Zum ersten Mal, seit ich von Hidden Island erfahren hatte, fühlte ich mich vergleichsweise unbeschwert. Ich grübelte nicht über Angriffe und Entführungen oder gar das Palastleben nach, sondern hörte bloß Mary und Stephen zu, wie sie erzählten, was sie zu ihrer Schulzeit alles angestellt hatten – Knutschen im Klassenzimmer, Knutschen auf der Schultoilette, Knutschen in der Bibliothek (all ihre Missetaten schienen mit Knutschen zu tun zu haben).

„Als ich anfing, hier zu arbeiten, war ich total in Roderich verknallt." Mary kicherte leise, bevor sie sich ein Stück Melone in den Mund schob.

„Ich auch", pflichtete Stephen bei.

„Ich nicht", murmelte Will und grinste schief.

Ich auch nicht, wollte ich sagen, aber meine persönlichen Assistenten aka meine neuen Freunde durften immerhin nichts von unserer Scheinehe wissen.

„Steht ihr euch denn nahe?", fragte Mary an Will gewandt.

„Es geht. Er ist einfach kein besonders lustiger Mensch." Er zuckte belanglos die Achseln.

Will schien davon überzeugt zu sein, dass Roderich ein

emotionsloser Langweiler sei. Vielleicht sollte ich ihm Glauben schenken, denn er kannte seinen Cousin natürlich wesentlich länger als ich, aber ich wurde das Gefühl nicht los, dass Will sich in ihm täuschte. Roderich konnte humorvoll sein. Genau genommen hatte er mich schon mehr als einmal zum Lachen gebracht. Und, ja, vielleicht wirkte er manchmal unzugänglich und sehr beherrscht, aber hatte er sich mir gegenüber nicht auch schon geöffnet?

„Er ist auf jeden Fall ein attraktiver Mensch. Apropos, da ist Anthony." Mary zeigte in Richtung eines jungen Mannes, der eine verdreckte Arbeitshose und ein weißes Top trug. Der Schweiß auf seiner dunklen Haut glänzte in der Sonne und ließ uns alle zu ihm herübersehen, sogar Will.

„Hey, das ist *mein* Freund", lachte Stephen.

„Arbeitet er auch im Palast?", fragte ich, ohne meinen Blick von Anthony abzuwenden, der einen Sack Dünger über seinen starken Schultern trug.

„Ja, als Gärtner." Stephen schien mächtig stolz auf seinen Freund zu sein. „Seine Mutter hat damals Hidden Island verlassen, um Afrika zu bereisen. In Ghana hat sie dann Anthonys Vater kennengelernt und sie haben lange Zeit dort gelebt. Als sie den beiden schließlich unsere Insel gezeigt hat, wollte Anthony unbedingt hier leben. Mein Glück!"

„Ganz toll", sagte Will, der sich zu langweilen schien, und drehte sich zu mir herum. „Also, meine Königin, was unternehmen wir heute?"

„Nichts, bei dem Hexen mit Schwertern werfen oder Oger mich am Fußgelenk packen können!" Ich stöhnte leise, von Erinnerungen gequält.

„Da weiß ich genau das Richtige."

Tatsächlich hatte Will die perfekte Idee. Er zeigte mir die Einkaufspassage der Großen Stadt, wo die Nicht-Magischen

lebten. Die Läden reihten sich dicht an dicht, es herrschte ein buntes Treiben auf der gepflasterten Straße, von jeder Ecke her wehte ein köstlicher Duft und ein Ladenschild schien prächtiger als das andere. Die Gebäude waren allesamt mit wunderschönen Stuckverzierungen versehen und erinnerten mich ein wenig an die Gassen in Paris, wo ich letztes Jahr ein Wochenende mit Miriam verbracht hatte. Der Gedanke an meine Freundin ließ mich kurz wehmütig werden, doch sobald Will mich in das erste Geschäft schleifte, war jeglicher Kummer vergessen.

Am liebsten hätte ich von allem etwas gekauft – fremdartiges Gebäck, elegantes Briefpapier, Geigen, die mit Schweifhaaren von Einhörnern bespannt waren, Schallplatten von mir unbekannten Künstlern. Manche Läden führten Mode aus unserer Welt, andere dagegen Stoffe, die so wertvoll aussahen, dass ich es kaum wagte, sie anzurühren, dabei hätte ich sie mir vermutlich ohne Weiteres leisten können.

„Hier, das kaufe ich dir." Will drückte mir ein Plüschtier in die Hand – ein flauschiger, karamellfarbener Drache. Dann gab er der Verkäuferin ein kleines Stück Gold. „Unsere Währung", erklärte Will. „Das Gold in den Mienen von Hidden Island erneuert sich nach einer gewissen Zeit von selbst." Er zwinkerte angesichts meines kindlich erstaunten Gesichtsausdrucks.

Am Abend glühten meine Wangen rot vor Begeisterung und meine Beine fühlten sich schlapp an. Mit letzter Kraft kletterte ich auf einen veilchenblauen Drachen, der sich in die Lüfte schwang, sobald Will hinter mir saß und seine warmen Arme um mich legte.

„Wie kommst du eigentlich mit Roderich zurecht?", krächzte Will in mein Ohr und versteifte sich hinter mir.

„Ich bin erst seit gestern hier, Wilbert", antwortete ich und

lachte bei der Vorstellung, wie er sein Gesicht verzog.

„Ja, aber wie ist er zu dir?", bohrte er weiter.

„Nett", antwortete ich möglichst neutral, um nicht *liebevoll* zu antworten, denn in dieser Sekunde ließ ich Revue passieren, wie er mir sanft mein Haar hinters Ohr gestrichen hatte.

„Hm", machte Will eher unzufrieden. „Bin ich auch nett?"

„Du bist der Beste." Es stimmte. Heute hatte ich mich Will so nahe gefühlt wie nie zuvor. Vielleicht hatte es daran gelegen, dass alles neu und aufregend gewesen war, vielleicht auch an ihm selbst, aber irgendetwas tief in mir hatte zu kribbeln begonnen, als wir die Straßen entlanggeschlendert waren. Dieses Irgendetwas hatte mich nach seiner Hand greifen lassen wollen, hatte mich innerlich strahlen lassen. Leider hatte ich dem Prickeln nicht weiter auf den Grund gehen können, denn just in diesem Augenblick war eine Horde Grundschulkinder, die wohl einen Tagesausflug unternahmen, auf mich zu gestürmt.

„Die Königin!", hatten die Kinder aufgeregt gerufen und sie hatten darauf bestanden, dass ich jedem von ihnen persönlich die Hand schüttelte. Ich war überrascht gewesen, dass sie allesamt Bilder von mir bei sich trugen (Will erzählte mir später, dass Flyer mit meinem Gesicht für das gesamte Königreich angefertigt worden waren), und der Lehrer hatte gut eine halbe Stunde gebraucht, um die Kinder von mir wegzulocken. Es gab also doch Mitglieder in diesem Reich, die ihre Königin nicht angreifen oder entführen wollten. Eine nette Abwechslung.

Als der Drache vor dem Labyrinth landete, schwang ich mein Bein über seinen Hals und rutschte an ihm hinab, bis ich sicher auf meinen Füßen landete. Ich wartete darauf, dass Will es mir nachtun würde, doch er blieb sitzen und schüttelte mit gespieltem Bedauern den Kopf.

„Du kommst nicht mit?" Meine Kehle wurde ganz trocken.

„Ich darf dich doch nachts nicht mehr anrufen, wenn ich Probleme mit meiner Hausarbeit habe. Also düse ich jetzt nach Hause und setze mich vor meinen Schreibtisch." Er zwinkerte.

„Auf eurer verkorksten Insel gibt es doch ohnehin keine Handys."

„Nein, aber da ich pendele, besitze ich eins, wie du weißt. Nur hat man hier meistens keinen Empfang. Jools, du siehst aus, als wärst du von einer Tarantel gestochen worden ..."

„Ja." Mir war tatsächlich ein wenig mulmig zumute. „Ich kenne den Weg durch den Irrgarten nicht, den ich – am Rande bemerkt – ganz schön unheimlich finde."

„Die Wache begleitet dich doch", lachte Will, während der Drache bereits ungeduldig scharrte. „Du warst schon immer ein Angsthase, Jools."

Sie hoben in die Lüfte ab und ließen mich allein.

Ich konnte bloß hoffen, dass Roderich recht behalten würde und ich wirklich ein mutiger Mensch war. Aber wenn dem so sein sollte, warum klopfte mein verfluchtes Herz dann so unregelmäßig, als ich auf einen der Wachmänner zusteuerte, um ihn zu bitten, mich durch das Labyrinth zu führen?

„Warum konnte der Drache mich nicht einfach direkt vor dem Palast absetzen?", murmelte ich bang vor mir hin, während wir durch die Schatten der wuchernden Hecken schritten.

„Ist verboten", erklärte der Wächter knapp. „Nur die Drachen, die in den Höhlen im Norden leben, dürfen über den Luftweg kommen. So wird kontrolliert, wer im Palast ein- und ausgeht."

Das konnte ich auch nachvollziehen, trotzdem war ich heilfroh, als ich endlich zum königlichen Hof gelangte, der

mit Platten aus Marmor ausgelegt war.

So müde ich mich nach Wills und meinem Tagesausflug auch gefühlt hatte, jetzt war ich mit einem Schlag hellwach. Da ich bei meiner Rückkehr in den Palast weder Mary und Stephen noch Roderich fand und mich nicht im Schlafgemach langweilen wollte, beschloss ich, mir selbst zu beweisen, dass ich kein Angsthase war. Also nahm ich mir vor, den Palast ein wenig zu erkunden, angefangen bei den Türmen. Die meisten waren Büros, wie das, in dem Roderich und ich unser erstes richtiges Gespräch geführt hatten, einige beherbergten deckenhohe Stapel mit Gemälden, andere schienen eine Art Musikzimmer zu sein und wieder andere, die mir besonders gut gefielen, sahen aus wie kleine Bibliotheken. Als ich durch West- und Ostflügel streifte, ging ich etwas weniger beherzt vor. Ich schaute bloß in Zimmer, deren Türen offenstanden, oder lugte durch Schlüssellöcher, wenn ich zufällig allein war, bevor ich einen Saal betrat. Immerhin kannte ich mich nicht aus und wollte um gar keinen Preis in das Schlafzimmer eines Bediensteten oder, schlimmer noch, in das von Livia und Malcolm stolpern. Also ließ ich ein paar Türen aus und ging stattdessen eine schmale, unauffällige Treppe am Ende des Westflügels hinunter.

Ich war mir sicher, dass ich im Keller des Palasts nichts Spannendes finden würde, zumal es hier menschenleer war und ich kaum etwas sehen konnte, da erspähte ich einen Lichtkegel am Ende des Gangs. Behutsam kam ich näher, und obwohl es mir albern erschien, sprang mein Herz mir vor lauter Aufregung beinahe aus der Brust. Die Tür war bloß einen winzigen Spalt breit geöffnet, dennoch konnte ich jedes Wort hören, das aus dem Innern des Kellerraums hervordrang.

„Bitte, ich weiß gar nicht, was ich hier soll!", hörte ich eine unfassbar tiefe Stimme mit einem Anflug von Panik sagen. Sie kam mir bekannt vor, doch mir wollte partout nicht einfallen, wem sie gehörte.

„Du bist zu einer Befragung hier, Oger." Die zweite Stimme war mir fremd. Ich verabscheute ihren heiseren, gehässigen Klang. „Einer von euch hat die Königin entführt. Ich wette, ihr steckt alle unter einer Decke, hm?"

Wie bitte? Ich hatte die Berater doch darüber aufgeklärt, dass der Oger dafür bezahlt worden war.

Ich konnte nicht länger nur lauschen, ich musste etwas sehen. Geräuschlos stellte ich mich näher an die Tür heran, bückte mich und spähte durch das große Schlüsselloch. In dem schäbigen, dunklen Raum baumelte eine verdreckte Lampe von der niedrigen Decke, die das knittrige Gesicht eines dünnen Mannes im mittleren Alter beleuchtete. Er trug einen altmodischen Anzug, hatte dünnes, braunes Haar und hielt etwas in seiner Hand, das ich nicht ganz erkennen konnte. Vor ihm, an einen Stuhl gefesselt, saß ein Oger. Oswin! Natürlich, daher kannte ich die Stimme. Warum war er zum Verhör hier?

„Ich sag doch, ich weiß nichts davon", knurrte er. „Ich habe nichts damit zu tun. Sie wissen doch, dass er bestochen worden ist."

„Vielleicht bist du der Nächste. Vielleicht muss dir bloß jemand einen Sack Gold zuwerfen, und schon stellst du dich gegen den Palast!" Dem Mann war anzumerken, dass er seine Überlegenheit in vollen Zügen genoss.

„Natürlich nicht!", entrüstete sich Oswin. „Aber wundern sollte es euch nicht. So viel wie wir in den Goldminen schuften, und am Ende sackt der Palast fast alles ein! Da kann man es wohl niemandem verübeln, wenn er bei einem finanziellen Angebot schwach wird."

„Und von wem würde so ein finanzielles Angebot kommen? Von den Hexen vielleicht?" Der Mann lächelte fies.

„Du gehst oft in der Stadt der Hexen ein und aus. Wie kannst du das erklären?"

„Na, ich mache Lieferungen. Ich bringe ihnen Wildschweinkeulen, Hafer, getrocknete Früchte – seit Jahren schon! Seit Jahren bin ich ihr Lieferant. Was ist Ihr Problem, verdammte Scheiße?"

„Schön, du willst also nicht kooperieren." Der Mann seufzte tadelnd. „Ich habe es wirklich auf die sachte Tour probiert." Er hob seinen Arm, und nun konnte ich sehen, was er in der Hand hielt: eine Peitsche. Er zögerte nicht einmal, sondern holte schwungvoll aus und ließ sie auf den Oger niederregnen. Der Knall, den der zweite Hieb auslöste, war noch lauter. Der Schlag wickelte sich so stramm um Oswins Bizeps, dass ich glaubte, er würde ihm den Arm ausreißen. Als sich die Peitschenschnur von ihm löste, schlängelte sich rotes Blut wie ein Bachlauf bis zu seinen qualvoll zuckenden Fingern hinab. Alles in mir krampfte sich zusammen. Ich keuchte auf, brauchte ein paar zittrige Atemzüge, um mich zu sammeln, dann riss ich kopflos die schwere Tür auf, stürzte auf die beiden zu und stellte mich zwischen sie.

Der Mann, der zu einem weiteren Peitschenhieb ausgeholt hatte, verharrte in seiner Bewegung und riss erschrocken die Augen auf. „Die K-königin", stammelte er und sah aus, als würde er am liebsten die Flucht ergreifen.

„Was tun Sie nur?", rief ich entsetzt. „Lassen Sie Oswin gefälligst gehen!"

„Was versteht Ihr schon davon?", bellte der Mann nun ein wenig gefasster, doch es hatten sich eindeutig Schweißperlen der Nervosität auf seiner Stirn gebildet.

„Ich verbiete Ihnen, den Oger zu misshandeln!", sagte ich, ohne mich vom Fleck zu bewegen. „Was haben Sie sich dabei gedacht?"

Anstatt zu antworten, packte der Mann mich grob am Handgelenk und zog mich mit einer Kraft, der ich nicht standhalten konnte, fort von Oswin. Ich wehrte mich mit Händen und Füßen (und Beleidigungen), aber es half nichts.

„Ich hole Hilfe!", schrie ich noch, bevor der Mistkerl mir die Tür vor der Nase zuknallte.

Ohne zu überlegen, rannte ich los. Diesmal war es mir völlig egal, in wessen Zimmer ich geraten würde. Ich riss eine Tür nach der anderen auf und wurde von Minute zu Minute panischer. Erst als ich blindlings in Roderich hineinstolperte, fiel ein Teil der Anspannung von mir ab.

„Gott sei Dank!", japste ich und zerrte bereits an seinem Ärmel. „Hilf mir, schnell!"

„Was ist denn passiert?", fragte Roderich vollkommen überrumpelt.

„Komm einfach mit!"

Ich hätte nicht dankbarer dafür sein können, dass er keine weiteren Fragen stellte, sondern mir widerstandslos folgte. Wir rannten die Korridore entlang, bis ich ihn hinunter in den Keller zog. Ich konnte bloß an Oswin denken, und als wir endlich dort angekommen waren, wo er gefoltert worden war ...

„Was wollen wir denn hier?" Auch Roderich war nun außer Atem – und ich kurz vorm Durchdrehen.

„Wo sind sie hin?", hauchte ich und merkte selbst, wie irre ich klang.

Der Raum war leer.

KAPITEL 9

„Hier." Livia stellte mir einen warmen Kakao vor die Nase, als wir uns in dem Konferenzzimmer zusammenfanden, in das ich heute Morgen hineingeplatzt war. „Du bist ganz blass."

„Ich schwöre euch, ich habe die beiden gesehen!", beteuerte ich lautstark, dabei wusste ich natürlich genau, was Malcolms und Livias mitleidige Blicke zu bedeuten hatten. Sie glaubten mir kein Wort, und ich konnte es ihnen nicht einmal verübeln. Ein Verbrechen, das sich binnen weniger Minuten in Luft aufgelöst hatte – nicht sonderlich glaubhaft. Außerdem hatten die Wachen alle Kellerräume des Palasts abgesucht und weder den Oger noch seinen Peiniger gefunden. Aber ich wusste auch, was ich gesehen hatte. Wie sollte ich es nur beweisen? Roderichs Eltern würde ich vielleicht gar nicht überzeugen können und ihm selbst war mal wieder nicht anzusehen, was er dachte.

„Hat denn ein Mann mit diesem Aussehen hier gearbeitet?", probierte ich es trotzdem.

„Haufenweise. Deine Beschreibung ist viel zu vage", erklärte Roderich, dennoch legte er grüblerisch die Stirn in Falten. „Was weiß ich? Edgar aus der Buchhaltung?"

„Er hat doch vor Tagen schon sein Amt niedergelegt, um in der Großen Stadt zu leben, Liebling", warf Livia ein.

„Dann könnten wir ihn doch befragen ...", sagte ich eifrig, woraufhin ihr Gesichtsausdruck noch mitleidiger wurde.

„Ich fürchte, du verstehst nicht ganz, was ich zu sagen versuche. Er lebt nicht mehr im Palast. Hätte er sich noch hier aufgehalten, hätten wir es gewusst", erklärte sie freundlich. So freundlich, dass ich mir wie ein naives Kleinkind vorkam.

„Julie", Malcolm räusperte sich verlegen, „kann es sein, dass du – ich weiß nicht – ausgerutscht bist und dir den Kopf angestoßen hast? Oder alles so aufregend für dich war, dass du dir das nur eingebildet hast?"

Verunsichert nahm ich einen Schluck Kakao. Es stimmte schon, alles war sehr schnell gegangen. Aber wenn es sich nur in meinem Kopf abgespielt hatte, warum konnte ich mich dann an jedes einzelne Wort erinnern? Die Bilder, die sich mir aufgetan hatten, hafteten dermaßen intensiv an meinem inneren Auge – sie konnten keine Täuschung sein.

„Woher sollte ich wissen, dass die Oger in den Goldmienen arbeiten?", versuchte ich es erneut.

„Womöglich hast du es irgendwo aufgeschnappt", grübelte Malcolm.

Vielleicht, vielleicht auch nicht. In letzter Zeit hatte ich so viel Input erhalten wie nie zuvor in meinem Leben. Wie sollte ich mich da erinnern können, ob irgendjemand die Arbeit der Oger erwähnt hatte? Je angestrengter ich darüber nachdachte, desto stärker dröhnte mein Kopf.

„Und es ist auch nicht wahr, dass der Palast den Großteil des Goldes der Oger einsackt", klinkte Roderich sich nachdenklich ein. „Oder ist der Satz etwa gestiegen?", fragte er an seine Eltern gewandt.

„Achtundzwanzigkommavierfünfdrei Prozent", antwortete Livia in der Manier einer Musterschülerin. „Wie die letzten fünfzig Jahre auch."

„Pass auf, Julie." Malcolm stützte sich auf dem metallenen Tisch ab und sah mir tief in die Augen. „Wir schicken jemanden ins Dorf der Oger, der sicherstellen wird, dass Oswin wohlauf ist, ja? Aber wir können nicht alle Mitglieder des Palasts mit dünnem, braunem Haar befragen, ebenso wenig wie den Oger. Bei den Spannungen, die derzeit herrschen, können wir es uns nicht leisten, das Gerücht in die Welt zu setzen, man foltere hier Unschuldige. Nicht, solange wir keine Beweise haben. Ich verstehe, dass du aufgewühlt bist, ehrlich, aber du solltest eine Nacht darüber schlafen und dich fragen, ob dein Verstand dir nicht doch etwas vorgegaukelt hat. Glaub mir, wir werden Wachen vor den Kellerräumen positionieren und ein Auge auf alle Beteiligten an der Ermittlung rund um die sabotierte Hochzeit haben, aber mehr können wir nicht tun."

„Ich verstehe", sagte ich leise. Ich wollte mir die Enttäuschung nicht anmerken lassen, denn ich konnte die Entscheidung natürlich nachvollziehen, allerdings wurde ich dieses ungute Gefühl in der Magengegend nicht los.

„Ruht euch aus, ihr beiden." Livia lächelte sanftmütig, reichte ihrem Mann die Hand und führte ihn aus dem Zimmer hinaus.

Roderich ließ sich stöhnend auf einen Stuhl neben mich fallen. Kraftlos vergrub er sein blasses Gesicht in den Händen.

„Ich wollte keinen Aufriss machen, ehrlich", murmelte ich.

„Hör zu, ich glaube dir ja." Er drehte sich entmutigt zu mir. „Ich weiß nur nicht, was zu tun ist. Ich schätze, meine Eltern haben recht. Sie haben natürlich viel mehr Erfahrung ... und ... und ..." Er brach ab. Fasziniert beobachtete ich, wie seine Augen wässrig wurden. Im nächsten Moment kullerte eine einsame Träne über seine Wange.

„Roderich ..." Unbeholfen legte ich ihm eine Hand auf die

Schulter. Es war ungewohnt und irgendwie wunderschön zu sehen, dass er eine zerbrechliche Seite hatte. Dass der Mann, dessen Gesicht ich so oft nicht lesen konnte, vor mir weinte.

„Entschuldige", schniefte er und rieb sich mit dem Ärmel seines Jacketts über die Augen, doch die Tränen liefen weiter. „Es ist nur - dieser Druck. Unsere perfekte, friedliche Insel verfällt plötzlich in Chaos. Das Unvorstellbare ist eingetroffen, jetzt, da ich König bin. Alles läuft auf einmal schief. Ich weiß nur nicht, was ich falsch mache. Ich meine, die Leute wissen kaum, wer du bist, das kann doch alles nicht an dir liegen. Ich fühle mich irgendwie schuldig. Ich fühle mich … wie ein Versager."

„Sag das nicht!" Ohne mich dagegen wehren zu können, lehnte ich mich zu ihm herüber und legte meine Arme um ihn. Es schmerzte mich unsäglich, ihn dermaßen traurig zu sehen. „Du bist erst seit gestern König. Gib dir einfach Zeit."

„Die haben wir nicht", entgegnete er mit gebrochener Stimme. „Irgendetwas stimmt mit Hidden Island nicht."

„Wir kommen schon noch dahinter", sagte ich sachte und ließ zu, dass er seine Stirn gegen meine lehnte. Seine langen Wimpern kitzelten meine Schläfe, und ich konnte seinen warmen Atem an meiner Wange spüren. Ich wünschte, es wäre nicht so gewesen, doch seine Nähe stellte etwas mit mir an. Etwas, das sich schön anfühlte und das ich zugleich fürchtete.

„Ich weiß, wir kennen uns noch nicht lange", murmelte Roderich in der Nähe meines Ohres, „aber ich bin froh, dass du meine Königin bist."

„Ja", krächzte ich ungelenk, und es fühlte sich beängstigend schwer an, mich von ihm zu lösen. „Wir schaukeln das schon." Ich lächelte möglichst unbekümmert und gab mir alle Mühe, sein enttäuschtes Gesicht auszublenden. Übereilt stand ich

125

auf, wobei ich beinahe meinen Stuhl umwarf, und marschierte Richtung Tür. Bevor ich sie jedoch öffnete, drehte ich mich noch einmal zu Roderich herum und fragte milde: „Bist du auch müde?"

„Sehr." Seine Gesichtszüge hatten sich binnen weniger Sekunden wieder verhärtet.

„Sollen wir schlafen gehen?"

„Kommt drauf an – schläfst du auf dem Sofa?" Er zwinkerte unauffällig. Es war keine Spur mehr von Traurigkeit in seinem Gesicht zu vermuten. Bloß seine tränenbenetzten Wangen wiesen noch darauf hin, dass er geweint hatte.

„Du sagtest, du würdest auf dem Sofa schlafen." Ich grinste und tat, als würde ich nicht mehr daran denken, wie sich Roderichs Atem auf meiner Haut anfühlte. „Das wird nicht verhandelt."

„Meinetwegen." Kurz reflektierte er mein Grinsen, dann sagte er: „Geh ruhig vor. Ich arbeite noch ein bisschen."

Es war fürchterlich, wie er allein an dem langen Tisch in diesem trostlosen Zimmer saß. Trotzdem ging ich.

Ich war beinahe überrascht, wie ereignislos die folgende Woche verlief. Ich hätte erleichtert sein sollen, jedoch lag ich jeden Abend wach und wartete förmlich darauf, dass etwas geschehen würde. Etwas Fürchterliches, etwas Unerklärliches. Manchmal fragte ich mich, ob es Roderich wohl ähnlich ging, denn ich hörte ihn nicht einmal atmen, wenn er sich nachts ins Zimmer schlich, in dem Glauben, ich würde schon schlafen, und sich auf das Sofa niederlegte. Womöglich grübelte er wie ich im stillen Dunkel vor sich hin, womöglich war er aber auch ein sehr leiser Schläfer.

Tagsüber machte ich mir weniger Gedanken und hieß jede

Ablenkung willkommen. Frühstück mit Mary und Stephen, Mittagessen mit Will, Abendessen mit Livia und Malcolm. Sie alle taten ihr Bestes, damit ich mich wohlfühlte. Livia hatte mir persönlich davon berichtet, dass Oswin vor seiner Hütte gesichtet worden und wohlauf sei. Aber wenn ich ehrlich sein sollte, zogen sich die Tage, an denen Will keine Zeit für mich hatte, hin wie Kaugummi. Zwar wollte immer irgendwer etwas von mir, aber es fühlte sich alles unfassbar belanglos an, angefangen bei „Sie müssen die Gemüsesorten für den wöchentlichen Speiseplan auswählen, Eure Hoheit", über „Sollen die Servietten für den königlichen Ball pastellblau oder türkis sein?", bis hin zu „Habt Ihr zufällig ein paar Stunden Zeit, um für ein Portrait zu posieren?" war alles dabei.

Also lebte ich die Tage so vor mich hin, und das Einzige, was mir wirklich Kopfschmerzen bereitete, war meine bevorstehende Aufgabe, die entflohenen Hexen zur Rede zu stellen. Der Palast traf bereits Vorkehrungen, wie Roderich mir erzählte, indem Briefe in der anderen Welt verteilt wurden, und zwar an allen Stellen, an denen die Hexen bereits zufällig gesichtet worden waren. Die Briefe wurden allesamt mit einem speziellen Duft versehen, Moschus, da Hexen sich davon angezogen fühlten. Die große Hoffnung war, dass sie die Nachricht erhalten würden, wann und wo sie mich treffen sollten, und erscheinen würden. Zwar blieb mir noch ein wenig Zeit bis dahin, dennoch spürte ich die Nervosität jetzt schon in mir aufkeimen.

„Was wird das denn?", fragte Roderich am Samstagmittag, während ich über meinen Notizbüchern und Zeichenblöcken auf dem Sofa brütete. Er war früh aufgestanden und hatte nun tiefe Ringe unter den Augen.

„Ich dachte, ich ordne alles mal ein bisschen", antwortete

ich verlegen grinsend. Tatsächlich hatte ich niedergeschrieben, was seit meiner ersten Begegnung mit Hidden Island alles geschehen war, hatte eine Art Tagebuch über die verschiedenen magischen Gruppen angelegt, und auf einem großen, weißen Blatt Papier, das nun Roderich in seinen Händen hielt, hatte ich versucht, ein Schaubild zu erstellen. Ich wusste selbst, dass ich kein Picasso war, aber es kam schließlich auf die Pfeile und Symbole an, nicht auf die Zeichnungen selbst, sondern auf das, was sie darstellten.

„Soll das ein Oger sein?", fragte Roderich und kräuselte überheblich die Lippen.

„Ich habe bloß die ganzen kuriosen Geschehnisse verbildlicht", erklärte ich konzentriert. „Der Angriff der Hexen, die Hexe, die sich die Kehle durchgeschnitten hat, die sabotierte Hochzeit, meine Beinahe-Entführung, Oswins vielleicht nichtexistierendes Verhör … Ich dachte, mir würde vielleicht ein Geistesblitz kommen, wenn ich all das noch einmal durchlebe. Zumindest haben wir nun einen detaillierten Überblick, auf den wir jederzeit zurückgreifen können."

„Also noch kein Geistesblitz?" Roderich seufzte beinahe lautlos.

„Nein. Aber egal, wie oft ich die Ereignisse im Kopf durchgehe, es läuft immer auf dasselbe Ergebnis hinaus: Irgendjemand *mag* uns nicht. Ich verstehe nur nicht, wieso. Aber es scheint so, als wolle man uns oder einen von uns aus dem Weg räumen. Als misstraue man uns, ja, als habe man vielleicht sogar Angst vor uns. Und irgendwer, vielleicht eine Gruppe, muss dieses Misstrauen schüren."

„Nur dass wir nicht wissen, wer das sein könnte." Roderich legte gedankenverloren den Kopf schief. „Und wie passt Oswins Verhör darein?"

„Na ja, wenn er davon erzählen würde, würde das auch

128

ein schlechtes Licht auf den Palast werfen, oder? Wie deine Eltern gesagt haben, es wäre abträglich für die Beziehung zwischen uns und dem Volk."

„Das wäre es allerdings." Roderich ließ sich müde auf der Sofalehne nieder.

„Vielleicht ist ja auch jemand der Meinung, die Menschen hätten lang genug regiert. Wer kann schon wissen, ob nicht die Hexen das Zepter übernehmen wollen? Hier und in der anderen Welt", spann ich die Theorie weiter.

„Miss Gallagher, haben Sie bloß eine Vorliebe für Verschwörungstheorien oder sind Sie ein Genie?" Roderich lächelte sanftmütig auf mich hinab.

Ich errötete leicht. „Weißt du, die meisten Leute denken, ich würde nach der Schule Soziale Arbeit oder etwas Ähnliches studieren, und vielleicht tue ich das auch, aber in Wahrheit – frag mich nicht, wieso – wünsche ich mir manchmal, Detektivin oder Kommissarin zu werden." Es klang so kindlich, dass ich verschämt den Kopf zur Seite drehte.

„Du wärst sicherlich gut darin", sagte Roderich ernst, bevor er seine Lippen zu einem schiefen Lächeln verzog. „Immer auf der Seite des Gesetzes. Aber im Moment bist du weder Sozialarbeiterin noch Detektivin, du bist Königin, und deswegen habe ich Pläne für dich. Hast du heute etwas vor?"

Ich machte eine ausladende Handgeste über meinen Papieren. „Sieht so jemand aus, der zu wenig Freizeit hat?"

„Gut. Denn du hast ganz richtig festgestellt, dass wir nicht die größten Sympathieträger sind. Um das zu ändern, werden wir heute den Feen und den Drachen einen Besuch abstatten, einverstanden?"

Am liebsten hätte ich mich davor gedrückt, aber ich wusste, dass es bloß richtig sein konnte, mit möglichen Skeptikern in Austausch zu treten. Trotzdem versuchte ich,

mich am Anfang aus der Affäre zu ziehen und das Vorhaben zu vertagen. Allerdings setzte Roderich sich durch, so dass ich nur wenig später in einem gepunkteten Kleid, das gut zu seinem kastanienbraunen Anzug passte, auf den Rücken eines Drachen kletterte und mein Gesicht in die warme Juli-Sonne hielt, während wir über der Küste flogen.

So sehr ich mich am Anfang auch gegen den Ausflug gesträubt hatte, meine Bedenken waren sofort verflogen, als wir sachte landeten. Ich wagte es kaum, vom Rücken des Drachen zu rutschen, um das silbrig glänzende Gras, das sich bis ins Unendliche zu erstrecken schien, nicht mit meinen Sandalen zu berühren.

„Bin ich im Himmel?", fragte ich Roderich baff, während ich meinen Blick über die perlweißen Zelte schweifen ließ, um die buntgemusterte Schmetterlinge und Feen herumschwirrten.

„Es sind bloß Zelte und glitzerndes Gras", meinte Roderich trocken und legte verständnislos seine Stirn in Falten.

„So langsam wundert es mich nicht mehr, dass *du* kein Sympathieträger bist", entgegnete ich nicht weniger trocken und knuffte ihn in die Seite.

Roderich rückte geschäftig seine Krawatte zurecht. „Das ändern wir jetzt."

KAPITEL 10

Der Schweiß rann mir vor lauter Hitze und Nervosität die Schläfen hinunter. Obwohl ich wegen der schwülen Luft beinahe umkam und mich bloß danach sehnte, in eiskaltes Wasser zu springen, drückte ich mich mit dem Rücken dicht gegen Roderichs warmen Oberkörper, während ich mich unbehaglich in der dunklen Höhle umsah.

In diesem Augenblick sehnte ich mich nach der Zelt-Stadt der Feen zurück. Dort war alles wunderhübsch und blumig gewesen. Die kunstvoll bestickten Kissen und Decken in den Zelten hatten nach Flieder geduftet, wohingegen es hier bloß rußig und modrig roch.

„Mein König, meine Königin." Der pechschwarze Drache – er war so lang wie drei Autos – stemmte sich auf seine Klauen, die mit messerscharfen Krallen versehen waren, ließ seinen stachelbesetzten Schwanz von links nach rechts peitschen und nahm uns mit seinen karminroten Augen ins Visier. Ich wusste nicht, was mir mehr Unbehagen bereitete – sein Blick oder seine Stimme, die einem Donnern so ähnlich war, dass ich mir einbildete, sie würde die Wände zum Wackeln bringen. Die knuffigen Transport-Drachen waren mir definitiv lieber als diese sprechenden Drachen, von denen eine enorme Hitze ausging, als seien sie selbst aus Feuer.

„Wie geht es dir, Sabriel?", fragte Roderich unbefangen.

„Mir geht es gut, aber wie steht es um Euch?" Eine Prise Gehässigkeit stahl sich in die Augen des Drachens, der auf mich zu glitt und so nahe vor mir hielt, dass ich den Dampf, der aus seiner Nase aufstieg, auf meiner Haut spüren konnte. „Unser Reich scheint auseinanderzubrechen, seit das wunderschöne Mädchen aus der anderen Welt Königin wurde. Nun frage ich mich, König Roderich, seid Ihr geschaffen, um uns aus dieser Krise herauszuführen?"

Oh je, da hatte er einen wunden Punkt getroffen.

Roderich versteifte sich hinter mir und legte seine Hände fester um meine Arme. Vermutlich wünschte er sich auch zu den Feen zurück. Sie hatten uns zwar überwiegend ignoriert und uns erst hektisch Tee und Obst angeboten, als Roderich sich lautstark geräuspert hatte, aber mit ihnen hatte man immerhin belanglosen Smalltalk führen können. Gut, an der Art, wie sie sich unruhig umgesehen hatten, war zwar abzulesen gewesen, dass sie lieber ihrer Arbeit nachgegangen wären, anstatt mit uns zu reden, doch sie waren wenigstens nicht mit der Tür ins Haus gefallen und hatten keine Themen angesprochen, die unübersehbar an Roderichs Selbstvertrauen kratzten.

„Wir arbeiten mit Hochdruck daran, den Zusammenhalt unseres Volks wieder zu stärken", erklärte Roderich diplomatisch. Ich glaubte allerdings, ihn hinter mir schlucken zu hören.

„Die Frage ist nur, warum der Zusammenhalt wieder gestärkt werden muss." Der Drache wandte seinen Kopf provokant zu Roderich herum. „Ihr führt doch nichts im Schilde?"

„Natürlich nicht!", entrüstete ich mich und breitete meine Arme vor Roderich aus, ganz in der Manier einer Löwenmutter, die ihr Junges beschützen will. „Wir möchten nur das Beste für

Hidden Island."

„Dann nehme ich Euch wohl beim Wort", zischelte der Drache, ohne sich auch nur zu bemühen, den Argwohn in seiner Stimme zu verbergen.

Danach legte sich ein erdrückendes Schweigen über uns, bis Roderich königlich höflich versicherte, Hidden Island könne auf uns zählen, und einen Termin erfand, den wir wahrnehmen müssten.

Jetzt saßen wir am weißen Sandstrand der Insel und schauten nachdenklich zum Meer hinaus.

„Wir haben bloß unsere Zeit vergeudet." Roderich zeichnete frustriert Kreise in den Sand.

„Zumindest habe ich mehr von Hidden Island zu sehen bekommen", versuchte ich, ihn aufzuheitern. „Manchmal denke ich, es war gar nicht schlecht, dass Will mich hergebracht hat. Er hatte recht: Es ist ein Abenteuer."

Roderich schwieg eine Weile, dann wandte er langsam seinen Kopf zu mir und fragte, ohne mir dabei in die Augen zu sehen: „Könntest ... du dir denn vorstellen, länger hierzubleiben? Oder mal wiederzukommen?" Er klang schüchtern, und ich spürte, dass sein Atem ein wenig unregelmäßig ging.

„Vielleicht würde ich mal in den Ferien herkommen", überlegte ich und musste plötzlich an unser Haus in Cheltenham denken, das mir ferner erschien denn je. Ich konnte mir kaum vorstellen, dorthin zurückzukehren, aber ich war unmöglich bereit, hierzubleiben. Auch wenn man mich zu Hause vielleicht gar nicht brauchte ...

„Was hast du?", fragte Roderich, der zu bemerken schien, wie nachdenklich ich wurde.

„Ich vermisse nur meine Eltern ein wenig", antwortete ich schnell und heftete meinen Blick an meinen angewinkelten Knien fest.

„Und?", hakte Roderich nach, während er bedächtig seinen Arm um mich legte. Ohne darüber nachzudenken, schmiegte ich mich näher an ihn.

„Und ... ich denke, dass sie mich nicht sonderlich vermissen", brachte ich erstickt hervor. Angestrengt bekämpfte ich das Beben in meiner Stimme. „Deine Eltern sind immer so liebevoll. Manchmal ist es schwer für mich, das mit anzusehen. Bei meinen habe ich beizeiten das Gefühl, sie interessieren sich gar nicht für mich."

„Das tut mir leid", flüsterte Roderich auf der Höhe meines Ohrs. „Aber meine Eltern und ich hatten auch schon unsere Schwierigkeiten", fügte er gepresst hinzu. Es schien ihm unheimlich schwerzufallen, diese Information über sich preiszugeben.

„Das wusste ich nicht", murmelte ich und hatte plötzlich mit Atemnot zu kämpfen, als er meine Schläfe mit seinen Lippen streifte. „Ich weiß auch, dass ich mich nicht über meine Eltern beschweren sollte. Ich kann sehr dankbar für mein Leben sein, das ist mir bewusst. Trotzdem glaube ich, dass ich weniger gut klarkäme, wenn ich Will nicht hätte."

„Ihr kennt euch schon recht lange, hm? Und ihr seid beste Freunde, oder? Also, ihr seid nicht, ähm, zusammen, richtig?" Roderich streichelte behutsam über mein offenes Haar und umfasste dann mein Gesicht mit seiner rechten Hand, als könne er dadurch meine Antwort beeinflussen. Unsere Gesichter waren sich jetzt so nahe, dass es sich anfühlte, als teilten wir uns einen Atem.

„Nein", hauchte ich und senkte dann den Kopf, um meinen klaren Verstand zurückzugewinnen. „Ich ... habe eine Frage", murmelte ich in Roderichs Halsbeuge hinein. Nicht besonders clever, denn jetzt musste ich mir eine Frage überlegen, die uns von dem Romantischen ablenken würde, was mir nicht gerade leichtfiel, da mir bei seinem harzigen Duft ganz kribbelig wurde.

„Ja?" Roderichs Stimme verriet mir, dass auch er nicht ganz bei Sinnen war.

„Äh ... Hidden Island ... ist ja ein selbstständiges Land, nein, viel mehr als das! Hidden Island ist eine magische Welt. Aber ihr habt gar keine eigene Sprache und ihr benutzt englische Namen. Da habe ich mich gefragt, woher das kommt", endete ich ungeschickt.

„Oh." Roderichs Schultern hingen nun beinahe schlaff hinunter. Er wirkte lustlos, streichelte aber weiterhin meinen Nacken. „Das liegt daran, dass die naturgegebene Energieschleuse in London liegt. Wir haben einfach einen Bezug zu deinem Land, weil eine britische Hexe damals die Insel entdeckte. Sag mal, ist es dir unangenehm, wenn ich dich nach Will frage? Wenn ich über *uns* reden möchte?"

Verdammt, ich war doch noch nicht aus dem Schneider.

„Hör zu." Obwohl es mir unendlich schwerfiel, löste ich mich langsam und widerstrebend von ihm und blickte ihm schwerfällig in die zimtbraunen Augen, in denen ein unergründliches Funkeln lag. „Es wäre falsch, dir Hoffnungen zu machen, wo keine sind. Wo auch immer diese Chemie herkommt, die zwischen uns besteht, sie wird nirgendwo hinführen. Ich sitze hier meine sechs Wochen ab, danach werde ich meinem eigenen Leben nachgehen. Wir kommen buchstäblich aus anderen Welten, Roderich, und ich glaube nicht, dass eine Beziehung halten kann, die mit einer Scheinehe beginnt. Es würde alles viel zu kompliziert werden, und wenn ich ehrlich sein soll, möchte ich erst herausfinden, ob ich nicht doch etwas für Will empfinden könnte, ehe ich mich auf einen anderen einlasse." Meine Worte klangen so hart und endgültig, dass sie mich selbst schmerzten.

Roderich war ganz stumm geworden und sah kurz so aus, als hätte man ihn mit voller Wucht in die Magengegend geschlagen. Sein Blick wanderte entmutigt in Richtung Ozean, bis er mir schließlich wieder in die Augen sah und seine Lippen zu einem milden Lächeln formte.

„Ich bewundere deine Ehrlichkeit, Julie. Danke."

„Ich will dich nicht vor den Kopf stoßen, e-ehrlich. Ich denke nur, dass es so am einfachsten für uns ist, und die Mädchen werden sicherlich bei dir Schlange stehen - was tust du denn da?", stammelte ich und sah verwirrt zu ihm hinauf.

„Wir sollten schwimmen gehen." Roderich war bereits aus seinem Sakko geschlüpft und knöpfte nun sein Hemd auf. „Beim Schwimmen wird man immer alle lästigen Gedanken los. Komm schon, wir sind doch bloß Freunde. Was ist schon dabei?" Nun stand er in Unterhose da und reichte mir abwartend seine Hand.

Ich zögerte kurz, bevor ich mich lachend von ihm auf die Beine ziehen ließ, entledigte mich meines Kleides und rannte mit ihm auf die Brandung zu.

Reue.

Ich hatte nur sehr selten in meinem Leben so etwas wie Reue empfunden, was vermutlich daran lag, dass ich, seit ich denken konnte, akribisch darauf bedacht war, stets das Richtige zu tun. Aber hier, in dieser fremden Welt, schienen meine Prinzipien und mein moralischer Kompass, wie Will ihn liebevoll nannte, nicht mehr zu funktionieren. Es war, wie Roderich gesagt hatte: Es lag so viel mehr zwischen Licht und Schatten. Mehr als nur richtig und falsch.

Es kam mir albern vor, aber in dem Augenblick, in dem Roderich in Unterwäsche vor mir gestanden hatte, hatte ein

kleiner, sehnsüchtiger Teil in mir meine eigenen Worte verflucht. Hatte bereut, ihn abgewiesen zu haben.

Tage später dachte ich noch daran zurück, wie wir im Meer geschwommen waren (und wie froh ich darüber gewesen war, hübsche, schwarze Unterwäsche aus Spitze getragen zu haben). Tatsächlich hatte ich im blaugrünen Wasser all meine Gedanken ausschalten können, was vermutlich der Grund dafür war, dass ich mich beim Rumalbern mit Roderich dazu hatte hinreißen lassen, meine Arme um ihn zu legen, um ihm so nahe wie möglich zu sein. Ich rügte mich selbst dafür, dass ich nichts sehnlicher gewollt hatte, als seinen definierten Oberkörper zu spüren und seinen Hals zu liebkosen, an dem glitzernde Salzwassertropfen hinabliefen. Noch in derselben Sekunde hatte ich mich erschrocken von ihm abgestoßen und war zurück zum Ufer geschwommen. Alle Sorgen und Gedanken waren mit einem Schlag zu mir zurückgekehrt.

„Woran denkst du, Jools?" Will sah mich fragend an, während er in seinem Chicken Tikka Masala herumstocherte.

Er war zum Abendessen hergekommen, denn die letzten Tage hatten wir uns kaum gesehen. Ich war damit beschäftigt gewesen, verschiedene Grundschulen zu besuchen, wo ich Postkarten verteilte, die den Palast abbildeten, und hatte die Nachmittage mit einer Architektin verbracht, die das Gebäude einer neuen Universität plante und „Anregungen, Wünsche und den Segen Eurer Hoheit" dafür brauchte. Eigentlich machte es Spaß, mit ihr zusammenzuarbeiten, und die Zeit ging schnell um, da ich mich angeboten hatte, bei dem Transport von Baumaterialien mitzuhelfen, aber Will, der selbst wenig Zeit hatte, weil er so viel lernen musste, war dabei eindeutig zu kurz gekommen. Darum freute ich mich umso mehr, dass wir nun hier saßen. Ich liebte es, im Königsgarten zu essen.

„Nichts", antwortete ich rasch. „Ich bin nur nervös, schätze ich."

„Ich weiß, morgen ist der große Tag", sagte Will und nickte ernst.

Oh ja, morgen. Morgen würde ich den entflohenen Hexen gegenübertreten und hoffentlich lebend zurückkehren.

„Du schaukelst das schon", fuhr Will bestärkend fort. „Du weißt ja, die Leistungsstärkste aus der Hexen-Universität wird dich begleiten. Du musst dich bloß an das Protokoll halten, das Livia und Malcolm dir eingetrichtert haben. Dir wird nichts zustoßen, versprochen."

Ob er sich da sicher war? Immerhin griff er besorgt nach meiner Hand und sah plötzlich sehr nachdenklich aus. Außerdem zweifelte ich zu manch einer Stunde an dem Protokoll. Bei den Diskussionen darüber war es zwischen den Beratern heiß her gegangen, und ich musste mich immer wieder fragen, ob sie die richtige Entscheidung getroffen hatten.

„Vielleicht kommen die Hexen ja gar nicht zu dem Treffen. Oder es kommen nur alte Hexen, die sich kaum auf den Beinen halten können und keine Gefahr darstellen."

„Wohl kaum, Hexen sind sehr lange jung. Bis sie hundertfünfzig Jahre alt sind, sehen sie wunderschön und jugendlich aus. Im Gegensatz zu den Hexern! Die altern wie normale Menschen. Sie beherrschen auch nicht die Elemente, sondern können bloß ein paar Zaubertränke brauen", erzählte Will geistesabwesend.

„Was passiert, wenn die Hexen einhundertfünfzig Jahre alt werden?", fragte ich neugierig.

„Innerhalb weniger Tage wird ihr Haar grau, das Gesicht faltig, die Knochen schwach. Sie altern. Danach bleiben ihnen bloß noch zehn bis zwanzig Jahre Lebenszeit. Ach, Jools ..." Will beugte sich vor und sah mir eindringlich in die

Augen. „Wenn du morgen einen Schatten oder so siehst, lauf weg!"

„Einen *Schatten*?", wiederholte ich und schluckte.

„Ja. Du weißt doch – die Gabe des Schattens", raunte Will, womit er mir eine Gänsehaut bereitete.

Ich wusste sofort, wovon er redete. Wie hätte ich sie vergessen können? Die Stimmen der Hexen. Die Klaue aus Schatten. Die andersartigen Träume. All das hatte mich zu Beginn an Roderich zweifeln lassen. Aber waren diese Zweifel nun vollends verflogen?

„Entschuldige, ich wollte dir keine Angst einjagen", sagte Will und riss mich aus meinen Gedanken.

„Schon gut. Angst habe ich ohnehin." Ich seufzte leise. „Ich werde vermutlich eh nicht schlafen können, aber ich sollte es versuchen. Nochmal den Plan durchgehen. In mein Kissen schreien. So was eben." Ich stand schwerfällig auf.

„Ich wünsche dir alles Glück der Welt." Auch Will schob seinen Stuhl beiseite und nahm mich fest in den Arm. „Melde dich bei mir, wenn du Bedenken hast oder irgendetwas passiert. Ach, was rede ich da – es wird nichts passieren! Danach sehen wir uns wie verabredet, in Ordnung?"

Ich nickte an seiner warmen Brust und hätte am liebsten gar nicht mehr losgelassen. Es tat unerwartet gut, meine Nase in sein weiches T-Shirt zu drücken und meine Finger über sein breites Kreuz fahren zu lassen. Ich fühlte mich unbeschreiblich sicher bei Will. Nach einer Weile löste ich mich aber doch von ihm, tauschte einen letzten vertrauten Blick mit ihm aus und ging zurück in den Palast.

„Süßer Rock!", rief Mary mir zu, der ich zufällig über den Weg lief.

„Lügnerin!" Ich grinste.

„Stimmt, der ist fünf Zentimeter zu lang, und seit wann

sind Erdtöne wieder angesagt? Sag nie wieder, du bräuchtest mich nicht, um dich anzuziehen", zog Mary mich auf, die selbst süße Shorts und eine kurzärmlige Bluse trug.

„Also, Stephen fand den Rock schön." Ich zuckte unschuldig die Achseln. „Aber bestraf ihn nicht zu hart dafür."

„Vielleicht werfe ich die furchtbaren Sandalen nach ihm, die er dir ausgesucht hat", feixte Mary noch, bevor sie winkte und in Richtung Ausgang verschwand.

Ich lächelte vor mich hin, während ich durch die Korridore streifte, doch meine Laune kippte, sobald ich laute Stimmen am Ende eines schmalen Flurs vernahm. Ich wollte nicht lauschen, aber Livias Stimme so ungewöhnlich wütend zu hören, ließ mich zu Stein erstarren.

„Ich habe bloß daran gedacht, was das Beste für unser Reich wäre!", hörte ich sie keifen. „Das war doch deine Idee!"

„*Meine* Idee? Ich bitte dich, darauf hätte ich mich nie eingelassen", schrie Roderich voller Zorn. „Das werde ich auf keinen Fall zulassen!"

„Wir können mit ihm reden, aber wenn er immer noch darauf besteht, werde ich mein Wort halten", sagte Livia nunmehr bockig. „Ein Land zu regieren, ist viel komplexer, als du dir vorstellen kannst."

„Ich *regiere* ein Land", fauchte Roderich. „Und jetzt will ich dich nicht mehr sehen."

Ich zuckte zusammen, als die Tür aufflog. Roderich stürmte so schwungvoll und wütend aus dem Zimmer, dass er mich gar nicht bemerkte, sondern einfach seines Weges ging. Ganz im Gegensatz zu Livia.

„Hallo, Julie", begrüßte sie mich freundlich, aber erschöpft. „Hast du gelauscht?", fragte sie geradeheraus, woraufhin ich errötete.

„Nein", presste ich reflexartig hervor, seufzte dann aber

schuldig. „Doch. Ich habe nur ein paar Sätze mitbekommen und habe keine Ahnung, worum es ging, ehrlich. Tut mir leid."

„Schon gut." Livia winkte gutmütig ab. „Weißt du, manchmal geht es hier zu wie in einer Großküche. Hitzig und chaotisch. Wir müssen Entscheidungen treffen, und es kann nicht jeder der Meinung des anderen sein. Manchmal bedarf es langwieriger Diskussionen, aber wir kommen schon noch auf einen Nenner. Wir wollen doch alle bloß, dass es unserer Insel gut geht."

„Da hast du vermutlich recht."

„Ich suche jetzt meinen Mann, wo auch immer der steckt. Schlaf gut, Julie." Livia schenkte mir ein warmherziges Lächeln, bevor sie um die nächste Ecke verschwand.

Ich konnte sie gut leiden und verstand, was sie mir hatte sagen wollen, trotzdem wollte ich nach Roderich sehen. Er war so unglaublich aufgebracht gewesen, dabei hatte ich ihn nicht gerade als impulsiven Menschen kennengelernt.

Ziellos wanderte ich durch den Palast, bis ich in den Korridor einbog, in dem unser Schlafgemach lag. Ich atmete erleichtert aus, als ich Roderich erspähte. Sobald ich jedoch einen weiteren Schritt nach vorn tat, zog sich mein Magen schmerzhaft zusammen.

Roderich lehnte unter einem großen Gemälde, das eine Hexe auf einem Drachen zeigte, und vor ihm stand ein hübsches Dienstmädchen mit glänzenden, braunen Locken. Die beiden unterhielten sich vertraut miteinander. Schluckend beobachtete ich, wie Roderichs Finger zu ihrem Handgelenk wanderten und es dort sachte streichelten. Lächelnd neigte er sich zu seiner Gesprächspartnerin vor und flüsterte ihr etwas ins Ohr. Die Vorstellung, dass sie seinen warmen Atem auf ihrer Haut spürte, machte mich rasend.

Vielleicht war es eine Art mentaler Kurzschluss, der mich dazu bewegte, auf jeden Fall hielt ich es nicht aus, die beiden miteinander lachen und flirten zu sehen, also steuerte ich schnurstracks auf sie zu.

„Meine Königin", sagte das Dienstmädchen erschrocken. Hilflos sah sie von Roderich zu mir, ehe sie sich einfach im Eilschritt davonmachte.

„Kann ich helfen?", fragte Roderich mit gerunzelter Stirn und verschränkte die Arme vor der Brust.

„Was tust du denn da?", brach es aus mir heraus.

„Wonach sah es aus?", gab Roderich bloß zurück.

„Nach Flirten! Und das solltest du nicht, weil ..." Ich geriet kurz ins Stolpern, dann sprach ich mit fester Stimme weiter. „Weil sonst alle denken, wir wären nicht glücklich. Aber für das Volk müssen wir doch ein Traum von Ehepaar sein. Das ist total auffällig, wenn du dich an andere ranmachst!"

„Kann es sein, dass du ... eifersüchtig bist?" Er hob beide Augenbrauen und blickte mich abwartend an.

„N-nein!", stotterte ich. Verräterisch. Sehr verräterisch.

„Ich bitte dich, Julie, du bist eine furchtbare Lügnerin", stellte Roderich ganz richtig fest. Ein Hoffnungsschimmer blitzte plötzlich in seinen Augen auf.

„Bitte!", pflichtete ich bei und verschränkte nun auch die Arme vor der Brust. „Nur weil ich einer belanglosen Schwärmerei etwas zu viel Bedeutung beimesse, heißt das aber noch lange nicht, dass ich mit dir zusammen sein möchte." Meine Wangen glühten rot vor Scham.

„Ich will aber mit dir zusammen sein", sagte Roderich auf einmal ernst. Er drückte sich von der Wand ab und nahm mein erhitztes Gesicht in seine rauen Hände. „Ich fühle mich so verstanden bei dir. U-und du bist die Einzige, der ich mich anvertrauen kann. Himmel, ich liebe es, wie einfühlsam und

warmherzig du bist, zugleich aber bereit bist, für deine Werte einzustehen. Wieso gibst du mir nicht einfach eine Chance? Ich könnte so viel besser für dich sein als Will ..."

„Lass Will aus dem Spiel!", rief ich gereizt und stieß Roderich von mir weg. Beinahe hätte er mich umgarnt, aber Wills Namen zu hören, hatte mich wachgerüttelt.

„Das kann ich nicht", flüsterte Roderich traurig. Verzweiflung zeichnete sich in seinem Gesicht ab. „Vertrau mir einfach, bitte."

„Ich weiß nicht, ob ich das kann." Ich war erschrocken über meine eigenen Worte, aber ich hatte es so deutlich vor Augen: ein Blitz, der zwischen uns einschlug. Das konnte doch nur ein schlechtes Omen sein.

Roderich machte einen andächtigen Schritt auf mich zu und sah entschlossen zu mir hinab.

„Dann werde ich um dein Vertrauen kämpfen."

KAPITEL 11

Mir schwirrte der Kopf, während ich dastand und mich fürchtete.

Ich nahm die Geräusche, die an mir vorbeizogen, nur dumpf wahr, sah bloß noch verzerrt. Mein Herz pochte unwahrscheinlich laut, wie es mir vorkam, und meine Kopfhaut schmerzte, so eng hatte ich mir den Pferdeschwanz gebunden. Es kostete mich unfassbar viel Anstrengung, mit dem Kopf zu nicken, wenn mich vorbeieilende Angestellte „Alles in Ordnung, meine Königin?" fragten. Es sollte mich nicht wundern, dass sie mir im Vorbeigehen irritierte Blicke zuwarfen, immerhin musste ich einen zutiefst verlorenen Anblick abgeben, wie ich in enger, schwarzer Kleidung, ein Schwert um die Hüfte geschnallt, mit dem ich im Leben nicht umgehen können würde, mitten im Korridor herumstand und abwesend Löcher in die Luft starrte.

„Julie." Roderich schritt geradewegs auf mich zu. „Wo bleibst du nur?"

„Ich fürchte mich so", flüsterte ich mit großen Augen, als er vor mir stand. „Ich will keine Angst haben, ehrlich, aber mir geht total die Pumpe. I-ich brauche nur kurz Ruhe, nein, ich würde am liebsten kurz weinen, aber hier sind überall Leute, und ich glaube, alle wissen, was für ein

Feigling ich bin", sprudelte es hysterisch aus mir heraus.

„Das ist Unsinn", sagte Roderich ruhig und sah mich mitleidig an. „Komm."

Er griff nach meiner Hand, und ich war mir sicher, dass er mich zu seinen Eltern bringen würde, damit die Operation endlich beginnen konnte, doch er führte mich widererwartend in Richtung Königsgarten und zog mich schließlich in den Royal Forest hinein, in den mich knapp zwei Wochen zuvor der Oger verschleppt hatte.

Es beruhigte mich ein wenig, den Duft von Moschus aufzunehmen und dem lieblichen Zwitschern der Vögel zu lauschen, jedoch schienen wir noch nicht am Ziel zu sein.

„Wo gehen wir hin?", wollte ich wissen, während wir uns um die Bäume schlängelten, erhielt allerdings keine Antwort.

Schweigend folgte ich Roderich und war froh, bei ihm zu sein, auch wenn ich mir gestern noch geschworen hatte, mich von ihm fernzuhalten – so gut das eben ging, wenn man eine zweckmäßige Ehe führte und gemeinsam in einem Palast lebte. Es verwirrte mich unheimlich, dass mir ein Dutzend Gründe einfielen, warum wir nicht zusammen sein sollten, warum es albern war, etwas für ihn zu empfinden, obwohl wir uns unter ganz und gar ungewöhnlichen Umständen kennengelernt hatten, und ich mich gleichzeitig unbegreiflich wohl und verstanden bei ihm fühlte. Als ich heute Nacht wachgelegen hatte, hatte ich mich ernsthaft gefragt, ob er der Einzige war, in dessen Nähe ich mich nicht gezwungen fühlen musste, immer das Richtige zu tun.

„Hier sind wir richtig", rief Roderich, nachdem wir minutenlang durch den Wald gestapft waren.

Verwundert legte ich meinen Kopf in den Nacken und sah zu einem kleinen Baumhaus aus dunklen, teils verwitterten

145

Holzdielen hinauf. Das Dach war moosbewachsen, die Fenster hingen schief in ihren Rahmen.

„Ich verstehe nicht", murmelte ich.

„Als ich ein kleiner Junge war, hat ein Oger im Palast gearbeitet. Er war so etwas wie mein Kumpel, und eines Tages haben wir angefangen, dieses Baumhaus zu bauen", erklärte Roderich und öffnete meinen Gürtel, an dem das Schwert befestigt war. Beides plumpste auf den Boden.

„Und du bringst mich her, weil ...?"

„Ich bin früher immer hergekommen, wenn mir alles zu viel wurde. Es ist einfach ruhig hier. Friedlich. Das tut gut, wenn einem die Pflichten über den Kopf wachsen", erzählte er mit lebendig funkelnden Augen.

Unbeirrt griff er nach der Strickleiter, die von dem Baum hinabbaumelte, und kletterte los. Nach kurzem Zögern folgte ich ihm, bis ich oben in der beengten, staubigen Hütte stand und aus einem zersplitterten Fenster blickte.

„Ich bin nicht mutig", purzelten die Worte aus mir heraus. „Du hast dich geirrt, Roderich, ich bin ein Angsthase. Ich bekomme Panik, wenn ich nur daran denke, den Hexen gegenüberzutreten."

„Natürlich hast du Angst, Julie. Das hat doch nichts mit Mut zu tun", sagte er beschwichtigend. „Du bist mutig, weil du dich auf dieses Abenteuer eingelassen hast. Du bist mutig, weil du hiergeblieben bist, trotz all dem, was du miterleben musstest. Du kannst stolz auf dich sein."

„Findest du?" Seine Worte zauberten mir ein beseligtes Lächeln ins Gesicht. Eines von der Sorte, die pures Glück durch den Körper pumpen und von denen die Mundwinkel zu schmerzen beginnen.

„Ja, das konntest du doch vorher auch schon sein. Will hat mir erzählt, was du alles leistest. Ehrenamt, Nebenjob, tolle Noten ... Und ich bestehe darauf, dich eines Tages Ballett tanzen zu sehen."

Obwohl ich mit dem Rücken zu ihm stand, spürte ich, dass auch er lächelte. Und doch wurde ich auf einmal sehr nachdenklich. War ich je stolz auf mich gewesen? Warum tat ich das alles in meiner Freizeit? Vielleicht hatte ich bloß geglaubt, meine Eltern würden eines Tages stolz auf mich sein.

„Ich bin auf jeden Fall sehr stolz darauf, dein Fake-Ehemann zu sein", versicherte mir Roderich, als könne er meine Gedanken lesen. Als spüre er die Selbstzweifel, die zum ersten Mal ganz bewusst in mir aufkeimten.

Sie schrumpften erstaunlich schnell in sich zusammen, als Roderich mich von hinten umarmte. Ohne zu überlegen, legte ich meine Hände auf die seinen und schmiegte mich an ihn.

„Du kannst auch stolz auf dich sein", flüsterte ich.

Roderich schnaubte abfällig. „Ach ja? Worauf genau? Darauf, dass mein Königreich auseinanderzubrechen droht? Darauf, dass alle denken, ich sei ein kaltherziger Idiot mit zu viel Geld? Das Erste, was ich in meinem Leben gelernt habe, war, dass man mir nicht ansehen darf, was ich empfinde, und im Prinzip ist das auch das Einzige, worin ich gut bin. Oder war. In letzter Zeit gelingt mir nicht einmal das sonderlich gut, wie du vielleicht mitbekommen hast."

„Hör auf", entgegnete ich fest, da mir die Bitterkeit in seiner Stimme einen Stich in die Magengegend versetzte. „Die anderen sind die Idioten, weil sie sich nicht die Mühe machen, dich richtig kennenzulernen. Wenn sie dich kennen würden, wüssten sie nämlich, wie empathisch du sein kannst und dass du dir in keiner Sekunde etwas auf deine Stellung einbildest. Du hast mir in dieser verrückten Zeit schon unheimlich viel Halt gegeben."

Kaum hatte ich das letzte Wort ausgesprochen, fing Roderich an, meinen Nacken zu küssen, der augenblicklich von einem warmen Kribbeln durchzogen wurde. Ehe ich wusste, wie mir geschah, drehte ich mich in seinen starken Armen herum. Während ich meine Hände an seinem dunkelblauen Sakko hinaufwandern ließ, sahen wir einander in die Augen, als existierte nichts anderes in der Welt als unsere Herzen, die sich nacheinander verzehrten.

Roderich zog mich seufzend an sich und küsste mich. Ich vergrub meine Hände in seinem dichten Haar, das die Farbe von Toffee hatte, und blendete alle Ängste aus. Ich dachte bloß an seine Hände, die zärtlich über meinen Rücken streichelten, und an seine Lippen, die die meinen liebkosten. Ich drängte mich an ihn, wollte so viel von ihm spüren wie nur möglich. Seine innigen Küsse auf meinem Mund, seine angespannten Muskeln unter meinen umherwandernden Fingern —

Nie hatte sich etwas richtiger angefühlt.

Als wir uns voneinander lösten – Zeit und Raum hatte ich längst vergessen –, sah Roderich mich an, als hätte er noch nie in seinem Leben etwas so Kostbares in seinen Händen gehalten.

„Wir sind spät dran", sagte er ein wenig atemlos. Seine Brust hob und senkte sich unregelmäßig. Dunkle Strähnen fielen ihm in die Stirn und ließen ihn unfassbar schön aussehen.

Ich nickte bloß, dabei hätte ich meine Arme am liebsten gleich wieder um seinen Hals geschlungen und ihn für immer festgehalten. Oder zumindest für ein paar Stunden.

„Deine Haare", murmelte ich schüchtern und versuchte, sie in Ordnung zu bringen.

„Deine Wangen sind ganz rot." Flüchtig berührte er mich dort mit seinen Fingern, wodurch ich vermutlich nur noch röter wurde. Ein aufrichtiges, nahezu schelmisches Lächeln umspielte Roderichs Lippen. Unauffällig zwinkernd bedeutete er mir durch eine Kopfbewegung, ihm zu folgen.

Mit bebenden Knien kletterte ich die Strickleiter hinunter und legte mir das Schwert wieder an, während ich Roderich bereits hinterhereilte. Sein Gang war schnell, irgendwie beflügelt.

„Hat sich nicht so angefühlt, als würdest du mir misstrauen", brach Roderich unser Schweigen. Er drehte sich beiläufig zu mir herum, ließ mich den neckischen Hochmut in seinem Gesicht sehen.

„Was das angeht, habe ich mir Gedanken gemacht", keuchte ich. Er lief so zügig voran, dass ich beinahe joggen musste. „Was ich gesagt habe, stimmte nicht ganz. Ich vertraue dir. Ich bin mir nur nicht sicher, ob ich es sollte."

„Interessant", entgegnete er bloß.

Kurz bevor der Wald endete, drehte er sich abrupt zu mir herum, umfasste mein glühendes Gesicht mit seinen rauen Händen und sagte mit all der Intensität, die eine Stimme hergeben konnte: „Pass auf dich auf, Julie. Wenn du ein ungutes Gefühl hast, lauf weg, und denk ja immer zuerst an dich selbst. Und komm nach dem Treffen sofort zu mir, sonst werde ich verrückt."

„D-du machst dir Sorgen? Ich dachte, es wird nichts passieren." Auf einmal war mir wieder schlecht.

„Wird es auch nicht. Ich mache mir bloß diese unnötigen Gedanken, weil ich dich ..." Er brach ab, hauchte mir einen zärtlichen Kuss auf die Lippen und zog mich dann entschlossen weiter.

Seine Eltern warteten bereits ungeduldig vor dem

Irrgarten. Nachdem sie mir noch einmal bis ins Detail einbläuten, worüber ich mit den Hexen reden sollte, stellten sie mir Christina vor, die mich begleiten würde. Sie war eine große Hexe mit goldblondem Haar, das ihr bis zum Hintern reichte, und wulstigen Lippen, die sie zu einem kühnen Lächeln formte.

Obwohl sie stark und entschieden wirkte, fühlte ich mich nur noch unruhiger, als wir das Labyrinth betraten. Der Weg hindurch kam mir heute besonders kurz vor. Viel zu schnell war der Zeitpunkt gekommen, zu dem wir auf einem Transport-Drachen durch die Lüfte ritten und auf das blaue Meer zu stürzten. Mein Puls schnellte in die Höhe, als würde mir der sichere Tod bevorstehen. Dabei wusste ich, dass wir bloß die Energieschleuse anpeilten. Wir durchbrachen die Materie, und bald schon standen wir auf der Pike Road.

Von dort aus nahmen wir uns ein Taxi, das uns zu einer leerstehenden Kneipe am Rande Cheltenhams brachte. Ich kratzte mir unentwegt den Unterarm, während ich meinen Blick über die rustikale Theke, die flackernde Deckenlampe und die verdreckten Tische, Barhocker und Bierkrüge schweifen ließ.

„Wie heißen Sie nochmal?", fragte ich, um mich abzulenken.

„Christina", antwortete die Hexe gelassen.

Sie zuckte nicht einmal zusammen, als die Tür sich knarzend öffnete, wohingegen ich vor Schreck zur Seite sprang und mit Ehrfurcht beobachtete, wie eine Hexe nach der anderen eintrat. Junge und alte Hexen gesellten sich mit achtsamen Blicken zu uns. Sie machten beim Hereinkommen einen skeptischen Bogen um mich und verteilten sich schweigend in der Kneipe.

Ich wusste, dass ich nun an der Reihe war. Sie alle schauten mich erwartungsvoll an, schienen den Atem anzuhalten. Meine Kehle wurde so trocken, dass ich glaubte, kein Wort herausbringen zu können. Ich blickte stumm von Gesicht zu Gesicht und geriet ins Schwitzen.

Ich fühlte mich furchtbar klein. Ich war doch bloß ein siebzehnjähriges Mädchen, das es nicht einmal wagte, bei Rot die Straße zu überqueren. Wie sollte ich mich einer Scharr Hexen gegenüber behaupten? Sie würden erkennen, wie schwach ich war. Sie würden mich nicht als ihre Königin akzeptieren, geschweige denn respektieren.

„Julie Dorothee Gallagher", sprach eine alte Hexe und klapperte abwartend mit ihren langen, krummen Fingernägeln auf der maroden Theke herum. „Ihr habt uns etwas mitzuteilen?" Ihre buschigen Augenbrauen wanderten argwöhnisch in die Höhe.

„Ja ...", krächzte ich überfordert, fasste mich aber erstaunlich schnell. „Ich möchte Ihnen allen danken, dass Sie hergekommen sind. Es bedeutet mir viel, die Gelegenheit zu erhalten, mich offen mit Ihnen austauschen zu können."

Ein überraschtes Raunen ging durch die Reihen.

Eine junge Hexe erhob sich und sagte: „Wir hören Euch zu."

KAPITEL 12

„Was auch immer Sie vorhaben, ich bin mir sicher, wir können das irgendwie … regeln." Ich kam mir vor wie ein waschechter Ganove, während ich einen klimpernden Sack aus Leder voll Gold, der an meinem Gürtel befestigt war, löste und ihn vor die Füße der stehenden Hexe warf. Die beäugte mich allerdings eher unbeeindruckt.

„Ist das Euer Ernst?", fragte sie gereizt. Ihre Wangen glühten nun mit ihrem scharlachroten Haar um die Wette. „Denkt Ihr wirklich, es ginge um Geld?"

„Nicht zwangsläufig." Verunsichert kratzte ich mich am Ohr, um meinem Unterarm eine Pause zu gönnen. „Falls es Ihnen um Macht geht, finden wir sicherlich auch eine Lösung. W-wir könnten mehr Hexen in Beraterstellen einsetzen oder …"

„Stopp", sagte die Hexe bestimmt. „Ich glaubte schon, Ihr wärt vielleicht … anders, als wir erwarteten, aber scheinbar habe ich mich getäuscht. Wir wollen kein Geld, und überhaupt braucht Ihr gar nicht erst versuchen, uns zu bestechen. Das ist beleidigend!"

„Tut mir leid!", entgegnete ich kleinlaut. „Ich versuche nur, mich an dieses blöde Protokoll zu halten. Livia und Malcolm haben mir Anweisungen gegeben, was ich sagen soll, wissen

Sie?" Besser gesagt war Malcolm derjenige, der fest davon überzeugt war, die Hexen seien auf Reichtum und Einfluss aus. Livia hatte sein Protokoll von Anfang an angezweifelt, und Roderich hatte sich mehr oder minder rausgehalten. Um ehrlich zu sein, hatte er erstaunlich schnell unter den strengen Blicken seines Vaters gekuscht. Ich hingegen stand eigentlich auf Livias Seite, hatte mich aber von meiner Abneigung Hexen gegenüber blenden lassen, wie ich nun feststellen musste. In meinem Kopf waren sie längst zu den Bösen geworden, die sich stumpfsinnig und egozentrisch von Geld und Macht leiten ließen. Es passte nicht zu mir, eine Antipathie so groß werden zu lassen, doch mir wurde nur allzu deutlich, dass ich eine einnehmende Furcht vor den Hexen entwickelt hatte. Aber nun musste ich mich ihr stellen.

„Wenn Ihr dieses Protokoll nicht auf der Stelle vergesst, gehen wir. Sprecht aus dem Herzen oder sprecht gar nicht."

„Gut." Aus dem Herzen sprechen – das sollte mir doch liegen, oder? Klar, ich war kein sonderlich impulsiver Mensch, aber ich fühlte mich doch am wohlsten, wenn ich dem nachgehen konnte, was ich für richtig hielt. „Vielleicht sollten wir zum Anfang zurückgehen. Ich will ehrlich sein, ich kenne Hidden Island weder lange noch gut und weiß wenig über die politischen Verhältnisse, aber ich habe einige gute Menschen kennengelernt und muss mich fragen, warum man diesem Reich grundlos den Rücken kehren sollte."

„Ach, bitte! Wir kennen Eure Absichten", erwiderte die Hexe spöttisch.

„Was?", entfuhr es mir. „Vor ein paar Wochen wusste ich nicht einmal, dass Hidden Island existiert, geschweige denn, dass ich Königin werden würde. Was sollte ich bitte für Absichten haben können?"

Die Hexen tauschten verunsicherte Blicke aus.

153

„Wie kommt es dann, dass Ihr nun Königin seid?"

„Wegen Ihnen, um ehrlich zu sein." Ich legte alle Karten offen. „Roderich sah in mir die einzige Chance, dass Sie sich zu einem Gespräch bereiterklären und nach Hidden Island zurückkehren würden."

„Hm", machte die rothaarige Hexe, wenig überzeugt.

„Bitte! Ich möchte doch bloß verhindern, dass Sie Hidden Island verraten und Großbritannien unterwerfen!", rief ich mit Nachdruck. Und fürchterlich undiplomatisch.

Ich wusste, welch fatalen Fehler ich begangen hatte. Ich fühlte mich wie ein Elefant im Porzellanladen, denn die Hexen sogen allesamt entsetzt Luft ein. Die Rothaarige fauchte zornig, war mit wenigen Schritten bei mir und legte ihre schwitzige Hand um meinen Hals. Mit einer ungeahnten Kraft drückte sie mich gegen die Wand und ließ mich röcheln, während sich ihre langen Fingernägel brennend in meine Haut hineingruben.

Ängstlich schielte ich zur Decke empor, an der ein dunkler Schatten zu wachsen begann. *Die Gabe des Schattens.*

„Aufhören!", rief Christina, die ja eigentlich zu meinem Schutz hier war, doch gleich mehrere Hexen ergriffen sie, wogegen sie sich nicht zu wehren vermochte.

Kalter Schweiß rann mir den Rücken hinunter, und ich zitterte immer stärker, je weiter sich der Schatten ausbreitete. Die Luft blieb mir beinahe weg, und ich war mir sicher, dass ich die Kneipe nie wieder verlassen würde. Zumindest nicht lebendig.

„Das reicht", befahl dann aber die alte Hexe an der Theke, woraufhin die Rothaarige widerwillig von mir abließ.

Keuchend lehnte ich mich nach vorn und stützte mich mit beiden Händen auf den Knien ab.

„Wie kommt Ihr auf die unverfrorene Idee, dass wir etwas

Derartiges vorhätten?", fragte die alte Hexe misstrauisch und kam mit langsamen Schritten auf mich zu.

„D-das wurde mir im Palast so gesagt", stammelte ich, immer noch nach Luft ringend.

„Ha! Das wundert mich nicht. Dieser Roderich ..."

„Was ist mit Roderich?", fragte ich mit klopfendem Herzen und richtete mich kerzengerade auf.

„Er ist der Grund, weswegen wir geflohen sind." Die Hexe verengte ihre Augen zu Schlitzen. „Wir haben Dinge über ihn gehört. Dass er seine Eltern dazu drängen wollte, ihr Amt niederzulegen, um selbst die Macht zu übernehmen. Dass er vorhat, das Volk Hidden Islands zu unterdrücken, um uns alle dazu zu benutzen, die Herrschaft über die andere Welt zu übernehmen. Vereinzelt kursierten sogar Gerüchte über den Schmuggel von modernen Waffen. Stellt Euch nur mal vor! Wenn König Roderich nur eine magische Spezies auf seine Seite zieht und zudem noch im Besitz von Maschinengewehren ist, kann er ganz Hidden Island dazu zwingen, für ihn zu kämpfen. Und jeder, der sich weigert, wird vernichtet. Davor sind wir geflohen. Vor der Gefahr, getötet oder unterdrückt und zu einem Krieg gezwungen zu werden."

Tränen schossen mir in die Augen, während sie sprach. Sie musste lügen, das musste sie einfach. Roderich wäre nicht zu solch niederträchtigen Absichten in der Lage – oder?

„Als wir dann von unserem Informanten erfuhren, Roderich würde Euch heiraten wollen, glaubten wir, Ihr würdet mit ihm kooperieren", fuhr die Hexe fort. „Immerhin lebt Ihr in dieser Welt, kennt Euch aus. Man munkelte, Ihr würdet gemeinsame Sache machen wollen."

„Nein", hauchte ich kraftlos, während es unerbittlich laut in meinen Ohren rauschte.

„An Eurer Stelle", die Hexe bedachte mich mit einem

155

unangenehm eindringlichen Blick, „würde ich mich fragen, *warum* Ihr hier seid."

„Wie meinen Sie das?", fragte ich schwach.

„Roderich hat Euch hergeschickt, damit wir zurück nach Hidden Island kehren, nicht? Vermutlich fürchtet er, wir würden die britischen Politiker vorwarnen und ihm seine stärkste Waffe bei einem Angriff auf diese Welt nehmen: den Überraschungseffekt." Die Hexe seufzte mitleidig, als sie meinen verstörten Blick zu registrieren schien. „Wir haben sogar versucht, Euch zu warnen."

„Mit der Gabe des Schattens, ich weiß", sagte ich erstickt. „Wem soll ich bitte noch vertrauen? Ich hatte das Gefühl, Roderich sei ehrlich, und Ihnen glaube ich irgendwie auch. Wie soll ich entscheiden, was echt ist?"

„Das müsst Ihr nicht." Sorge zeichnete sich in den giftgrünen Augen einer brünetten Hexe ab, die bisher nur schweigend dagesessen hatte. Gekrümmt stellte sie sich vor mir auf und streckte flehend ihre Hände in meine Richtung. „Lasst bloß keine Truppen nach uns ausschwärmen. Ich bin ehrlich, wir kennen uns alle nicht gut in dieser Welt aus. Wir haben kein Geld – seht Euch unsere zerschlissenen Kleider an! Wir wissen nicht, wie man öffentliche Verkehrsmittel benutzt, gar nichts. Natürlich haben wir das ein oder andere in der Universität über die Welt der Menschen gelernt, aber es reicht, wie sich jetzt herausstellt, gerade mal aus, um auf der Straße oder in billigen Absteigen zu überleben. Wir verstecken uns hier vor König Roderich, haben aber nicht viele Versteckmöglichkeiten. Darum bitte ich Euch: Schickt keine Wachen, die uns holen. Wir haben nichts Bösartiges vor, wir wollen bloß nicht zurück nach Hidden Island, wo man uns knechten wird."

„Knechten", wiederholte ich matt und wurde vermutlich

leichenblass im Gesicht.

Mehr denn je hatte ich das Gefühl, dass es kein Richtig und kein Falsch mehr gab.

„Ich bringe Euch zum Palast", rief Christina über das Brausen des Meeres hinweg.

Während der Drache auf die Insel zusteuerte, kam mir alles vor wie eine einzige große Lüge. Diese Insel, sie war kein Ort des Friedens. Sie war ein Ort der Intrigen und Unruhe, aber wer stiftete sie? Auf wessen Seite sollte ich mich stellen? Wie sollte ich eine Wahl treffen?

„Nein, ich will zur Großen Stadt." Wo ich Will treffen würde. Nichts brauchte ich dringender als meinen Freund, der mir beistehen würde.

„Aber König Roderich sagte ...", wollte Christina widersprechen, doch ich fiel ihr schroff ins Wort.

„Ich bin die Königin und ich will zur Großen Stadt!"

König Roderich sagte ... Pah! Nun konnte ich mir ja denken, warum er wollte, dass ich direkt nach dem Treffen zu ihm käme. Damit er mich überzeugen konnte, dass er der Gute war. Damit ich nicht die Gelegenheit bekäme, mir ein eigenes Bild zu machen. Damit sein teuflischer Plan nicht gefährdet wurde.

Ich erschrak mich selbst vor meinen verbitterten Gedanken, aber ich wusste auch, woher sie kamen. Ich hatte Gefühle für Roderich entwickelt, und die Vorstellung, dass er mich die ganze Zeit über belogen und benutzt haben könnte, war schier unerträglich. Mein Herz krampfte immer wieder qualvoll zusammen, und der Schmerz ließ erst ein wenig nach, als ich in Wills lavendelblaue Augen blickte.

Zitternd stürzte ich mich in seine Arme und drückte ihn so fest an mich, wie ich es nie zuvor getan hatte.

„Jools", murmelte er besorgt und streichelte mir über den Hinterkopf.

„Können wir irgendwo reden, wo wir allein sind?", fragte ich mit bebender Stimme.

Will nickte und führte mich von der Einkaufspassage fort, hin zu einer abgelegenen Straße, wo wir auf eine Mauer aus dunklen Steinen kletterten. Hinter uns raschelten Bäume, und wir ließen nachdenklich die Beine baumeln, während ich Will alles von dem Treffen erzählte. Jedes Wort, jede Kleinigkeit.

„Ich glaub das einfach nicht", sagte Will, als ich geendet hatte, und rieb sich angestrengt über die Stirn.

„Denkst du, Roderich wäre zu so etwas in der Lage?", fragte ich verzweifelt und wünschte mir bloß, dass Will entschieden den Kopf schütteln und mir all meine Sorgen nehmen würde.

„Vielleicht. Keine Ahnung", flüsterte er. „Wie soll man das auch wissen, wenn der Penner immer einen auf Unnahbaren macht?"

„Weißt du, was das Schlimme ist?" Meine Augen füllten sich mit Tränen. „Egal, welche Version der Wahrheit entspricht, Hidden Island ist in beiden Fällen verloren. Entweder die Hexen verraten die Insel oder Roderich zwingt alle zu einem Krieg."

„Hey, sag das nicht." Will drückte aufmunternd meine Hand. „Nichts ist verloren. Roderich muss nicht der Böse sein. Und wenn doch, würde es ihm noch lange nicht gelingen, die andere Welt anzugreifen. Hidden Island ist nicht besonders groß. Gut, wir haben Drachen und Hexen, Magie eben, aber wir haben keine modernen Waffen. Nur Schwerter und so."

„Und wenn es stimmt? Wenn Roderich tatsächlich die Insel klammheimlich mit Maschinengewehren ausstattet?", sagte ich düster.

„Unsinn." Will schüttelte leicht den Kopf. Tröstend legte

er einen Arm um mich, und ich lehnte mich erschöpft gegen seine Schulter.

„Ich weiß nicht mehr, was ich denken soll", wisperte ich.

„Ach was, dein moralischer Kompass ist sicherlich nur zeitweise defekt." Will lächelte liebevoll. „Morgen funktioniert er wieder, versprochen."

Ich wollte etwas erwidern, doch bevor ich auch nur den Mund aufmachen konnte, legte Will mir sachte seine Hand unter das Kinn und hob es an, bis ich ihm in die Augen sah, in denen ich mich plötzlich, in meiner dunkelsten Stunde, zu Hause fühlte. Mein Herz setzte aus, als er sich nach vorn neigte und ich seinen süßen Atem auf meiner Oberlippe spürte.

In meinem Kopf begann es zu rattern. Sollte ich das tun? Sollte ich den Kuss zulassen? Jetzt hatte ich die Gewissheit: Will empfand etwas für mich, nur wusste ich immer noch nicht, ob ich auch Gefühle für ihn hegte. Vielleicht war meine Unsicherheit ein Zeichen dafür, dass ich ihn abweisen sollte. Aber warum fühlte ich mich dann so behütet in seiner Nähe? Ich fand es schön, ihn zu umarmen, ihn zu berühren – hatte das denn gar nichts zu bedeuten?

Während ich versuchte, meine Gedanken zu ordnen, zuckte ich ein Stück zurück. Will überbrückte jedoch die kleine Distanz, die ich zwischen uns geschaffen hatte, und berührte meine Lippen mit den seinen. Sie schmeckten ein wenig nach Kirsche, und als ich merkte, dass sie mir ein warmes Gefühl bereiteten, schloss ich die Augen. Unser Kuss war schüchtern, irgendwie verhalten. Beinahe regungslos. Dann zog Will mich näher an sich heran und umfasste gierig meine Taille. Die Versuchung war groß. Der warme, prickelnde Teil in mir verzerrte sich danach, den Kragen seines grauen Levi's-Shirts zu umklammern und ihn leidenschaftlich zu küssen, aber etwas hielt mich zurück. Vielleicht war es die Erschöpfung, die Verworrenheit, mein Herz … Ich wusste es nicht.

„Warte", flüsterte ich, ohne ihm in die Augen zu sehen, und wich vor seiner Berührung zurück.

„Was ist los?", fragte er ungeduldig, beinahe hart. Sein unzufriedener Blick suchte nach meinem Mund, doch ich drehte mein Gesicht zur Seite weg, ehe er mich wieder küssen konnte.

„Ich habe zu viel im Kopf", erklärte ich und war mir nicht sicher, ob es stimmte. War es das, was mich hemmte?

„Du warst nie sonderlich gut darin, deinen Kopf auszuschalten." Will schmunzelte, aber die Enttäuschung blieb in seinen Augen zurück.

„Tut mir leid", sagte ich zerknirscht und atmete erleichtert aus, als die Härte gänzlich aus Wills Gesicht verschwand und er sein Kinn auf meinem Kopf ablegte. Zaghaft lehnte ich mich ihm entgegen. „Diese Hexen-Geschichte macht mich einfach fertig", murmelte ich an seinem erhitzten Hals.

„Schön, ab mit dir in den Palast. Du musst das klären, dann wird es dir besser gehen. In diesem Zustand kann ich dich nicht gebrauchen." Er knuffte mich in die Seite. Ein vertrautes freundschaftliches Zeichen, das mir ein Gefühl von Sicherheit verlieh.

Aber Will hatte recht: In diesem Zustand konnte mich vermutlich niemand gebrauchen. Meine Beine fühlten sich bleischwer an, als ein Wächter mich durch das Labyrinth führte. Ich glaubte schon, mich könnte nichts mehr schocken, da kam mir Roderich mitten im Irrgarten entgegen. Er rannte beinahe in mich hinein.

„Sie können gehen", sagte er harsch zu der Wache, die sich höflich zurückzog.

Ich brachte bloß ein ersticktes „Hi" hervor.

„Hi?", wiederholte Roderich wütend. Sein Hemd war falsch geknöpft und seine Haare unfrisiert. Er gestikulierte wild beim Sprechen, was er zuvor noch nie in meiner Gegenwart getan hatte. „Du wolltest doch zum Palast kommen, wenn du fertig bist. Was meinst du, wie es mir ging, als die Hexe ohne dich wiederkam? Du warst eine halbe Ewigkeit verschwunden!"

„So lange war es nicht", entgegnete ich überrumpelt.

„Ist das alles, was du dazu zu sagen hast?", rief er ungläubig. „Ich habe mir Sorgen um dich gemacht, Julie."

„Hast du?", fragte ich leise und hätte mich selbst dafür ohrfeigen können, dass mir diese paar Worte aus seinem Munde so verdammt viel bedeuteten.

„Natürlich", sagte er nun sanfter und nahm meine Hände in die seinen. „Was ist denn los? Dir geht es doch nicht gut. Hey, habt ihr etwa verhandelt?" Er deutete auf die Stelle an meinem Gürtel, wo der Sack voll Gold befestigt gewesen war.

Den hatte ich eigentlich nur dagelassen, weil mir der scheinbare finanzielle Notstand der Hexen so leidgetan hatte.

Ich schüttelte mit zusammengepressten Lippen den Kopf.

„Julie, rede doch mit mir", flehte Roderich und strich mir eine lose Strähne hinters Ohr. „Oder – wenn du nicht reden willst – sag mir, wie ich dir helfen kann. Bitte, ich tue alles, wenn ich dich nicht länger dermaßen fertig sehen muss."

Seine lieben Worte waren gerade wohl das Letzte, was ich gebrauchen konnte, aber so konnte ich mich nicht dagegen wehren, dass mein Herz zu strahlen begann. Wobei, eigentlich glich es eher einer defekten Glühbirne, die immer wieder aufflackerte, beizeiten aber ihre Kraft und ihr Licht verlor.

Ich wurde von einer Woge von Emotionen übermannt und konnte mich nicht entscheiden, was ich am stärksten verspürte – Wut, weil ich Roderich vielleicht nicht trauen konnte, Angst, weil ich nicht wusste, wie es weitergehen würde, Glück, weil er mir das Gefühl gab, ihm etwas zu bedeuten, Schuld, weil ich Will geküsst hatte.

Ich fühlte mich erdrückt. Ohne recht zu wissen, wie ich dorthin gelangte, fand ich mich plötzlich schluchzend an Roderichs Brust wieder.

„Julie", hauchte er, als bereitete meine Trauer auch ihm Schmerzen, und umarmte mich fest.

Er durfte einfach nicht der Böse sein.

KAPITEL 13

Ich blinzelte müde und betete, dass ich einfach wieder einschlafen würde. Dann hätte ich noch Zeit, müsste noch nicht mit Roderich reden, würde für ein oder zwei Stunden noch frei von allem sein. Sobald ich jedoch nur eine Sekunde wach war, kehrten alle Sorgen zurück und ließen mich nicht mehr schlafen. Überhaupt fühlte ich mich unruhig, als ich die Augen aufschlug. Mir wurde übel, wenn ich daran dachte, was auf mich zukommen würde. Eine große, belastende Ungewissheit. Entscheidungen. Eine Beichte. Nichts, worauf es sich zu freuen lohnte. Im Gegenteil, ich fürchtete mich vor den Aufgaben, die es zu bewältigen galt.

Ich zuckte zusammen, als Roderich sich auf der Bettkante niederließ, sich zu mir hinunterbeugte und mir einen Kuss auf die nackte Schulter hauchte. Umständlich setzte ich mich auf.

„Hey", begrüßte er mich sachte und reichte mir eine Tasse Kräutertee, die ich zaghaft lächelnd entgegennahm. „Wollen wir reden, bevor wir zu meinen Eltern gehen?", fragte er vorsichtig.

Ich nickte, musste nicken, immerhin hatte ich mich gestern erfolgreich vor einem Gespräch gedrückt. Ich hatte mich bloß, immer noch schluchzend, von Roderich in unser

Schlafgemach bringen lassen, wo ich mich mit letzter Kraft aus den Trainingsklamotten geschält hatte und in mein Nachthemd gestiegen war. Aber jetzt konnte ich es nicht länger vor mir herschieben. Tief durchatmend versuchte ich, meine Haare, die am frühen Morgen aussehen mussten wie ein Vogelnest, ein wenig mit der Hand zu glätten, und nahm einen großzügigen Schluck Tee, an dem ich mir die Zunge verbrannte. Der Schmerz tat gut. Er ließ mich wachwerden und meine Gedanken etwas klarer erscheinen.

Also erzählte ich drauf los. Jedes Wort, wie ich es bei Will gestern getan hatte, mit dem einzigen Unterschied, dass Roderich am Ende meiner Geschichte um einiges konsternierter wirkte als sein Cousin. Er starrte mich perplex an, mit leicht geöffnetem Mund, und schien vergessen zu haben, wer er überhaupt war.

„Ich verstehe das nicht", haspelte er, nachdem er den ersten Schock augenscheinlich verdaut hatte. Er stand auf und begann, im Zimmer auf und ab zu tigern. „Wer sollte so etwas über mich erzählen?" Grüblerisch und blass lief er vom Sofa zum Bett zum Fenster und wieder zurück zum Sofa. „Nein ... nein ... Sie müssen gelogen haben. Wollten dich manipulieren ‒ "

„Sie wirkten sehr ehrlich", fiel ich ihm leise ins Wort.

Roderich hob den Kopf und sah mit großen Augen zu mir herüber, als bemerkte er erst jetzt, dass ich überhaupt da war. Mit wenigen Schritten war er bei mir, ließ sich wieder auf der Bettkante nieder und griff nach meiner freien Hand.

„Julie, du glaubst das doch nicht, oder?", fragte er und lachte entgeistert auf. Sein Augenlid zuckte nervös. „Du glaubst doch nicht, dass ich so ein Mensch bin? Oder? Julie?"

Ich senkte den Kopf und schwieg. Was hätte ich auch sagen sollen? Ich wusste die Antwort ja selbst nicht.

„Du hast gesagt, du würdest mir vertrauen", sagte Roderich nun heftig. Er drückte meine Hand immer fester, als fürchtete er, ich würde sie ihm einfach entziehen.

„Ich habe auch gesagt, dass ich mir nicht sicher bin, ob es das Richtige ist." Der Kloß in meinem Hals brachte meine Stimme zum Zittern.

„Komm schon, tu mir das nicht an! I-ich dachte, wir beide ... würden ..." Er raufte sich mit seiner freien Hand das Haar. „W-wir müssen das klären. Du musst dich noch einmal mit den Hexen treffen, u-und dann wird sich alles regeln. Frag sie, wer ihr Informant ist, wie sie darauf kommen, dass ich ... Vielleicht kann ich ja mitkommen." Roderich war sichtlich aufgelöst.

„Beruhige dich", versuchte ich, ihn zu beschwichtigen, was ihn bloß dazu brachte, impulsiv mein Gesicht zu umfassen und mir so tief in die Augen zu schauen, dass ich Mühe hatte, die Tasse nicht aus meinen bebenden Fingern gleiten zu lassen.

„Wie soll ich mich beruhigen, wenn so etwas zwischen uns steht?", erwiderte er unfassbar verletzlich. „Ich weiß, das hört sich jetzt furchtbar abgedroschen an, aber ich habe noch nie so für ein Mädchen empfunden. Ich meine, ich hatte oft was mit Mädchen. Wenn du Prinz bist, reißen sich viele darum – ist ja auch egal! Was ich zu sagen versuche, ist, dass ich dich sehr, sehr gern habe und dass ich mir jetzt schon nicht mehr vorstellen kann, jemals eine andere Königin an meiner Seite zu haben. Ich habe immer nur meine Gefühle runtergeschluckt, so lange, bis ich schon glaubte, ich hätte vielleicht gar keine. Aber seit ich dich kenne, spüre ich wieder, dass ich ein Herz habe, und der Gedanke, dass du mir misstraust und uns das die Chance nimmt, zusammen zu sein, ist unerträglich."

„Roderich ...“

„Ich fühle mich viel weniger einsam, seit du da bist. Ich hatte nie richtige Freunde, habe mich nie jemandem anvertraut, aber mit dir möchte ich einfach alles teilen.“ Seine Augen leuchteten rauschhaft auf. „Du bist wirklich die Einzige, der ich erzählen möchte, dass ich - keine Ahnung - dass ich Stinkekäse liebe, dass ich mich nackt fühle, wenn ich keinen Anzug trage, dass ich mich vor Hühnern fürchte ...“

„Roderich!“, unterbrach ich ihn nun entschlossen. Mein Herz schlug wild um sich, und ich hasste mich dafür, dass das hier ein wunderschöner Moment hätte sein können, wäre nicht alles so kompliziert gewesen. Meine Zunge brannte darauf, loszulegen und ihm ebenso schöne Worte zu sagen, wie er für mich gefunden hatte, aber das ging nicht. Ich konnte mich dieser Illusion nicht hingeben. Ich konnte nicht zulassen, dass er sich der Illusion hingeben würde.

„Was?“ Langsam ließ er von meinem Gesicht ab und nahm wieder meine Hand.

„Ich kann mir dich nicht als Bösewicht vorstellen – verflucht, ja, vermutlich glaube ich sogar an deine Unschuld. Nur ist da noch etwas, das ich dir sagen muss.“ Ängstlich sah ich zu ihm auf. „Ich habe Will geküsst.“

Roderich stockte. Eine durchdringende Kälte schlich sich in seine Augen hinein, bis er genauso ernst und distanziert wirkte wie bei unserer ersten Begegnung. Als hätte ich ihm mit nur einem Satz das Leben ausgehaucht.

„Wann?“, fragte er hart.

„Gestern“, hauchte ich bußbereit und versuchte, den Gedanken herunterzuschlucken, dass nun alles aus war. Der Gedanke ließ mich nämlich panisch werden. „Nach dem Treffen mit den Hexen.“

„Gestern?“, wiederholte Roderich nahezu angewidert.

„Du hast uns beide am selben Tag geküsst? Wie konntest du dasselbe mit ihm tun, was du mit mir gemacht hast? Ich dachte, es wäre etwas Besonderes gewesen."

„Nicht dasselbe!", beteuerte ich hastig. Der Kloß in meiner Kehle wurde binnen weniger Sekunden so groß, dass ich kaum noch sprechen konnte. „Unser Kuss war anders, ehrlich."

„Ach so, dann kann ich ja beruhigt sein", knurrte er spöttisch.

„Es tut mir leid", presste ich mit dünner Stimme hervor, während mir bereits die erste Träne über die Wange kullerte. „Ich war so aufgewühlt."

„Aufgewühlt, ja? Und anstatt das Gespräch mit mir zu suchen, rennst du zu ihm und lässt dich trösten?"

„Ich bin zu ihm, weil wir Freunde sind." Ich begann zu zittern, als Roderich auch noch meine Hand losließ.

„Schon gut. Ich hätte es wissen müssen", sagte er schmerzhaft gleichgültig, stand auf und vergrub die Hände in den Hosentaschen seiner schwarzen Anzugshose. „Du sagtest ja, du müsstest noch herausfinden, ob du nicht doch etwas für Will empfindest. Zugegeben, ich dachte, das hätte sich erledigt. Immerhin hast du mich geküsst. Das war dann wohl einfach ein Missverständnis meinerseits, nicht wahr?"

„Ich weiß, wie falsch ich mich verhalten habe, aber wir kriegen das schon hin. Oder?" Ich nahm die Bettdecke, um mir damit das Gesicht trocken zu wischen.

„*Du* bist ja schon dazwischen gegangen, als ich mit dieser Angestellten geredet habe, und jetzt erwartest du, dass ich euren Kuss einfach so wegstecke?" Zornig funkelte er von oben auf mich herab.

Ich fühlte mich gefangen. Ich wollte aufstehen, schreien, um Roderich kämpfen. Wollte ihm sagen, was er mir be-

167

deutete und dass ich das, was zwischen uns war, um nichts in der Welt verlieren wollte. Aber ich hatte ihm wehgetan. Und vielleicht hatte ich ihn nicht verdient. Außerdem hatte ich tatsächlich einen inneren moralischen Kompass, der mich davor bewahrte, falsche Entscheidungen zu treffen, was doch bedeuten konnte, dass es richtig gewesen war, Will zu küssen – oder nicht?

„Ruh dich aus, Julie", sagte Roderich tonlos, nachdem ich ihn bloß mit tränenübersätem Gesicht angestarrt hatte. „Ich halte Rücksprache mit meinen Eltern."

Er wandte mir den Rücken zu und ging.

Ich hörte, wie sich der Tür Schritte näherten.

Mein Puls raste in die Höhe, und ich sprang auf, um zur Tür zu eilen und sie aufzureißen. Ich war fest davon überzeugt, dass Roderich sich umentschieden hatte und zu mir zurückkehrte. Er hatte sicherlich nur ein paar Minuten gebraucht, um den Schock zu verdauen.

Doch es war bloß Stephens roter Schopf, der mir entgegen leuchtete.

„Himmel." Er musterte mich von oben bis unten und presste sich schockiert eine Hand auf die Brust, dann zog er leise die Tür hinter sich zu.

„Entschuldige, ich habe mit einem anderen gerechnet", erklärte ich emotionslos.

„Wenn du diesen Jemanden gern sehen würdest, dann geh doch zu ihm." Stephen hob vielsagend eine Augenbraue.

„Glaub mir, dieser Jemand will mich gerade nicht sehen", schnaubte ich bitter.

„Kein Wunder." Stephen fuchtelte mit den Händen vor meinem Gesicht herum, was wohl so viel bedeuten sollte wie „Du siehst absolut scheußlich aus", wovon ich mich sogleich selbst überzeugen durfte. Entschieden schob er mich ins Badezimmer und ich war gezwungen, mein Spiegelbild anzusehen.

Meine geröteten Augen quollen mir förmlich aus dem Kopf hervor, meine Lippen waren trocken und rissig, mein Gesicht hatte eine ungesunde Farbe und meine Haare schienen mehr Knoten zu haben, als es Sterne am Himmel gab.

Unbeirrt begann Stephen, sie zu bürsten, dann schnappte er sich einen himmelblauen Waschlappen, mit dem er über mein Gesicht rubbelte.

„Vertrau mir. Das wird gut", meinte er bloß.

Während ich so dasaß und mich von ihm bearbeiten ließ, glaubte ich nicht daran, doch er sollte Recht behalten. Es wurde gut.

„Du bist ein Genie", sagte ich schließlich beeindruckt. Mit gewelltem Haar, roten Lippen und perfekt aufgetragener Wimperntusche saß ich da und sah schon ein Stückchen weniger kläglich aus.

„Warte ab, bis wir dir ein Kleid ausgesucht haben." Stephen grinste und zog mich zum Ankleidezimmer, wo er gelassen die Schubladen durchstöberte.

„Wo hast du das gelernt?", fragte ich neugierig. „Man kommt ja nicht als geborener Schmink-Meister und Fashion-Experte zur Welt."

„Das denken aber einige." Stephens Miene verdunkelte sich. „Die Leute sehen, dass ich einen festen Freund habe, und halten es für selbstverständlich, dass ich mich mit Mode auskenne. Als wäre es mir angeboren, weil ich homosexuell bin. Dabei haben sie keine Ahnung, wie es wirklich ist. Damals, als Marys und meine Mutter starb, kamen wir zu unserer Großmutter, die uns in ihrer derzeitigen finanziellen Situation kaum hätte durchbringen können. Also brachte sie uns das Einzige bei, worin sie wirklich gut war: schminken. Wir waren zwölf, da haben wir angefangen, ein paar ihrer Kunden zu übernehmen, um mehr Geld zu verdienen."

„Das ist eine traurige Geschichte." Mitfühlend legte ich ihm eine Hand auf die Schulter.

„Ja, aber wäre sie anders verlaufen, könnte ich dir jetzt nicht dieses wunderschöne Kleid reichen."

„Das ziehe ich auf keinen Fall an. Das ist viel zu auffällig", sträubte ich mich und dachte dann wieder über Stephens Worte nach. „Also gibt es auch auf Hidden Island Homophobie?"

„Nein, das nicht unbedingt, aber Stereotype gibt es allemal." Er seufzte kurz, bevor er zu strahlen begann. „Und ob du das anziehen wirst!"

Obwohl ich ganze fünf Minuten lang zu protestieren versuchte, steckte ich wenig später in einem weinroten Kleid mit tief ausgeschnittenem Rücken und einem Beinschlitz, der mir fast bis zur Hüfte reichte, und flanierte mit Stephen an meiner Seite durch die Korridore des Palasts. Mein Schmerz ließ sich durch ein hübsches Kleid zwar nicht lindern, jedoch half es mir dabei, ihn nicht nach außen zu tragen.

„Lass uns ausgehen. Mary und ich zeigen dir das angesagteste Restaurant in der Großen Stadt."

Ich hakte mich galant bei ihm unter und schaffte es sogar, ein Lächeln aufzusetzen, allerdings machte sich ein ungutes Gefühl in meiner Magengegend breit, das immer stärker wurde, je näher wir dem Ausgang des Palasts kamen. Von dorther drangen laute Stimmen zu uns vor.

„Du betrittst nie wieder meinen Palast", zischte Roderich hasserfüllt. Er bemerkte uns nicht einmal, obwohl wir nur wenige Meter hinter ihm standen.

„Dein Palast?", spottete Will und krempelte sich gelassen die Ärmel hoch. Er lehnte an der hohen Tür aus Ebenholz. Sein Blick ruhte überlegen auf Roderichs zornig geröteten Wangen. „Ich wäre der bessere König. Ich weiß das, und du weißt es auch."

„Bitte, ich übergebe dir mein Amt freiwillig. Werde glücklich damit!", bellte Roderich, griff in seine Anzugstasche und warf seinem Cousin eine Handvoll Gold vor die Füße. „Warte, ich muss dir nur noch meine Krone holen!"

„Ja? Kriege ich dann auch deine Königin?", rief Will und grinste fies.

Roderichs Augenlid zuckte. „Halt dich fern von ihr", raunte er so herzlos, dass sich mein ganzer Körper mit einer Gänsehaut überzog.

„Sie braucht mich", sagte Will provokativ ruhig. „Sie hat ein Leben, und du kommst nicht darin vor. Sie braucht nur mich, Miriam – ach, Miriam kennst du ja gar nicht – und ihre Eltern."

„Ihre Eltern?" Roderich lachte lieblos auf. „Julie hat kein gutes Verhältnis zu ihren Eltern."

„Du hast ja keine Ahnung! Ihre Eltern sind klasse."

„Oh ja, sie sind so klasse, dass sie Julie eigentlich immer nur ignorieren und sich kaum um sie kümmern", höhnte Roderich. „Was glaubst du denn, warum sie andauernd versucht, das Richtige zu tun? Weil ihre Eltern sich ihr gegenüber verdammt gleichgültig verhalten! Darum hat Julie diese Selbstdisziplin, setzt sich selbst Regeln und macht sich diesen verdammten Druck, bloß nichts Falsches zu tun."

Es war verrückt. Wie konnte es sein, dass Roderich recht hatte – und Will unrecht?

„Warum bemühst du dich überhaupt darum, sie analysieren zu wollen? Sie wird bald aus deinem Leben verschwunden sein,

Rod." Will kräuselte seine Lippen zu einem überheblichen, schadenfrohen Lächeln. „Und dann werde ich - "

„Gar nichts wirst du!", fiel Roderich ihm geladen ins Wort. Seine Augen flackerten bedrohlich. „Wenn du ernsthaft denkst, ich würde zulassen, dass du ..."

„Ich glaub, ich spinne!", mischte nun eine dritte Stimme mit. Livia! „Aufhören, alle beide!"

Ich hätte ihr nicht dankbarer sein können. Diese Streiterei war nicht zum Aushalten! Ich fühlte mich abscheulich und wäre am liebsten im Erdboden versunken, wobei die umstehenden Angestellten die Show sicherlich gern noch ein wenig länger verfolgt hätten, so neugierig, wie sie von Will zu Roderich sahen.

Roderich atmete unregelmäßig und drehte sich langsam herum. Jetzt erst bemerkte er mich, und wir sahen einander einige Sekunden lang entsetzt in die Augen. Dann ließ er seinen Blick über mein Kleid wandern und schaute schließlich wieder zu Will herüber.

„Verstehe", sagte Roderich nüchtern. „Viel Spaß bei eurer Verabredung."

„So ist das nicht", beeilte ich mich zu sagen, da rauschte er bereits verärgert an mir vorbei.

Auch Will sah enttäuscht zu mir, wandte sich kopfschüttelnd ab und ging davon.

Ich kam mir fürchterlich allein vor.

KAPITEL 14

Tage später suhlte ich mich immer noch im Unglück und in Einsamkeit. Zu Beginn hatte ich mich noch mit dem Gedanken getröstet, dass es schon besser werden würde, doch mit meinem Gemüt ging es ehrlicherweise eher bergab als bergauf.

Seit dem Tag, an dem ich Roderich den Kuss zwischen Will und mir gebeichtet hatte, hatte ich beide nicht mehr gesehen. Roderich kam nicht einmal mehr zum Schlafen in unser Zimmer. Egal, wie oft ich mich auf die Suche nach ihm machte und wie viele Zimmer ich auch durchstreifte, ich fand ihn einfach nicht. Ich hatte sogar sein Baumhaus heimsuchen wollen, jedoch hatte ich den Weg nicht wiedergefunden und war bloß eine Weile lang im Royal Forest herumgeirrt. Auch Will hatte kein Lebenszeichen von sich gegeben, dabei vermisste ich ihn so sehr, dass ich manchmal von seinem strahlenden Lachen und seinen warmen Umarmungen träumte.

Darum war ich den Großteil der Zeit in meinem königlichen Bett geblieben, hatte leise ins Kissen geweint, Liebesromane von Autoren der Insel gelesen und mir Unmengen an Schokolade bringen lassen. Man könnte auch sagen, dass ich still und heimlich zu einem Klischee mutiert war. Zu diesem Zeitpunkt sah ich zugegebenermaßen keinen Ausweg, von meinem Kummer loszukommen. Ich steigerte mich in die Traurigkeit und die Verzweiflung hinein und quälte mich selbst mit Erinnerungen an schöne Momente mit Roderich und Will und mit dem Gedanken, dass ich all das zerstört hatte.

Vermutlich hätte ich mich einfach unter den Trümmern meines Herzens vergraben, hätten Mary und Stephen sich nicht schließlich durchgesetzt und mich in die Große Stadt geschleppt.

„Es tut dir sicherlich gut, unter Menschen zu kommen", flötete Mary, während wir eine breite Straße, in der sich Restaurant an Restaurant reihte, hinabliefen und überlegten, wo wir essen wollten.

Vor einer Stunde noch war ich mir sicher gewesen, ich würde nie wieder etwas essen wollen, doch Mary und Stephen sollten recht behalten. Mit jedem Schritt fühlte ich mich ein kleines bisschen sorgenfreier und lebendiger. Auch wenn mein Kummer längst nicht vergessen war, brachte das bunte Treiben ein wenig Freude in mein Herz hinein. Der Duft von Essen und das fröhliche Geschwätz der Leute wirkte wie ein Heilmittel auf meine geschundene Seele.

„Ich bitte dich, deine Seele ist doch nicht geschunden!" Stephen lachte empört auf, als ich meine Gedanken mit ihm teilte. „Du wirst ganz schön dramatisch. Wo ist unsere bodenständige Königin geblieben?"

„Du hast recht. Selbstmitleid steht mir nicht. Ich sollte lieber – " Abhauen!

Tatsächlich meldete sich mein Fluchtinstinkt, als mich etwas Hartes am Hinterkopf traf und meinen Schädel zum Dröhnen brachte. Die Stelle, an der ich getroffen worden war, brannte höllisch. Der Schmerz erinnerte mich an den Angriff der Hexen, die Will und mich in der Luft attackiert hatten.

Konnte das sein? Ein weiterer Angriff? Auf offener Straße?

Mit einem Mal ging mein Atem furchtbar unregelmäßig. Meine Brust hob und senkte sich viel zu schnell, und ich fürchtete schon, mir würde die Luft wegbleiben, so schwindelig wie mir plötzlich wurde. Ich stand weiterhin unter Beschuss, und je öfter ich getroffen wurde, desto unaufhaltsamer wuchs die Panik in mir.

„Julie!", versuchte Mary, mich aufzurütteln, die sich wie ihr Bruder bereits schützend die Hände über den Kopf hielt.

Ich stand jedoch immer noch da, starr wie eine Salzsäule, und ließ mich bewerfen. Wieso, wieso nur, hatten sich die Menschen gegen ihr neues Königspaar verschworen? Ich wollte dieses Rätsel so dringlich lösen, dass meine Unwissenheit mich lähmte.

„Ich bitte euch! Glaubt ihr etwa alles, was dieses Käseblatt schreibt?", hörte ich eine vertraute Stimme verärgert rufen.

Sie riss mich aus meiner Trance. Schlagartig löste sich meine Starre. Erst jetzt kam es mir in den Sinn, mich vor den Wahnsinnigen zu verstecken, die seit Wochen schon den Frieden des Königreichs störten.

Als ich bang herumwirbelte, hielt ich völlig perplex inne. Hingegen meiner Erwartungen ritten dort keine Hexen furios ihre Besen, um mich zu terrorisieren. Ich blickte bloß einer Gruppe Jugendlicher in ihre trotzig funkelnden Augen. Rebellierten jetzt schon die Jüngsten gegen mich?

„Gebt das her!", knurrte Will, der sich durch die Jungen und Mädchen hindurchschlängelte und ihnen ihre Steinschleudern abnahm. „Lest lieber vernünftige Bücher statt so einen Müll."

Ich verspürte bloß noch eine tiefe Verworrenheit.

„Alles in Ordnung, Julie?", fragte Stephen besorgt.

Statt ihm zu antworten, schob ich mich durch den

Menschenauflauf. Die Jugendlichen bedachten mich immer noch mit vorwurfsvollen Blicken, worauf ich aber keine Acht geben konnte. Ich wollte bloß zu Will.

„Was war das denn?", fragte ich ihn verdutzt.

Er packte mich seufzend am Handgelenk und zog mich zielsicher die Straße entlang, bis wir vor einer Art Kiosk zum Stehen kamen. Hier wurden allerdings keine gewöhnlichen Kaugummis verkauft, sondern Bonbons, die in allen Farben des Regenbogens schillerten, nicht weniger bunte Getränke mit Namen wie *Ogerbrühe* oder *Feenpunsch* und Sammelkarten mit Abbildern von Einhörnern, dem Palast, Livia und Malcolm ...

„Jools, konzentrier dich!", ermahnte mich Will, warf dem Kioskbesitzer ein winziges Stück Gold hin und nahm sich eine Zeitschrift weg, die er mir demonstrativ vor die Nase hielt.

Ich stutzte. Gleich auf der Titelseite war ein Foto von Will und Roderich abgebildet, wie sie sich vor dem Palasteingang gegenüberstanden und ankeiften. Im Hintergrund war ich zu sehen. Das wunderbare Kleid, das ich trug, war wohl das einzige Positive an dem Bild, ansonsten sah ich aus wie ein erschrockenes Reh.

„Blöde Klatsch-Presse!", murrte Will. „Die schreiben, die Königin aus der anderen Welt hätte eine Affäre mit dem Cousin des Königs. Darum hassen dich die Leute, Jools."

Jetzt erst bemerkte ich, wie mich einige Passanten argwöhnisch, wenn nicht sogar angewidert beäugten.

„Ich wurde heute schon angepöbelt, als ich nur das Haus verließ!", fuhr Will aufgebracht fort.

„Es tut mir so leid, ich ...", begann ich, doch er schüttelte warnend den Kopf.

„Zu viele Leute", murmelte er und bedeutete mir mit einer

Kopfbewegung, ihm zu folgen. Er führte mich in eine beengte Seitengasse, in der das Unkraut nur so wütete. Hier wirkte es unnatürlich dunkel und irgendwie stank es ein wenig nach Urin.

„Ich habe es ja verdient, von allen verurteilt zu werden, aber dass ich dich da mit reingezogen habe, tut mir unfassbar leid", klagte ich und lehnte mich erschöpft mit dem Rücken gegen die rissige Hauswand hinter mir.

„Vergiss doch mal die Leute." Will winkte grimmig ab. „Ich verstehe bloß nicht, wie du diesen schnöseligen Windbeutel von einem König küssen konntest."

„Du mochtest ihn noch nie sonderlich gern, hm?", sagte ich, da es vermutlich nicht ratsam gewesen wäre, vor Will über meine Gefühle für Roderich zu reden.

„Ich kann ihn nicht leiden, nein. Im Gegensatz zu ihm wäre ich keine schlechte Partie – und trotzdem lügst du mich an! Du hast unseren Kuss beendet, weil du meintest, du hättest die entflohenen Hexen im Kopf, aber in Wahrheit hattest du ihn im Kopf."

„Ich wusste es doch nicht besser."

„Wenn du dir so unsicher warst, hättest du den Kuss gar nicht erst zulassen dürfen. Ich will deine Nähe nicht, wenn du nicht mit dem Herzen dabei bist."

„Lügner!", rutschte es mir heraus. „Du wusstest die ganze Zeit über, dass mir unwohl bei dem Gedanken war, mehr als nur deine beste Freundin zu sein, hab ich recht? Du kennst mich gut genug, um zu spüren, wann ich mir unsicher bin. Wenn es dir wirklich so wichtig wäre, dass ich mit ganzem Herzen dabei bin, hättest du mich nicht küssen dürfen."

„Ich fand es trotzdem schön." Wills Zorn war urplötzlich verraucht. Nun schmunzelte er verlegen und warf mir anzügliche Blicke zu.

177

„Hör auf damit!" Ich boxte ihn in die Schulter. „Ich mache dir sicherlich keine Vorwürfe, weil du Gefühle für mich entwickelt hast, aber mich immer in diese unangenehmen Situationen zu bringen, in denen ich nicht weiß, wie ich mich verhalten soll …"

„Schon gut." Er kickte schnaubend einen kleinen Stein durch die Gegend. „Ich weiß, wie schwer das für dich ist, weil unsere Freundschaft dir so viel bedeutet. Mir ja auch."

„Vielleicht wäre alles anders, wenn wir uns kennengelernt hätten und direkt miteinander ausgegangen wären, aber so glaube ich nicht …"

„Stopp." Wieder unterbrach er mich. „Als wir uns geküsst haben – da war nicht *nichts*. Das kannst du mir nicht erzählen. Und mir einen Korb zu geben, wenn ich mich gerade auf mein blödes Studium konzentrieren muss, wäre unfair. Tu mir bitte den Gefallen und denke die nächsten Tage einfach darüber nach, wie du es schaffen könntest, dich auf das mit uns einzulassen. Du denkst, du kannst das nicht, aber vielleicht fällt dir ja doch eine Möglichkeit ein. Es gibt immer einen Weg, Jools."

Ich sah zu ihm hinauf und wollte endlich einen Schlussstrich ziehen, um dem Hin und Her in meinem Herzen zu entkommen, doch in seinen wunderschönen Augen lag dieser Hoffnungsschimmer, den ich nicht erlöschen lassen wollte. Ich konnte Will nicht einfach so brechen. Nicht in dieser stinkenden Gasse, nicht, ohne seiner bescheidenen Bitte eine Chance zu geben.

„Nachdenken kann ja nie schaden", sagte ich leise und fühlte mich für ein paar Sekunden lang einfach nur gut, da Will aufrichtig zu strahlen anfing.

Als ich jedoch ging, fürchtete ich bloß noch, dass dieses Strahlen meinetwegen verebben würde.

Am Abend kehrte ich durch und durch beschwipst in den Palast zurück. Stephen musste mich stützen, während Mary gutgelaunt Britney-Spears-Songs anstimmte.

„Zugegeben", lallte sie, „ich mag Hidden Island viieeel lieber als eure Welt, aber ihr habt echt geile Sänger!"

„Oder?", antwortete ich überdreht. „Kennst du Cardi B?"

„Eure Hoheit", unterbrach ein Butler unser ausgelassenes Gespräch und sorgte dafür, dass ich niemals erfahren würde, ob Mary Cardi B kannte. „Ihr werdet im Konferenzzimmer erwartet."

„Das ist nicht gut", nuschelte ich mit rauer Stimme, während Mary und Stephen bereits panische Blicke austauschten.

Sie wurden ganz hektisch und ließen kein einziges Mal von mir ab, während sie mich durch den Palast bugsierten. Stephen zwang mich auf dem Weg nach oben, einen halben Liter Wasser zu trinken, und Mary schob mir gleich drei Pfefferminzbonbons auf einmal in den Mund.

„Ich hab keine Fahne, du hast ʼne Fahne!", grölte ich und kicherte haltlos. „Ey, ich bin die Königin, ich mach das schon."

„Ich schätze, ab jetzt können wir bloß beten, dass wir nicht gefeuert werden." Stephen schluckte schwer, bevor er die Tür zum Konferenzzimmer aufstieß, in das ich ungeschickt hineinstolperte.

Ob es den Beratern wohl auffiel, dass ich ein wenig schräg an der Wand lehnte? Ja, sie sahen eindeutig kritisch aus. Als ob die noch nie ein wenig zu tief ins Glas geguckt hätten! Sie sollten sich ein Beispiel an Livia nehmen, die mich gutmütig anlächelte. Ihr Ehemann zwinkerte sogar kaum merklich. Nur Roderich musterte mich todernst. Gott, Roderich …

Wenn ich meiner Trunkenheit im Nachhinein etwas Positives abzugewinnen versuchte, dann war es eindeutig

179

die Tatsache, dass sein Anblick mich nicht vollkommen aus dem Konzept brachte.

Ich schenkte ihm ein anmutiges Lächeln – in dem Augenblick selbst kam es mir zumindest anmutig vor – und richtete meine Aufmerksamkeit wieder auf die Berater. Wieso fiel mir jetzt erst auf, wie witzig die Feen auf ihren Stühlen aussahen? Sie konnten kaum über den Tischrand schauen.

„Eure Hoheit." Eine der Hexen hob spöttisch ihre Augenbrauen.

„Ja, die bin ich." Ich hickste leise.

„Wir wollten dir bloß mitteilen, dass du dich übermorgen noch einmal mit den entflohenen Hexen treffen sollst", erklärte Livia belustigt. „Ist das in Ordnung?"

„Klar." Ich machte eine Geste à la Aye-aye-Käpt'n. „Ist notiert."

„Schafft Ihr das?", fragte der Oger kritisch.

„Sie macht das schon", antwortete Roderich an meiner Stelle.

Mit steifen Schritten kam er auf mich zu, packte mich weniger sanft als gewöhnlich am Arm und riss die Tür auf, hinter der Mary und Stephen erschrocken zurücksprangen. Während sie drauf los giggelte, wurde er leichenblass um die Nasenspitze herum. Als hätten sie sich abgesprochen, machten sie kehrt und liefen davon.

„Das sind meine Freunde. Bitte feuere sie nicht." Ich legte mir theatralisch eine Hand auf die Brust.

„Läge mir fern", sagte Roderich und führte mich bedacht die Treppe hinunter.

„Es ist lieb von dir, dass du mich begleitest", murmelte ich und spürte, wie ich errötete. Anscheinend hatte ich doch noch einen Funken Schamgefühl übrig.

„Ich habe bloß Angst, dass du dir alle Knochen brichst. Immerhin brauchen wir dich noch. Himmel, du könntest wenigstens versuchen, gerade zu laufen."

„Okay."

Leider büßte ich durch die Konzentration darauf, einen Fuß vor den anderen zu setzen, die Fähigkeit ein, Konversation zu betreiben, weswegen wir den Rest des Weges schweigend zurücklegten und ich es erst wieder schaffte, mich auf Roderich zu fokussieren, als wir bereits vor unserem Schlafgemach standen.

„Gute Nacht."

„Schläfst du heute Nacht auch hier?" Wie fremdgesteuert streichelte ich mit meinen Fingern über Roderichs Haaransatz.

„Ich ..."

„Du musst auch nicht auf dem Sofa schlafen."

„Wird auch Zeit, dass du endlich mal auf dem Sofa schläfst." Roderichs Mundwinkel zuckte, als sei er sich unsicher, ob er ein Schmunzeln wagen sollte.

„Nein, ich meinte eigentlich ..."

„Ich weiß, was du meinst, Julie." Er verdrehte die Augen. „Ich glaube, du brauchst das ganze Bett, um deinen Rausch auszuschlafen."

„Ich glaube, ich brauche dich", flüsterte ich und lehnte vorsichtig meine Stirn gegen seine Brust.

„Glauben reicht da nicht", flüsterte er zurück, tat einen Schritt nach hinten und entfernte sich.

„Bist du nervös?", erkundigte sich Malcolm und legte mir väterlich eine Hand auf den Rücken, während er mich durch das Labyrinth führte, das mir an diesem verregneten Freitag-

nachmittag düsterer denn je erschien.

„Viel nervöser als beim letzten Mal", gab ich zu.

Dieses Mal fühlte sich der Druck, der auf meinen Schultern lastete, um einiges schwerer an. Immerhin ging es nicht mehr nur um ein klärendes Gespräch. Das Antasten war längst vorbei. Diesmal wollten sie, auch wenn sie es nicht zugaben, Resultate sehen. Livia und Malcolm erwarteten sicherlich, dass ich alle Missverständnisse aus dem Weg räumen und die Hexen zur Rückkehr bewegen würde. Zwar war ich bereits über den Punkt hinaus, an Roderich zu zweifeln, aber wie sollte ich die Hexen davon überzeugen, ihm zu vertrauen? Und würden sie überhaupt zu einem zweiten Treffen erscheinen?

„Du hast das beim letzten Mal ganz prima gemacht, Julie", sagte Malcolm warm. „Diesmal kennst du doch die Motive der Hexen. Diesmal bist du klüger."

„Ich sage mir am besten, dass ja nichts davon abhängt." Ich atmete tief durch. „Es wäre nur traurig für die Hexen, wenn sie ihr elendes Leben in der anderen Welt weiterführen müssten."

„Na ja, das Problem ist, dass wir nicht genau wissen, ob etwas davon abhängt." Eine Sorgenfalte grub sich in Malcolms Stirn hinein. „Ich vertraue deiner Intuition, aber es besteht trotz allem noch die Möglichkeit, dass die Hexen vielleicht gelogen haben. Dass sie vielleicht doch üble Absichten haben."

„Du hast recht. Womöglich war ich zu gutgläubig."

„Nein, ich bin von deiner Menschenkenntnis überzeugt. Ich muss nur an alle Risiken denken", entgegnete er freundlich.

Endlich hatten wir den Irrgarten hinter uns gelassen. Christina wartete bereits auf mich. Sie ließ mich zuerst auf den Drachen steigen und kletterte hinterher. Wehmütig blickte ich zum Palast.

„Entschuldige, Roderich und Livia mussten noch etwas besprechen. Sonst hätten sie sich sicherlich von dir verabschiedet." Malcolm lächelte traurig zu mir hinauf.

„Ähm, klar, weiß ich doch", krächzte ich und errötete.

Konnte man es mir jetzt schon ansehen, wenn ich an Roderich dachte?

Ein Glück hob der Drache nun vom Boden ab. Der Abstand kam mir gerade recht. Während wir in die Lüfte aufstiegen, vergaß ich kurz meine Sorgen und konzentrierte mich nur auf das aufgeregte Gefühl in meiner Magengegend.

„Hey, das ist der falsche Weg!", rief ich, da der Drache auf das Innere der Insel zusteuerte, anstatt Richtung Ozean zu fliegen.

„Nein, wir sind genau richtig."

Ich hörte Christina leise lachen. Verwirrt drehte ich mich zu ihr herum. Die Gehässigkeit, die sich in ihrem Gesicht abzeichnete, stach mir sofort ins Auge – und gleich danach die lange Spritze, die sie plötzlich in ihrer Hand hielt.

Bevor ich auch nur den Mund öffnen konnte, um etwas zu sagen, auch wenn mir in diesem Moment ohnehin die Worte gefehlt hätten, rammte Christina mir die Nadel in den Hals.

Ein brennender Schmerz breitete sich wie ein Lauffeuer auf meiner Haut aus, zog meinen Nacken hinunter und erklomm meine Stirn.

„Nein", hörte ich mich benommen hauchen.

Hidden Island verschwamm vor meinen Augen, bis ich bewusstlos nach vorn kippte.

KAPITEL 15

Mein Mund fühlte sich widerlich trocken an, mein Kopf lastete schwer wie Blei auf mir und alles schien sich zu drehen.

„Wann wacht sie denn endlich auf? Sie hat drei Tage lang durchgeschlafen!"

„Ich sagte doch, die Dosis war zu hoch, so zierlich, wie sie ist."

Die Stimmen kamen mir vertraut vor, aber ich konnte sie nicht zuordnen. Der Hall, den sie in meinen Ohren nach sich trugen, verwirrte mich. Ich war ohnehin völlig orientierungslos, und meine Lider waren zu schwer, um meine Augen zu öffnen. Dabei wollte ich nur wissen, wo ich war und was hier vor sich ging. Ein Raunen und Gemurmel schien in der Luft zu liegen. Es fühlte sich gefährlich an.

„Es ist sicherlich jeden Augenblick so weit."

Diese Stimme – woher kannte ich sie?

Eine innere Eingebung riet mir, dass es wohl klüger wäre, mich schlafend zu stellen, jedoch kratzte es unerträglich in meiner Kehle. Ich wollte mich dagegen wehren, aber ich musste leise husten.

Alles verstummte.

Ein bösartiges Lachen ertönte und sorgte dafür, dass sich mir alle Haare im Nacken aufstellten.

184

Ich hielt es nicht länger aus. Ich sammelte all meine Kräfte und öffnete die Augen. Sofort wurde ich von gleißend hellem Licht geblendet, an das ich mich erst gewöhnen musste, bevor ich meinen Blick durch die Reihen schweifen lassen konnte. Ängstlich tastete ich den kleinen Vorlesungssaal mit meinen Augen ab, spähte zu den gut vierzig Hexen empor, die gespannt an ihren Tischen saßen und allesamt auf mich herabblickten, und lugte zu dem hölzernen Rednerpult hinüber, neben dem ich lag.

Ich hörte, wie Absätze über den Boden klackerten. Ein Paar faltiger Füße in schwarzen Pumps kam vor meinem Gesicht zum Stehen. Eine alte Frau mit kleinem Gesicht und beinahe schwarzen Augen beugte sich kaum merklich lächelnd über mich.

Natürlich. Daher kannte ich die Stimme.

„Schön, Euch wiederzusehen", begrüßte mich Mrs. Relish mit geheuchelter Freundlichkeit. „Julie Gallagher."

„Was wollen Sie von mir?", fragte ich schwerfällig.

Mrs. Relish antwortete nicht gleich, sondern wandte sich in aller Seelenruhe ab, um zu der Menge zu sprechen.

„Meine Damen, das ist Königin Julie Dorothee Gallagher, nein, eigentlich heißt sie nun Cunningham, genau wie unser lieber König."

Die Hexen lachten zynisch.

„Ich bin ihr schon vor einigen Wochen begegnet", fuhr Mrs. Relish fort, wobei sie langsam auf- und abschritt. „Leider hat sie damals den fatalen Fehler begangen, mich anzulügen. Natürlich haben derzeit schon die Gerüchte kursiert, dass Prinz Roderich Cunningham vorhabe, eine gewisse Julie Gallagher aus der anderen Welt zu heiraten", Mrs. Relish unternahm eine ausladende Handgeste in meine Richtung, woraufhin die Hexen zu buhen anfingen, „allerdings versicherte Julie mir das Gegenteil, als ich sie darauf ansprach."

Mühsam erinnerte ich mich an das Gespräch zurück. Ich wusste noch, wie unbehaglich mir gewesen war, und tatsächlich hatte die Hexe mich auf eine möglicherweise bevorstehende Hochzeit angesprochen, jedoch hatte ich zu dem Zeitpunkt noch nicht ahnen können, dass ich die Glückliche sein würde.

„Ich war erleichtert, denn mir war zu Ohren gekommen, dass diese Julie vorhätte, gemeinsam mit Roderich Krieg gegen die andere Welt zu führen. Doch, wie sich bald herausstellte, hat sie mir damals nicht die Wahrheit gesagt. Denn nun ist sie seine Frau. Merkwürdig, nicht?"

„Das ist ein Missverständnis!", keuchte ich am Boden liegend, was jedoch bloß dazu führte, dass Mrs. Relish mit genüsslichen Schritten auf mich zukam und mir den Absatz ihres Pumps in den Rücken bohrte.

Ich biss die Zähne zusammen vor lauter Schmerz und konnte nichts tun, als ihr weiter zuzuhören.

„Lange genug habe ich diese Ehe schweigend beobachtet", rief sie nun in kriegerischer Manier. „Vielleicht, dachte ich, haben wir uns ja geirrt, und unser neues Königspaar hegt gar keine bösen Absichten. Aber dann begleitete eine aus unseren Reihen", Christina trat an Mrs. Relishs Seite, „Julie in die andere Welt und hörte, was die entflohenen Hexen fürchteten."

„Sie sollten doch Schweigen über die entflohenen Hexen bewahren, Christina", rutschte es mir heraus.

Sogleich trat Mrs. Relish noch ein wenig nach.

„Unsere armen Schwestern, die aus Furcht in der anderen Welt leben, konnte Julie vielleicht täuschen und von ihrer Unschuld überzeugen, aber nicht uns!", schrie sie mitreißend energetisch.

Bejahendes Gebrüll.

„Uns kann sie nicht für dumm verkaufen! Wir wissen, dass sie Hidden Island schaden will. Unsere Quellen sind zuverlässig."

Himmel, was für Quellen? Ob sie denselben Informanten hatten wie die entflohenen Hexen? Aber wer würde bloß solcherlei Lügen über mich verbreiten? Und warum?

„Bitte, wir können doch über alles reden", ächzte ich, während mein Puls ängstlich in die Höhe schoss.

„Eine Hexe lässt sich nicht umgarnen. Schon gar nicht von königlicher Torheit." Mrs. Relishs Stimme klang so schonungslos entschlossen, dass ich es nicht wagte, ihr zu widersprechen.

Christina und eine andere Hexe packten mich an meinen schlaffen Armen und zerrten an mir, bis ich auf meinen wackeligen Beinen stand. Sie mussten mich mit all ihrer Kraft halten, damit ich nicht wieder zusammensackte. Dabei sehnte ich mich bloß danach, wieder auf dem Boden zu liegen, wo es kühl war und ich nicht jede einzelne Faser meines Körpers spüren musste. So aber waren der Schwindel und die vernichtenden Blicke der Hexen kaum auszuhalten.

Wie sollte ich dem hier entkommen?

„Wir möchten Euch zu einem Fest einladen, *Eure Hoheit*." Mrs. Relish lachte hämisch, und ihre Zuhörerinnen stimmten mit ein, während sie sich vor mir aufstellte und mir einen Blick schenkte, der nichts als Unheil verriet. „Heute feiern wir die Entdeckung Hidden Islands. Opfergaben sind in unseren Kreisen zwar längst überholt, aber ich denke, der Anlass ist es wert, diese Tradition wieder aufleben zu lassen." Obwohl sie mit dem Rücken zu dem Saal stand, sprach sie so laut und klar, dass alle sie hören konnten. „Die Königin wird sterben."

Ich wartete darauf, dass ich reagieren würde. Schreien, weinen, eine Panikattacke, all das wäre der Ausweglosigkeit der

Situation gerecht geworden, doch ich tat nichts davon. Ich starrte bloß stumm und abwesend gen Boden, fühlte mich leer.

„Wir sollten die Information streuen, damit alle, die es wollen, bei ihrer Hinrichtung zusehen können." Christina grinste fies.

„Nein. Wir dürfen nicht riskieren, dass unser Vorhaben verhindert wird", widersprach Mrs. Relish.

Und mit Vorhaben meinte sie wohl Mord.

„Wir werden Aufnahmen machen", fuhr sie genüsslich fort, „und sie dem Palast zukommen lassen. Und wenn wir mit Julie fertig sind", sie sah mir wenn möglich noch intensiver in die Augen, „ist Roderich an der Reihe."

Schlagartig fiel der luftleere Raum, an dem jegliche Empfindungen und Emotionen abgeprallt waren, um mich herum zusammen. Hitze stieg mir ins Gesicht. Ich fühlte mich nicht länger schwach und gebrechlich, sondern kräftig und wild entschlossen. Meine Muskeln platzten beinahe vor Anspannung, mein Kiefer malmte wütend. Ohne mich dagegen wehren zu können, wand ich mich hin und her und versuchte alles, um mich loszureißen. Um Mrs. Relish eigenhändig den faltigen Hals umzudrehen.

„Sie widerliche Hexe!", hörte ich mich kreischen und spuckte ihr ungehalten vor die Füße. „Lassen Sie Ihre Finger von Roderich. Er hat nichts getan!"

„Noch nicht", entgegnete Mrs. Relish unbeeindruckt.

Sie wollte sich abwenden, verharrte jedoch in der Bewegung, als ich ihr heftig in die Kniekehle trat.

Sie stieß einen gequälten Laut aus, wirbelte zähnefletschend zu mir herum und schlug mich mitten ins Gesicht. Wieder und wieder. Woher nahm diese alte Hexe bloß ihre Kraft?

Ich spürte, wie meine Nase zu bluten begann, und konnte

vor lauter Schmerz die Tränen nicht zurückhalten. Das Einzige, was ich noch tun konnte, war, Mrs. Relishs überlegenen Blicken standzuhalten.

„Heute Nacht werdet Ihr sterben", flüsterte sie.

„Aber bis dahin", der metallene Geschmack von Blut breitete sich auf meiner Zunge aus, „bin ich noch Ihre Königin."

Meine Tränen vermischten sich mit der feuchten Erde, während Christina und eine andere Hexe mich an meinen Füßen durch den finsteren Wald schleiften. Vielleicht war es melodramatisch, aber indem sie mich durch Blätter und Modder zerrten, zog mein Leben wie ein Kurzfilm an mir vorbei. Ich erinnerte mich plötzlich an Dinge aus meiner Kindheit – wie ich als kleines Mädchen mit blonden Zöpfen freiwillig Müll vom Schulhof aufgesammelt hatte, wie aufgeregt ich vor meiner ersten Ballettaufführung (die Mum und Dad im Übrigen verpasst hatten) gewesen war, wie meine Eltern mich einmal auf dem Supermarktparkplatz vergessen hatten und ohne mich weggefahren waren. Ich dachte daran zurück, wie ich Miriam kennengelernt hatte, die immer diejenige in unserer Freundschaft gewesen war, die den Ton angab, und vielleicht sah ich deswegen zu ihr auf, dachte ich nun, weil meine Eltern diese Aufgabe nicht erfüllten. Dann, ich musste beinahe lächeln bei dem Gedanken, durchlebte ich den Moment, in dem ich Will zum ersten Mal begegnet war. Damals war er auch schon groß gewesen, aber ziemlich schlaksig, und seine Haare hatte er so lang getragen, dass sie ihm über die Ohren wuchsen. Der Gedanke an Will holte mich in die Gegenwart zurück. Es schmerzte mich, daran zu denken, dass er und Roderich meinetwegen stritten. Dabei bedeuteten sie mir beide die Welt, was sie vielleicht nie erfahren würden. Vielleicht würde ich niemals die Chance haben, Will für den Halt zu danken, den er mir schon seit Jahren gab, und Roderich zu beweisen, dass meine Gefühle für ihn aufrichtig waren.

Wegen meiner wirren Gedankenströme bemerkte ich erst spät, wie weit wir bereits gekommen waren. Getrommel und Singsang drangen zu mir hervor. Mein Magen zog sich schmerzhaft zusammen, wenn ich daran dachte, dass die Stimmen, die ich vernahm, meinen bevorstehenden Untergang feierten.

Viel zu schnell gelangten wir zu der weiten Lichtung, wo die Hexen ausgelassen tanzten. Ein paar von ihnen machten Musik, eine andere rührte in einem schäumenden Kessel, wiederum andere verteilten Getränke in kleinen Glasflaschen, und in der Mitte des Treibens loderte ein Feuer, ähnlich einem Scheiterhaufen.

„Wir bringen die hinterhältige Kröte!", rief Christina der tobenden Menge zu.

Die Hexen begannen, übermütig zu kreischen und manisch zu lachen. Ihre wilden und gierigen Gesichter zogen verzerrt an mir vorbei. Mit verdrehten Augen spähte ich zum Sternenhimmel empor und schluchzte bitter, als ich mir vorstellte, dass ich ihn vielleicht zum letzten Mal sah.

Christina ließ meine Füße auf den Boden plumpsen. Sogleich rissen einige Frauen der Meute an meinen Armen, zogen mich auf die Beine und stießen mich in Richtung des Feuers.

Sowie ich die Hitze auf meinem tränenbenetzten Gesicht spürte und in die grellen Flammen stierte, schien der Tod zum Greifen nahe.

„Halt!", tönte Mrs. Relishs Stimme über das Tosen hinweg. Ein Wunder, konnte ich bloß denken.

„Wir haben das doch abgesprochen. Wir feiern bis zum

Sonnenaufgang. Der Tod der Königin wird das Ende des Fests und den Beginn eines neuen Morgens, ja, einer neuen Ära zeitigen."

Ach so. Es ging bloß um die Symbolik.

Zwei brünette Hexen zogen mich grob vom Feuer weg, zerrten mich ein Stück zurück in den Wald und fesselten mich an einen Baum.

Stundenlang saß ich auf der kalten Erde, mit brennenden Handgelenken, gegen die harte Rinde gelehnt, und beobachtete von Weitem das Fest der Hexen.

„Seid Ihr die Königin?", fragte eine kindliche Stimme, als ich schon beinahe weggedöst war.

Ich schreckte auf und registrierte ein kleines, blondes Mädchen, dessen aufmerksame, olivgrüne Augen ich gleich wiedererkannte.

„Ja, technisch gesehen bin ich das", murmelte ich lustlos, als hätte man mir jeglichen Lebenswillen ausgehaucht. Je länger ich aber die Sommersprossen besetzte Nase des Mädchens betrachtete, desto stärker witterte ich meine Chance. „Du bist Lisa, nicht? Mrs. Relishs Enkelin?"

Das Mädchen nickte.

„Sind noch andere Kinder auf der Feier?"

„Nein, nur ich." Lisa zertrat einen Ast, der unter ihrer Sohle knackte. „Weil Grandma mich zwingt. Eigentlich wäre ich lieber bei meinen Freunden, aber sie hat mir nicht erlaubt, bei ihnen zu übernachten. Sie sagte, heute wäre eine historische Nacht, die ich nicht verpassen darf. Sie ist immer so streng. Total ätzend!"

„Das glaube ich dir" Ein schwacher Hoffnungsschimmer glomm in meinem Herzen auf. „Möchtest du ihr einen Streich spielen?"

191

KAPITEL 16

Lisa nickte. Ihr schüchternes Lächeln wurde zunehmend schelmisch, bis sie sich vertraulich vorneigte, damit ich ihr von dem Streich erzählen konnte.

„Weißt du", sagte ich so einnehmend wie möglich und lächelte geheimnisvoll, „du könntest mich losbinden. Glaub mir, deine Grandma wird richtig verblüfft sein, wenn sie später sieht, dass ich fort bin."

„Warum seid Ihr überhaupt gefesselt?", fragte Lisa neugierig.

„Das liegt an einem Missverständnis", erklärte ich vorsichtig. „Die Hexen denken, ich hätte etwas Schlimmes getan, aber das ist nur ein blödes Gerücht. Leider hatte ich noch keine Zeit, ihnen das in Ruhe beizubringen. Aber wenn du mich losmachst, kannst du nicht nur deiner Grandma eins auswischen, du würdest auch mir einen riesengroßen Gefallen tun."

Lisa legte nachdenklich den Kopf schief, bis sie schließlich nickte. Sie hüpfte um den Baumstamm herum und machte sich daran, die Fesseln zu lösen. Sie brauchte unheimlich lange, wie es mir vorkam, und mir wurde vor Nervosität beinahe schwindelig. Angestrengt starrte ich zur Lichtung hinüber, wo die Feier immer noch in vollem Gange war, und hoffte inständig, dass uns niemand bemerken würde. Vielleicht war es das erste Mal in meinem Leben, dass ich ein kleines Stoßgebet gen Himmel schickte.

„Fertig", flüsterte Lisa und hielt sich verschmitzt eine Hand vor den Mund.

„Danke." Ich lächelte ihr angespannt zu. „Geh wieder auf das Fest und erzähl niemandem davon, ja? Das wird ein großartiger Streich, versprochen."

Lisa winkte eilig und rannte dann zurück zu den anderen Hexen.

Was mich anging – ich war entfesselt, doch ich blieb regungslos. Der kleine Hoffnungsschimmer, der in mir aufgekeimt war, wurde immer kleiner, bis er vollends erlosch und in Furcht umschlug, die sich in jede Pore meines Körpers hineinfraß. Sie lähmte mich förmlich, sodass ich für einige Sekunden, vielleicht sogar Minuten, bloß auf der kalten Erde sitzen blieb und mich völlig hilflos fühlte. Dann aber wurde mir bewusst, dass ich es nicht zulassen durfte, meinen klaren Verstand von meiner Angst besiegen zu lassen. Ich musste überlegen, wie ich vorgehen wollte. Ich musste mich konzentrieren. Dabei blieben mir nicht einmal viele Möglichkeiten. Es wäre wohl meine beste Option, das erste Stück vorsichtig über den Boden zu krauchen, und dann, wenn ich einen guten Sicherheitsabstand hinter mich gelegt hätte, loszurennen, als sei der Teufel höchstpersönlich hinter mir her. Der Gedanke kam mir gar nicht mal so abwegig vor, als ich von Weitem in die tanzenden Flammen stierte, die die Hexen anzubeten schienen.

Schweiß rann mir den Rücken hinunter, als ich es schließlich wagte, meine Arme zu bewegen. Es wunderte mich nicht, dass mich in dieser Nacht, die ohnehin unter einem unbeschreiblich schlechten Stern stand, das Pech heimsuchen sollte.

Ich hörte, wie sich Schritte näherten, von vorn und von hinten. Sofort erstarrte ich zu Stein, verharrte in der Bewegung und kniff ängstlich die Augen zu. Ob jemand mein Vorhaben bemerkt hatte?

Ich ließ einige Sekunden verstreichen, bis ich meine Augen wieder öffnete. Ohne den Kopf zu bewegen, sah ich mich zu allen Seiten um, bis ich rechts von mir, ein paar Meter entfernt, einen Oger entdeckte. Auf seinem Rücken trug er, wie einen Rucksack, eine große Holzkiste, die mit dicken Seilen um seine Schultern geschnallt war. Christina kam ihm entgegen und begrüßte ihn knapp, woraufhin er die Kiste auf den Boden hinabließ und einen großen Sack hinausholte.

„Eure Wildschweinkeulen", grunzte er.

„Großartig. Trägst du sie mir zur Feuerstelle? Dort ist auch Dekanin Relish mit deinem Gold", antwortete Christina und ging ihm voran zu dem Fest zurück.

Mein Herz schlug mir bis zum Hals. Tat sich hier eine Chance auf? Ich musste handeln, ehe Christina womöglich noch nach mir schauen würde. Wenn ich jetzt in den Wald floh, würde sie mich sicherlich finden. Wenn ich hier noch länger verharrte, würde sie meine gelösten Fesseln bemerken.

Leise, aber so flink ich konnte, robbte ich über den Boden. Mein Atem kam mir so laut vor, dass ich mir einbildete, man müsse ihn bis zum Fest hören, doch hingegen meiner Erwartungen bemerkte mich keine Menschenseele.

Mit bebenden Fingern öffnete ich die Kiste des Ogers und stieg hinein. Vorsichtig zog ich die Klappe über mir zu. Nun kauerte ich zusammengerollt in einer dunklen, beengten Kiste zwischen einem Packen Reis, einem Sack Hefe und

Kräuterbündeln, deren intensiver Geruch mir in die Nase stieg. Mit aller Mühe unterdrückte ich ein Niesen. Ich durfte keinen Mucks von mir geben, während ich darauf hoffte, dass das Schicksal auf meiner Seite stehen würde. Von nun an konnte alles passieren. Der Oger könnte mich einfach davontragen, der Freiheit entgegen. Er könnte mich aber genauso gut bemerken, könnte mich verraten, mich den Hexen ausliefern. Dann wäre der Fluchtversuch gescheitert, und ich würde sterben. Ich konnte kaum fassen, dass mein Leben von purem Glück abhängen sollte.

Es knackte in der Nähe der Kiste, Stimmen kamen auf mich zu.

„Danke für die Lieferung", hörte ich Christina sagen. „Hast du zufällig noch Rosmarin dabei?"

Oh nein! Bitte, bitte, bitte nicht!

„Ich schau mal nach."

Das durfte doch nicht wahr sein!

Mein Herz blieb stehen, als der Deckel der Kiste langsam angehoben wurde. Wie ein scheues Reh blickte ich nach oben. Direkt in Oswins dunkle Augen. Ich flehte ihn wortlos an, ließ meine großen, glasigen Augen für mich sprechen. Ich konnte ihm ansehen, dass er zögerte.

„Was ist nun?", fragte Christina ungeduldig.

Oswin schnaubte, dann wandte er seinen Blick von mir ab. „Nichts", brummte er und ließ den Deckel zuschnappen.

Eine Träne der Erleichterung rann meine eiskalte Wange hinab. Ich wusste, dass ich Oswin auf ewig dankbar sein würde. Himmel, warum hatte ich ihn nicht gleich erkannt? Vielleicht hätte ich dann schon eher daran geglaubt, dass alles gut werden würde.

Ich spürte, wie er die Kiste packte und anhob. Mir wurde kurz schummrig, als er sie grob auf seinen Rücken schnall-

te. Es wurde ein holpriger Weg. Mit jedem seiner Schritte rutschte ich in der Kiste umher, dennoch wurde mir so warm um mein nervöses Herz, dass ich kaum spürte, wie ich mal hier, mal dort gegen das Holz prallte.

Für die nächste Stunde legte ich mein Leben in die Hände des Ogers.

Sobald Oswin die Kiste unsanft absetzte, schreckte ich hoch und stieß mir den Kopf am Deckel. Eilig streckte ich ihn ins Freie, atmete die kühle Morgenluft ein und ließ meinen Blick über die sumpfartige Fläche, die vor dem Rosa des Himmels friedlich schlummerte, und die vielen kleinen Hütten aus simplen, teils schiefen Holzplanken schweifen.

„Willkommen", sagte Oswin knapp, während ich ungeschickt aus der Kiste stieg.

„Ich bin dir so unendlich dankbar!", begann ich eifrig, aber Oswin legte sich seinen wulstigen Zeigefinger auf die Lippen und bedeutete mir, ihm zu folgen. Ich joggte hinter ihm her und ließ mich von ihm in eine der vorderen Hütten führen. Neugierig sah ich mich um, dabei gab es nicht einmal viel zu sehen bis auf den dünnen, grauen Teppich, den kleinen, staubigen Tisch und das niedrige Bett, das mit mehreren Fleece-Decken gepolstert war. An der Decke hing eine Schnur, an der Salamis und Trockenfleisch befestigt waren, darunter waren Regale an der dünnen Wand angebracht, die Whiskey- und Rumflaschen beherbergten.

Oswin stellte sich vor den kleinen Gasherd und machte sich daran, Tee aufzusetzen. „Du kannst dich bedienen, Julie", murmelte er und deutete in Richtung Tisch, „oder ... ich weiß nicht, soll ich dich lieber mit deinem Titel anreden?

Öhm, ich meine, mit Eurem Titel ..."

„Nein, Julie ist perfekt!", beeilte ich mich zu sagen und setzte mich an den Tisch. Ich öffnete eine blaue Keksdose und schob mir gleich zwei Plätzchen auf einmal in den Mund. Sie waren ein wenig hart, dennoch verschlang ich eins nach dem anderen. Bei den Hexen hatte ich bloß einen Apfel zu essen bekommen, nachdem ich aufgewacht war. Den ganzen Tag über hatten sie mich in der Universität gelassen, wo hin und wieder Studentinnen vorbeigekommen waren, um mich zu begaffen, als sei ich ein seltenes Tier. Eine der jungen Hexen hatte mir sogar ins Gesicht gespuckt.

„Bist Gefangene der Hexen geworden, hm? Was hatten sie mit dir vor?"

„Sie wollten mich verbrennen", raunte ich. Schlagartig verging mir der Appetit. „Du kannst dir gar nicht vorstellen, wie froh ich bin, dass du mich nicht verraten hast. Du warst meine Rettung, Oswin."

„Und du meine", entgegnete er und wandte seinen Kopf nachdenklich zu mir herum. „Damals im Palast. Als man mich dieser barbarischen Befragung unterzogen hat."

„O mein Gott", hauchte ich, während mein Puls vor lauter Aufregung in die Höhe schoss. Ich hatte den Vorfall bereits aus meinen Gedanken verbannt, aber jetzt kam ich unverhofft zu der Gewissheit. Ich hatte mir das Verhör nicht eingebildet. Es war wirklich geschehen. Doch was genau bedeutete das? In meinem Kopf ratterte es angestrengt. So sehr ich mich auch bemühte, es wollte mir nicht recht gelingen, dieses Puzzle-Stück einzuordnen.

„Was hast du?", fragte Oswin mit gerunzelter Stirn und reichte mir eine Tasse Tee, die ich dankend entgegennahm.

„Du bist wirklich verhört worden", sagte ich, wie vom Teufel besessen.

„Klar, hast es doch selbst gesehen." Oswin ließ sich ächzend auf den Stuhl mir gegenüber fallen.

„Aber als ich wiederkam, warst du fort." Grüblerisch drehte ich die Tasse in meinen Händen hin und her.

„Ja, nachdem du reingeplatzt warst, ging alles ganz schnell." Oswin sah nun aus, als würde er eine schmerzhafte Erinnerung durchleben. Seine traurig glänzenden Augen taten auch mir weh. „Der Kerl hat mich durch einen Kellerausgang aus dem Palast gelotst", fügte er schulterzuckend hinzu.

„Und dann?", fragte ich eine Spur zu neugierig.

„Er wollte mich bestechen, um meine Verschwiegenheit zu erkaufen", erzählte Oswin weiter und verzog abschätzig den Mund. „Pah, als ob ich sein Gold angenommen hätte! Ich war bloß froh, dass ich da weg war und nicht noch einmal aufgesucht wurde."

„Das ist schräg", flüsterte ich in meine dampfende Tasse hinein. „Warum hätte dich ein Wächter in so einem abscheulichen Alleingang überprüfen sollen?"

Oswin räusperte sich leise. „Um ehrlich zu sein", begann er vorsichtig, „war ich sehr verwundert, dass du mir geholfen hast."

„Was?" Überrascht lehnte ich mich vor. „Du hast mir doch auch mit Wills Verletzung geholfen. Warum hätte ich nicht für dich einstehen sollen?"

„Weil der Kerl, der mir das angetan hat, behauptete, er würde im Auftrag von Königin Julie handeln."

„Was?", entfuhr es mir wieder. Ich war so durcheinander, dass ich ein bisschen von dem Tee verschüttete und es kaum spürte, wie sich die heiße Flüssigkeit über meine Finger ergoss. „Ich verstehe das nicht. Das ergibt keinen Sinn! Warum werden all diese Gerüchte über mich verbreitet?"

„Keine Ahnung, aber ihr solltet zusehen, dass ihr die aus

der Welt schafft. Die Leute werden unruhig. Ich denke, es gab schon genug Zwischenfälle, seit du Königin bist."

„Bestimmt werden noch einige dazukommen." Resigniert ließ ich meinen Blick in die Ferne schweifen.

„Aber du hast Glück." Es war das erste Mal, dass ich Oswin lächeln sah. Seine große, borstige Hand auf meiner erfüllte mich mit einem unerwarteten Gefühl von Geborgenheit. Voller Wärme in der tiefen Stimme sagte er: „Ich habe noch nie viel auf Gerüchte gegeben."

„Du bist lieb, Oswin."

„So redet selten jemand von uns Ogern."

„Tut mir leid. Als Königin sollte ich wirklich dafür kämpfen, dass alle Spezies des Reiches gleichwertig behandelt und angesehen werden. Ganz ehrlich, ihr Oger seid bis jetzt meine Lieblinge."

„Das ist doch schon mal ein Anfang." Oswin grinste, wobei seine gelblichen Zähne zum Vorschein kamen, die so groß waren wie Macadamia-Nüsse. Dann wurde er wieder ernst. „Du bist wirklich besonders, Julie. Du hast ein gutes Herz."

„Du auch", erwiderte ich sachte.

„Du solltest dich vielleicht schlafen legen. Musst ja hundemüde sein."

„Nein, du hast doch nur ein Bett. Ich will dir nicht noch weiter zur Last fallen", protestierte ich.

„Unsinn, ich bin nicht einmal müde. Ich werde draußen Holz hacken, bis du dich ausgeschlafen hast. Nun leg dich schon hin, Julie aus der anderen Welt."

Dankbar lächelte ich ihn an, fürchtete jedoch, kein Auge zu tun zu können. Die schrecklichen Erinnerungen der vergangenen Stunden und die Angst davor, was noch geschehen würde, ließen mich in einen unruhigen Schlaf verfallen, aus dem ich immer wieder emporschreckte.

„Wach auf."

Eine große Hand rüttelte hektisch an meinem Arm.

Ich blinzelte verwirrt. Irgendwie musste ich doch noch in einen einigermaßen erholsamen Schlaf gefunden haben. Es tat überraschend gut, beim Aufwachen in Oswins Gesicht zu blicken. Trotz des ungemütlichen Bettes fühlte es sich hier angenehm heimelig an. Mir wurde bewusst, dass der Anblick von jemandem, dem ich vertrauen konnte, viel wertvoller war als der eines royalen Schlafgemachs mit sündhaft teurer Möblierung, wo ich schon viel zu lange allein schlief. Ohne Roderich.

Mein Magen rotierte bei dem Gedanken an ihn. Roderich kam mir so unendlich weit entfernt vor. Natürlich hatte ich auch während meiner Gefangenschaft bei den Hexen an ihn gedacht. Aber das war der erste Augenblick, in dem ich den Gedanken an Roderich bewusst festhielt, seit ich mir vor dem Aufbruch mit Christina nichts sehnlicher gewünscht hatte, als dass er aus dem Irrgarten hervortreten, mich vom Drachen in seine Arme ziehen und mir sagen würde, dass er mir verziehen hätte. Auch jetzt sehnte ich mich danach, ihn wiederzusehen, doch mir kam ein wenig Galle hoch, sobald ich auch nur daran dachte, zurück in den Palast zu kehren. Vielleicht war es an der Zeit, Hidden Island den Rücken zu kehren. Dieses Abenteuer war keines, in dem ich Ungeheuer besiegte und die Insel vor den Bösen rettete. Ich wusste nicht einmal, wer die Bösen waren. Ich hatte versucht, das Königreich kennenzulernen, und war gescheitert. Ich verdiente die Krone nicht. Hidden Island wollte mich nicht, und dem sollte ich mich womöglich beugen, auch wenn es schmerzte. Ich würde einen Weg zurück in die Normalität finden und mich an der Erinnerung festklammern müssen. Und an dem Gedanken, dass Roderich mich vermissen würde. Aber vielleicht würde er das ja nicht einmal. Ich hatte ihm wehgetan, weswegen sollte er nicht alles daransetzen, über mich hinwegzukommen? Mich zu vergessen? Ich wusste nur zu gut, wie geübt er darin war, seine Gefühle herunterzuschlucken, und ich fürchtete mich davor, dass sie bald erloschen sein würden.

„Nun wach schon auf", brummte Oswin wieder.

„Ich dachte, ich darf ausschlafen", nuschelte ich unglücklich.

„Das geht nicht", entgegnete der Oger ernst. „Palastwachen durchsuchen unsere Hütten."

„Was?" Hellwach fuhr ich in die Höhe und fasste mir an die geschwitzte Stirn. „Wieso das denn?"

„Na, die suchen nach dir. Warst immerhin ein paar Tage verschwunden."

„Aber ich will nicht zurück in den Palast", entfuhr es mir, und ich merkte schnell, dass es stimmte.

Ich wollte bloß weg. Weg von der Gefahr, weg von all den Wirrungen, weg von meinem gebrochenen Herzen. Und weg von der Julie, zu der ich geworden war. Ich wollte wieder die Julie sein, die immer das Richtige tat. Diese Julie kannte keine Schuldgefühle und vielleicht, schoss es mir in diesem Moment durch den Kopf, kannte sie gar keine echten Gefühle, denn sie war ihr Leben lang in ihrem Schneckenhaus geblieben. Die Beziehung zu Will war natürlich eine Ausnahme ... Himmel, Will! Er musste sich solche Sorgen um mich machen!

„Ist gut", riss Oswin mich aus meinem Gedankenstrom. „Ich schleuse dich hier raus."

KAPITEL 17

Ich hätte nicht gedacht, so bald wieder in Oswins Kiste zu landen, doch hier kauerte ich nun zwischen Mais und Kümmel und flehte stumm vor mich hin, dass die Wachen uns nicht bemerken würden. Sie durften mich nicht zurück in den Palast bringen. Dann würde ich es vermutlich nicht schaffen, mich von diesem Leben abzuwenden. Vielleicht sogar nie wieder. Wie könnte ich, nachdem ich nun in diese erstaunliche Welt eingetaucht war, einfach zurück in mein altes Leben kehren? Und wie könnte ich mein altes Leben hinter mir lassen, um hierzubleiben? Beides erschien mir unendlich absurd.

„Halt."

Mein Herz blieb stehen, ebenso wie Oswin, der anscheinend von einer Wache angesprochen worden war.

„Was gibt`s?", grunzte Oswin so gelassen, wie ich es in dieser Situation niemals hätte bleiben können.

„Wo willst du hin, Oger?", hörte ich die Wache rüde sagen.

„Ich will meine Auslieferungen erledigen. Wie immer."

„Ach ja? Was lieferst du denn so aus, hm?"

Das war eindeutig ein Befehl. Oswin ließ die Kiste bereits auf den Boden sinken, und jeden Augenblick würde es passieren. Die Wache würde sie öffnen, mich entdecken und zum

Palast schleifen, wo man Roderich erzählen würde, dass ich hatte fliehen wollen. Er würde noch enttäuschter von mir sein, als er es ohnehin schon war. Er würde nicht verstehen, warum ich mich sang- und klanglos aus dem Staub hatte machen wollen, und ich war mir nicht einmal sicher, ob ich es ihm würde erklären können. Ob er mir überhaupt zuhören würde.

„Steckt eure Nasen nicht in Angelegenheiten, die euch nichts angehen!", schnaubte ein Oger in der Ferne. „Ich sage doch, in meiner Hütte ist die Königin nicht, und ihr habt kein Recht, mein Heim zu durchsuchen."

„Heim!", wiederholte der Wächter, der Oswin angehalten hatte, abfällig. Ich hörte, wie er sich entfernte, und atmete tief durch. „Diese ranzigen Hütten sind nicht im Geringsten vergleichbar mit einem Zuhause!", fügte der Wächter lachend hinzu.

„Dann bleibt fern davon", knurrte der Oger. „Ihr Leute vom Palast, ihr glaubt wohl, ihr könnt euch alles rausnehmen. Schlimm genug, dass ihr uns nur noch ausbeutet! Lasst uns wenigstens hier in Ruhe!"

Verflucht, was für ein Streit ging da draußen vor sich?

Vorsichtig hob ich den Deckel der Kiste ein Stück an und lugte über das splittrige Holz hinweg. Ich riss meine Augen weit auf, als ich den kleinen Tumult zwischen den Hütten registrierte. Oger und Wächter standen einander gegenüber, während sich andere Dorfbewohner und Wachen um sie herum versammelten und sie teils alarmiert, teils neugierig beobachteten.

„Klingt ganz so, als wolltest du dich gegen deinen König und deine Königin stellen", rief der Wächter provokant.

„Und was willst du dagegen tun, du mickriger — "

„Vielleicht sollten Eure Hoheiten dich einmal vorladen.

Dir scheint es sowohl an Benehmen als auch an Loyalität zu fehlen", fiel der Wächter dem Oger warnend ins Wort. „Andererseits – warum sollte irgendjemand seine Zeit mit einem niederen Geschöpf wie dir vergeuden ... He!"

Der Oger war unter seinen Borsten puterrot angelaufen und fletschte bedrohlich seine Wildschweinhauer. Rasend vor Wut entriss er dem Wächter sein Schwert, wirbelte es bösartig knurrend durch die Luft und schlug seinem Gegenüber den Kopf ab.

Mir stockte der Atem, als der enthauptete Körper der Wache zu Boden fiel, während sein Kopf noch über den sumpfigen Boden kullerte. Der Anblick war so ekelerregend, dass mir ein wenig Galle hochkam, dennoch kniete ich mich in der Kiste hin und öffnete den Deckel ein Stück weiter, um das Geschehen verfolgen zu können. Bevor ich überhaupt erkennen konnte, wer auf wen losging, hörte ich Oswin „Was tust du denn da?" zischen. Ungestüm knallte er den Deckel zu, woraufhin ich zurück auf den Mais purzelte und mir meinen schmerzenden Nacken hielt. Ehe ich mich noch einmal aufrappeln konnte, hob Oswin die Kiste an und eilte los. Seine Schritte waren so rasch und unregelmäßig, dass mir schwindelig wurde. Ich konnte mich kaum halten und schaffte es nicht, mich aufzurichten. Also schunkelte ich die nächsten Minuten umher, bis Oswin die Kiste auf den Boden plumpsen ließ und den Deckel hochklappte.

„Wieso hast du mich weggebracht?", rief ich unruhig, während ich mich zu erheben versuchte. Ich fühlte mich seltsam wackelig auf den Beinen.

„Na, das wolltest du doch. Weg vom Palast", antwortete Oswin und verschränkte die Arme vor seiner massigen Brust.

„Ich weiß, aber ich konnte doch nicht ahnen, dass es so ausartet. Wer weiß, ob die sich jetzt nicht gegenseitig die Köpfe

einschlagen? Und das nur meinetwegen!" Hysterisch raufte ich mir die Haare. „I-ich bin die Königin, da sollte ich doch helfen, oder? Und was ist mit dir? Willst du den Ogern nicht beistehen?"

„Mach dir keine Sorgen, Julie." Oswin legte mir beruhigend seine Hände auf die Schultern. „Sie haben Orson sicherlich im Griff."

„Orson?", fragte ich leise, da mir plötzlich Tränen in die Augen schossen.

„Orson ist der verdammte Oger, der die Wache geköpft hat", erklärte Oswin ruhig. „Hast du nicht gesehen, dass die anderen Oger ihn schon ergriffen haben? Sie standen doch immer auf der Seite von Königin und König. Natürlich sind einige aus unseren Reihen im Moment eher misstrauisch, was den Palast anbelangt, aber darum billigen sie noch lange keinen Mord."

„Nein, das habe ich nicht gesehen", schniefte ich.

„Außerdem war der Wächter ein Arsch. Früher oder später hätte ihm eh jemand den Kopf abgehackt." Oswin grinste schief.

„Das ist nicht lustig!", sagte ich matt. „Ohne mich wären die Wachen gar nicht erst bei euch aufgekreuzt. Ich sollte ..."

„Du solltest an deine Sicherheit denken. Wenn du dazwischengegangen wärst, hätte Orson dir vielleicht als Nächstes die Rübe abgeschlagen. Ich kann verstehen, dass du nach Hause willst, Julie. Es sind unruhige Zeiten."

Ich nickte langsam. „Das wäre vielleicht das Beste."

„Du bereust es sicherlich, hergekommen zu sein, hm?"

„Ich bereue manches", erwiderte ich warm und blickte lächelnd in Oswins Gesicht hinauf, „aber nicht alles."

Rührung zeichnete sich in seinen dunklen Augen ab, dann räusperte er sich lautstark. „Also, ich bringe dich zum

Waldrand. Dort kannst du einen Drachen nehmen, der dich in die andere Welt bringt, ja?"

„Ja." Ich seufzte leise. „Es wird schon das Richtige sein."

Schleppend trottete ich hinter Oswin her. Der dreißigminütige Fußmarsch durch den schwülen Wald machte ihm nichts aus, während ich schon bald zu schnaufen begann, was wohl nicht zuletzt Oswins großen Schritten geschuldet war. Ich hatte große Mühe, mit ihm mitzuhalten. Meine Haare klebten mir bereits verschwitzt im Nacken, als wir endlich den Waldrand erreichten.

„Bitte sehr!" Oswin deutete auf einen heidelbeerblauen Drachen, der friedlich neben einem Baum graste. „Dein Ticket in die Freiheit."

„Danke, Oswin." Ohne mich dagegen wehren zu können, schlang ich meine Arme um seinen üppigen Bauch und lehnte mich zufrieden an ihn. Der Oger versteifte sich zunächst vor Überraschung in der Umarmung, dann entspannte er sich allmählich und legte seine warmen Hände auf meinen Rücken.

„So, das reicht", entschied Oswin schließlich und schob mich sachte von sich. „Sieh zu, dass du fortkommst, ehe du doch noch aufgehalten wirst."

Mit wässrigen Augen drückte ich ein letztes Mal seine Hand, drehte mich dann eilig von ihm weg und schritt auf den Drachen zu, der freundlich schnaubte, als ich auf seinen Rücken kletterte.

Ich winkte Oswin, bis er zu einem kleinen Fleck auf der Erde wurde. Mein Herz wurde von Schlag zu Schlag schwerer, während der Drache mich durch die Lüfte trug, fort von Hidden Island. Kurz dachte ich darüber nach, noch einmal in die Nähe des Palastes zu fliegen, noch einmal einen Blick auf die schönen Orte zu werfen, die ich kennengelernt hatte,

doch ich musste mich selbst ermahnen, nicht nostalgisch zu werden. Ein sauberer Schnitt, das war es, was ich brauchte. Ich hatte mich bemüht, aber ich passte nicht hierher. Die Insel hatte mir zu viel Schmerz und Kummer bereitet. Ich konnte nicht weiter für sie kämpfen. Ich musste den Anschluss an mein normales Leben wiederfinden, sonst würde ich hier kaputtgehen.

Ein flaues Gefühl durchzuckte meinen Magen, während der Drache in Richtung des Meeres stürzte. Bald schon durchquerten wir die Energieschleuse und fanden uns in dem dunklen Gang wieder, der zu der kleinen Hütte nahe der Pike Road führte.

Ich kam nicht umhin, ein letztes Mal meine Arme um den schuppigen Hals des Drachen zu schlingen, bevor ich mich schwermütig auf seinen Rücken stellte und durch die Falltür nach oben kletterte.

„Eure Hoheit." Die kleine Frau mit dem beigen Haar schreckte von ihrem Schreibtisch auf und sah mich mit großen Augen an. „Ich wusste nicht, dass ..."

„Ich möchte bloß jemanden besuchen", sagte ich kurz ab, wobei ich bereits die Tür anpeilte.

„A-aber Ihr w-werdet doch vermisst! König Roderich ..."

„König Roderich weiß Bescheid", fiel ich ihr ins Wort und war überrascht darüber, wie leicht mir die Lüge über die Lippen ging. „Ich habe soeben mit ihm geredet. Es ist alles geklärt. Ich komme heute Abend auch schon wieder."

„Sicher, e-es ist nur", stammelte die Frau, „ähm, Ihr habt nicht etwa eine Bescheinigung?"

„Ich wusste nicht, dass *ich* eine Erlaubnis brauche, um Hidden Island verlassen zu dürfen", bellte ich ungewohnt arrogant. Anscheinend hatten mich all die furchtbaren Erlebnisse härter werden lassen.

„Nein, natürlich nicht." Die Frau geriet sichtlich ins Schwitzen. „Aber vielleicht, äh, habt Ihr eine Adresse für mich?" Nervös lächelnd zückte sie einen Füller und sah mich abwartend an.

In meinem Kopf ratterte es. Ich musste ihr irgendeine Adresse geben, an der man mich auf keinen Fall antreffen würde, also nannte ich die erstbeste, die mir einfiel, woraufhin die Dame zufrieden nickte.

„Bis später, Eure Hoheit!", rief sie noch, da war ich schon halb zur Tür hinaus.

„Bis später", antwortete ich, wusste aber, dass ich nicht zurückkehren würde.

Ich fühlte mich zunächst ein wenig verloren, während ich die Pike Road entlanglief. Es kam mir vor, als wäre ich in einer fremden Welt gelandet. Kurz glaubte ich, ich würde einfach wieder umkehren, sah mich schon auf einem Drachen über den blauen Ozean tollen, doch ich merkte schnell, dass sich ein merkwürdiges Gefühl von Sicherheit in mir breitmachte. War das hier nicht die Welt, in der ich mich geborgen fühlen konnte? Die Welt, in der ich mich nicht davor fürchten musste, jede Sekunde von einer niederträchtigen Hexe in Brand gesteckt zu werden? Hier vermutete ich nicht hinter jeder Ecke Gefahr. Hier konnte ich mich gänzlich auf den behütenden Schoß der Normalität verlassen. Ich fühlte mich entfesselt.

Mit jedem Schritt, den ich ging, mit jedem Schritt, den ich mich von Roderich und Will entfernte, heilten die Risse in meinem Herzen ein bisschen mehr. Ich war fest entschlossen, dass die Distanz zu den beiden meine Rettung sein würde. Vielleicht war es auch bloß die Verdrängung, ja, mit Sicherheit

war sie es, durch die ich mir einreden konnte, ich sei losgelöst von jeglichen Gefühlen, aber das war mir in diesem Moment egal. Für den Augenblick waren meine Schmerzen gelindert, und das genügte mir – vorerst.

Allerdings war ich bald nichts weiter als ein Mädchen, das mit leeren Taschen durch die Straßen Cheltenhams streifte. Alles, was mir nun genutzt hätte, hatte ich im Palast gelassen, und ich würde es nicht allzu bald über mich bringen, meine Sachen abzuholen. Bloß mein Handy trug ich bei mir, aber der Akku war so gut wie leer.

Eilig ließ ich meine Finger über das Display fliegen, um einen Anruf zu tätigen, bevor mein Handy seinen Geist aufgeben würde. Ich musste mit Tante Magda, Dads Schwester, sprechen. Immerhin war sie die Einzige, die noch einen Schlüssel für unser Haus besaß. Als Kind hatte ich mich immer ein wenig vor ihr gegruselt, was wohl an ihrem Glasauge und dem totenkopfähnlichen Muttermal an ihrer Wange lag. Mittlerweile erkannte ich die Ähnlichkeit zwischen ihrem Pigmentfleck und einem Totenschädel nur noch mit sehr viel Fantasie, weswegen ich einfach nur erleichtert war, sie zu sehen, als sie mich wenig später mit ihrer klapprigen Rostlaube einsammelte.

„Danke, dass du mir aus der Patsche hilfst", murmelte ich reichlich verklemmt angesichts der Tatsache, dass unsere letzte Begegnung mit Sicherheit über ein Jahr her war und wir praktisch Fremde füreinander waren.

„Keine Ursache", entgegnete Magda nicht weniger hölzern. „Was ist denn passiert? Bist du kein sorgsames Mädchen mehr wie früher?" Sie lachte gezwungen.

„Ich weiß auch nicht", krächzte ich, und es tat gut zu spüren, dass mir die Lügerei anscheinend doch noch schwerfiel. „Ich habe bei einer Freundin übernachtet und, ähm, meine

Sachen dort vergessen. Genau, und als mir das aufgefallen ist, war sie nicht mehr daheim. Sie wird noch bis, äh, heute Abend wegbleiben. Na ja, und Mum und Dad sind ja im Urlaub."

Magda nickte bloß knapp und schwieg die restliche Fahrt über, bis sie mich endlich im Montpellier Drive absetzte und mir ihren Ersatzschlüssel reichte, den ich dankend entgegennahm.

„Also gut. Komm bald mal auf einen Kaffee vorbei", schlug Magda vor, aber ich spürte, dass sie es nicht ernst meinte. Also folgte ich ihrem Beispiel und nickte höflich, ohne mich dazu zu äußern.

Kaum war ich aus dem Wagen geklettert, brauste sie davon, und ich stand allein vor unserem Vorgarten. Behäbig ging ich auf die Haustür zu, schloss sie beinahe ehrfürchtig auf und setzte einen Fuß in den stillen Flur hinein.

Ich fühlte mich leer.

Um das zu ändern, zog ich die Tür hinter mir zu, streifte gedankenverloren durch die Wohnung und ging auf mein Zimmer, das mir in angenehmen Pfirsichfarben entgegenleuchtete.

Ich stellte mich vor meiner Pinwand auf, die mich daran erinnerte, dass ich vor Hidden Island ein anderes Leben geführt hatte. Eine vollständig abgearbeitete To-do-Liste mit Hausaufgaben war immer noch daran festgemacht, ebenso zwei Tickets für *Bye Bye Birdie*, was ich mir vor einem halben Jahr zusammen mit Miriam angesehen hatte, ein Poster von Bonnie Tyler und ein paar Fotos. Auf den meisten davon waren Will und ich zu sehen. Ich nahm das Oberste ab und seufzte wehmütig, während ich seine strahlenden Augen betrachtete. Das Bild zeigte uns auf Miriams letzter Karnevalparty. Ich war als Ballerina verkleidet (wie kreativ!) und Will als Krokodil. Er hielt mich im Arm, und wir beide lachten herzhaft.

Wie vom Blitz getroffen, ließ ich das Foto fallen. Ohne Umschweife suchte ich nach einem Ladekabel, um mein Handy aufzuladen. Will musste umkommen vor lauter Sorge. Ich verspürte das dringende Bedürfnis, ihn anzurufen, oder besser noch, mich an seine Brust zu werfen und von ihm trösten zu lassen, auch wenn es egoistisch war. Ich brauchte ihn, dabei würde ich ihn vielleicht von mir stoßen.

Da fiel mir mein Versprechen ein. Ich hatte ihm zugesichert, über uns nachzudenken. Darüber, ob ich mich nicht doch auf ihn einlassen könnte. Und das schuldete ich ihm. Also ließ ich mich auf mein Bett fallen, starrte zur Decke empor und horchte in mein Inneres hinein. Ich würde ohnehin kein Auge zu tun können, dachte ich, jedoch schlief ich widererwartend schnell ein.

Anstatt nur eine weitere Sekunde an Will zu denken, träumte ich von Roderich.

KAPITEL 18

Ich drehte das Wasser ab und wrang meine Haare aus. Müde stieg ich aus der Dusche und dachte daran, wie sehr sich alles doch verändert hatte.

Früher war mir unsere Dusche riesig vorgekommen, doch ich hatte mich erstaunlich schnell an die luxuriöse Regenwalddusche im Palast gewöhnt, wofür ich mich ein wenig schämte, und fand es ungewohnt, wieder zu Hause zu duschen.

Ich schmierte mir etwas Öl in die knotigen Haare, kämmte sie sorgfältig und föhnte sie schließlich halb trocken. Meine Handgriffe waren routiniert und einfach, dennoch dachte ich über jede meiner Bewegungen nach. Wieder zu Hause zu sein, löste ambivalente Gefühle in mir aus. Was war das alles hier für mich? Angenehm vertraut oder beängstigend fremd?

Schnell schüttelte ich den Gedanken ab. Mir den Kopf über jede noch so kleine Tagesroutine zu zerbrechen, würde mich auch nicht weiterbringen. Stattdessen sollte ich mich lieber auf die schönen Dinge konzentrieren und es ausnutzen, wieder für mich zu sein. Ich hatte den ganzen Tag über geschlafen, ohne dass andauernd jemand etwas von mir wollte, und streifte nun in nichts weiter als in ein Handtuch gewickelt durch die Wohnung. Im Palast hatte mir meine

Privatsphäre von allem wohl am meisten gefehlt, also genoss ich es in vollen Zügen, unfrisiert den Kühlschrank zu öffnen und nicht darauf achten zu müssen, ob mein Handtuch dabei verrutschte.

Zufrieden nahm ich einen Schluck Hafermilch aus der Tüte und bereitete mir dann ein Käsetoast zu. Keine Mahlzeit an einer übertrieben üppig gedeckten Tafel, bloß ein bescheidener Happen.

Allerdings verschluckte ich mich an einem Bissen, als ich ein unerwartetes Geräusch vernahm. Die Haustür wurde geöffnet und fiel wieder ins Schloss. Und waren das etwa Schritte im Flur? Aber wer hätte die Wohnung einfach so betreten können? Mum und Dad waren erst vor zwei Tagen in Spanien gelandet. Vielleicht war ich hier doch nicht so sicher, wie ich glaubte …

Bang starrte ich auf die Abzugshaube vor mir, wo sich kurz später die Silhouette des Eindringlings abzeichnete. Das Blut gefror mir in den Adern. Ich hätte etwas tun sollen, handeln müssen. Himmel, eins von Dads teuren Küchenmessern hätte sicherlich Eindruck auf einen potenziellen Angreifer geschunden! Ich hätte zumindest geistesgegenwärtig in Richtung Küchenfenster hechten sollen, um notfalls hinauszuklettern, doch ich war starr vor Angst.

Hatte ich nicht genug mitgemacht? Verfolgten mich Furcht und Schrecken nun auch noch in diese Welt? Wer wollte mir dieses Mal an den Kragen?

Zittrig atmend schloss ich meine Augen. Ich fühlte mich kraftlos, zu erschlagen, um mich zu wehren. Ich schämte mich dafür, dass ich in diesem Augenblick einfach so dazu bereit war, mich meinem Schicksal zu beugen, aber die Wut auf mich selbst konnte meine Starre auch nicht lösen.

Mit wenigen Schritten war der Fremde bei mir. Ich sog er-

213

schrocken die Luft ein, als er fest meine Arme umklammerte, und hörte mich aufkreischen.

Anstatt mich jedoch zu fesseln, zu foltern oder zu verschleppen, wirbelte mich der Unbekannte in seinen Armen herum und zog mich impulsiv an seine Brust. Plötzlich dämmerte es mir. Sein vertrauter harziger Duft umspielte meine Nase, und jegliche Furcht fiel von mir ab.

„Roderich", brachte ich mit brüchiger Stimme hervor und schlang meine bebenden Arme um ihn.

„Gott, Julie."

Ich sah nicht zu ihm auf, doch es klang, als würde er weinen.

„Es tut mir so leid", wisperte ich erstickt.

Ich spürte, wie er den Kopf schüttelte, wortlos. Er brauchte nichts zu sagen, denn mir wurde schlagartig bewusst, dass ich erst jetzt wirklich zu Hause war.

„Ich dachte schon, ich würde dich nie wieder sehen", hauchte Roderich bitter. Seine Schluchzer waren verebbt, er wurde langsam ruhiger in meinen Armen. Bloß seine Finger zitterten noch leicht, während sie über meinen Hinterkopf streichelten.

„Das wäre auch um ein Haar so gekommen", seufzte ich an seiner Brust. Ich löste mich ein Stück von ihm, um ihn endlich ansehen zu können. Kurz dachte ich, es wären seine verwuschelten Haare und die geröteten Augen, die mich so aus dem Konzept brachten, in Wahrheit aber war es die Jeans, die mir ein verwirrtes Grinsen ins Gesicht zauberte.

„Was?", fragte Roderich und rieb sich flüchtig über die Nase.

„Es ist nur ... dein Outfit." Ich presste die Lippen aufeinander, um nicht kichern zu müssen. „Das ist nicht gerade dein gängiger Look."

„Das könnte ich auch über dich sagen." Nun verzogen sich

214

auch Roderichs Lippen zu einem schiefen Lächeln, während sein Blick an meinem Handtuch hinabwanderte und an meinen nackten Beinen hängenblieb.

„Wenn du auch unangekündigt hier aufkreuzt!" Errötend wickelte ich das Handtuch fester um mich. „Was machst du überhaupt hier?"

„Was wohl?", entgegnete Roderich nun wieder ernst. „Ich habe nach dir gesucht. Ich bin jeden Tag hergekommen, seit du verschwunden warst. Jeden Tag habe ich Truppen losgeschickt, um dich suchen zu lassen, aber du schienst wie vom Erdboden verschluckt. In beiden Welten." Er atmete tief durch und legte sachte seine Arme um mich. „Ich schwöre dir, es ging mir nie zuvor schlechter in meinem Leben."

Tränen brannten mir in den Augen. Erst dachte ich, ich könnte sie zurückhalten, doch ich irrte mich. Sie schossen förmlich aus mir heraus, genau wie meine Worte. Ohne Verschnaufpause erzählte ich Roderich, was geschehen war, erzählte ihm von Christinas Hinterhalt, meinem Erwachen in der Universität, dem Fest der Hexen, von Lisa, die mich vor dem Scheiterhaufen bewahrte, von Oswin, in dessen Kiste ich mich versteckt hatte, und von der geköpften Wache. Roderich wurde von Wort zu Wort bleicher um die Nasenspitze herum und sah schließlich so fertig aus, dass man bloß Mitleid mit ihm haben konnte.

„Das mit der geköpften Wache weiß ich schon", murmelte er verstört und fuhr sich mit einer Hand durch die toffeebraunen Haare. Er schwieg eine Weile und schloss kurz seine Augen, um sie dann ins Leere wandern zu lassen. „Julie, du könntest tot sein", presste er schließlich matt und gequält hervor.

„Ich weiß", sagte ich schnell. „Und als ich in die Flammen blickte, dachte ich bloß an dich und daran, dass du niemals wissen würdest, was ich für dich empfinde. Gut, erst habe ich vielleicht gedacht, was für Höllenqualen man wohl leidet, wenn man bei lebendigem Leib verbrannt wird, aber ich schwöre dir, danach dachte ich bloß an dich!"

„An mich?", wiederholte Roderich beinahe ehrfürchtig, als hätte er sich vielleicht bloß verhört.

„Ja, ich denke die ganze Zeit an dich! Und wegen der Sache mit Will ..."

„Wir müssen nicht jetzt darüber reden."

„Doch!", protestierte ich heftig. „Denn du hast mir unfassbar viel gegeben, als du mir sagtest, wie viel ich dir bedeute. Nur konnte ich es dir da nicht auch sagen, weil ich es vermasselt hatte, aber jetzt möchte ich dir etwas zurückgeben." Ich holte kurz Luft. „Es stimmt, ich wollte in Will verliebt sein. Aber eins ist mir klargeworden: Ich wollte nicht etwa Gefühle für ihn entwickeln, weil er so ein fantastischer Kerl ist, und das ist er, oder weil er aussieht wie ein Supermodel, weil er einen tollen Humor hat oder weil er vielleicht der beste Mensch ist, den ich kenne ..."

„Ich möchte ja nicht undankbar wirken, aber im Moment gibst du mir nicht besonders viel", unterbrach Roderich mich und hob missmutig eine Augenbraue.

„Ich weiß jetzt, weshalb ich mich derartig damit unter Druck gesetzt habe, etwas für ihn empfinden zu wollen", fuhr ich unbeirrt fort. „Ich wollte ihn einfach nicht verlieren. Du weißt es nicht, aber er war immer an meiner Seite und er war mein Anker, wenn ich mich zu Hause ungeliebt gefühlt habe."

„Natürlich weiß ich das", sagte Roderich sanft, wenn auch mit einem Anflug von Wehmut in seinen glänzenden Augen.

„Und deswegen hatte ich Angst, er würde sich von mir abwenden, wenn ich seine Gefühle nicht erwidere. Darum habe ich versucht, mich in ihn zu verlieben. Ich möchte Will nicht verlieren, aber in meinem Herzen ist nur Platz für dich." Ich sah zu Roderich auf und legte all die Intensität in meinen Blick hinein, mit der mein Herz nach ihm schrie. „Glaub mir, ich will mit dir zusammen sein, ich will nichts anderes. Du hast recht, es ist nicht immer leicht zu erkennen, was richtig und was falsch ist, aber eins weiß ich mit Sicherheit: Du bist der Richtige für mich. Und ich werde für dich kämpfen, bis du das auch einsiehst."

„Ich denke, das wird nicht nötig sein", murmelte Roderich liebevoll, vergrub seine rechte Hand in meinem Haar und legte die andere an meine Hüfte. Er schenkte mir einen Blick, der mein Herz zum Flattern brachte, und küsste mich. Augenblicklich vergaß ich all das Vergangene, all das Üble und sogar mein Handtuch, das vermutlich etwas verrutschte, aber ich zupfte es erst zurecht, als wir uns langsam voneinander lösten.

„Ich glaube, du bist das Beste, was mir je passiert ist, Roderich", flüsterte ich wie benebelt.

„Hey, das wollte ich auch gerade sagen", erwiderte er atemlos und grinste leicht.

„Und was jetzt?", fragte ich und stellte mich auf die Zehenspitzen, da ich mich nach einem weiteren Kuss sehnte.

„Jetzt", sagte Roderich, „reden wir in Ruhe."

Auch gut.

In bequemer, blauer Stoffhose und weißem T-Shirt lag ich im Bett und sah zu, wie Roderich seine Jeans-Hose, die mir immer noch befremdlich an ihm vorkam, in eine Ecke pfefferte und sich neben mir breitmachte.

„Weißt du", begann er gedehnt, „ich habe einen halben Herzinfarkt bekommen, als die Frau, die den Durchgang zur

217

Energieschleuse kontrolliert, sagte, sie hätte dich gesehen. Ich bin zu der Adresse gefahren, die du ihr gegeben hast ... Wenn ich ehrlich sein soll, wäre ich beinahe umgefallen, als dieser Typ mir aufmachte, der einen Dreier mit dir wollte."

„Du warst bei Ray?" Ich vergrub mein errötendes Gesicht in den Händen. „Ich habe bloß irgendeine Adresse angegeben, wo man mich garantiert *nicht* finden würde."

„Zum Glück versicherte er mir, er hätte dich zuletzt vor den Sommerferien gesehen. Das hat mich sehr erleichtert." Roderich führte meine Hände von meinem Gesicht weg und hielt sie fest. „Ich verstehe nur nicht, wieso du still und heimlich verschwinden wolltest. Du hättest jederzeit gehen dürfen."

„Ich weiß." Meine unbändig aufsteigenden Gewissensbisse ließen mich noch stärker erröten. „Ich hatte nur plötzlich so furchtbare Angst, weil – ich meine, komm schon, ich wäre fast niedergebrannt worden und musste mit ansehen, wie diese Palastwache geköpft wurde! Ich *musste* weg von allem. Ich dachte bloß, wenn ich zuerst zurück zum Palast kehren und dich noch einmal sehen würde, dann würde ich es nicht schaffen zu gehen. Dabei wollte ich nur einmal das ganze Gefühlschaos vergessen. Keine Ahnung, es war eine Art Kurzschlussreaktion, was echt untypisch für mich ist. Ich war immer sehr besonnen, aber ich konnte plötzlich nicht mehr", sprudelte es einfach aus mir heraus.

„Es ist doch alles gut, Julie", sagte Roderich leise und wischte mir eine Träne aus dem Gesicht. Jetzt erst merkte ich, dass ich weinte. Schnell blinzelte ich die Tränen hinfort.

„Tut mir leid", brachte ich bloß noch hervor.

„Mir auch", murmelte er an meiner Schläfe. „Wie gesagt, ich habe noch nie so für ein Mädchen empfunden wie für dich und ich habe die Sache mit Will einfach nicht gut weggesteckt. Eigentlich habe ich total fürchterlich reagiert.

Aber du weißt ja, ich war große Emotionen nie wirklich gewohnt, und dann haben sie mich einfach übermannt. Ich hätte schon eher in Ruhe mit dir darüber reden sollen."

„Zumindest wissen wir jetzt eins." Zufrieden lehnte ich mich gegen seine Schulter. „Es hat absolut keinen Sinn, wenn wir versuchen, uns gegen diese Gefühle zu wehren."

„Weise Worte, meine Königin." Roderich hauchte mir einen Kuss auf die Stirn, und für eine Weile begnügten wir uns damit, aneinander gelehnt Händchen zu halten. Jedoch musste ich das vertraute Schweigen brechen, da sich eine innere Stimme zu Wort meldete, und ich wusste, dass es falsch gewesen wäre, sie zu ignorieren.

„Roderich", begann ich vorsichtig. „Ich ... müsste kurz Will anrufen. Er soll nur wissen, dass ich wohlauf bin."

Roderich grunzte, ohne dass sich eine Regung in seinem Gesicht abzeichnete, was ich als Zustimmung deutete. Also lehnte ich mich über ihn, um nach meinem Handy zu fischen. Angespannt wählte ich Wills Kontakt aus, doch es ging nur die Mailbox ran.

„Hey, Will." Ich sprach schnell und gepresst. „Hier ist Julie. Ich weiß, ich war einige Tage verschwunden. Das ist irgendwie eine verrückte Geschichte, die hauptsächlich mit blutrünstigen Hexen und einem warmherzigen Oger zu tun hat, aber das erzähle ich dir lieber persönlich. Ich wollte dich nur wissen lassen, dass ich wieder in Sicherheit bin."

Ich legte mein Handy beiseite und studierte Roderichs düsteren Gesichtsausdruck.

„War euer Verhältnis schon immer *so*?", platzte es neugierig und zugleich traurig aus mir heraus.

„Will und ich hatten einfach nie sonderlich viel miteinander zu tun." Roderich zuckte gelangweilt die Achseln. „Meine Eltern mochten ihn immer wahnsinnig gern, weswegen sie öfter mit ihm zusammen waren als ich. Vielleicht sehen sie einfach nicht, was ich sehe – einen arroganten Kerl, der scharf auf die Krone ist."

„Wie bitte?" Ich lachte ungläubig auf. „Will hat kein Interesse an deinem Amt, das schwöre ich dir."

„Ach ja? Du hast ihn doch gehört bei unserem Streit. Er meint, er wäre ein besserer Herrscher als ich."

„Das hat er doch bloß in der Hitze des Gefechts gesagt", verteidigte ich ihn. „Außerdem ist er überhaupt nicht arrogant."

„Vielleicht nicht offensichtlich, aber wenn man genau auf seine Worte und sein Verhalten achtet, kommt seine überhebliche Ader zum Vorschein", erklärte Roderich und zog geringschätzig die Mundwinkel nach unten. „Du hast bestimmt auch schon bemerkt, dass er die Oger für eine minderwertige Spezies hält, oder?"

Ich biss mir auf die Unterlippe, da ich mir nicht eingestehen wollte, dass Roderich womöglich recht hatte. „Jeder hat seine Fehler", sagte ich deswegen knapp.

„Ja, und manche wissen sie geschickt zu kaschieren", schnaubte Roderich. „Aber wenn man hinter die Fassade ..." Er presste die Lippen zusammen. „Tut mir leid, Julie, er ist dein bester Freund. Ich will ihn nicht schlecht reden."

„Schon gut. Vielleicht haben wir ihn einfach auf andere Art und Weise kennengelernt." Es fühlte sich wie ein Verrat an Will an, weswegen ich rasch das Thema wechselte. „Wie geht es jetzt weiter? Wir sollten zurück nach Hidden Island, oder?"

„Ja." Roderich seufzte tief. „Aber nicht sofort. Ich brauche auch Abstand. Sollen wir heute Nacht nicht wegbleiben und hier schlafen?"

„Hier?" Ein Lächeln breitete sich auf meinem Gesicht aus.

Strahlend legte ich meine Arme um Roderichs Hals und streifte mit meinen Lippen über seinen Nacken. „Ist dir das denn königlich genug?"

„Mit dir an meiner Seite könnte es gar nicht unköniglich sein." Er grinste verheißungsvoll und zog mich näher an sich heran. „Außerdem sind wir hier ungestört."

„Hast du etwas Bestimmtes vor?", fragte ich unschuldig, während er sich bereits über mich beugte. Er musste nicht antworten.

Seine Lippen waren den meinen so nahe, dass ich sein Lächeln spüren konnte. Sachte liebkoste ich sie und streichelte mit meinen Fingern über seinen angespannten Rücken. Dabei rutschte ich langsam am Kopfteil hinab, bis ich auf dem Rücken lag. Roderich umfasste behutsam mein Gesicht. Sein Körper legte sich vorsichtig, beinahe schüchtern, auf meinen. Ein leises Stöhnen, das meiner Kehle entfuhr, schien die Unsicherheit von ihm abfallen zu lassen. Seine Küsse waren nicht länger zurückhaltend, sondern dürstend und bestimmt.

Ich umklammerte den Saum seines T-Shirts, zog es ihm ungeduldig aus und suchte danach sogleich wieder nach seinen Lippen. Roderich ließ seine Hand über mein nacktes Bein und schließlich unter meine Stoffhose gleiten. Ich drängte mich seinem erhitzten Oberkörper entgegen und vergrub meine Finger in seinem dichten Haar, als er meinen Hals zu küssen begann. Instinktiv wand ich mich aus meinen Klamotten, um noch mehr von ihm zu spüren. Um alles von ihm zu spüren.

Ich zerrte an seiner Unterhose, dem letzten lästigen Stück Stoff, das noch übrig war. Er verstand und entledigte sich ihr. Als er sich wieder über mich neigte, hielt er inne. Andächtig fuhr er mit seinem Zeigefinger über mein Kinn. Ich fing seinen hingebungsvollen Blick ein und strich liebevoll über seine Schläfe. Mit einem zaghaften Lächeln, das er reflektierte, beendete ich den Moment und zog ihn wieder zu mir hinunter, da ich mich nach seinen Küssen verzehrte. Sein unregelmäßiger Atem und seine Berührungen ließen mein Herz glühen und meinen Körper beben.

Dicht umschlungen tauchten wir in die Nacht ein. In die kostbarste Nacht meines Lebens.

Grelles Sonnenlicht stach mir in die Augen, als ich am nächsten Morgen erwachte. Ehe ich es jedoch wagte, die blöde Sonne zu verteufeln, fiel ein Strahl auf Roderichs Gesicht und ließ seine hohen Wangenknochen erstrahlen, weswegen ich das unsanfte Erwachen rasch aus meinen Gedanken verbannte und zu dem Entschluss kam, dass es auf Erden nichts Bezaubernderes als Sonnenlicht geben konnte.

Auch Roderich blinzelte unzufrieden, sobald er die Augen aufschlug. Gähnend zog er mich zu sich heran und hauchte mir einen Kuss auf die nackte Schulter.

„Das Sofa im Palast ist bequemer als dein Bett", ärgerte er mich.

„Du bist nicht gezwungen, hier zu sein", neckte ich ihn zurück.

„Doch, irgendwie schon. Ich bin dir eben erlegen." Er strich mir eine honigblonde Strähne aus dem Gesicht und wurde sichtbar nachdenklich. „Ich weiß, ich habe gesagt, ich bräuchte Abstand zu Hidden Island, aber die Insel bleibt trotzdem mein Zuhause. Ich weiß nicht, ob ich mich in deiner Welt zurechtfinden könnte. Ich meine, für immer."

„Das verstehe ich." Ich setzte ein gespielt trauriges Gesicht auf. „Aber für den Fall, dass mich keiner mehr umbringen möchte, könnte ich mir … eventuell ein Leben auf Hidden Island vorstellen."

222

„Im Ernst?" Mit lebendig funkelnden Augen stützte Roderich sich auf seinem Ellenbogen ab.

„Na ja, ich würde hier auf jeden Fall die Schule beenden und studieren wollen, also würde ich am Anfang pendeln", erzählte ich vorsätzlich belanglos und weidete mich an Roderichs ungläubigem Gesichtsausdruck. „Und ich würde immer mal wieder herkommen wollen, weil ich einiges vermissen würde, aber an sich ist Hidden Island doch eine schöne Insel, oder?" *Insofern wir die mordlustigen Fanatiker, die es auf uns abgesehen haben, unter Kontrolle kriegen*, ergänzte ich in Gedanken, um die Stimmung nicht zu ruinieren. Für den Moment wollte ich bloß in glückseliger Zweisamkeit schwelgen.

„Eine schöne Insel für eine schöne Königin." Einige Sekunden lang sah er mir bloß in die Augen, dann räkelte er sich und deutete auf den Fernseher, der meinem Bett gegenüber an der Wand hing. „Jetzt zeig mir mal, wie so ein Ding funktioniert."

„Ich dachte, du hättest alles über unsere Welt gelesen?", zog ich ihn kichernd auf, während ich bereits die Fernbedienung aus meinem Nachttischchen hervorholte.

Der Bildschirm flackerte auf. Roderich und mir fiel wohl gleichzeitig die Kinnlade herunter.

Er schluckte schwer. „Scheiße."

KAPITEL 19

„Folgende Videoinhalte machen seit gestern Nacht die Runde im Netz", erklärte die Nachrichtensprecherin. Die Videosequenz, die nun eingeblendet wurde, kam mir unheimlich vertraut vor. Eine von Straßenlaternen beleuchtete Hauswand. Eine Klaue aus Schatten, die an der Fassade hinabglitt. Die Kamera zoomte auf einen hageren Mann, um dessen Arme und Beine sich Efeuranken wie Fesseln schlängelten. Die Kamera-Qualität war bemerkenswert schlecht, und doch bildete ich mir ein, seinen verschreckten Gesichtsausdruck erkennen zu können.

Mein Herz pochte so laut, dass es die Nachrichtensprecherin mühelos übertönte. Bloß am Rande bekam ich mit, wie sie von einem ungeklärten Phänomen sprach. Wie sie die Frage aufwarf, ob es sich bloß um eine Animation handele oder ob es sich, wie drei unabhängige Zeugen berichteten, wirklich so abgespielt habe.

„Die Hexen", murmelte Roderich bitter. „Sie haben etwas Großes losgetreten."

„Ich schaue nie wieder BBC News." Stöhnend raufte ich mir die Haare.

„Weißt du, was das bedeutet?" Roderich stieg in seine Unterhose, sprang aus dem Bett, tigerte eine Runde durch den Raum und schlug dann mit der flachen Hand vor die Tür. „Die entflohenen Hexen haben dich angelogen. Sie sind im Begriff, ihre Kräfte zu verraten. Und ganz Hidden Island noch dazu!" Energielos stützte er sich mit seinen Händen am Türrahmen ab und sah mit malmendem Kiefer zu Boden.

Ich wickelte mir die Bettdecke um und ging auf ihn zu, um ihm tröstend eine Hand auf die Schulter zu legen. Er sah so resigniert aus, dass ich ihm Halt geben wollte, geben musste, nur war ich mir nicht sicher, ob ich es in diesem Moment überhaupt konnte. Roderichs Miene wurde von Sekunde zu Sekunde finsterer. Sie spiegelte wider, wie ich mich fühlte.

Voll Bitterkeit musste ich mich fragen, ob meine Menschenkenntnis mich getrogen hatte. Was wäre geschehen, hätte ich das zweite Treffen mit den entflohenen Hexen nicht verpasst? Hätte ich sie endgültig von Roderichs und meiner Unschuld überzeugen können? Hatten sie denn je geglaubt, wir seien die Bösen? Oder hatten sie das bloß erzählt, um von sich selbst abzulenken? Hätten sie mir womöglich noch etwas angetan, wäre ich zu dem Treffen erschienen? Hätte ich sie dieses Mal durchschauen können?

„Wir müssen zurück nach Hidden Island", flüsterte ich.

„Ich weiß", wisperte Roderich schmerzlich. „Wäre ja auch zu schön gewesen, wenn wir noch ein wenig Zeit für uns gehabt hätten. Fern von dem ganzen Mist."

„Komm schon, Roderich, deine Eltern sorgen sich bestimmt."

„Ist gut." Seufzend stieß er sich von der Wand ab und zog mich an seinen warmen Oberkörper. „Hau nur nicht wieder ab. Wenn du gehen willst, folge ich dir überall hin."

Ich lächelte versöhnlich. „Ich verlasse dich bestimmt nicht mehr."

Malcolms Augen glänzten immer noch verräterisch, als Roderich und ich die Geschichte bereits dreimal erzählt hatten. Sobald wir den Irrgarten durchquert hatten, waren Roderichs Eltern auf uns zugestürzt, um ihren Sohn herzzerreißend innig in ihre Arme zu ziehen. Malcolm musste sich sogar ein paar Tränen verdrücken. Danach hatten sie uns, ohne ihre Arme von uns zu nehmen, in den Königsgarten navigiert, wo wir jedes einzelne Detail der furchtbaren Geschehnisse noch einmal mit ihnen durchkauten.

„Hauptsache, ihr seid wieder da", sagte Malcolm schließlich und schniefte leise.

„Wir werden einiges zu regeln haben." Livia, die wie immer einen Business Anzug trug, der sie wie die moderne Frau schlechthin aussehen ließ, wohingegen ihre Haare wie üblich zu einer altmodischen Hochsteckfrisur drapiert waren, drehte nachdenklich ihre Teetasse hin und her. „Zunächst müssen wir Darcie verhören. Ich kann nicht glauben, dass sie ..."

„Darcie?", fiel ich ihr fragend ins Wort.

„Mrs. Relish", erklärte Roderich knapp.

Allein beim Klang ihres Namens gefror mir das Blut in den Adern.

„Unglaublich. Ich komme einmal im Monat zur Universität und trinke einen Kaffee mit ihr. Wie konnte ich ihren Groll nicht bemerkt haben?" Livia schüttelte fassungslos den Kopf, wodurch sich eine Strähne aus ihrer Frisur löste.

„Wir müssen herausfinden, wer diese Lügen über den Palast verbreitet", rief Malcolm energisch und schlug mit der Faust auf den kleinen, runden Tisch, der unter dem Aufprall erzitterte. „Wer weiß, vielleicht hat bloß eine Person Feuer gelegt, vielleicht arbeitet mittlerweile aber auch schon ein ganzes Netzwerk gegen uns. Wir können es uns nicht leisten, noch mehr Zeit zu verlieren. Diese Ahnungslosigkeit ist furchtbar."

„Ich verstehe dich, Liebling, aber Aufregung wird dir auch nicht weiterhelfen. Nach Darcie Relishs Verhör sind wir sicher schlauer." Livias Lächeln kippte ein wenig. „Oder?", schob sie zaghaft hinterher.

„Ja, davon bin ich überzeugt", versuchte ich, sie zu bestärken, jedoch wurde mir immer noch mulmig bei der Vorstellung, der kranken Hexe gegenüberzutreten.

„Du musst das nicht selbst regeln, in Ordnung?" Roderich, der meine innere Unruhe zu bemerken schien, nahm meine Hand. Malcolm lächelte verzückt bei dem Anblick unserer ineinander verschränkten Finger, während Livia nachdenklich die Stirn in Falten legte. Kurz später ließ Roderich meine Hand schon wieder los, was wohl den eingehenden Blicken seiner Eltern geschuldet war.

„Nein, ihr braucht das wirklich nicht zu übernehmen", knüpfte Malcolm nun wieder an unser Gespräch an. „Wir werden sie herholen und vernehmen lassen. Dann können wir uns später das Protokoll ansehen."

„Kommen wir noch einmal auf die entflohenen Hexen zu sprechen. Was ihr im Fernsehen gesehen habt, war womöglich der Startschuss ihres Vorhabens. Wenn sie nun drauf und dran sind, Hidden Island zu verraten ... ich weiß nicht ... vielleicht wäre es ratsam zu intervenieren und unsere Wachen nach England zu schicken." Livia rieb zerstreut ihre Hände aneinander. „Rechtlich gesehen dürfte Julie die Hexen ergreifen und gefangen nehmen lassen — "

„Nein", sagte Roderich harsch. „Ich würde nur im absoluten Notfall mit Gewalt in der anderen Welt eingreifen."

„Außerdem wissen wir immer noch nicht mit Sicherheit, ob die Hexen ihre Kräfte tatsächlich verraten wollen", warf ich grüblerisch ein. Ich erinnerte mich plötzlich daran, wie aufrichtig sie bei unserem Gespräch gewirkt hatten, und wollte

nicht den Fehler begehen, sie wegen vager Vermutungen zu beschuldigen. „Sie kennen nur das Leben auf Hidden Island und sind nicht geübt darin, ihre Fähigkeiten zu verstecken. Womöglich war es ein Versehen ..." Die Worte blieben mir im Halse stecken, da mein Herz auf einmal wild gegen meine Brust hämmerte und einen unwohlen Fluchtgedanken in mir weckte.

Jemand trat aus dem Schatten des Palasts und eilte den hellen Gehweg zwischen den bunt blühenden Pflanzen entlang, um zu uns zu gelangen. Vor lauter Schrecken stieß ich mit dem Knie gegen die Tischplatte, woraufhin Livias Tee überschwappte. Ich überlegte sogar, ob es wohl schon zu spät war, um mit einem Hechtsprung hinter einem Einhorn förmigen Busch zu verschwinden – war es!

„Jools."

Verkrampft fuhr ich zusammen, als Will mein Gesicht fest umfasste und mir einen langen Kuss auf die Stirn drückte. Ich traute mich nicht, zu Roderich herüberzusehen, war mir aber sicher, dass er meine glühenden Wangen anstarrte.

„Himmel, du warst wie vom Erdboden verschluckt", haspelte Will voller Sorge, ohne mein Gesicht loszulassen, das unter der Berührung zu schmerzen begann. „Du weißt ja, auf dieser verfluchten Insel hat man so gut wie nie Empfang. Ich habe gerade erst deine Nachricht abgehört – was sagtest du? Hexen? Was haben sie dir denn angetan? Und was hatte der blöde Oger damit zu tun?"

„Oh ... ähm ..." Wenn er doch nur endlich von meinem Gesicht abgelassen hätte! „Also, die Hexen haben mich entführt, aber ich bin gerade so entkommen", kürzte ich die Geschichte drastisch ab. Ich konnte sie nicht schon wieder erzählen. Vor allem nicht unter den gegebenen Umständen. Natürlich wollte ich in Ruhe mit Will sprechen, aber neben

Roderich und unter den interessierten Blicken seiner Eltern schaffte ich es nicht einmal, meine Herzfrequenz runterzufahren. Nur flüchtig sah ich in Wills lavendelblaue Augen, die unangenehm liebevoll auf mir ruhten.

„Das klingt grauenhaft." Er schluckte schwer. „Hör mal, ich muss gleich meine Grandma aus dem Krankenhaus abholen und bleibe heute bei ihr, weil sie sich den Arm gebrochen hat, aber ab morgen kommt eine Pflegekraft zu ihr, und dann erzählst du mir alles, ja?"

Ich nickte eilig.

Wieder gab Will mir einen Kuss auf die Stirn. Mit einem letzten warmherzigen Lächeln streichelte er mir über die Schulter und ging schließlich davon. Erst als er hinter dem Palast verschwand, entspannte ich mich ein wenig. Allerdings nur so lange, bis ich Roderichs Blick einfing. Er wirkte nicht enttäuscht oder gar traurig, vielmehr stierte er fürchterlich neutral auf die Tischplatte vor sich. Ich hasste es, wie gefühlskalt und unnahbar er nun wirkte. Wenn er *so* war, schmerzte es mich in meinem Inneren. Ich wusste, dass er versuchte, seine Gefühle zu verbergen, worin er seit klein auf trainiert worden war. Er ließ sich die Pein, die er empfand, nicht anmerken. Dafür spürte ich sie umso intensiver.

„Also dann." Livia stand auf. „An die Arbeit."

An die Arbeit. Das galt wohl für jeden außer für mich. Während Livia sich daran machte, Wächter loszuschicken, die Mrs. Relish zum Palast bringen würden, verabschiedete Roderich sich knapp und ging mit seinem Vater, um „anderweitige Angelegenheiten" zu regeln. Also blieb ich allein zurück und wusste zunächst nicht recht, wohin mit mir. Es war mein Glück, dass Mary mich bald fand, allerdings hatte sie nicht viel Zeit. Sie musste die königliche Kleiderkammer entrümpeln und aufräumen. Da ich ohnehin nichts Besseres zu tun hatte, bat ich ihr meine Hilfe an. Den ganzen Tag lang schwirrten wir von Kleiderstange zu Kleiderstange, flickten zerschlissene Röcke, ordneten Kostüme nach Farbe und Größe und verbannten eine ordentliche Ladung an Kleidern in große, grüne Müllsäcke. Dabei veranstalteten wir zwischenzeitlich eine alberne Modenshow mit den fürchterlichsten Tüllmonstern, die uns unterkamen, und Mary sackte heimlich ein Paar Sandalen ein.

Hingegen aller Erwartungen ging der Tag überraschend schnell vorüber. Erst am späten Abend kehrten meine unruhigen Gedanken zurück, doch es war mir ein Trost, dass Roderich und ich gleichzeitig in unser Schlafgemach zurückkehrten. Er schien einen langen Tag hinter sich zu haben. Stumm und müde entledigte er sich seines Anzugs. Während ich mich im Bad bettfertig machte, nahm ich mir noch fest vor, mit ihm zu reden. Sobald ich aber zu ihm ins Bett stieg und sachte über seinen Haaransatz streichelte, überkam mich eine bleierne Müdigkeit. Binnen weniger Sekunden war ich eingeschlafen. Dennoch erwartete mich keine erholsame Nacht, denn um zwei Uhr früh rüttelte eine große Hand vorsichtig an meiner Schulter.

„Hm?", machte ich schlaftrunken.

Ich hörte, wie die Lampe auf meinem Nachttisch angeknipst wurde, und gleich darauf blendete mich ein gelbliches Licht. Ich musste einige Male blinzeln, bis ich mich daran gewöhnte.

„Aufwachen, ihr beiden", hörte ich Livias helle Stimme sagen.

Auch Roderich stöhnte unzufrieden auf. Verwirrt blickte er seinen Eltern entgegen, die sich abwartend über uns beugten.

„Kommt mit uns", flüsterte Malcolm. „Wir haben den Verräter."

„Hm?", machte ich wieder, aber jegliche Erklärungen blieben aus. Roderich gelang es ebenso wenig, auch nur ein weiteres Wort aus seinen Eltern heraus zu kitzeln. Ergeben tauschte er seinen blaukarierten Flanellschlafanzug gegen einen schwarzen Anzug ein, während ich einen dünnen Pullover über mein Nachthemd streifte und in dunkle Jeans stieg. In dieser Montur folgten wir Livia und Malcolm.

Was auch immer uns erwarten würde.

Eine Gänsehaut überzog meinen Rücken, als wir in den Kellerraum gelangten, in dem ich Oswins grausames Verhör beobachtet hatte. Die Erinnerung blitzte vor meinem inneren Auge auf und ließ mich nach Roderichs Hand greifen. Unsicher blickte ich zu ihm auf. Er zuckte mit dem Mundwinkel, was wohl so viel bedeuten sollte wie „Keine Angst, ich bin bei dir", dann löste er seine zimtbraunen Augen von mir und schaute sich aufmerksam um. Sobald wir noch einen Schritt in den Raum wagten, erkannte ich sofort, weswegen Livia und Malcolm uns geweckt hatten. An einen Stuhl gefesselt, ähnlich wie Oswin damals, saß ein Wachmann da, der mir bekannt vorkam, und blickte uns finster entgegen. Angestrengt überlegte ich, woher ich den athletisch gebauten, blonden Mann Anfang dreißig kannte, und es fiel mir wie Schuppen von den Augen, als ich mich an ihn erinnerte, denn unsere Begegnung kam mir unendlich lange her vor. Das hier war Smith. Smith, der meinen Entführer auf der Hochzeit getötet hatte. Smith, der Roderich und mich vor einer gefühlten Ewigkeit gerettet hatte.

„Seid ihr sicher?", fragte Roderich leise an seine Eltern gewandt.

Malcolm nickte angespannt. „Er hat alles gestanden."

„Oh ja, und ich würde es jederzeit wieder so tun", giftete Smith, wobei sein schmales Gesicht puterrot anlief.

„Was wieder so tun?", fragte ich schüchtern, beinahe naiv.

„Na, den Palast in den Dreck ziehen!", rief Livia aufbrausend.

„Zurecht!" Smith grinste fies, wobei eine dicke Ader an seiner Stirn hervortrat. „Die Menschen haben ja wohl lange genug regiert und denken auch noch, sie seien die gerechten Machthaber schlechthin. Klar, das Leben ist glitzernd und prunkvoll, wenn man ganz oben steht, aber fragt mich mal, ob es mir Spaß macht, eine einfache Wache zu sein. Und wer richtet nun über mich? Ihr! Von wegen, keine absolutistischen Herrscher! Nur weil Ihr keine grausamen Despoten seid, heißt das noch lange nicht, dass Ihr alles bestimmen dürft!" Smith klang nun so bockig, dass er sicherlich wie ein Kleinkind die Arme vor der Brust verschränkt hätte, wäre er nicht gefesselt gewesen.

Ich wollte seine Worte an mir abprallen lassen, fühlte mich jedoch auf einmal furchtbar schlecht. Hatte Smith vielleicht recht? Wäre es nicht doch das Richtige, König und Königin abzuschaffen und zu einer anderen Staatsform überzugehen?

„Das ist ja wohl die Höhe!", entrüstete sich Malcolm, der sich die Worte des Gefangenen offenbar nicht zu Herzen nahm. „Wir haben gebührenlose Universitäten. Sie können jederzeit etwas anderes werden als eine Wache! Und überhaupt – wagen Sie es ja nicht, uns mit einer Diktatur zu vergleichen! Wir haben etwaige Berater und wir achten immer auf den Willen unseres Volks! Diese Monarchie funktioniert, seit sie errichtet wurde, nur Ihretwegen sind die Leute aufgebracht! Außerdem findet alle zwanzig Jahre eine Abstimmung statt, und bisher war es immer im Sinne des Volkes, unsere Monarchie beizubehalten …"

„Dann passt lieber auf, dass das bei der nächsten Wahl nicht anders sein wird", funkte Smith lautstark dazwischen.

Nun geriet auch Livia in Rage. „Ich bitte Sie, Smith, Sie kennen unsere Gesetze ganz genau. Jeder kennt sie! Hidden Island könnte niemals den potenziellen Grausamkeiten eines Königspaars zum Opfer fallen ..."

„Mum", sagte Roderich ruhig. „Das bringt doch nichts." Wie in Zeitlupe wandte er sich Smith zu. „Ich verstehe das nicht. Sie haben Julie und mich gerettet. Wieso, wenn Sie uns doch aus dem Weg haben wollen?"

Smith schwieg eine Weile, dann sagte er zutiefst unglücklich: „Ich habe nicht getroffen." Beschämt knirschte er mit den Zähnen. „Zum ersten Mal in meinem Leben habe ich nicht getroffen. Ich wollte Königin Julie umbringen und bin gescheitert, aber meinen Plan konnte ich trotzdem noch weiterführen. Ich habe Gerüchte über den Palast verbreitet, wo ich nur konnte. Ich wollte alle aufhetzen – die Hexen und Hexer, die Oger, die Feen, die Drachen, die Menschen. Wollte ihnen die Augen öffnen."

„Mit Lügen", erwiderte Roderich kühl und beeindruckend unbeeindruckt. „Dabei ging es Hidden Island so gut."

„Ihr habt doch keine Ahnung. Macht die Augen auf! Wir leben in einer Welt mit verschiedenen intelligenten Spezies. Man *kann* aus ihren Reihen keinen Herrscher erwählen. Ein anarchisches Hidden Island wäre die einzige adäquate Staatsform für unsere Insel. Wollte man unter der Herrschaft von superreichen Arschlöchern leben, hätte man die andere Welt gar nicht erst verlassen müssen", erklärte Smith mit fanatisch funkelnden Augen.

Anarchismus? Mein schlechtes Gewissen schrumpfte allmählich, während es in meinem Kopf ratterte.

„Und darum haben Sie das Gerücht verbreitet, wir würden

einen Krieg anzetteln wollen." Roderichs Stimme wurde so rau, dass es mich fröstelte.

„Wenn man glaubt, man würde geknechtet werden, lehnt man sich gegen die Knechtschaft auf", flüsterte Smith, der weniger Respekt vor Roderichs angsteinflößendem Auftreten zu haben schien.

„Das reicht", hauchte Livia, den Tränen nahe. „Wachen!", rief sie dann gefasster. Sofort eilten zwei Wächter herbei, die Smith losbanden und ihn fest an den Armen packten. „Er soll in den Goldminen schuften", entschied Livia und baute sich eindrucksvoll vor Smith auf. „Er wird Handlanger der Oger."

Smith spuckte mir bitter vor die Füße. „Glaubt mir, *Eure Hoheit*, Euer Glück wird bald ein Ende haben. Es wird sich schon jemand finden, dem es endlich gelingt, Euch umzubringen. Und ich werde auf Eurem Grab tanzen."

Roderich ließ meine Hand los, um Smith mitten ins Gesicht zu schlagen. „Ich denke, im Gefängnis wird er sich wohler fühlen als in den Goldminen", knurrte er und sah dabei dermaßen angewidert und abfällig aus, dass sogar Smith schlucken musste, dessen Nase zu bluten begonnen hatte.

Die Wachen führten ihn davon, und ich fühlte mich plötzlich, als sei eine große Last von mir abgefallen. Gleichzeitig realisierte ich kaum, dass wir die Quelle alles Üblen ausgemacht und vernichtet zu haben schienen. Schweiß lief mir den Rücken hinunter, meine Finger zitterten leicht, in meinem Kopf herrschte Leere. Unbeholfen sah ich zu Livia hinüber, die sich ein Lächeln abrang und meine Hand drückte.

„Jetzt wird alles gut", murmelte sie, als müsste sie es selbst einmal hören. „Wir haben den Übeltäter gefunden. Dank Darcie Relishs Aussage. Glaub mir, Liebes, ich werde sie persönlich zwingen, dich um Vergebung zu bitten – und wenn sie an den Worten erstickt!"

„Es liegt in der Tat noch ein gutes Stück Arbeit vor uns." Malcolm wirkte auf einmal furchtbar müde. „Wir werden die Leute für uns zurückgewinnen müssen. Unsere Angestellten werden mit dem Volk in Kontakt treten und die, wie soll ich sagen, Missverständnisse aufklären. Unser Ruf wird wiederhergestellt werden, ganz sicher."

„Wir sollten einen Zeitungsartikel drucken lassen", schlug Roderich vor. Sein zuckendes Augenlid verriet mir, dass er mit den Nerven am Ende war.

Seine Mutter legte skeptisch den Kopf schräg.

„Ich weiß nicht", meldete ich mich leise zu Wort, da mein Gehirn wieder ansatzweise zu funktionieren schien. „Es sollte nicht wie eine Art Werbung rüberkommen, oder? Ich denke, es wäre besser, persönlich mit dem Volk zu kommunizieren."

Livia atmete erleichtert aus. „Sie ist wahrlich eine Königin geworden."

Ich lächelte ihr dankbar zu.

„Ich denke, das kann alles noch bis morgen warten." Malcolm gähnte herzhaft und wenig königlich. „Gute Nacht, ihr beiden. Entschuldigt die späte Störung."

„Du meinst wohl die frühe Störung." Roderich imitierte das Gähnen seines Vaters.

Livia und Malcolm machten sich auf den Weg zurück zu ihrem Schlafgemach, sodass wir bald allein in dem dusteren Kellerraum standen, der bloß von der flackernden Deckenlampe erhellt wurde.

„Wann hat das alles nur ein Ende?", stöhnte ich und legte erschöpft meine Arme um Roderichs Hals.

„Na jetzt", antwortete er strahlend und drückte mir einen Kuss auf den Scheitel. „Julie, wir haben den Strippenzieher aller Intrigen eingebuchtet. Das ist der Anfang vom Ende."

„Ich weiß nicht." Ich wollte seine Illusion nicht zerstören, doch das ungute Gefühl in meiner Magengegend ließ sich nicht abstellen. „Kommt dir nicht auch irgendwas faul an der Sache vor? Ich meine, Smith beschwert sich darüber, als Wache zu arbeiten, aber das müsste er überhaupt nicht tun, richtig? Und dann schlägt er plötzlich Anarchismus vor? Kommunismus könnte ich noch nachvollziehen, auch wenn das gut und gerne in einer Diktatur ausartet, aber Anarchismus? So naiv kann jemand, der gezielt und perfide gegen den Palast arbeitet, doch gar nicht sein, oder?"

„Du weißt nicht, was in seinem Kopf vorgeht. Er ist eben ein Spinner, was ja nur unschwer zu bemerken war." Roderich zuckte bloß die Achseln. „Glaub mir, Julie. Es wird alles gut."

„Ach ja? Und was ist mit den entflohenen Hexen?", fragte ich aufgewühlt.

„Na, sie sprachen doch von einem Informanten. Sie haben sicherlich nur furchtbare Pläne geschmiedet, weil sie eben glaubten, *wir* würden furchtbare Pläne schmieden. Aber wenn Smith ihnen gesteht, dass er lediglich dreckige Lügen über uns verbreitet hat, werden sie garantiert einlenken." Sachte legte er mir seine Hände an die Hüften. „Und jetzt weißt du, dass du mir vertrauen kannst. Es war alles nur erstun-ken und erlogen."

„Vertraut habe ich dir auch vorher." Ich zog sein Gesicht zur mir herunter, bis unsere Nasenspitzen sich berührten, und schenkte ihm einen zartfühlenden Blick. Über unsere Nähe ließen sich meine Verwirrung und mein Zwiespalt erstaunlich leicht beiseiteschieben. „Ich weiß, dass du ein guter Mensch bist, Roderich. Ich hätte niemals an dir zweifeln dürfen."

„Wie gesagt, die schlechten Zeiten sind nun vorbei", murmelte er glücklich und schloss kurz die Augen. „Jetzt können wir einfach nur zusammen sein — was ist? Willst du mich doch nicht?"

Letzteres fragte er bloß, da ich mich in seinen Armen versteifte.

„Ich will dich und keinen anderen", antwortete ich rasch, denn ich wollte ihm nie wieder wehtun. „Mir graut es nur ein wenig davor, Wills Hoffnungen zunichtemachen zu müssen. Ich will ihn nicht verlieren ... als meinen Freund, meine ich."

„Das verstehe ich", sagte Roderich, auch wenn ich spüren konnte, dass es ihn einiges an Überwindung kostete, was ihn nur noch liebenswerter für mich machte. „Lass uns erst einmal ausschlafen. Morgen werden wir klarer sehen", fügte er sanft hinzu.

„Solange ich nur dich an meiner Seite habe." Ich stellte mich auf die Zehenspitzen und hauchte ihm einen Kuss auf die Lippen.

Wieder einmal begann mein Herz in diesem Kellerraum zu galoppieren, aber dieses Mal vor Glück.

KAPITEL 20

In einem orangenen T-Shirt, das meine Haut blass erscheinen ließ, und unförmiger Khakihose saß ich an einem der kleinen, runden Tische im Königsgarten und kratzte bereits minutenlang meinen Unterarm. Meine Haare trug ich in einem unordentlichen Dutt, als könne ich Will durch mein Auftreten die Gefühle austreiben, dabei kannte ich ihn doch gut genug. Von Oberflächlichkeiten ließ er sich nicht abschrecken.

Das Herz rutschte mir in die Hose, als er sich schließlich zu mir setzte. Er runzelte kurz verwirrt die Stirn angesichts meines unüblichen Aufzugs, dann entspannten sich seine Gesichtszüge wieder, und pure Fürsorge zeichnete sich in seinen schönen Augen ab.

„Endlich können wir uns Zeit füreinander nehmen, Jools." Will griff entschieden nach meiner Hand. Ich schluckte schwer, da mir seine Berührung unangenehm war. Irrationalerweise kam es mir wie Betrug an Roderich vor. Möglichst unauffällig entzog ich ihm meine Hand und löste meinen Dutt. Es schmerzte mich in meinem Innern, wie verzaubert Wills Augen funkelten, da mein honigblondes Haar mir wehend über die Schultern fiel.

„Ja", krächzte ich hölzern, „es wird wohl Zeit, dass wir uns unterhalten."

„Und wie!", stimmte Will zu, der meinen unheilverheißenden Tonfall entweder nicht bemerkte oder ihn geflissentlich ignorierte. „Erzähl mir endlich, was diese Hexen dir angetan haben."

Ich nickte eifrig. Vor vierundzwanzig Stunden noch hätte ich mich am liebsten davor gedrückt, erneut durchzukauen, was mir zugestoßen war, denn es war nicht gerade so, als hätten mein Beinahe-Tod und der Angriff des Ogers auf den Wächter keine Spuren auf meiner Seele hinterlassen. Vielleicht trug ich sogar ein Trauma davon, doch es kam mir nun gerade recht, Will mit Informationen zu füttern, anstatt über meine Gefühle reden zu müssen. Über meine nicht vorhandenen Gefühle. Zunächst war ich also erleichtert, allerdings ging es mir nach einer Weile von Wort zu Wort schlechter, da es einfach nur falsch war, Zeit schinden zu wollen, um Will nicht die Wahrheit sagen zu müssen. Dennoch bereitete mir die Vorstellung Magenschmerzen.

„Gut, dass ihr den Penner nun eingesperrt habt." Will atmete erleichtert aus. „Hauptsache, du bist in Sicherheit."

„Danke", murmelte ich erstickt.

„Also", er neigte sich vertraulich vor, „du wolltest dir doch Gedanken machen ... über uns." Sein Gesichtsausdruck wechselte im Sekundentakt zwischen Vorfreude und Furcht hin und her. Ich wusste nicht, was davon schlimmer war.

„Ja, und das habe ich." Schuldig presste ich die Lippen aufeinander. Will musste bereits ahnen, dass das Gespräch eine unangenehme Richtung nehmen würde, weswegen ich es nicht wagte, ihm in die Augen zu sehen. Aus lauter Angst, die Enttäuschung darin zu erkennen. „Es tut mir so leid", hauchte ich mit brüchiger Stimme. Tränen kitzelten mir in der Nase.

„Das ist nicht dein Ernst, Jools", sagte Will bitter.

„Glaub mir, ich habe es versucht. Ich wollte mich in dich

239

verlieben. Es ging einfach nicht. Bitte verstehe mich, ich kann das doch nicht steuern! Dabei habe ich mich so sehr bemüht, weil ich dich nicht verletzen oder gar verlieren wollte – das will ich auch jetzt nicht! Ich weiß, wie traurig dich das macht, aber wir sollten auf keinen Fall unsere Freundschaft aufgeben, Will. Wir brauchen bestimmt nur etwas Zeit, dann schaffen wir das schon", sprudelte es nur so aus mir heraus. Nun war ich es, die nach Wills Hand griff, und er zog sie weg. Die erste Träne kullerte mir über die Wange.

„Ich dachte, ich würde dir mehr bedeuten." Will sah zur Seite weg, sein Kiefer malmte.

„Du weißt, wie viel du mir bedeutest!", schluchzte ich.

„Nicht genug!", rief Will heftig. Er stand hitzig auf, schlug dabei seinen Stuhl um und stützte sich schließlich mit beiden Händen auf dem Tisch ab, so dass er mir nahezu hasserfüllt in die Augen schauen konnte. „Ich würde alles für dich tun, alles! Ich war immer für dich da, zu jeder Zeit, an jedem Ort. Himmel, nur meinetwegen durftest du diese magische Welt kennenlernen. Wer war immer an deiner Seite, Jools, wer? Meinst du nicht, dass du es bereuen wirst, mich abzuweisen?"

„Ich will dich nicht abweisen." Durch einen Schleier von Tränen betrachtete ich Wills zorniges Gesicht, das mein Herz schmerzhaft zusammenkrampfen ließ. „Aber ich kann nicht mit dir zusammen sein, wenn ich nichts für dich emp-finde. Ich schwöre dir, es war nicht so geplant, aber ich ...", ich hielt inne, denn ich wusste, dass ich ihn nur noch mehr zerreißen würde, doch ich durfte es ihm nicht verschweigen, „habe mich in Roderich verliebt", endete ich gedämpft.

Wills Gesichtszüge entgleisten. Ungläubig starrte er auf mich hinab und schüttelte kaum merklich den Kopf. „Ich kann den Kerl nicht ausstehen, und das weißt du haargenau. Ich hatte keine Ahnung, dass euer Kuss so viel bedeutet hat, verdammt", flüsterte er bösartig. „Er ist mein beschissener Cousin! Wie kannst du mir das antun?"

„Tu nicht so, als hätte ich das mit Absicht gemacht!" Sogleich bereute ich meine taktlosen Worte und biss mir fest auf die Unterlippe.

„Entschuldige, ich kann ein wahrliches Monster sein", entgegnete Will voller Sarkasmus.

„Vielleicht sollten wir das ein paar Tage sacken lassen und dann nochmal reden. Wir sind beide ganz schön aufgewühlt", begann ich zaghaft, aber Will schnitt mir das Wort ab.

„*Du* bist aufgewühlt? Ich sag dir was: Ich darf mich gleich allein damit rumplagen, meine beste Freundin und gleichzeitig das Mädchen, das ich liebe, verloren zu haben, während du dich von dem ach so heißen König trösten lässt. Aber hey, Hauptsache, du bist glücklich! Es geht ja immer bloß um dich." Er funkelte mich dermaßen erzürnt an, dass mir ein leises Wimmern entfuhr, dann stieß er sich energisch von der Tischplatte ab und machte sich mit langen Schritten davon.

Ich sackte auf meinem Stuhl zusammen. Weinend ignorierte ich die Angestellten, die den Königsgarten durchquerten und mich verhohlen musterten. Ich konnte bloß daran denken, dass genau das eingetroffen war, wovor ich mich gefürchtet hatte. Monatelang hatte ich es vor mir hergeschoben, und nun war es mit voller Wucht auf mich niedergeprasselt. *Das* Gespräch mit Will, der mich nun hasste wie die Pest. Ich fühlte mich nackt und verletzlich ohne meinen besten Freund, Beschützer und Fels in der Brandung, doch er hatte recht. Roderich tröstete mich. Selbst jetzt, da er nicht bei mir war, war er der Grund, der mich vom Zusammenbrechen abhielt. Nun war er derjenige, bei dem ich mich geborgen fühlte, der mir meinen Kummer nahm und von dem ich mich im Arm halten lassen wollte. Natürlich wünschte ich mir trotzdem ein Leben, in dem Will vorkam. Ich wusste allerdings selbst, wie utopisch der Gedanke war, ihn als meinen besten Freund und gleichzeitig Roderich als meinen festen Freund an meiner Seite zu haben. So grausam es sich auch anfühlte, war mir sehr wohl bewusst, dass ich mich im Zweifelsfall für Roderich entscheiden würde. Für den Mann, der mir mehr gegeben hatte, als irgendein anderer es jemals könnte.

Und doch tat der Verlust meines besten Freundes unsäglich weh. Er hatte das nicht verdient. Nicht im Geringsten.

„Süße!“, riss mich eine vertraute Stimme aus meinen Gedanken.

Verwirrt schaute ich mich über die Schulter hinweg um. Sofort stachen mir Marys granatroten Haare ins Auge. Ich spürte, wie sie ihre Arme um mich legte und mir herzlich über den Rücken streichelte.

„Geht schon“, log ich und legte meine Hand auf die ihre.

„Sieht mir aber nicht danach aus.“ Sie stellte den Stuhl, den Will umgeworfen hatte, direkt neben meinen und setzte sich. „Was ist passiert?“

„Ach nichts.“ Ich schniefte kläglich. „Ich musste bloß meinem besten Freund das Herz brechen.“

„Will? Wenn du möchtest, helfe ich ihm über seinen Liebeskummer hinweg.“ Mary zwinkerte neckisch und entlockte mir damit sogar ein ehrliches Lachen, das aber gleich wieder abebbte.

„Will ist ein wahnsinnig gutherziger Kerl. Und ich bin wohl einfach ein Scheusal.“

„Unsinn! Zugegeben, du siehst heute fürchterlich aus, aber dafür bist du echt nett.“ Mary zupfte tadelnd an meinem T-Shirt. „Zum Glück habe ich genau die richtige Ablenkung für dich.“

„Ach ja?“

„Klar, immerhin findet Ende der Woche ein wunderbarer Ball statt."

Ich schluckte schwer. Ich wusste ja, dass ich an einigen Vorbereitungen für diesen verfluchten Ball mitgewirkt hatte, wie etwa bei der Auswahl der Farbe für die Servietten, aber ich hatte nie näher nachgefragt, wann diese Veranstaltung überhaupt stattfinden würde, geschweige denn, welche Rolle ich dabei spielte. Vermutlich eine große, immerhin handelte es sich um einen königlichen Ball. Schon jetzt musste ich mir unwillkürlich vorstellen, wie ich mich dabei blamierte.

„Der ist, ähm, wohl verpflichtend für mich?", fragte ich widerstrebend.

„Allerdings. Roderich hatte mich bisher gebeten, dich damit in Ruhe zu lassen, weil ihr wohl so viel um die Ohren hattet, aber nun wird es Zeit für Tanzstunden."

„Tanzstunden?", echote ich und vergaß darüber sogar Will.

„Keine Sorge, das lernst du im Nu", sagte Mary zuversichtlich.

„Ja, das denke ich auch. Weißt du, ich tanze Ballett, es ist nur ..." Ich seufzte tief. „Ich habe kein Problem mit dem Tanzen selbst. Ich könnte mir bloß vorstellen, dass es ein Problem wird, wenn ich im Mittelpunkt der Aufmerksamkeit stehe."

Mary lachte laut auf. „Als Königin solltest du dich besser daran gewöhnen."

„Vielleicht." Ich verzog meinen Mund zu einem schiefen Lächeln und wischte mein Gesicht trocken.

„Komm schon." Sie erhob sich elegant und hielt mir ihre Hand entgegen, um auch mich auf die Beine zu ziehen und zurück in den Palast zu geleiten. „Stephen wird dein Übungspartner sein. Er ist etwas grobmotorisch, also erwarte nicht zu viel."

Tatsächlich entpuppte Stephen sich als recht plump auf den

Beinen. Besonders schwer fielen ihm die Drehungen beim Walzer, wohingegen ich die Schritte schnell lernte. Leider kamen wir nicht wirklich voran, nein, viel eher malträtierte Stephen meine Füße mit seinen Quadratlatschen.

„Wir können nicht denselben genetischen Ursprung haben!", echauffierte Mary sich über das fehlende Talent ihres Bruders. „Ich bitte dich, du könntest dir wenigstens Mühe geben! Im Ernst, wir sind die persönlichen Assistenten der Königin. Es wäre nett, wenn von deiner Seite aus etwas mehr Assistenz käme."

Stephen verdrehte überdeutlich die Augen, als er mit dem Rücken zu seiner Schwester stand. Kichernd tätschelte ich ihm die durchgeschwitzte Schulter.

„Von wegen, keine Mühe", grummelte er unglücklich. „Ich versuche hier mein Bestes, ehrlich."

Leider ließ sein Bestes zu wünschen übrig, weswegen Mary sich kurzerhand dazu entschied, Stephen gegen seinen Freund Anthony einzutauschen, der so groß und muskulös war, dass ich glaubte, es würde wohl kaum besser mit ihm laufen. Auf jeden Fall hätte es sicherlich sehr geschmerzt, hätte ich sein Gewicht auf meinen ohnehin schon misshandelten Füßen aushalten müssen. Jedoch bewegte Anthony sich überraschend geschickt und leichtfüßig, weswegen wir schon bald fehlerfrei über das glatte Parkett wirbelten.

„Sind oft Leute in diesem Saal?", fragte ich, als Mary uns eine Pause genehmigte, und ließ meinen Blick über die vielen Spiegel und die lachsfarbene Decke schweifen, die mit goldenen Ornamenten versehen war. Ich wünschte, ich hätte diesen Raum schon eher entdeckt. Vermutlich war die Tür bei meiner Entdeckungstour durch den Palast geschlossen gewesen und ich hatte mich nicht getraut, sie zu öffnen.

„Nein, die meisten tanzen nämlich nicht so grottenschlecht

wie Stephen und müssen deswegen weniger üben!" Mary tippte ihren Bruder, der geschafft auf dem Boden hockte, mit der Schuhspitze an und schmunzelte amüsiert.

„Das heißt, ich könnte mal herkommen, wenn ich Ballett tanzen möchte?", fragte ich weiter.

„Das ist dein Palast."

Ich ließ von Anthony ab, der gerade wieder seine Tanzhaltung einnahm, und wirbelte herum. Im Türrahmen lehnte Roderich, die Hände lässig in den Taschen seiner Anzugshose vergraben, und lächelte mir mild entgegen.

„Stimmt, hatte ich ganz vergessen." Ich grinste ihn verlegen an.

„Sag Bescheid, wenn du das nächste Mal herkommst. Ich würde dir gern beim Tanzen zusehen", sagte Roderich und sah mir fest in die Augen. Als seien wir allein.

Ich errötete leicht, blendete die Anwesenheit der anderen aber nach wenigen Sekunden unter dem Einfluss seiner zimtbraunen Augen aus. „Du kannst auch *mit* mir tanzen", erwiderte ich warm und streckte ihm meine Hand entgegen.

„Ich denke, das ist unser Stichwort, uns vom Acker zu machen." Mary winkte hektisch in Stephens und Anthonys Richtung und scheuchte sie hinaus. Sobald auch sie verschwunden war, löste Roderich sich von seinem Posten, kam mit langen, anmutigen Schritten auf mich zu und hauchte mir einen Kuss auf den Handrücken. Von dort aus strömte prickelnde Wärme durch meinen ganzen Arm.

„Dieser Anthony ist ja ein hübscher Bursche." Roderichs Augen funkelten schelmisch. „Und ich dachte schon, du würdest dich für mich entscheiden, wenn du Will abserviert hast, aber offensichtlich hast du ein besseres Angebot erhalten."

„Ich bin eben Opportunistin." Entschuldigend zuckte ich die Achseln, woraufhin wir beide lachen mussten.

„Nein, im Ernst", Roderich zog mich behutsam an sich, „wie lief es mit Will?"

„Gar nicht gut", gestand ich und starrte voller Schuldgefühle auf Roderichs Anzugsschuhe. „Er war unheimlich wütend."

„Tut mir leid", murmelte Roderich aufrichtig und strich mir eine Strähne aus dem Gesicht, die sich aus meinem Pferdeschwanz gelöst hatte. „Das muss schwer für dich sein."

„Das kannst du laut sagen." Ich seufzte tief und biss mir schuldbewusst auf die Unterlippe. „Ich sollte das nicht sagen, weil es gemein Will gegenüber ist, aber als ich dich verletzt habe, war es schlimmer für mich als jetzt."

Roderichs Augen strahlten vor lauter Liebe und Stolz. Einfach so scheuchten sie die Schmetterlinge in meinem Bauch auf und ließen sie Loopings fliegen.

„Außerdem kenne ich Will", fuhr ich fort, nachdem ich das hinreißende Gefühl von Verliebtheit ausgekostet hatte, und setzte ein schwaches Lächeln auf. „Er kann manchmal recht impulsiv sein. Selbstverständlich ist er jetzt zornig. Trotzdem gebe ich die Hoffnung nicht auf, dass wir wieder zusammenfinden werden. Unsere Freundschaft ist unglaublich stark. Wenn ich sie jedoch endgültig zerstört habe, werde ich wohl mit den Konsequenzen leben müssen." Mühsam schluckte ich den dicken Kloß in meiner Kehle hinunter.

„Du solltest dich wirklich nicht quälen. Du kannst schließlich nichts dafür", sagte Roderich eindringlich.

„Irgendwie schon. Es war nicht meine Absicht, aber ich kann nicht leugnen, dass ich ihn hingehalten habe." Beschämt sah ich zu Boden. „Das war egoistisch von mir, und obendrein habe ich damit euch beiden wehgetan."

„Hey, ich habe dir längst verziehen." Roderich hob mein Kinn sachte an. „Und Will hat es nicht anders verdient."

„Hat er wohl!", rief ich instinktiv. Es war mir mit den

Jahren in Fleisch und Blut übergegangen, meinen besten Freund zu verteidigen. „Aber das spielt jetzt auch keine Rolle mehr", schob ich versöhnlich, wenn auch traurig hinterher. „Du musst nicht versuchen, mir mein schlechtes Gewissen auszureden."

„Aber ..." Roderich presste die Lippen aufeinander, schien mit sich zu ringen, dann schüttelte er kaum merklich den Kopf und lächelte gezwungen. „Das wird schon. Wir sollten jetzt an Wichtigeres denken, und zwar daran, dass ich auf dem Ball unbedingt mit dir tanzen möchte. Und auch muss! Das steht sogar im Programm. Wie wäre es mit einer Generalprobe?"

„Wenn du meinst, dass du mit mir mithalten kannst", entgegnete ich angriffslustig, dachte in Wahrheit aber schon gar nicht mehr ans Tanzen.

Schmunzelnd zog ich Roderich an seiner Krawatte zu mir hinab und küsste ihn so innig, dass er einen überraschten Laut von sich gab. Dann schlang er hingebungsvoll seine Arme um meine Taille und erwiderte den Kuss voller Leidenschaft.

„Warte", murmelte er schließlich schwer atmend. „Ich brauche noch Luft für den Walzer."

Es fühlte sich beinahe fremd an, wie ruhig und harmlos die nächsten Tage verliefen. Nie konnte ich gänzlich die Furcht ablegen, jede Sekunde angegriffen zu werden. Ich lauerte förmlich auf eine Katastrophe, machte mir lauter unnötiger Gedanken. Wie ein Wachhund, der beim kleinsten Rascheln losbellte und verwundert den Kopf schieflegte, wenn ein niedliches Kaninchen anstelle eines Mörders aus dem Busch hervorsprang. Es fiel mir schlichtweg schwer zu glauben, dass die Gefahr vorbei sein sollte, auch wenn mein Verstand mir sagte, dass ich die Zeiten der Angst und der Anspannung hinter mir lassen musste. Immerhin war Smith gefasst, und das Volk verhielt sich ruhig.

Es kam mir lächerlich vor, dass die einzigen Sorgen, die mich plagten, Will und der blöde Ball waren. Während Will mir schmerzlich fern erschien, rückte der Ball immer näher. Ich beherrschte diverse Tänze nun im Schlaf, dennoch malte ich mir schon vor meinem inneren Auge aus, wie ich Wein über mein Kleid schütten, mir einen Absatz abbrechen oder in den Nachtisch fallen würde. Das Einzige, was mich davon ablenkte, waren Roderichs Küsse des Abends, mit denen er glücklicherweise nicht gerade sparsam umging. Wie ein Wundermittel ließen sie mich alles vergessen. Ansonsten konnte ich mich von dem Ball bloß mit dem Gedanken an Will ablenken, und umgekehrt. Dabei wollte ich beides aus meinem Kopf verdrängen.

„Ich glaube, ich habe mich gerade nochmal in dich verliebt", sagte Roderich und verharrte inmitten seiner Bewegung.

So verzaubert, wie er mich anstarrte, könnte man meinen, es wäre bereits der Tag des Balls und ich stünde in einem rauschenden Kleid vor ihm, aber dem war nicht so. Es war der Vortag der großen Veranstaltung, vor der es mir so graute, und ich trat gerade in einem schwarzen Ballettrock aus dem Ankleidezimmer hervor. Meine Haare hatte ich mir zu einem strengen Dutt zusammengebunden, und in meiner Hand hielt ich ein Paar Spitzenschuhe, die ich beinahe fallenließ, denn mein Herz galoppierte urplötzlich los vor lauter Glückseligkeit. Roderich von Verliebtheit reden zu hören, war wie eine Naturgewalt, die Freude durch meine Adern strömen, mich äußerlich aber für kurze Zeit starr werden ließ.

Angestrengt überlegte ich, wie ich ihm meine Liebe geschickt eingeflochten preisgeben könnte, doch mir fiel partout nichts ein, was sich schön angehört hätte, also fragte ich bloß verlegen: „Was tust du denn da?"

Roderich war anscheinend dermaßen abgelenkt von meinem Anblick, dass er sich die Krawatte falsch gebunden hatte.

„Mist", fluchte er und knotete sie wieder auf. „Gehst du in den Tanzsaal?"

„Ja, ich wollte ein paar Übungen an der Stange machen und vielleicht etwas aus dem Nussknacker tanzen", erklärte ich schüchtern. Ich zögerte kurz, da ich schon immer furchtbar aufgeregt gewesen war, wenn es darum ging, vor Publikum zu tanzen, dann fasste ich mir jedoch ein Herz und fragte: „Möchtest du zusehen? Nicht, dass ich denke, es würde dich interessieren, es ist nur ... du hattest ja mal erwähnt, dass du ..."

„Ich würde liebend gern, Julie, aber ich bin den ganzen Tag eingespannt", seufzte Roderich und fummelte zutiefst unglücklich an seiner roten Krawatte herum.

„Was steht denn an?", erkundigte ich mich interessiert und umarmte ihn von hinten.

„Die meiste Zeit werde ich im Ballsaal verbringen und übrige Ungereimtheiten für den morgigen Ablauf aus der Welt schaffen, aber ich werde auch mit meinen Eltern die Berichte der Wachen durchgehen, die die letzten Tage versucht haben, das Vertrauen unseres Volks zurückzugewinnen." Sein Oberkörper spannte sich spürbar unter meinen Armen an.

„Soll ich dabei sein?"

„Ich weiß nicht. Hast du denn Lust dazu?" Fragend sah er mich über seine Schulter hinweg an.

„Interessieren tut es mich schon, aber ich komme mir immer so unnütz vor. Ich habe immer noch viel zu wenig Ahnung davon, wie man ein Land verwaltet." Ich schmiegte mich noch enger an ihn.

„Du hast wahnsinnig schnell gelernt. Zweifele nicht immer

249

an dir." Roderich drehte sich zu mir herum und gab mir einen Kuss auf die Wange. „Wie wäre es, wenn ich mich für uns beide durch diesen Tag quäle und dir später alles erzähle?"

Ich nickte eifrig. „Ein wunderbarer Ehemann bist du, das kann ich nicht leugnen."

„Dafür musst du mir hoch und heilig versprechen, dass ich dir nächstes Mal beim Tanzen zusehen darf." Theatralisch schob er die Unterlippe vor.

„Großes Königinnen-Ehrenwort."

Roderich und ich spazierten Händchen haltend zur Tür hinaus und lösten uns dann voneinander. Ich irrte ein wenig umher, bis ich den Tanzsaal wiederfand, verspürte jedoch eine prickelnde Vorfreude in meinen Zehenspitzen, als ich endlich dort angelangt war. Zufrieden begann ich meine Dehnübungen. Ehe ich jedoch die Stange umfassen konnte, ertönte ein lautes Räuspern.

Erschrocken drehte ich mich herum und atmete gleich darauf erleichtert aus. Es war bloß Livia, die in der Tür stand.

„Ich möchte dich nicht stören", sagte sie freundlich und irgendwie angespannt, „aber ich habe Besuch für dich."

„Besuch?", wiederholte ich verwundert.

Livia winkte in den Flur hinein, während ich geduldig wartete. Mit meiner Ruhe war es schlagartig vorbei, als Christinas goldblonder Haarschopf und Mrs. Relishs faltiges Gesicht in mein Blickfeld gerieten.

Obwohl sie Handschellen trugen und von zwei bewaffneten Wächtern am Kragen gehalten wurden, begann mein Herz zu rasen. Blut rauschte wahnsinnig laut in meinen Ohren. Ich hasste die Panik, die allein die Anwesenheit der beiden Hexen in mir auslöste und die ich einfach nicht herunterzuschlucken vermochte. Gott, wie ich sie dafür verabscheute, dass sie *das* mit mir machten! In meinem Kopf begann sich alles zu drehen, während sie näher an mich herantraten, woraufhin ich ein Stück zurücktaumelte.

„Julie, Liebes." Livia eilte an meine Seite, um mich zu stützen. Die Art, wie sie mich mütterlich umklammert hielt und aufrichtig besorgt auf mich hinabsah, beruhigte meinen erhöhten Puls ein wenig. Ich zwang mich selbst dazu, tief ein- und auszuatmen, und schloss die Augen, vielleicht sogar eine ganze Minute lang, bis das beklemmende Gefühl, das mir die Brust zuschnürte, allmählich abebbte.

„Es geht wieder", nuschelte ich peinlich berührt und öffnete die Augen.

„Seht nur, was ihr angerichtet habt!", schimpfte Livia auf die Hexen ein und wandte sich dann wieder mir zu. „Mein Liebes, das sah mir ganz nach einer Panikattacke aus, auch wenn ich zugegebenermaßen keine Ärztin bin. Auf alle Fälle betreibst du heute keinen Sport mehr. Du legst dich auf die faule Haut und lässt dich von vorn bis hinten bedienen, klar? Aber Christina und Darcie schulden dir zunächst eine Entschuldigung."

„So ist es." Mrs. Relish stellte sich vor mir auf. Sie wirkte klapprig und doch unnahbar. Ihre Augen schienen mich zu durchdringen, während ich ihr nicht im Geringsten ansehen konnte, was sie dachte. „Wir haben uns von üblen Gerüchten verleiten lassen. Wir hätten niemals die Absichten Eurer Hoheit anzweifeln dürfen und möchten uns in aller Form für unsere Grausamkeiten entschuldigen", sagte sie wie einstudiert.

Christina nickte bloß zustimmend, ohne eine Miene zu verziehen.

Ich glaubte den beiden nicht. Wahrhaftige Reue sah definitiv anders aus. Diese wenigen Worte waren lachhaft, aber das konnte mir auch egal sein. Hauptsache war doch, dass die

251

Hexen nun gebändigt waren und die Wahrheit kannten. Ich brauchte ihr Schuldgefühl nicht, solange ich sie aus meinem Leben verbannen konnte.

„Bringt sie wieder ins Gefängnis", befahl Livia den Wächtern und musterte die Frauen angewidert.

Mrs. Relish schenkte mir einen letzten undeutbaren Blick, dann wurden sie und Christina von den Wachen weggeführt.

Ich atmete tief und zittrig aus.

Livia seufzte schwer. „Tut mir leid. Ich wollte zusehen, wie Darcie an ihrem eigenen Stolz erstickt, wenn sie sich entschuldigt, und dachte, dass es auch dir eine Genugtuung wäre. Das war wohl dumm von mir."

„Schon gut", murmelte ich matt.

„Keine Sorge, es ist vorbei. Der Großteil der entflohenen Hexen ist bereits nach Hidden Island zurückgekehrt. Smith hat – gezwungenermaßen – ein Treffen mit ihnen vereinbart und seine Intrigen offengelegt. Ein Glück haben sie ihm geglaubt."

„Schön", brachte ich erschlagen hervor, dabei hätte ich mich mehr darüber freuen sollen. Immerhin war die Rückkehr der Hexen der wahrhafte Grund, warum ich dieses Abenteuer angetreten hatte. Alles schien sich zu fügen, trotzdem spürte ich in diesem Moment bloß die bleierne Müdigkeit, die meinen plötzlich frierenden Körper erklomm.

„Tut mir leid, ich hätte dich wirklich vorwarnen sollen." Livia biss sich schuldbewusst auf die Unterlippe und führte mich dann energisch aus dem Tanzsaal hinaus. „Ruh dich aus", befahl sie sachte. „Morgen ist ein wichtiger Tag."

So wichtig, dass er mir Bauchschmerzen bereitete.

KAPITEL 21

„Los, los, los!" Stephen ging seit einer halben Stunde mit demselben Paar Schuhe im Ankleidezimmer ein und aus, während Mary sich mit unzähligen Ösen auf meinem Rücken quälte.

„Fertig!", rief sie endlich, und ich glaubte, ihren Bruder vor Erleichterung aufstöhnen zu hören.

„Die Gäste warten bereits auf das Königspaar!" Er warf die Hände über dem Kopf zusammen. „Hier, Julie, steig in deine Schuhe."

Das war leichter gesagt als getan, denn der Rock meines Kleides, der meiner Meinung nach die Größe eines Zeltes der Feenstadt besaß, wog in etwa eine Tonne. Wir mussten ihn zu dritt hochhieven, damit ich es in das Paar glitzernder Pumps schaffte.

Trotz der Hektik genehmigte ich mir vor unserem Aufbruch einen letzten Blick in den Spiegel und befand, dass ich noch nie so kostbar ausgesehen hatte. Mary hatte mich in ein champagnerfarbenes Kleid mit Herzausschnitt und Perlenstickerei verfrachtet. Die Träger verliefen seitlich an meinen nackten Schultern, und die Schleppe war lang wie ein Krokodil – mindestens! Meine Frisur wurde dem absolut gerecht. Stephen hatte meine honigblonden Haare, die heute von meinem Diadem geschmückt wurden, wunderschön gelockt und zu einem aufwendigen Knoten im Nacken verarbeitet. Nebenbei hatte er noch Zeit für ein geniales Make-up gefunden. Meine Wimpern erschienen mir dreifach so lang wie normalerweise, und über ihnen glitzerten meine Augenlider in einem auffälligen Goldton, während meine Lippen ein liebliches Rosa trugen.

„Mach schon!", drängte nun auch Mary.

Gleich drei Bedienstete auf einmal trugen meine Schleppe, während ich versuchte, das Kleid vorn hochzuhalten. Wir kamen bloß holprig voran, weswegen mein Kopf die Farbe einer Tomate haben musste, als wir endlich den Irrgarten durchquert hatten. Roderich wartete bereits auf uns.

Sein Mundwinkel zuckte verräterisch.

„Ha, ha!", machte ich und verdrehte liebevoll die Augen.

„Entschuldige." Roderich verlor die Beherrschung und stieß ein heiseres Lachen aus. „Du siehst bezaubernd aus, ehrlich, es ist nur – wie viele Servietten könnte man aus dem Kleid wohl machen?"

„Musst du gerade sagen, Mr. Château-Lafite-Rothschild!", konterte ich grinsend, während ich seinen bordeauxrot gemusterten Anzug mit Einstecktuch, silberner Anstecknadel und Metallschließe musterte.

„Die Outfits sind nicht gerade gut aufeinander abgestimmt", seufzte Stephen, anscheinend am Ende seiner Kräfte.

„Und das bloß, weil Julies Kleid nicht geliefert wurde", klagte Mary, deren Meerjungfrauenkleid farblich perfekt zu Roderichs Anzug passte. „Gut, können wir jetzt auch nicht mehr ändern. Julie, du wirst einen Drachen für dich allein brauchen. Pass auf deine Frisur auf!"

Roderich und Stephen hievten mich auf einen ironischerweise bordeauxroten Drachen, der sich vorsichtig mit mir durch die Lüfte bewegte. Mir rutschte das Herz in die Hose, als ich beinahe meine glitzernde Kette verlor, und beneidete Roderich um sein wesentlich praktischeres Outfit. Wenn ich vor allen Gästen über mein Kleid stolpern würde ...

Schließlich landeten unsere Drachen vor einer mintgrünen Kuppel, deren goldene Streben oben zu einer kleinen Spitze zusammenliefen. Klangvolle Musik und ausgelassenes Geschwätz drangen dumpf nach draußen.

„Ich glaube, meine Organe versagen", presste ich melodramatisch hervor und krallte mich mit bebenden Händen an Roderichs Arm fest.

„Vergiss nicht, wie mutig du bist." Er lächelte sanft auf mich hinab. „Du hast hier schon ganz andere Dinge durchgestanden."

Ich nickte steif und trat von einem Bein auf das andere. Vielleicht sollte ich mich noch schnell übergeben, um meinen nervösen Magen zu erleichtern - zu spät! Mary und Stephen öffneten bereits die gläserne Doppeltür, woraufhin die ersten Gäste uns bemerkten. Je näher wir dem Gebäude kamen, desto mehr Augen richteten sich auf uns, bis uns schließlich ein jeder zu registrieren schien. Die Menge glitt ehrfürchtig auseinander, so dass eine freie Fläche in der Mitte des Saals entstand.

Staunend betrachtete ich den himmelblauen Boden und vergaß darüber ganz mein Unbehagen. Ich ließ bloß die vielen Eindrücke auf mich wirken – prächtig gekleidete Männer und Frauen, ein roségoldener Kronleuchter aus Kristall, cremefarbene Tische am Rande des Saals mit duftenden Köstlichkeiten, Kerzen en masse, ein Orchester, das andächtig auf der Empore spielte, und – ich traute meinen eigenen Augen kaum – ein Springbrunnen an der gegenüberliegenden Seite des Eingangs, aus dem zwei Einhörner friedlich tranken und sich an der Feier gar nicht zu stören schienen.

„Es sind bloß weiße Pferde mit Hörnern", flüsterte Roderich mir schmunzelnd zu, da ich mit offenstehendem Mund ihre silbrig glänzenden Hörner anstarrte. Schnell klappte ich ihn wieder zu.

„Was jetzt?", flüsterte ich mit zitternder Stimme zurück.

„Wir bleiben stehen. Winken in die Runde – ja, genau so. Und nun tanzen wir." Sobald Roderich seine Hand auf meinem Schulterblatt platzierte und mit der anderen nach meiner Hand griff, fiel die Anspannung auf magische Art und Weise von mir ab. Ich lächelte bloß königlich zu ihm hinauf und wiegte mich im Takt der Musik.

Dennoch war ich erleichtert, als die Menge schließlich applaudierte und wir langsam, aber sicher aus dem Zentrum ihrer Aufmerksamkeit rückten. Die Gäste wandten sich wieder einander zu und füllten den leeren Platz, den sie für uns bereitet hatten.

„Das nenne ich mal einen Adrenalinkick!", sagte ich kichernd und schnappte mir ein Glas Champagner von dem Tablett eines vorbeieilenden Kellners.

„Du warst die Anmut in Person." Roderich hauchte mir einen Kuss auf die Schläfe.

Vergnügt sah ich mich um und scannte den Saal nach bekannten Gesichtern ab. Zunächst stachen mir Livia und Malcolm ins Auge. Beide waren in marineblaue Kleidung gehüllt. Unwillkürlich fragte ich mich, ob ich jemals so königlich aussehen könnte wie sie. Selbst als sie ihre Daumen in die Luft hielten, um mir zu signalisieren, dass ich alles richtig gemacht hatte, wirkten sie äußerst ... durchlaucht. Oder erlaucht. Auf jeden Fall überaus royal.

Ansonsten kannte ich kaum jemanden beim Namen. Ich

erkannte zwar die Berater und ein paar andere Angestellte, doch ein Großteil der Gäste erschien mir fremd. Ich fühlte mich unfassbar verloren, als Roderich sich von mir wegdrehte, um sich mit einem mir fremden, jungen Mann zu unterhalten.

Schnell hielt ich nach Mary und Stephen Ausschau. Sobald ich die Geschwister entdeckte, musste ich grinsen. Stephen tanzte mit Anthony, und seine Schwester verschlang einige Meter weiter ästhetisch hergerichtete Häppchen, wobei sie ihren Blick melancholisch schweifen ließ. Ich wollte ihr Gesellschaft leisten, da umfasste Roderich schon wieder meine Hand.

„Tut mir leid. Das war mein Vetter keine Ahnung wievielten Grades, und weil dieser Schnösel es irgendwie fertiggebracht hat, deinen Ausschnitt zu begaffen, obwohl du fast gänzlich mit dem Rücken zu ihm standest, hatte ich keine Lust, ihn dir vorzustellen", erklärte er dicht an meinem Ohr und schob mir eine geringelte Strähne in den Nacken.

„Verständlich", antwortete ich spielerisch kokett. „Genießen wir einfach unsere Zweisam..." Das Wort blieb mir im Halse stecken, was einem goldblonden Haarschopf geschuldet war, den ich gefährlich nahe sichtete. „Ich wusste nicht, dass Will hier sein würde. Und seine Mum!", presste ich erschrocken hervor.

Roderich zuckte unbeteiligt die Achseln. „Sie gehören eben zur Familie."

Ich wollte mich hinter ihm wegducken, jedoch nahm mich Wills Mutter bereits ins Visier, winkte übertrieben und schleifte zu allem Überfluss ihren Sohn mit zu uns herüber. Instinktiv ging ich ein wenig auf Distanz zu Roderich.

„Julie, du siehst entzückend aus!", rief Wills Mum begeistert und umarmte mich stürmisch. Dabei kitzelten ihre

haselnussbraunen Locken meine erhitzte Wange.

„Du auch, Angy", entgegnete ich höflich.

Es stimmte. Angy hatte dieselben perfekt symmetrischen Gesichtszüge wie Will, und ihr fliederfarbenes Kleid betonte wunderbar ihre schokoladenbraunen Augen, die von etwa zehn Schichten Make-up umrahmt wurden.

„Roderich, bist du schon wieder gewachsen?" Überschwänglich drückte sie ihm einen Kuss auf die Wange, wo ein wenig von ihrem dunklen Lippenstift kleben blieb.

„Wohl kaum", sagte Roderich freundlich. Dabei ruhten seine Augen skeptisch auf Will, dessen Augen wiederum auf keinem von uns ruhten. Desinteressiert schaute er auf seine Schuhe. Trotzdem sah er wunderschön aus in seinem schlichten, blauen Anzug.

„Wo ist Vincent?", erkundigte ich mich und brachte mit aller Mühe ein Lächeln zustande.

„Ich weiß nicht. Ich habe meinen Mann irgendwie in dem Getümmel verloren." Angy seufzte und stemmte ihre Hände in die Hüften. „Hast du ihn gesehen, Will?"

„Hm", machte er bloß.

Eine unangenehme Stille legte sich über uns. Ich verspürte das Bedürfnis, nach Roderichs Hand zu greifen, um mich wohler zu fühlen, doch das wollte ich auf keinen Fall vor Will tun.

„Wie geht es deiner Grandma?", fragte ich zaghaft.

„Okay", antwortete Will kurz angebunden und sah zur Seite weg.

„Du bist unhöflich, Schätzchen", merkte Angy an.

„Das macht nichts, wirklich", beeilte ich mich zu sagen, woraufhin Will verächtlich schnaubte.

Erneut trat Stille ein.

„Habt ihr schon von den Macarons gekostet?", fragte

Roderich schließlich. „Bisher gab es die auf Hidden Island gar nicht, aber unser Küchenmeister hat sich selbst übertroffen."

„Klingt gut", antwortete Angy erleichtert und tauchte in die Menge ab.

Will bedachte mich mit einem ungemein kühlen Blick, bevor er ihr folgte. Die Kälte, die in seinen Augen lag, fraß sich immer noch in jede Faser meines Körpers hinein, nachdem er schon längst aus meinem Sichtfeld verschwunden war.

Ich zuckte unwillkürlich zusammen, als Roderich seinen Arm um mich legte.

„Was?", fragte er rüde. Er musste spüren, wie ich mich unter der Berührung versteifte.

„Nichts", murmelte ich unbehaglich. „Aber vielleicht... könnten wir die Zärtlichkeiten auf später verschieben."

„Du willst nicht, dass ich dich anfasse?", entrüstete er sich flüsternd.

„Doch!", beteuerte ich ihm hastig. „Nur nicht jetzt", schob ich kleinlaut hinterher und setzte zu einer ungeschickten Erklärung an, da ich Roderichs enttäuschten Gesichtsausdruck registrierte. „Komm schon, du weißt, was ich für dich empfinde, aber ich kann nicht reinen Gewissens mit dir vor Wills Nase rumturteln! Ich – "

„Reines Gewissens." Roderich lachte freudlos auf. „Du hältst deinen Will auch für einen Heiligen, nicht?"

„Er ist nicht *mein* Will", protestierte ich verärgert. „Und, ja, er ist nun mal ein unheimlich guter Mensch. Das macht die ganze Sache nicht leichter."

„Du hast ja keine Ahnung, welche Mittel und Wege er in Kauf nehmen würde, um an das zu gelangen, was er haben will. Er kann bloß nicht damit umgehen, dass er nicht seinen Willen bekommt, beziehungsweise dich", redete Roderich sich in Rage.

Seine Worte verwirrten mich, dennoch beharrte ich auf meinem Standpunkt. „Ich glaube, wir wissen mittlerweile, dass wir unterschiedliche Auffassungen haben, was Will betrifft", sagte ich scharf. „Und ich halte ihn nach wie vor für humorvoll, hilfsbereit, freundlich ..."

„Oh, bitte, dann sei doch mit ihm zusammen. So wie du über ihn redest, verstehe ich wirklich nicht, warum du nicht einfach ihn wählst. Er scheint ja dein großer Held zu sein", knurrte Roderich und grub seine Fingernägel erzürnt in seine Anzugstaschen hinein.

„Du weißt, dass das nichts mit Gefühlen zu tun hat." Ich funkelte ihn böse an. „Es liegt daran, dass wir ewig lange befreundet waren und ich mich in Grund und Boden dafür schäme, was ich ihm angetan habe. Ich will bloß dich, Roderich, nur zweifle ich plötzlich daran, warum du *mich* wollen solltest. Ich habe mich noch nie im Leben so abscheulich gefühlt, und obwohl ich doch immer nur das Richtige tun wollte, komme ich mir plötzlich wie ein böser Mensch vor. Wie sonst habe ich es geschafft, euch beide, denen ich so viel bedeute, zu verletzen, wenn ich nicht eine fürchterliche Person bin? Womit habe ich einen Palast, Kleider für jeden Tag des Jahres, das Amt der Königin und vor allem dich verdient?" Meine Stimme zitterte bereits verdächtig, und meine Augen wurden wässrig. Ich konnte meine Verletzlichkeit nicht länger verbergen.

Roderich musste es bemerken, denn der Zorn in seinem Gesicht wich nun einer einnehmenden Milde. „Hör auf, dich so elendig zu fühlen. Du hast keinen Grund dazu. Du weißt ja nicht ..." Er hielt inne und biss sich auf die Unterlippe. Einen Augenblick lang starrte er mich bloß unentschlossen, beinahe nervös an, dann seufzte er ergeben und griff nach meinen eiskalten Händen. „Julie, es gibt etwas über Will, das du nicht weißt." Er atmete tief durch, als kostete ihn das Folgende unheimlich viel an Überwindung. „Als klar wurde, dass ich ein Mädchen aus der anderen Welt heiraten muss, schlug er dich vor. Ich wusste erst nichts davon, aber er machte einen Handel mit meiner Mutter aus. Wenn es ihm gelingen sollte, dich zu der Heirat zu überreden, wollte er etwas im Gegenzug dafür. Er verlangte von meiner Mutter, ihm die Erlaubnis zu erteilen, einen Liebestrank von den Hexern zu erwerben, solltest du dich nicht innerhalb der Sommerferien von selbst in ihn verlieben. Für den Notfall war es sein Plan, dich mittels eines Zaubertranks an sich zu binden." Roderich hielt die Luft an.

In meinem Kopf rauschte es, während die erste Träne meine Wange hinabkullerte.

„Seit wann weißt du davon?", fragte ich erstaunlich kühl und fordernd.

„I-ich ... denke ... es war einen Tag vor deinem Treffen mit den entflohenen Hexen." Roderich wich jegliche Farbe aus dem Gesicht.

Quälend langsam und intensiv ließ ich Revue passieren, wie er mit Livia gestritten hatte.

„Und du hast es mir die ganze Zeit über verheimlicht?", giftete ich und wischte mir entschieden das Gesicht trocken. „Wolltest du dir etwa die Option offenhalten, mich an Will zu verscherbeln, falls es mit uns nicht funktioniert?"

„Natürlich nicht!", erwiderte er matt. „Hör zu, es tut mir ja leid, es war nur nicht so einfach ..."

„Ich will nichts mehr von dir hören." Fremdartig herrisch hob ich meine Hand und kehrte ihm den Rücken zu.

„Julie, das hätte ich doch niemals zugelassen!", hörte ich ihn noch sagen, doch ich schob mich unaufhaltsam durch die Menge.

Mit rasendem Puls und versteinerter Miene schlängelte ich mich zwischen den Partygästen her. Meine Brust hob und senkte sich unregelmäßig, während ich all die Hindernisse umging und all die verwirrten Blicke in meine Richtung ignorierte. Ich wollte bloß zu Will. Wollte wissen, wie zum Henker er auch nur auf die Idee gekommen war, mir etwas Derartiges antun zu wollen.

Meine Augen verengten sich zu Schlitzen, als ich ihn endlich entdeckte. Zufällig wandte er seinen Kopf zu mir und musterte mich zunächst betont gleichgültig, dann aber schien er meine verbissene Bösewicht-Miene zu bemerken. Verunsichert legte er die Stirn in Falten.

Nichts hätte mich in diesem Moment aufhalten können – außer ein fernes Klirren.

Ich blieb stehen, sah mich verschüchtert um. Zunächst schien alles unverändert, doch dann wagte ich einen Blick zur Decke empor. Ein Loch klaffte zwischen den goldenen Streben. Mintgrüne Scherben regneten gen Boden und landeten vor meinen Füßen.

Die Gefahr war noch nicht vorbei.

Hilfesuchend wandte ich meinen Kopf hin und her. Zunächst schien niemand außer mir das Loch in der Decke zu bemerken. Mit Ausnahme von Will vielleicht, der jedoch selbst zu Stein erstarrte.

Erst als dicke Seile von oben herabgelassen wurden, wandten sich die Anwesenden erschrocken um und starrten hinauf. Das Orchester hörte auf zu spielen, die Leute verstummten ehrfürchtig, sogar die Einhörner scharrten nervös.

Das Herz schlug mir bis zum Hals, wie ich dastand und mit großen Augen das Loch begaffte, durch das ich den

sternenbesetzten Abendhimmel erkennen konnte. Wie gelähmt wartete ich ab, was geschehen würde.

Eine kleine, schwarze Kugel wurde durch die Öffnung hinabgeworfen. Bei ihrem Aufprall auf dem Boden entfuhr ihr ein leises Zischen. Rußiger Nebel trat aus ihren winzigen Öffnungen hervor, gleich dem, der das große Chaos auf Roderichs und meiner Hochzeit angerichtet hatte. Auch jetzt sorgten die dunklen Nebelschwaden für Unruhe und ängstliches Gemurmel. Je weiter sie sich ausbreiteten, desto nervöser wurde die Menge. Die Röcke und Hosenbeine der Umstehenden verschwanden bereits in der widerwärtigen Substanz.

Angestrengt blinzelte ich nach oben, denn dort bewegte sich etwas. Als ich genauer hinsah, entdeckte ich ein halbes Dutzend Oger, die erstaunlich schnell an den Seilen hinabkletterten. Maskierte Feen schwebten durch die Öffnung, dunkel gekleidete Hexen folgten ihnen auf Besen.

„Ein Überfall!", vernahm ich eine keifende Stimme aus der Menge. Sie holte mich zurück aus meiner Trance.

War ich denn des Wahnsinns? Ich stand viel zu dicht bei den Seilen, und natürlich würden die Eindringlinge es auf den König und die Königin abgesehen haben. Hektisch schlüpfte ich aus meinen Pumps und lief in eine unbestimmte Richtung, wobei mir immer wieder fremde Ellenbogen in die Seiten gestoßen wurden und mein Gesicht Bekanntschaft mit einer Schulter nach der anderen machte. Ein jeder versuchte, sich in Sicherheit zu bringen. Ich wollte dem Strom folgen, verlor jedoch die Orientierung. Immer wieder trampelten mir die Leute auf mein Kleid und schoben sich dermaßen grob an mir vorbei, dass ich mich mehrmals um die eigene Achse drehte und schließlich nicht einmal mehr wusste, wo vorn und wo hinten war.

Keuchend ging ich in den Nebelschwaden unter.

„Jools!" Wills Hand schloss sich um meinen Arm.

Ich wusste nicht, woher ich den Trotz und den Stolz nahm, mich ihm in dieser Lage zu entziehen, doch der Zorn, den seine Anwesenheit in mir auslöste, trieb mich voran. Energisch raffte ich mein Kleid hoch und stapfte zu den cremefarbenen, mit Essen beladenen Tischen, zu denen der Nebel noch nicht ganz vorgedrungen war. Dort wühlte ich zwischen Tellern und Servietten, bis ich schließlich fand, wonach ich suchte. Zittrig ausatmend griff ich nach einem langen Messer, das neben einer aufgeschnittenen Melone lag. Ohne Umschweife begann ich, das Oberteil meines Kleides aufzuschneiden, bis ich es mir gänzlich abstreifen konnte – Mary hätte sicherlich einen Anfall bei dem Anblick bekommen, aber in diesem Monster aus Stoff wäre eine Flucht wohl unmöglich.

Und ich musste fliehen.

KAPITEL 22

Sobald ich nur noch in einem hautfarbenen, trägerlosen Unterkleid dastand, fühlte ich mich befreit und um einiges klarer im Kopf.

Gezielt hielt ich Ausschau nach dem Ausgang. Als mein Blick auf die geöffnete Doppeltür fiel, durch die Gäste sich panisch drängten, walzte ich los. Allerdings blieb ich nach ein paar Schritten wieder stehen und riss entgeistert die Augen auf.

Hatte ich mich versehen? Oder war Malcolm tatsächlich von einem Oger davongeschleppt worden? Entsetzt beobachtete ich, wie auch Roderich durch den Ausgang stürzte, also konnte ich mich nicht geirrt haben. Sein Vater musste in Gefahr schweben, ansonsten wäre Roderich nicht ohne mich gegangen.

Etwas Hartes traf mich im Nacken und ließ mich kreischend zu Boden stürzen, wobei mir das Melonenmesser aus der Hand glitt. Ängstlich blickte ich auf und erkannte, dass immer noch Hexen über dem Nebel kreisten. Ein Besenstiel musste mich erwischt haben.

Schnell rief ich mir ins Gedächtnis, dass ich nicht verharren durfte. Ich musste handeln, anstatt das Chaos ängstlich über mich ergehen zu lassen. Ich war doch kein Opossum, das sich einfach tot stellen konnte!

Ich riss mich zusammen, krauchte über den kalten Boden

und tastete nach dem Messer, bis ich es zu fassen bekam. Sofort rappelte ich mich auf und lief weiter, schlüpfte zwischen Gästen hindurch, duckte mich unter panisch erhobenen Armen hinweg. Quälend langsam gelangte ich zum Ausgang, wo ich ins Freie schlüpfte.

Ich nahm mir eine Sekunde zum Luftholen, blieb aber nicht lange unberührt von dem grausamen Durcheinander, das um die Kuppel herum herrschte. Schreiende und weinende Menschen strömten in alle möglichen Richtungen davon und versuchten, die scharrenden Drachen zu erreichen. Einige wurden jedoch von den vermummten Angreifern aufgehalten. Mein Kopf brummte schmerzhaft, während ich einzelne Kampfszenen auf mich wirken ließ – eine Fee, die eine Palastwache mit Pfeil und Bogen tötete, eine Hexe, die einen königlichen Berater von hinten mit ihrem Schwert durchbohrte, ein Oger, der Livia so hart ins Gesicht schlug, dass sie zu Boden stürzte.

Kopflos stürmte ich auf Roderichs Mutter zu.

„Vorsicht!" Schwächlich deutete sie auf den Oger, der eine Axt durch die Luft wirbelte, mit der er eindeutig mich erwischen wollte.

Rasch machte ich einen Satz nach vorn und jagte ihm mein Messer in seinen riesigen, ungepflegten Fuß. Als ich es wieder herauszog, lief rotes Blut über die Borsten des Ogers. Ich nutzte den Moment, in dem er stöhnend rückwärts taumelte, um Livia hinter einen wuchernden Strauch seitlich der Kuppel zu schleifen. Dort konnte ich mich bloß darüber wundern, wie viel Kraft und Geschick in mir steckte. Seit wann hatte ich bitte eine kämpferische Ader?

„Es läuft alles aus dem Ruder", keuchte Livia mit panisch aufgerissenen Augen.

„Was sollen wir tun?" Zerrüttet klammerte ich mich an ihrem Ärmel fest.

„Ich habe sie reden hören", hauchte Livia, als stünde sie am Rande des Wahnsinns, und verdrehte ihre Augen bang in meine Richtung. „Sie wollen Malcolm im Palast hinrichten." Wackelig zeigte sie gen Himmel, wo zwei Transport-Drachen durch die Lüfte sausten. Obwohl sie in Wahrheit viel zu weit entfernt waren, bildete ich mir in diesem Moment ein, Roderich sehen zu können, wie er sich verbissen vorlehnte, um seinem Vater zu folgen. Vermutlich spielte sich dieses Szenario bloß aufgrund der Informationen und der Bilder, die sich seit dem Anschlag in meinem Kopf verankert hatten, vor meinen Augen ab, doch ich war so überzeugt davon, dass ich einfach von Livia abließ, erstaunlich wendig und wacker durch die unbeherrschte Masse stürzte und mich bis zu einem karamellfarbenen Drachen vorkämpfte. Ein flüchtiger Blick auf seinen Kopf verriet mir, dass es ebenjener Drache war, mit dem ich zum ersten Mal in meinem Leben die Energieschleuse durchbrochen hatte. Der erste Drache, den ich je gesehen hatte.

„Zum Palast", flüsterte ich atemlos.

Eilfertig sausten wir unter dem Sternenhimmel her. Die kalte Luft der Nacht ruinierte meine Frisur, mein Diadem hatte ich längst im Ballsaal verloren. Es kam mir unvorstellbar absurd vor, dass ich vor zwei Stunden noch vor einem Spiegel gestanden und mein hübsches Kleid betrachtet hatte. Dabei hatte ich auch noch geglaubt, alles würde gut werden. Hatte mich nahezu in Sicherheit gewägt. Doch dieser Abend hatte ein neues Beben an Emotionen und Gefahren losgetreten, und die Tage zuvor waren bloß die Ruhe vor dem Sturm gewesen.

Würde das jemals aufhören?

Ein flaues Gefühl machte sich in meinem Magen breit, als der Drache schließlich auf den Boden zusteuerte. Noch

während wir in der Luft waren, konnte ich gepeinigte Rufe hören. Um einiges schlimmer war jedoch der Anblick, der sich mir auftat: Zwei riesige, schwarze Drachen kreisten über dem Labyrinth vor dem königlichen Hof und setzten es gnadenlos in Brand. Wächter liefen in Aufruhr darum herum und versuchten, die Flammen zu bändigen und die Angreifer abzuwehren.

„Lande hier!", sagte ich schnell.

Der Drache kam auf seinen stämmigen Beinen auf, im Schutz einer großen Eiche. Ich rutschte von seinem Rücken herunter und verharrte hinter dem wuchtigen Stamm.

Was sollte ich tun? Ich konnte nicht einfach losstürmen. Ich wäre tot, bevor ich auch nur in Roderichs Nähe gelangte. Ein blondes Mädchen im Unterkleid würde sofort auffallen.

Zerstreut stierte ich in die lodernden Flammen, deren aggressiven Farben sich in das Dunkel der Nacht fraßen und alles für sich einzunehmen drohten.

Ein schmerzhaftes Gurgeln in meiner Nähe ließ mich aufhorchen. Nicht weit von meinem Versteck entfernt war es einem Wächter gelungen, einer Hexe die Kehle durchzuschneiden. Er eilte zurück zu den anderen Wachen, während sie leblos am Boden liegen blieb. Vor lauter Ekel spürte ich saure Galle in meinem Hals aufsteigen, doch ich witterte meine Chance. Schnellatmend tappte ich zu dem karamellfarbenen Drachen hinüber, dessen Knopfaugen besorgt auf dem Irrgarten ruhten. Ich legte ihm eine Hand auf den rauen Hals und flüsterte etwas in sein spitzes Ohr hinein, woraufhin er verstehend schnaubte.

Behutsam trat der Drache aus dem Schutz der Eiche hervor, näherte sich der toten Hexe, nahm ihren Fuß in seine große Schnauze und zog sie zu mir herüber.

Immer wieder musste ich würgen, als ich der Leiche ihren

schwarzen Kapuzenumhang auszog, aber was hatte ich schon für Optionen?

Mit langen Fingern entkleidete ich die Hexe, setzte mir ihre Maske auf und warf mir ihren Umhang um. Ich zog mir die Kapuze tief ins Gesicht und klaubte einen langen Ast vom Boden auf, den ich so hielt, dass man ihn mit etwas Glück für einen Besen halten würde. Mit dieser Tarnung verließ ich meinen sicheren Posten als Beobachterin. Meine Schläfen pochten, während ich meine Augen unruhig von links nach rechts wandern ließ, ohne dabei meinen Kopf zu bewegen. Die Wachen, die sich augenscheinlich in der Unterzahl befanden, waren allesamt in einen Kampf verwickelt. Unbemerkt erreichte ich das Labyrinth. Noch immer kannte ich den Weg zum Palast nicht auswendig, jedoch erübrigte sich die Entscheidung, wo es abzubiegen galt, heute von selbst, denn die meisten Durchgänge wurden von zischelnden Flammen versperrt. Ich musste den freien Wegen folgen und hoffen, dass sie bei Roderich und nicht etwa vor einem Wall aus Feuer enden würden.

Mit schwitzigen Fingern löste ich die Maske, da sie mir unangenehm fest auf die Nase drückte und mir das Atmen erschwerte, und ließ sie zu Boden fallen. Sobald ich Stimmengewirr vernahm, beschleunigte ich meine Schritte. Rechts abbiegen, links abbiegen, noch einmal rechts ... und da waren sie. Anscheinend war Roderichs Rettungsmission missglückt, denn ein Oger hielt ihn am Kragen und zog ihn gnadenlos mit sich, während eine rothaarige Hexe, deren Haare mit dem Feuer um die Wette leuchteten, Malcolm mit einem Schwert vorwärtstrieb. Als er seinen Kopf grimmig zur Seite wandte, kamen seine aufgeplatzte Lippe und sein geschwollenes Auge zum Vorschein.

„Gleich schreiben wir Geschichte." Der Oger lachte grol-

lend auf, woraufhin Roderich die Beherrschung verlor. Animalisch knurrend duckte er sich unter dem Arm des Ogers weg und trat ihm mit voller Wucht in die Seite. Dann packte er so schnell, dass mein Verstand dem Geschehen kaum zu folgen vermochte, den Ärmel seines Vaters. Bevor die beiden jedoch fliehen konnten, versetzte der Oger Malcolm einen Stoß in die Rippen, der ihn zum Fall brachte. Unkontrolliert riss er seinen Sohn mit zu Boden. Roderich wollte sich sogleich wieder aufrappeln, aber die Hexe unternahm eine zackige Handgeste in Richtung der Hecke, aus der ein Ast hervorschoss und sich wie eine Fessel um Roderichs Handgelenk legte. Er zog und zerrte vergebens daran, blieb gefangen.

„Ihr werdet mir langsam lästig", fauchte die Hexe. „Ich gebe zu, es wäre stilvoll, euch in einem der Glastürme hinzurichten, aber bis dahin halte ich das nicht mehr mit euch aus! Oslac", zackig wandte sie sich an den Oger, „die beiden gehören dir."

Fies grinsend riss Oslac seine Schlagwaffe in die Höhe. Pure Angst blitzte in Roderichs Augen auf, dennoch beugte er sich schützend über seinen Vater.

Weshalb stand ich überhaupt noch hier? Schlagartig begriff ich, dass ich ernsthaft Gefahr lief, Roderich zu verlieren. Wilder Tatendrang kochte in mir hoch.

Ich biss die Zähne zusammen, preschte nach vorn und warf mich mit all meiner Kraft gegen Oslac, der tatsächlich vor lauter Überraschung seine Waffe fallen ließ. Ganz im Gegensatz zu der Hexe! Sie kreischte furios auf und fixierte mich mit manisch glitzernden Augen. Jetzt, da ich näher bei ihr stand, glaubte ich, ihr Gesicht wiederzuerkennen. War sie nicht eine derjenigen gewesen, die in dem kleinen Vorlesungssaal der Hexen-Universität meine Gefangenschaft bejubelt hatten? Auch jetzt schien sie meinem Tod entgegenzufiebern, denn sie holte heißblütig mit ihrem Schwert aus, und es war pures Glück, dass ich instinktiv zur Seite sprang, so dass sie an meiner Stelle Oslac durchbohrte, aus dessen olivbraunem Gesicht nach wenigen erstickten Atemzügen das Leben wich. Noch während die Klinge in der Brust des Ogers steckte, nutzte ich die Gunst der Stunde und rammte der Hexe wie ferngesteuert mein Messer in den Bauch. Sie riss ihre marineblauen Augen leidend auf. Ihrer Kehle entfuhr ein kläglicher, rasselnder Laut, der mir das Blut in den Adern gefrieren ließ. Ich begann heftig zu weinen.

Unkontrolliert schluchzend wandte ich mich ab. Mein von Tränen verschleierter Blick fiel auf Roderich, der sprachlos zu mir hinaufstarrte. Ehe ich mich zu ihm niederknien konnte, nahm ich eine hektische Bewegung im Augenwinkel wahr. Eine Fee kämpfte sich mit eilig flatternden Flügeln durch die knisternden Flammen, machte wenige Meter von mir entfernt Halt und schoss, ohne zu zögern, einen Pfeil auf mich ab. In wahnsinniger Geschwindigkeit raste er auf mich zu, bis die harte Spitze meinen Rumpf durchstieß.

Gepeinigt von dem brennenden Schmerz, sackte mein Körper in sich zusammen. Ich fiel zittrig atmend und gekrümmt auf meine Knie.

„Julie", fing ich Roderichs verzweifelte Stimme auf.

Verzerrt nahm ich wahr, wie er panikartig zu mir herüber krabbelte und seine schlottrigen Arme um meinen frierenden Körper schlang.

„Julie", sagte er wieder, wobei seine Stimme sich beinahe überschlug, da ich an seiner Brust zusammenklappte. Mein Kopf wurde so schwer, dass ich ihn nicht mehr halten konnte. Jegliche Spannung wich aus meinem Körper. „Halt durch", drangen Roderichs Worte dumpf zu mir vor. „Bleib bei mir, okay?"

Ich wollte für immer bei ihm bleiben, nur lag das nicht länger in meiner Macht.

Das Büro drehte sich vor meinen Augen, dennoch erkannte ich den Raum ohne Umschweife wieder. Hier hatte ich mein erstes richtiges Gespräch mit Roderich geführt. Nun saß ich gefesselt vor dem Schreibtisch aus Massivholz und verfolgte Mrs. Relish mit meinen Augen. Sie schritt die rotbraunen Fliesen auf und ab, sichtlich zufrieden.

Schwerfällig drehte ich meinen Kopf. Der gläserne Turm gewährte einen weitläufigen Ausblick über den Hof und den Irrgarten, doch heute konnte ich ihn nicht genießen. Mein Herz schien für einige grauenhafte Sekunde auszusetzen. Das Labyrinth war beinahe gänzlich niedergebrannt. Die Angreifer kehrten vor dem Palast Leichen zusammen und führten unzählige Angestellte in Fesseln davon.

Das alles kam mir unendlich surreal vor.

Ich sog erschrocken Luft ein, als ich bemerkte, dass Mrs. Relish ihre knorrigen Hände auf dem Schreibtisch abstützte und mich durchdringend ansah. Ihre Augen funkelten glorreich.

„Fahren Sie zur Hölle", hörte ich mich sagen. Meine Stimme klang fremdartig hohl.

Mrs. Relish lachte heiser, dann lehnte sie sich vertraulich vor und flüsterte boshaft und gutgelaunt zugleich: „Es ist an der Zeit, dass die Hexen die Macht über Hidden Island übernehmen. Eure Dienste sind nicht länger von Nöten." Ihr niederträchtiges Grinsen brachte jeden ihrer gelblichen Zähne zum Vorschein. „Wir haben den König und seine Eltern bereits enthauptet. Als nächstes seid Ihr an der Reihe. Ich wollte bloß warten, bis Ihr aufwacht. Sonst macht es ja keinen Spaß."

Ich übergab mich auf den Schreibtisch und verfehlte dabei bloß um ein Haar Mrs. Relishs Hände, die sie angewidert zurückzog.

War alles Kämpfen umsonst gewesen?

Urplötzlich blitzte ein kleiner Dolch in Mrs. Relishs Händen auf, den sie genüsslich in die Höhe hielt. „Irgendwelche letzten Worte?", fragte sie desinteressiert.

„Halt!" Ein kleiner, verschwitzter Mann in salbeigrünem Kittel riss die Tür auf und betrat keuchend das Büro. Ein Arzt?

„Was soll das?", knurrte Mrs. Relish ungehalten.

„Sie können sie nicht umbringen", erklärte der Mann und strich sich fahrig durch sein mausgraues Haar. „Ihre Werte sind makellos."

Mrs. Relish und ich starrten ihn gleichermaßen verdutzt an.

„Ja!", bekräftigte der Mann seine Aussage. „Laut meiner Untersuchungen ist sie längst über den Berg. Ich muss es schließlich wissen, immerhin habe ich mich höchstpersönlich um ihre Verletzung gekümmert!"

Ehe ich mich weiterhin über seine Worte wundern konnte, kippte das gesamte Bild vor meinen Augen weg. Hilflos ruderte ich durch ein schwarzes Nichts. Mein Herz machte einen wilden Sprung, dann schlug ich die Augen auf und starrte an eine klinisch weiße Decke. Ich spürte selbst, wie schwer ich atmete, und mir wurde ein wenig schummrig vor lauter Hitze.

„Sie ist wach!", sagte eine vertraute Stimme.

Verwundert schaute ich mich um. Sobald ich an Orientierung zurückgewann und ich weniger verschwommen

sah, galoppierte mein Herz vor Erleichterung. Anstatt in einem dystopischen Horrorszenario befand ich mich in einem kleinen Krankenzimmer, auf weiche Kissen gebettet. Um mich herum saßen Livia, Roderich und sogar Malcolm, obwohl sein Gesicht grün und blau schimmerte, und ihre Köpfe ruhten allesamt noch auf ihren Hälsen.

Es war bloß ein Alptraum. Bloß ein Alptraum.

„Gott sei Dank, Julie", haspelte Roderich und griff nach meiner Hand. Ich ließ ihn gewähren, erwiderte den liebevollen Druck jedoch nicht.

Mein Körper schmerzte dort, wo der Pfeil mich getroffen hatte, und mein Herz schlug unregelmäßig, aber mein Gehirn funktionierte noch ausgezeichnet. Ich hatte keineswegs vergessen, was er mir verschwiegen hatte. Auch Livias Anblick bereitete mir Übelkeit. Wie hatte sie bloß einen dermaßen abgebrühten Handel mit Will eingehen können? Wie hatte sie sich mir gegenüber geradezu mütterlich verhalten können, wo sie doch wusste, was sie mir anzutun bereit war? Doch ich durfte nun nicht an mich denken. Es gab so viel Wichtigeres ...

Eilig heftete ich meinen Blick an Malcolm fest. „Was ist geschehen?", fragte ich heiser.

„Sieht so aus, als hättest du jedem von uns das Leben gerettet." Malcolm legte mir sanft eine Hand auf die Schulter.

„Aber wie ging es weiter?", hakte ich nach. „Wie habt ihr die Lage unter Kontrolle bekommen?"

„Tränengas", beeilte Roderich sich zu sagen, bevor sein Vater antworten konnte. Er wusste genau, wie er meine Aufmerksamkeit zurückergattern konnte.

Es funktionierte. Verwundert drehte ich meinen dröhnenden Kopf in seine Richtung und nahm ihn genauer unter die Lupe. Während Malcolm und Livia sich in der

Zwischenzeit umgezogen hatten, trug Roderich immer noch seinen festlichen Anzug. Nur seine Frisur war verwuschelt, und unter seinen ernsten Augen lagen tiefe Schatten.

„Tränengas?", wiederholte ich entgeistert. „I-ich dachte, hier gäbe es keine modernen Waffen."

„Unsere Reizstoffsprühgeräte sind eine Ausnahme", erklärte Roderich, als sei das hier ein Geschäftstermin. Vermutlich litt er gerade an einem typischen Fall von Ich-kann-nicht-mit-meinen-Gefühlen-umgehen-also-unterdrücke-ich-sie. „Wir lagern sie unterirdisch, am Rande des Waldes hinter dem Königsgarten, denn im absoluten Notfall sind wir Menschen nicht in der Lage, uns gegen die magischen Spezies der Insel zu wehren. Bisher war das auch nie nötig, aber gestern hat uns das Tränengas gerettet. Auch damit war es schwer genug, die Angreifer zu überwältigen. Die meisten konnten wir am Ende glücklicherweise gefangen nehmen."

Gequält presste ich mir meine Hände auf die Stirn. „Ich hatte einen furchtbaren Alptraum, in dem die Hexen die Herrschaft übernommen und euch geköpft haben."

„Wir sind alle am Leben", sagte Livia weich. „Und das verdanken wir nur dir. Du bist eine Heldin, Julie."

„Ach ja?", höhnte ich. „Ich habe eine Hexe umgebracht. Ich bin eine Mörderin!" Ich biss mir auf die Unterlippe, um nicht weinen zu müssen. Die Tränen konnte ich zwar zurückhalten, die Schuldgefühle jedoch nicht.

„Du bist unsere Retterin", widersprach Malcolm beschwichtigend. „Diese Hexe hätte grauenhafte Taten verrichtet. Nur dank dir sitze ich noch hier."

„Quäl dich bitte nicht selbst", murmelte Roderich, der nicht zu wissen schien, wie er mit mir oder gar der ganzen Situation umgehen sollte.

„Ich bitte dich, ich habe mich die ganzen letzten Tage

gequält!", rief ich mit bebender Stimme. „Ich hatte solcherlei Gewissensbisse wegen Will, und du hättest sie mir ohne Weiteres nehmen können, indem du mir einfach von dem verfluchten Liebestrank erzählst! Aber anscheinend hat es dir nichts ausgemacht, mich leiden zu sehen."

„Ich ...", begann Roderich und sah beklommen zu seinen Eltern.

Ich wusste, dass es ihm schwerfiel, sich vor anderen als vor mir zu öffnen, aber ich konnte hier und jetzt einfach kein Mitleid für ihn aufbringen.

„Könnt ihr mich für einen Moment allein lassen?", flüsterte ich und sah bittend in die Runde. Ich konnte gerade einfach keinen von ihnen ertragen. „Du auch. Wir können später reden", sagte ich leise zu Roderich und setzte ein versöhnliches Lächeln auf, das er mir mit Sicherheit nicht abkaufte.

Seine Gesichtszüge verhärteten sich, und ich war vermutlich die Einzige, die das verletzliche Schimmern in seinen zimtbraunen Augen erkannte. Trotzdem ließ ich ihn gehen.

Kapitel 23

Auch Malcolm erhob sich und humpelte davon, nur Livia blieb eisern sitzen.

„Geh weg", sagte ich gepresst.

„Ich will mich erklären."

„Ich brauche eure Erklärungen nicht!", blaffte ich sie an. „Ihr habt von Anfang an ein falsches Spiel mit mir gespielt. Ihr habt mir Hidden Island als die friedliche Insel schlechthin und euch selbst als gerechte Herrscher verkauft, und wo stehen wir jetzt? Wir sind alle ganz knapp dem Tod entronnen, und ihr seid nicht die ehrlichen Menschen, für die ich euch gehalten habe!" Ich presste die Lippen fest aufeinander und atmete hörbar durch die Nase aus, bevor ich weiterredete. „Tränengas, ein Liebestrank – gibt es noch etwas, was ihr mir verschwiegen habt?"

Livia sah betreten zu Boden und fasste sich erschöpft an den Nacken. „Du hast allen Grund, mich anzuzweifeln", gestand sie leise. „Trotzdem darfst du nicht urteilen, ohne meine Perspektive zu kennen. Will hat mir diesen verqueren Handel angeboten. Du hast recht, ich hätte mich nicht darauf einlassen dürfen, aber zu dem Zeitpunkt habe ich bloß an unsere Insel und ihre Geheimhaltung, ja, ihren Schutz gedacht. Was natürlich nicht die Tatsache aufwiegt, dass es absolut falsch von mir war."

„Du hättest dich nicht darauf einlassen dürfen", wisperte ich rau.

„Ich weiß, aber ich habe mich nun mal verantwortlich gefühlt. Als Will zu mir kam, hatte ich das Gefühl, dass es in meiner Hand läge, ob die Hexen ihr friedliches Leben auf Hidden Island weiterführen oder die Insel verraten würden. Diese Verantwortung hat mich beinahe in den Wahnsinn getrieben, aber es haben sich zwei Dinge geändert. Erstens bin ich keine Königin mehr. Es ist, als wäre eine große Last von mir abgefallen. Ich verspüre nicht mehr den Druck, lediglich im Sinne des Vokes zu leben und zu handeln. Ich kann die Dinge aus einer menschlichen, anstatt nur aus einer politischen Perspektive betrachten. Und zweitens", sie lächelte zaghaft, „habe ich dich kennengelernt, Julie. Ein Mädchen, das zu fabelhaft ist, um ihm auch nur ein Haar krümmen zu wollen. Als ich auf Wills Vorschlag einging, war es einfacher für mich, denn Julie Gallagher war da bloß ein fremdes, gesichtsloses Mädchen für mich, und nie hätte ich ahnen können, dass du mir so sehr ans Herz wachsen würdest."

Ich schniefte leise. Livias Worte machten mich furchtbar emotional und wühlten mich innerlich auf. Zuvor war ich mir noch sicher gewesen, dass ich ihr niemals würde verzeihen können, doch je tiefer ihr Bekenntnis sich in meine Seele grub, desto schneller verrauchten die Wut und die Enttäuschung. Vielleicht, schoss es mir in den Sinn, war ich zum ersten Mal in meinem Leben Teil einer richtigen Familie. Eine Familie funktionierte nicht ohne Vergebung. Außerdem ging ich womöglich zu hart mit Livia ins Gericht. Sie hatte das Richtige tun wollen, und durch Roderich hatte ich gelernt, dass es nicht immer leicht war, zwischen Richtig und Falsch zu unterscheiden.

„Du bist mir auch ans Herz gewachsen", murmelte ich, ohne Livia dabei anzusehen.

Sie strich mir liebevoll übers Haar. „Es tut mir so leid, was du alles durchmachen musstest. Ich hoffe, es findet bald ein Ende."

„Hoffe ich auch", stimmte ich geistesabwesend zu, denn in Wahrheit war ich mit meinen Gedanken bereits woanders. „Roderich hätte mir diese Abmachung zwischen dir und Will nicht verheimlichen dürfen", flüsterte ich bitter.

„Ich bin mir sicher, dass er seine Gründe hatte. Genau wie ich", entgegnete Livia unsicher.

Ich dachte angestrengt darüber nach, bis sich ein widerwärtiges Gefühl über meine Stirn legte. Als würde meine Kopfhaut reißen. Der drückende Schmerz schien vergebens. Mir wollte kein plausibler Grund für Roderichs Entscheidung, mir nichts von Wills düsteren Plänen zu erzählen, einfallen. Was konnte das zu bedeuten haben? Dass es ihm schlichtweg egal war? Dass seine Gefühle für mich nicht echt waren? Ich ließ meine Gedanken so groß und irrational werden, bis ich die Antwort schließlich gar nicht mehr wissen wollte. Aus Angst, sie würde mich verletzen.

„Ach, Liebes, ich sehe es hinter deiner Stirn ja förmlich rattern. Dabei solltest du dich jetzt auf dich konzentrieren." Livia zwinkerte, und ich war versucht, ihr ein Lächeln zu schenken, jedoch war die Blessur, die sie mir zugefügt hatte, noch zu frisch. Ich wusste, dass ich nicht ewig böse auf sie sein würde, vermutlich hatte ich ihr sogar schon verziehen, aber ich konnte dieses üble Gefühl einfach nicht abstellen. Das Gefühl, verraten worden zu sein. Ich konnte ihr nicht in die Augen schauen, ohne mich hintergangen zu fühlen, und dasselbe galt wohl für Roderich. Und für Will erst recht!

Meine Wut sollte doch primär ihm gelten. Es war nur so verdammt schwierig, mir eingestehen zu müssen, dass mein bester Freund dazu bereit war, mir den eigenen Willen zu rauben. Nun, da ich die Erkenntnis zuließ, fügte sie mir eine hässliche Wunde am Herzen zu, doch ich wusste, dass ich Will gegenübertreten müssen würde.

„Ich möchte jetzt wirklich allein sein", sagte ich, von tausenden Emotionen geplagt, woraufhin Wehmut in Livias Gesicht trat.

„Du wirst bald abgeholt und zum Palast gebracht", erwiderte sie gequält und erhob sich schwerfällig.

Ich lauschte, wie sie auf leisen Sohlen den Raum verließ. Sobald ich allein war, grübelte ich wieder über Roderich nach. Konnte er überhaupt ein eigennütziges Motiv verfolgt haben? Immerhin war Will gewissermaßen seine Konkurrenz in Sachen Liebe gewesen. Roderich hätte ihn bloß bei mir anschwärzen müssen, und schon wäre Will aus dem Rennen gewesen.

Bevor ich es schaffte, meine Gedanken zu ordnen, klopfte es an der Tür.

Ich zwang mich selbst zu einem „Herein" und beobachtete missmutig, wie die Tür aufflog. Meine Laune hellte sich ein wenig auf, als Mary an mein Bett trat. In ihrer Miene lag Kummer. Sie musste spüren, wie elendig ich mich fühlte, denn sie verwickelte mich in keinerlei Gespräche. Sie half mir bloß schweigend und fürsorglich in ein knöchellanges, schwarzes Kleid. Beim Umziehen bestaunte ich kurz die silberne Naht, die dort verlief, wo mich der Pfeil durchbohrt hatte.

Sobald ich fertig angezogen war, geleitete Mary mich nach draußen. Wir teilten uns einen mokkabraunen Drachen. Zu unserer Rechten und Linken flogen weitere Drachen, die mit Wächtern besetzt waren. Sie trugen Armbrüste bei sich und

sahen sich achtsam um. Eine Eskorte am Himmel.

„Was weißt du über Liebestränke?", platzte es nach einer Weile aus mir heraus.

„Die Hexer brauen sie, aber sie sind nicht frei erschwinglich, weil sie so mächtig sind", antwortete Mary hinter mir bereitwillig. „Soweit ich weiß, kamen nur zwei Liebestränke in der gesamten Geschichte von Hidden Island zum Einsatz."

„Und wo findet man diese Hexer?", bohrte ich weiter.

„Auf ihrem Grundstück im Süden." Nun klang ihre Stimme eher vorsichtig. „Weshalb fragst du? Läuft es bei Roderich und dir etwa nicht mehr gut?" Sie lachte leise auf, doch ich konnte ihr anhören, dass sie ernsthaft besorgt um mich war.

„Nur so", erwiderte ich also schnell und richtete meinen Blick konzentriert nach vorn.

Diese Liebestränke gehörten verboten.

Zögernd betrat ich den Palast. Die Korridore waren gefüllt mit Bediensteten, die ruhelos umherliefen. Kein einziges Gesicht war frei von Schrecken. Die Frauen und Männer riefen sich im Vorbeigehen andauernd Fragen wie „Warum dieser Angriff, warum?" und „Wie viele sind gestorben?" zu. Immer wieder fragten sie dasselbe, erhielten aber nie eine Antwort. Wächter und Angestellte versuchten beruhigend einzugreifen und das Wirrwarr zu koordinieren, schienen jedoch selbst völlig aufgelöst.

Ich bahnte mir einen Weg durch das Gewusel, in der Hoffnung, auf vertraute Gesichter zu stoßen. Mary hatte ich bereits in dem Treiben auf dem königlichen Hof verloren, weswegen ich mich nun scheußlich allein fühlte.

Schwungvoll bog ich den nächsten Korridor ein und verharrte in der Bewegung. Roderich stand mitten im Gang und

bemühte sich darum, all den Stimmen, die auf ihn einprasselten, gerecht zu werden. Eine Traube aus Menschen hatte sich um ihn herum versammelt, und er drehte seinen Kopf überfordert in alle Richtungen, aus denen Wortfetzen zu ihm hervordrangen. Überfüllte Krankenhäuser, Vermisste, Tote, Fragen – all das konnte er unmöglich auf einmal bewältigen. Sein linkes Augenlid zuckte leicht. Er versuchte, ein Anliegen nach dem anderen abzuarbeiten, sprach zu den Leuten, gab Antworten nach bestem Wissen und Gewissen. Dann hielt er mitten im Wort inne. Die Bediensteten wandten sich mit einem Mal von ihm ab und stürmten auf ihr neues Ziel zu: Livia und Malcolm hatten den Korridor betreten. Roderich stand nun da wie ein Spielzeug, das man achtlos beiseite geworfen hatte. Mitgenommen rieb er sich über die Augen. Als er seine Hände dann in den Taschen seiner Anzugshose vergrub, erspähte er mich. Mit eiligen Schritten kam er zu mir. Er wollte mich in den Arm nehmen, doch ich schüttelte den Kopf.

„Tja, nun sieht man wieder, wer der wahrhafte König ist", sagte Roderich bitter und sah sich flüchtig zu seinen Eltern um, die gewissenhaft auf die Fragen der Bediensteten eingingen.

„Mach dir nichts draus. Mich haben sie nicht mal mit dem Hintern angeguckt." Ich rang mir ein Lächeln ab, merkte aber schnell, wie enttäuscht ich noch immer von Roderich war.

„Kommst du dir auch fürchterlich unnütz vor?", murmelte er mit leerem Blick.

„Ja, aber woanders bin ich das vielleicht nicht."

Nun war Roderich wieder völlig präsent und legte verwundert die Stirn in Falten.

„Ich möchte zu den Hexern und die Produktion von Liebestränken verbieten", erklärte ich so selbstsicher wie möglich. „Das geht doch, oder?"

„Ja ... sicher ... nur ...", entgegnete Roderich gedehnt und sichtlich überrumpelt. *„Jetzt?"*

„Ja, jetzt. Du siehst doch, dass uns niemand hier braucht! Ich möchte wenigstens etwas Gutes in dem ganzen Schlamassel bewirken."

„Schön. Dann komme ich mit dir."

Ich wollte protestieren, aber sein angespannter Kiefer zeugte von solch einer felsenfesten Entschlossenheit, dass ich seine Entscheidung bloß seufzend hinnahm.

„Und wir reisen inkognito", fügte Roderich hinzu.

Ohne zu einer weiteren Erklärung anzusetzen, zog er mich vorwärts, bis er fand, wonach er suchte: Stephen. Kurzerhand wurden mir in etwa zehn Schichten Make-up und ein neues Outfit verpasst, in dem man mich auf den ersten Blick tatsächlich nicht gleich erkennen würde. Ich steckte nun in einer ausgebeulten Jogginghose, einem übergroßen Kapuzenpullover und trug dazu noch eine Cap. Meine Haare hatte Stephen mir zu zwei Dutts im Nacken zusammengebunden. Roderich hingegen kam mit einer Trekkinghose und einer Sweatshirtjacke davon, deren Kapuze er sich einfach tief ins Gesicht zog.

In dieser Montur stahlen wir uns nach draußen, bahnten uns einen Weg durch das zerstörte Labyrinth und kletterten auf einen Transport-Drachen. Heute fühlte es sich beängstigend fremd an, meine Arme von hinten um Roderich zu legen. Ich ließ ihn sogleich los, als wir auf einem weitläufigen Feld landeten.

Interessiert beobachtete ich die Männer, die um uns herum Kräuter schnitten, Schubkarren durch die Gegend beförderten und Sträucher wässerten. Allesamt trugen sie schulterlange Haare und dunkle Arbeitskleidung und ließen sich nicht von unserer Anwesenheit stören. Sie nickten uns höflich zu, wenn sie uns passierten, schenkten uns ansonsten aber keinerlei Beachtung.

„Diese Hexer haben einfach immer die Ruhe weg. Also los." Roderich rutschte vom Rücken des Drachen hinab.

Ich tat es ihm gleich und ließ mich von ihm auf einen Kiesweg führen, auf dessen linken Seite Kräutergärten und Rahmenbeete lagen. Auf der rechten Seite wuchsen kleine Bäume, die ich noch nie zuvor in meinem Leben gesehen hatte. Manche von ihnen hatten golden schimmernde Stämme, andere violette Blätter, und wieder andere Äste, die ästhetisch miteinander verflochten waren. Die Nachmittagssonne schien mir warm in den Nacken und sorgte dafür, dass Schweiß an meinen Schläfen hinablief.

Wir folgten dem Weg, bis ein riesiges Gewächshaus mit anthrazitfarbenen Streben zum Vorschein kam. Das Sonnenlicht glitzerte so anmutig auf der gläsernen Front, dass ich nicht umhinkam, mich dem Eingang zu nähern. Noch bevor ich meine Nase in das Gewächshaus hineinsteckte, schwappte mir eine Welle von faszinierenden Düften entgegen. Erdig, exotisch und berauschend.

„Kann ich Ihnen helfen?"

Ich zuckte zusammen, als ein Mann Anfang sechzig hinter einer Blumenampel auftauchte. Sein braungebranntes Gesicht trug viele Falten, seine algengrünen Augen strotzten hingegen vor Jugendlichkeit. Trotz seines Lächelns wirkte der Mann unheimlich auf mich, was vermutlich an seinem knöchellangen, dunklen Umhang und seinen krausen, grauen Haaren, die ihm bis zu den Schultern reichten, lag.

„I-ich weiß nicht." Scheu wie ein Reh nahm ich meine Cap ab und lächelte verlegen. Innerlich verfluchte ich mich selbst dafür, dass ich mein Vorhaben mit solch einer Gehemmtheit bestritt.

Roderich streifte seine Kapuze ab.

„Mein König", entfuhr es dem Mann. Seine metallische Stimme klang überrascht. Dann inspizierte er auch mich aufmerksam. „Meine Königin? Bitte sagt mir doch, wie ich Euch dienen kann."

„Sie sind ein Hexer, richtig?", purzelten die Worte wenig galant aus mir heraus.

Der Mann lachte sachte auf. „Allerdings. Archibald Patel, wenn ich mich vorstellen darf. Also, was führt Euch her?"

„Ich wollte mich über einen bestimmten Trank informieren." Geistesabwesend strich ich über das gelb gesprenkelte Blatt einer Pflanze. „Sie brauen Liebestränke, nicht wahr?"

„Das ist korrekt. Ihr wollt doch nicht etwa einen verwenden?" Mr. Patel zog seine grau durchzogenen Augenbrauen nach oben und kratzte sich neugierig an seiner Hakennase.

„Im Gegenteil." Ich konnte mich nicht dagegen wehren, angewidert die Lippen zu kräuseln. „Ich wollte eigentlich mit Ihnen darüber sprechen, ob es nicht möglich wäre, die Produktion ... einzustellen."

„Ihr wollt sie verbieten?", fragte der Hexer geradeheraus.

„Ich weiß nicht, ob ich solcherlei Gebräu in meinem Königreich haben möchte, wenn ich ehrlich sein soll", erklärte ich leise und ernst.

„Ihr seid gegen Liebestränke?"

„Ja, richtig."

„Aber dann gibt es doch keinen Grund zur Sorge, nicht?" Mr. Patel legte den Kopf schief. „Immerhin vermögen es nur König und Königin, Anträgen auf die Nutzung von Liebestränken stattzugeben."

„Wenn wir überhaupt noch lange König und Königin sind", rutschte es mir bitter heraus.

Ein warmes Funkeln trat in die Augen des Hexers. „Ihr

redet von dem furchtbaren Angriff, der sich letzte Nacht ereignet hat, richtig?"

Ich nickte betreten. „Wer kann schon sagen, wie viele Angriffe noch folgen werden?"

„Das kann niemand sagen. Wir Hexer leben zwar abgeschieden, aber auch zu uns sind dunkle Gerüchte über den Palast vorgedrungen."

„Und doch stehen Sie hier und reden mit uns?", fragte Roderich, der bis jetzt bloß unbeteiligt einen riesigen Kürbis angestarrt hatte, mit überheblicher Skepsis in der Stimme.

„Ich habe nicht gesagt, dass ich den Gerüchten glaube." Mr. Patel zwinkerte kaum merklich. „Wir alle hier sind der Meinung, dass wir nicht urteilen, bis Beweise auftauchen."

Ein andächtiges Schweigen legte sich über uns. Ich wusste vor lauter Faszination nicht, was ich sagen sollte. Es war unglaublich, welch eine Ruhe von dem Hexer ausging. Mir war, als könnte er all meine Sorgen und Gedanken nachempfinden, selbst, wenn ich nicht redete. Es fühlte sich vertraut an, neben ihm zu stehen und die Pflanzen zu betrachten.

„Kommt", sagte er schließlich und bedeutete uns mit einer freundlichen Handgeste, ihm zu folgen.

Wir traten ins Freie und gingen zurück zu dem Kiesweg, dem wir ein Stück weit folgten, bis der Hexer auf einen Trampelpfad am Rande eines Ackers abbog, der zu einer scheinbar unendlich weiten Wiese mit hohen, wilden Gräsern führte. Roderichs Gang wirkte gelangweilt, doch ich staunte nicht schlecht, als ein freistehendes Herrenhaus in mein Blickfeld rückte. Der verputzte Backsteinbau war von beeindruckender Höhe, ein wenig in die Jahre gekommen, aber das von Efeu bewachsene Gebäude passte herrlich in die Landschaft.

Drinnen blickte ich an den dunklen Wänden empor und bewunderte den wertvollen Stuck. Ich hätte gern noch mehr

von dem Haus gesehen, allerdings gingen wir nicht weit, sondern blieben gleich vor der zweiten Tür stehen, die der Hexer mit einem langen, kupfernen Schlüssel öffnete.

Es war so warm in dem Raum, in den wir nun eintraten, dass sich wie draußen schon Schweißperlen auf meiner Stirn bildeten. Von dem Kessel aus Messing, der auf einer Erhöhung in der Mitte des Raums thronte, gingen Dämpfe aus, die sich in jede Ecke hineinsogen und an den deckenhohen Regalen absetzten. Diese waren vollgestellt mit sorgsam beschrifteten Ampullen, Fläschchen mit Flüssigkeiten in allen Regenbogenfarben und transparenten Kästchen mit Kräutern und Gewürzen. All das wurde von einer Deckenlampe mit breitem Rand und Glasschirm in Creme und Blau in ein mysteriöses, warmweißes Licht getunkt.

„Hier geschieht die Magie", raunte der Hexer und schritt mit leuchtenden Augen um den Kessel herum, in dessen Innern es bereits schäumte.

Ich trat näher an das Gebräu heran. Ein anregender Lavendelduft kletterte mir in die Nase. Eine honigsüße Note stahl sich mit der Zeit in das Brodeln hinein und vernebelte mir beinahe die Sinne. Mein Herz begann zu pumpen und wäre vermutlich explodiert, hätte Roderich mich nicht an den Armen gefasst, um mich ein Stück zurückzuziehen. Peinlich berührt heftete ich meinen Blick an den kaffeebraunen Fliesen fest.

„Was stellen Sie sonst noch für Tränke her?", fragte ich neugierig.

„Oh, im Grunde genommen beherrschen wir Hexer nur zwei wirklich mächtige Tränke. Einer davon ist der Liebestrank." Mr. Patel deutete gutmütig in Richtung Kessel. „Der andere ist ein Vergessenstrank, der es vermag, jemanden vergessen zu machen. Zugegeben, der Name ist selbsterklärend."

„Wie bei einer Amnesie?" Ich schauderte leicht.

„Richtig, aber der Trank wurde bisher immer nur zu Forschungszwecken eingestzt. Unsere Wissenschaftler versuchen herauszufinden, ob der Vergessenstrank gezielt eingesetzt werden kann, um nur einen bestimmten Teil der Erinnerungen auszulöschen. Das wäre beispielsweise hilfreich bei der Behandlung von Trauma-Patienten. Natürlich wäre eine ethische Debatte von Nöten, wenn das in die Praxis umgesetzt werden sollte, aber im Moment gibt es ohnehin keine Evidenz dafür, dass es funktionieren könnte, jemanden bloß ein Bruchstück seines Lebens vergessen zu lassen. Darüber hinaus wird daran geforscht, inwieweit der Trank als Gegenmittel für eine Amnesie eingesetzt werden kann."

„Ganz nach dem Motto, minus mal minus ergibt plus?"

„Genau."

„Und? Funktioniert das?"

„Es scheint patientenabhängig zu sein." Mr. Patel verzog unglücklich den Mund. „Bisher ist die Erfolgsquote ziemlich niedrig." Der Hexer wandte sich von mir ab, schlug die Hände hinter seinem schmalen Rücken zusammen und ging summend an einem Regal auf und ab, bis er schließlich etwas daraus hervorzog. Er reichte mir ein Fläschchen mit einer grüngoldenen Flüssigkeit.

„Was ist das?" Ehrfürchtig nahm ich den Trank entgegen.

„Ein Vergessenstrank. Vielleicht braucht Ihr ihn ja eines Tages."

„Sicherlich nicht!", rief ich eilig und wollte ihm das Fläschchen zurückgeben, doch er zog seine Hände zurück und lächelte milde.

„Wenn Ihr den Trank nicht verwenden wollt, ist er bei Euch ja sicher aufgehoben, nicht?" Er sah mir einige Sekunden lang intensiv in die Augen, bevor er sich den Regalen

widmete und beiläufig erklärte: „Ansonsten brauen wir Erkältungstränke, die die Dauer eines Schnupfens auf vier Tage reduzieren können, Schlafmittel, mit denen man die Länge des Schlafs genau einstellen kann, und auch einige andere Heilmittel. Könnt Ihr alles im *Großen Buch der Hexer* nachlesen."

„Das Buch gibt es bei uns in der königlichen Bibliothek", warf Roderich in den Raum und unterdrückte ein Gähnen. Er musste all das schon gesehen haben, musste alles schon wissen, aber ich hätte dem Hexer noch stundenlang zuhören können.

„Aha", machte ich gedehnt und betrachtete immer noch das Fläschchen in meiner Hand. „Können die Hexen diese Tränke auch brauen?"

„Natürlich nicht", entrüstete Mr. Patel sich beinahe beleidigt. „Viele Hexen haben sich an den Formeln versucht, aber keiner ihrer Tränke hat gewirkt. Dafür bedarf es des Segens eines Hexers."

„Ja, das scheint mir sicherer." Ich wollte gar nicht erst wissen, was die Hexen alles anstellen würden, verfügten sie auch noch über die Gabe der Hexer.

„Apropos sicher." Roderich baute sich mit vor der Brust verschränkten Armen vor Mr. Patel auf. „Sie haben den Wunsch der Königin gehört. Die Produktion der Liebestränke wird eingestellt. Alle derzeit existierenden Liebestränke werden vernichtet."

„Wie Ihr befiehlt." Der Hexer lächelte höflich, doch die Unzufriedenheit war ihm im Gesicht abzulesen.

„Ich danke Ihnen", sagte ich zu Mr. Patel, während Roderich schon halb zur Tür hinaus war.

„Meine Königin." Ernsthaftigkeit flammte in den Augen des Hexers auf, als er mir seine kalten Hände auf die Schul-

tern legte. „Seid achtsam. Es ist gefährlich, seine Feinde nicht zu kennen."

Ich nickte bloß unbeholfen und lief dann los, um Roderich einzuholen.

„Können wir jetzt zurück zum Palast und über alles reden?", knurrte er ungeduldig.

„Du bist nicht gerade in der Position, Anforderungen zu stellen!", erwiderte ich bissig. „Und ich muss vorher noch etwas erledigen."

„Und zwar?" Er bemühte sich spürbar um einen neutralen Tonfall, allerdings war ihm sein Schuldbewusstsein deutlich anzuhören.

„Ich möchte zu Will."

Roderich blieb abrupt stehen. „Zu dem Kerl?"

„Ich muss zu ihm. Versteh das doch!"

„Er hat ja wohl den größeren Mist gebaut von uns beiden, und trotzdem willst du zuerst mit ihm reden?" Er zitterte nun leicht, seine Gesichtszüge zeugten von Verletzlichkeit.

„Ich will nicht mit ihm reden, ich will ihm die Hölle heiß machen", erklärte ich ruhig.

„Bitte. Dann bringe ich dich eben zu Will."

„Gott, nein, ich möchte wirklich nicht, dass du den Anstandswauwau spielst. Außerdem sollte sich wenigstens einer von uns mal wieder im Palast blicken lassen, oder? Komm schon! Ich verspreche auch, dass ich auf mich aufpasse. Sobald ich zurück bin, höre ich dir zu. Du kannst mir vertrauen, Roderich." *Anders als ich dir.*

Er sah zutiefst unglücklich aus, nickte aber ergeben. „Hau dem Typen ja aufs Maul."

KAPITEL 24

Hoch oben über der Insel kam sie mir wie der schönste Ort der Welt vor. Friedlich und magisch, mit all ihren besonderen Geschöpfen und Spezies. Mit dem fabelhaften Palast, der imposanten Hexen-Universität, den vielen Wäldern und den nebelverhangenen Bergen, wo die Drachen in ihren Höhlen lebten.

Tränen der Wut und der Verzweiflung schossen mir in die Augen, als ich mir ins Gedächtnis rief, dass ich es doch besser wusste. Das Böse war ein Teil von Hidden Island. Lügen und Listen wurden gesät und wuchsen rasend schnell. So schnell, dass sie mich vielleicht mein Leben kosten würden.

Mr. Patel hatte recht. Ich wusste nicht mehr, wer meine Feinde waren. Wusste nicht, wem ich noch trauen konnte. Aber wieso hatte der Hexer mir diese Warnung mit auf den Weg geben wollen? Lag es in seiner Natur, weise Sprüche zu verbreiten? Sorgte er sich ernsthaft um mich? Er kannte mich nicht einmal. Warum hatte er mir also ungebeten einen Vergessenstrank mitgegeben? Was sollte ich damit anfangen? Oder hatte er bloß freundlich sein wollen? Wieder einmal ärgerte ich mich schwarz darüber, wie wenig ich doch über die Insel, ihre Gepflogenheiten und ihre Bewohner wusste.

Meine Gedanken verstrickten sich wirr ineinander, suhlten

sich in Selbstzweifeln und mutierten zu einer leisen Stimme, die mir eindringlich zur Kapitulation riet, bis mich ein flaues Gefühl im Magen aus dem dunklen Strudel des Sinnierens befreite. Der Drache flog nun ein wenig tiefer. Unter uns lag die Große Stadt. Menschenmengen drängelten sich durch die Einkaufspassage und flanierten von Geschäft zu Geschäft.

Ein deprimierendes Gefühl übermannte mich, wenn ich daran dachte, dass ich vielleicht nie wieder bedenkenlos über die breite Gasse schlendern könnte. Unter all den Menschen, die in dieser Sekunde friedlich ihrem Alltag nachgingen, konnten potenzielle Angreifer lauern. Solche, die den Palast stürzen wollten, solche, die blind den Gerüchten trauten, ja, sogar solche, die mich tot sehen wollten. Vielleicht, dachte ich kurz, wäre es tatsächlich an der Zeit für diese Insel, eine neue Form der Regierung zu erwählen. Aber wie hätte ich so einen Gedanken Malcolm und Livia beibringen sollen? Und würde das Niederlegen unserer Ämter nicht wie ein Schuldgeständnis wirken? Wieso überhaupt eine andere Art der Regierung, wenn der Palast doch demokratisch veranlagt war?

Während ich meinen Gedanken nachhing, entdeckte ich ein vermeintlich bekanntes Gesicht in der Menschenmenge, das mir schier den Boden unter den Füßen weggerissen hätte, wäre ich nicht ohnehin in der Luft gewesen.

„Smith", flüsterte ich erstickt und starrte angestrengt dorthin, wo ich einen blonden Haarschopf und ein schmales Gesicht zu erkennen glaubte. Allerdings war ich nicht nahe genug, um mir sicher sein zu können, dass es wirklich Smith war.

Kopflos ließ ich den Drachen mitten auf der Straße landen und sah mich gehetzt um. Wo war Smith hin? Hatte ich mich doch geirrt? In welche Richtung ich mich auch drehte, das vertraute Gesicht war längst in der Menge verschwunden.

Aber wenn es tatsächlich Smith gewesen war, musste es etwas Übles bedeuten. War er aus dem Gefängnis entkommen? Hatte er Komplizen unter denjenigen, die eigentlich für den Palast arbeiteten? Nein, ich musste mich getäuscht haben ...

„Steigen Sie ab oder fliegen Sie weiter, aber machen Sie gefälligst den Weg frei!", ertönte eine aufgebrachte Stimme, die mich Smith augenblicklich vergessen ließ.

Erst jetzt bemerkte ich, dass sich eine Traube aus Menschen um mich herum gebildet hatte. Fußgänger drängten sich verärgert an mir vorbei und fluchten in meine Richtung, da ich die halbe Straße blockierte. Ich wollte mich schleunigst vom Acker machen, da fiel mein Blick auf eine große Frau, die ihre Augen zu Schlitzen verengte und mich angestrengt musterte. Ich überlegte, woher ich sie kannte, dann fiel es mir ein. Sie war die Architektin, mit der ich für die Planung einer neuen Universität zusammengearbeitet hatte.

„Die Königin!", rief sie nun lauthals. *Verflucht.*

Die Passanten blieben stehen und reckten ihre Köpfe in meine Richtung – und sie sahen nicht gerade wohlgesonnen zu mir hinauf. Angstschweiß lief mir plötzlich in Strömen den Rücken hinunter, und ich nahm nur verzerrt wahr, was die Umstehenden riefen. Wortfetzen drangen an mein rauschendes Ohr.

„Tränengas, eine Frechheit!"

„... wollen uns für dumm verkaufen!"

„Hidden Island wird untergehen!"

„Sie lügen uns an ..."

„Was ist mit unserer Sicherheit?"

Scheu wanderten meine Augen von einer wütenden Fratze zur Nächsten.

„Hört auf, unsere Königin zu beschuldigen!", brüllte ein junger Mann, woraufhin die Leute um mich herum

zu streiten begannen, doch sie hatten mich keineswegs vergessen. Im Gegenteil! Eine dickliche Frau mit zornesrotem Gesicht walzte durch die Menge und bewarf mich mit einem Brokkoli. Einige bestärkten sie mit Jubelrufen und nahmen sich ein Beispiel an ihr. Gemüse und Obst trafen mich an den Schultern und am Rücken. Hilflos duckte ich mich und krallte mich voller Verzweiflung am Hals des Drachens fest.

„He, Platz da!", vernahm ich eine vertraute Stimme. „Lasst mich durch!"

Die Leute sahen sich ebenso wie ich suchend um und vergaßen darüber zum Glück, in ihren Einkaufstaschen nach essbaren Geschossen zu kramen. Konsterniert starrte ich in Wills angespanntes Gesicht hinab. Ohne Umschweife kletterte er hinter mich, legte seine Arme um meine Taille und rief dem Drachen ein lautes „Los!" zu. Die Leute wichen vor dem Flügelschlagen zurück und schauten uns bitter nach, während wir in die Lüfte abhoben. Wir ließen aufgewühlte und diskutierende Männer und Frauen zurück.

„Du hast Anhänger und Feinde, Jools", rief Will mir provokativ altklug ins Ohr. „Hauptsächlich Feinde."

Feinde, die mich zu allem Überfluss auch noch verfolgten, wie ich feststellen musste, als ich mich zittrig zu ihnen umsah. Einige von denjenigen, die mich soeben wüst beschimpft hatten, verteilten sich auf zwei Drachen, mit denen sie sich an unsere Fersen hefteten.

„Bring mich zum Palast", sagte ich kläglich, da mir schmerzlich bewusst wurde, dass ich bloß zu Roderich wollte.

„Möchtest du wirklich, dass dir ein paar Verrückte, die den Palast hassen, zum *Palast* folgen? Du hast keine Ahnung, ob sie vielleicht die Fassung verlieren und die Wachen angreifen."

„Die Wachen kriegen das schon hin." Ich stöhnte unglücklich.

„Ja, aber dann gibt es vermutlich Verletzte unter den Verrückten", sagte Will besserwisserisch.

„Was schlägst du also vor?", keifte ich ihn an. Ich war so wütend auf ihn und darauf, dass er recht hatte.

„Zu mir", erwiderte er knapp und ich merkte ihm deutlich an, dass er seine Überlegenheit in vollen Zügen auskostete.

„Da wollte ich eh hin", sagte ich so stolz wie möglich und freute mich ein kleines bisschen darüber, wie ihm für einen Moment der Atem stockte.

„Du wolltest zu mir?", fragte er ernst. Ihm war anzuhören, dass er nicht wusste, was er davon halten sollte. „Weswegen?"

„Um dich anzubrüllen", antwortete ich kühl. „Und nimm gefälligst deine Pfoten von mir!" Jetzt erst fiel mir auf, wie innig Wills warme Hände sich in meinen Pullover gruben.

„Ich muss mich doch irgendwo festhalten", meinte er bloß, fasste mich nun aber lockerer an.

Ein Kloß wuchs in meinem Hals heran.

Wir waren beste Freunde gewesen. Wie hatte nur *das* aus uns werden können?

Eilig sprang ich vom Rücken des Drachen. Will schickte ihn mit einem sanften Klaps fort, dann sprinteten wir auf das kleine Cottage seiner Familie zu. Unsere Verfolger hatten wir auf den letzten Metern abgehängt, aber wer wusste schon, ob sie nicht jede Sekunde hier auftauchen würden?

Mit bebenden Fingern steckte Will den Schlüssel ins Schloss, während ich mich immer wieder besorgt umsah.

„Mach schneller", drängte ich ihn.

„Ich beeile mich ja", knurrte er.

Endlich stieß er die Holztür auf. Wir huschten hinein und schlugen sie heftig zu.

„Die finden uns hier nicht, oder?", fragte ich und lehnte mich zittrig gegen die pergamentfarbene Hauswand.

„Ich hoffe nicht." Will packte mich am Handgelenk und zog mich den schmalen Flur entlang. Er navigierte mich in das hinterste Zimmer hinein, wo er die grauen Vorhänge vor dem kleinen Fenster zuzog und sich stöhnend über die Augen rieb. Er ließ sich auf das schlichte Doppelbett sinken, während ich meinen Blick über den weißen Schreibtisch, die Landschaftsfotografien an den Wänden und die dunklen Holzdielen wandern ließ.

„Dein Zimmer?", fragte ich leise und verschränkte die Arme vor der Brust.

Will nickte und legte dann die Stirn in Falten, als sähe er mich zum ersten Mal. „Wie siehst du überhaupt aus, Jools?"

„Das ist Tarnung", antwortete ich scharf, zog aber peinlich berührt die Cap ab.

„Hat ja nicht besonders gut funktioniert."

In diesem Moment konnte ich nicht anders, als ihn fassungslos anzuglotzen. Das hier lief in eine ganz falsche Richtung! Ich wollte doch *ihm* einen Vortrag halten. Ich durfte nicht zulassen, dass er das Ruder übernahm und mich niedermachte. Ich wollte ihm Worte an den Kopf werfen, die ihn treffen würden, doch er kam mir plötzlich vor wie ein Fremder. Was sagte man zu einem Fremden? Woher wusste ich, wie ich ihm vernünftig ins Gewissen reden könnte?

„Wieso redest du so mit mir?" Etwas Besseres fiel mir nicht ein. Ich fühlte mich wie ein kleines, verletztes Mädchen, das weder ausreichend Mumm noch den Grips aufbrachte, um sich zu verteidigen. Dabei war ich doch auf eine Konfrontation mit Will aus gewesen. Aber mir wurde erst jetzt gänzlich bewusst, wie sehr es schmerzen würde, *mich* in aller Ausführlichkeit mit Wills hinterhältigem Plan zu konfrontieren.

„Ich bin wütend auf dich, schon vergessen?", sagte Will tonlos, womit er das Fass eindeutig zum Überlaufen brachte.

„Nein, *ich* bin wütend auf *dich*!" Mein ganzer Körper bebte, als ich in Wills ausdrucksloses, abweisendes Gesicht schaute. „Aber, hey, teilen wir uns einfach einen Liebestrank, dann ist doch gleich alles vergeben und vergessen."

Wills Gesichtszüge entgleisten, aber nur für den Bruchteil einer Sekunde, dann lehnte er sich seufzend zurück und sah mich nachdenklich an. „Schrei mich ruhig an, Jools. Ich werde mich garantiert nicht rechtfertigen."

„Wieso nicht?", entfuhr es mir zornig. „Du solltest vor lauter Scham im Boden versinken wollen! Was hast du dir nur dabei gedacht, so einen widerlichen Handel vorzuschlagen? Hat dir unsere Freundschaft gar nichts bedeutet?"

„Ich wollte mehr", antwortete er gefasst.

„Ich weiß, und ich bereue jede Sekunde, in der ich versucht habe, dir dieses Mehr zu geben." Meine Stimme klang auf einmal furchtbar weinerlich, aber vielleicht würde Will sich ja einsichtig zeigen, wenn er nur sah, wie sehr er mich mit seinem Handeln verletzt hatte. „Du hast mich die ganze Zeit über angelogen. Du hast gesagt, du hättest nichts davon gewusst, dass Roderich mich heiraten will, dabei hast du mich nur deswegen hergebracht. Und darum wolltest du mich auch die ganze Zeit dazu überreden, mich auf dieses Abenteuer einzulassen!"

„Ja, stimmt." Will wirkte immer noch unbeeindruckt.

„Bist du denn wahnsinnig, einfach nur so dazusitzen und alles an dir abprallen zu lassen?", schrie ich ihn nun an und hielt mit aller Mühe die Tränen zurück. Er hatte es nicht verdient, dass ich seinetwegen weinte. „Du wusstest doch, wie wahnsinnig schlecht ich mich gefühlt habe, weil ich deine Gefühle nicht erwidern konnte. Du hast mich für etwas leiden lassen, was ich nicht steuern kann. Du hast mich als die Schuldige dargestellt und zugelassen, dass ich das auch noch glaube. Aber in Wahrheit bist du der Abscheuliche von uns beiden! Du wolltest mir, deiner besten Freundin, den eigenen Willen rauben, damit dein Wille in Erfüllung geht. Warum, frage ich dich also, warum krauchst du nicht auf deinen Knien auf dem Boden herum und bettelst um Vergebung?"

„Weil ich es jederzeit wieder so tun würde", sprudelte es nun emotional aus Will heraus. Er klang wütend und verzweifelt zugleich, und kleine Tröpfchen aus Speichel flogen aus seinem Mund, während er sprach. „Jools, wenn du wüsstest, was ich für dich empfinde ... Ich werde mich garantiert nicht dafür entschuldigen, dass ich alles dafür tun würde, um mit dir zusammen zu sein. Ich werde mich nicht dafür entschuldigen, wie sehr ich dich liebe."

„Das ist keine Liebe. Das ist reine Begierde", wisperte ich langsam und eindringlich.

Wills Augen röteten sich zunehmend, aber auch er hielt die Tränen zurück.

„Du irrst dich", sagte er mit brüchiger Stimme.

„Ach ja? Du hast mich nicht mal im Krankenhaus besucht", giftete ich und wehrte mich gegen das Mitleid, das seine Verwundbarkeit in mir auslöste.

„Bist du verrückt? Stundenlang stand ich vor dem Eingang, wollte zu dir, aber die haben bloß Angestellte vom Palast reingelassen." Will kräuselte verbittert die Lippen, schwieg eine Weile und sagte dann mit rauer Stimme: „Es *ist* Liebe." Schwerfällig stand er auf, kam zu mir herüber und stellte sich so dicht vor mich, dass ich die Hitze, die von seinem Körper ausging, spüren konnte. „Ich weiß sehr gut, was ich fühle. Schön, vielleicht bin ich vom rechten Weg abgekommen. Deswegen brauche ich dich doch. Du weißt immer, was richtig und was falsch ist. Ohne dich bin ich womöglich nicht der gute Kerl, den alle in mir sehen und der ich sein will. Und du brauchst mich auch, das weiß ich. Darum gehören wir doch zusammen."

„Ohne mich bist du kein guter Mensch, ja?" Ich schnaubte und fühlte mich fürchterlich benutzt. War ich das für Will gewesen? Ein Wegweiser, mit dem es ihm besser ging, weil er sich dadurch selbst leiden konnte? „Ich bin nicht deine verdammte Therapeutin, klar? Vielleicht solltest du dich erst einmal mit dir selbst auseinandersetzen, bevor du ..."

Ich zuckte heftig zusammen, als es klopfte. Kurz schoss mein Puls in die Höhe, da ich befürchtete, unsere Verfolger würden vielleicht alle Häuser nach uns durchsuchen, doch mir wurde schnell klar, dass sie unter diesen Umständen wohl kaum höflich an der Tür geklopft hätten, anstatt einfach hereinzuplatzen.

„Ja?", rief Will ungehalten und verschränkte entnervt die Arme vor der Brust.

„Kuckuck." Angy steckte ihren Kopf zur Tür herein und lächelte unsicher. Ihre Augen huschten fragend von Will zu mir. Da niemand von uns zu einer Grußformel, geschweige denn zu einer Erklärung ansetzte, fuhr sie seufzend fort: „Ich möchte ja nicht stören, aber wisst ihr zufällig, was es mit den Verrückten auf sich hat, die immer wieder Kreise über unserem Häuserblock fliegen?"

„Machen die das ernsthaft?", brummte Will und schloss entkräftet die Augen.

Angy nickte und zeigte ihm einen Vogel.

Ich schluckte schwer und wusste nichts zu erwidern. Auf keinen Fall wollte ich Angy in die ganze Sache mit hineinziehen. Sie konnte weder etwas für das scheußliche Verhalten ihres Sohnes noch für den Zusammenfall des Königreichs.

299

Meinetwegen lauerten die Verfolger über ihrem Zuhause.

„Diese Spinner haben es auf Julie abgesehen", schimpfte Will.

„Schon gut. Ich will eh zurück zum Palast", sagte ich matt und machte mich mit leerem Blick daran, Wills Schlafzimmer zu verlassen, jedoch hielten er und seine Mutter mich mit einem synchronen „Halt!" auf.

„Tu dir das nicht an, Julie." Angy packte mich sanft an den Schultern und schob mich ein Stück zurück.

„Du solltest wirklich warten, bis die Idioten abziehen", stimmte Will zu. Wenn auch widerwillig.

„Das wäre vermutlich klüger." Resigniert und müde sah ich zur Seite weg.

Angy brachte mich in ein kleines, karg eingerichtetes Gästezimmer, wo ich die nächsten Stunden ausharrte und mich sehnlichst an einen anderen Ort wünschte.

KAPITEL 25

Von Alpträumen geplagt, schreckte ich aus dem Schlaf empor und wunderte mich darüber, dass ich tatsächlich eingeschlafen war. Schweißgebadet warf ich einen Blick aus dem Fenster. Die Dämmerung setzte bereits ein.

Unruhig stieg ich aus dem Bett und trat ziellos auf den Flur hinaus. Nur mit Mühe hielt ich einen Schrei zurück, als ich beinahe mit Will zusammenstieß. In T-Shirt und Boxershorts stand er vor mir, hielt zwei Tassen mit dampfendem Tee in seinen großen Händen und sah übermüdet auf mich herab.

„Ich dachte, wir könnten noch einmal reden", flüsterte er ungewohnt demütig.

„Nicht jetzt", antwortete ich abweisend, während mein Blick bereits zur Haustür wanderte.

Will schwieg einen Augenblick lang, die Lippen fest aufeinander gepresst, bis er schließlich gestand: „Die Verschwörungstheoretiker sind fort."

„Dann mache ich mich auf den Weg." Ich bemühte mich um einen kühlen Tonfall. Beinahe hätte ich mich zu einem milden Lächeln verleiten lassen und konnte es bloß in letzter Sekunde zurückhalten. Hier in diesem dunklen Flur fühlte es sich seit einer kleinen Ewigkeit wieder freundschaftlich vertraut mit Will an – dabei war meine Seele immer noch mit Zorn erfüllt. Unsere gemeinsame Vergangenheit durfte mich den Verrat der Gegenwart nicht vergessen machen.

„Tee?", fragte Will behutsam und hielt mir hoffnungsvoll eine Tasse hin.

Ich zögerte. Seine Lügen, seine Skrupellosigkeit, sein Verhalten – all das schmerzte mich unsäglich. Und doch wollte ich unsere Freundschaft noch nicht gänzlich begraben. Will war immer mein Fels in der Brandung gewesen. Es war an der Zeit, mich nicht länger an ihm festzuklammern und mich von der Strömung forttragen zu lassen. Trotzdem glaubte ich, dass es eine Zukunft für uns geben würde. Wollte daran glauben.

Ehe ich zu einer Antwort ansetzen konnte, klopfte es an der Haustür. Will wandte sein schönes, schwermütiges Gesicht von mir ab und schritt zögerlich den Flur entlang. Ich blieb dicht hinter ihm, als er schließlich vorsichtig die Türklinke hinunterdrückte und öffnete. Ich atmete erleichtert auf. Zwei Palastwachen warteten draußen. Mein Anblick schien sie gleichermaßen zu erleichtern.

„König Roderich ist äußerst besorgt um Eure Sicherheit", erklärte einer der Wächter. „Wir sind gekommen, um Euch zum Palast zu bringen."

Ich nickte müde und ließ mich von den Männern zu einem Drachen geleiten, auf dessen Rücken ich kletterte. Von dort aus warf ich Will einen letzten Blick zu. Mit hängenden Schultern lehnte er im Türrahmen und sah mir nach, wie ich in die Lüfte abhob.

Der Flug zog wahnsinnig schnell an mir vorbei, da mir immer wieder die Augen zufielen. Bald schon näherten wir uns dem Palast und setzten zur Landung an.

„Ich begleite Euch, meine Königin", sagte einer der beiden

Wächter, die auf einem separaten Drachen neben mir herge-
flogen waren.

„Danke, aber ich denke, ich finde den Weg allein." Traurig
deutete ich auf das niedergebrannte Labyrinth. Ein Großteil
der zerstörten Hecken war schon fortgebracht worden, doch
die Überreste der schrecklichen Nacht waren noch nicht
gänzlich beseitigt.

Während ich auf den Palast zusteuerte, zitterten meine
Knie, denn ich durchlebte noch einmal den schrecklichen
Moment, in dem ich die Hexe ermordet hatte. Je intensiver
sich die Erinnerung in meinen dröhnenden Kopf hineinfraß,
desto schneller wurden meine Schritte, als wollte ich vor
meinen Schuldgefühlen davonlaufen. Ich kam nicht umhin,
erleichtert auszuatmen, als ich schließlich den Eingang des Palasts durchquerte, in dessen Mauern ich mich gleich ein Stück
sicherer fühlte.

Die Unruhe, die hier vor meinem Aufbruch geherrscht hatte, war einer bedrückenden Stille gewichen, die sich nun durch
die königlichen Korridore zog. Ich begegnete nur wenigen
Bediensteten auf dem Weg zu Roderichs und meinem Schlafgemach. Erschöpft öffnete ich die Tür und betrat das Zimmer.
Ich war allein. Ein wenig verloren löste ich meine Frisur und
wischte mir das Make-up aus dem Gesicht. Schließlich tauschte ich meine Kleidung gegen ein pfirsichfarbenes Negligé und
einen samtigen Bademantel ein. Kaum hatte ich ihn zugebun-
den, platzte Roderich in das Schlafgemach hinein.

„Himmel, warum warst du so lange fort?" Mit nur wenigen
Schritten war er bei mir. Ich war so glücklich darüber, wieder
bei ihm zu sein, dass ich meine Hände an seine kalten Wangen
legte. Seine Bartstoppeln fühlten sich angenehm rau unter
meinen Fingern an.

„Sagen wir, es gab Komplikationen", murmelte ich, wäh-

rend Roderich mir verwirrt ein Stück Brokkoli aus den Haaren fischte.

„Ich hatte Angst um dich, Julie. Irgendwann habe ich es nicht mehr ausgehalten und wollte zu dir, aber ich war in diesem Meeting mit meinen Eltern und sie haben mir praktisch verboten, den Palast zu verlassen. Also habe ich die Wachen zu dir geschickt." Roderich sprach schnell und Elend zeichnete sich in seinen zimtbraunen Augen ab. Seine Hände, die mich behutsam hielten, zitterten leicht.

„Es ist alles gutgegangen", versicherte ich ihm. Seine Verletzlichkeit und sein Kummer ließen mich weich werden und gaben meinem Ärger, den ich ihm vor einigen Stunden entgegengebracht hatte, kaum noch Raum.

„Ich bin bloß froh, dass dir nichts zugestoßen ist", flüsterte Roderich empfindsam, bevor sein Kiefer zu malmen begann. „Wie lief es denn mit Will? Ich hoffe, du hast ihm eine saftige Ohrfeige verpasst", brummte er, wobei sich eine grimmige Falte in seine Stirn grub.

„Nur verbal." Ich zuckte entschuldigend die Achseln.

„Schade", zischelte Roderich, dann wurde sein Blick prüfend. „Warte mal, wieso bist du so nett zu mir? Ich habe doch Mist gebaut ..."

„Schon, aber ich habe mich auch nicht gerade mustergültig verhalten. Vermutlich hätte ich gleich das Gespräch mit dir suchen sollen. Es war unfair von mir, dich nicht anzuhören", sagte ich leise und ließ meine Hände zu seiner Brust hinabsinken, wo sie gedankenverloren an seinem Hemd herumnestelten. „Als ich heute im Krankenhaus aufwachte, hatte ich schlichtweg das Gefühl, dass alles um mich herum zusammenstürzt. Dass die Insel aus den Fugen gerät, wussten wir ja, aber unsere Beziehung? Ich habe mich daran zurückerinnert gefühlt, wie es war, an deiner Vertrauenswürdigkeit zu zwei-

feln. Ich hatte auf einmal Angst, die falsche Entscheidung getroffen zu haben, indem ich dir vertraute. Und dass du mir das Herz brechen würdest. Das war ein dummer Gedanke, nicht?"

„Und wie. Dein Herz ist immerhin das Kostbarste, was mir je geschenkt wurde." Vorsichtig streichelte Roderich über meinen Rücken. „Du bist also nicht mehr wütend auf mich?"

„Ich weiß nicht. Es tut weh, dass du mich belogen hast, doch ich verstehe, warum du es getan hast. Denke ich." Ich sah zu ihm auf und betrachtete seine in Falten gelegte Stirn. „Du wolltest wissen, ob ich mich unabhängig von Wills hinterhältigem Handeln für dich entscheide, nicht? Hätte ich gewusst, dass er mir einen verfluchten magischen Trank einflößen möchte, hätte ich ihm natürlich gleich die Freundschaft gekündigt und du hättest nie gewusst, ob ich auch ohne dieses Wissen dich gewählt hätte."

„Du liegst ganz falsch, Julie. Aber es ist beeindruckend, wie du dir ein plausibles Motiv aus den Fingern ziehst, ohne meine wahren Gründe zu kennen." Er schmunzelte liebevoll, bevor er ernst wurde. „Nein, hör zu. Wie du vielleicht bemerkt hast, bedeutest du mir eine Menge, und ich weiß, wie viel Will dir bedeutet hat. Du hast ihn immer verteidigt, wenn ich ihn kritisiert habe, weil er für dich dein treuer Begleiter war. Ich weiß, ich hätte dir die Wahrheit sagen müssen, aber ich wollte dir einfach nicht wehtun. Ich wollte nicht derjenige sein, der dir diese Freundschaft nimmt. Aber auf dem Ball hast du dich so sehr gequält, dass ich es nicht länger für mich behalten konnte. Verdammt, du weißt doch mittlerweile selbst, wie schwer es ist, zu entscheiden, was das Richtige ist. Und denk ja nicht, ich hätte je zugelassen, dass er einen Liebestrank in die Finger bekommt."

Seufzend sank ich an Roderichs Brust und drückte ihn fest

an mich. Wie hatte ich ihm je eine böse Absicht unterstellen können? Wie hatte ich es auch nur eine Sekunde in meinem Leben geschafft, mich gegen meine Gefühle für ihn zu wehren?

Roderich umklammerte mich ebenso fest wie ich ihn und streichelte zärtlich über meinen Hinterkopf. Eine ganze Weile standen wir so da, bis er mich sachte von sich schob, um mir in die Augen zu sehen.

„Ich muss mich auch dafür entschuldigen, wie ich bei den Hexern zu dir war", flüsterte er ernst. „Ich fürchtete plötzlich, ich hätte es mir mit dir verspielt, und habe wohl einfach dichtgemacht. Emotional gesehen."

„Ich weiß", entgegnete ich weich, da ich spürte, wie schwer es Roderich fiel, sein Verhalten erklären zu wollen. „Es ist alles gut zwischen uns. Ehrlich."

Er verzog seine Lippen nun zu einem schelmischen Lächeln. „Sollte es mich eigentlich beunruhigen, dass du mehrere Stunden bei Will zu Hause warst?"

Ich knuffte ihn leicht in die Seite, dann antwortete ich grinsend: „Als ich ihn k.o. geschlagen habe, war ich noch nicht fertig mit meiner Standpauke und musste warten, bis er wieder aufwacht."

Anstatt weiter nachzuhaken, hauchte Roderich nur „Komm her", zog mich abermals an seinen warmen Oberkörper und küsste sich meine Schläfe hinab, bis zu meinen Lippen, die er mit gierigen Küssen bedeckte, was ich nur zu gern erwiderte. Ohne Worte einigten wir uns darauf, den Schlaf fürs Erste auszulassen, aber die Folgen der kurzen Nacht suchten uns bereits in den Morgenstunden heim, als wir übermüdet im Konferenzzimmer antanzten. Livia, Malcolm und die königlichen Berater warteten dort auf uns.

Als ich mich setzte, warf Roderich mir einen anzüglichen Blick zu, der mich erröten ließ. Eine männliche Fee räusperte sich vorwurfsvoll. Das war eigentlich der einzige Moment, in dem man mir tatsächlich Beachtung schenkte. Den restlichen Tag über fungierte ich bloß als stille Zuhörerin und ließ mich von Konzeptideen berieseln, wie man das Vertrauen des Volks zurückgewinnen und den Frieden wiederherstellen könnte. Hitzige Debatten darüber, ob und wie man diejenigen, die sich gegen König und Königin verschworen hatten, in die Finger kriegen könnte, zogen bruchstückhaft an mir vorbei. Es war nicht so, dass ich mich nicht einbringen wollte, doch die Menge an Meinungen und Input, die wie ein Pingpongball über den Tisch gespielt wurden, sorgten bloß für gewaltige Knoten in meinem Kopf. Die Berater diskutierten in einem wahnsinnigen Tempo und sprangen von Idee zu Idee, weswegen ich bald den roten Faden verlor und mich bloß müde und überfordert gegen die Lehne meines Stuhls sinken ließ. Hin und wieder nickte ich und gab Laute wie „Ah" und „Mhm" von mir, aber in Wahrheit wusste ich nach den ersten drei Stunden schon gar nicht mehr, was um mich herum geschah. So viel verstand ich aber: Zu einer Einigung kamen die Berater nicht.

Am späten Abend wurde ich endlich erlöst. Das Meeting war beendet. Roderich und ich traten gleichermaßen geschlaucht aus dem Konferenzsaal hinaus. Draußen herrschte wunderschönes Wetter, von dem wir aber nichts mitbekommen hatten, da der gläserne Turm von einem dunklen Rollladen umschlossen gewesen war.

Mit müden Augen und hängenden Köpfen trotteten Roderich und ich wortlos die Treppe hinunter. Ich war mir mehr als nur sicher, dass auch er bloß ins Bett wollte. Ich hätte an Ort und Stelle einschlafen können – jedoch schien man andere Pläne für uns zu haben.

„Was für ein trauriger Anblick." Mary schüttelte tadelnd und mitleidig zugleich den Kopf, als sie uns im Flur begegnete und von oben bis unten musterte.

„Es kann ja nicht jeder aussehen wie ein Regenbogenfisch", konterte Roderich unbeeindruckt, womit er mir tatsächlich ein Lächeln entlockte. Schmunzelnd nahm ich Marys giftgrünes Kleid und ihre gelben Sandalen in den Blick. Ihre rot leuchtenden Haare rundeten die Farbpalette ab.

„Sehr witzig, Eure Majestät." Sie verdrehte die Augen.

„Die Bediensteten sind ganz schön aufmüpfig unter deinem Einfluss geworden, Julie. Ich glaube, du musst strenger mit ihnen sein", stichelte Roderich weiter und nun grinste auch er.

„Besser nicht", lachte Mary. „Aber ich muss jetzt streng mit euch sein. Ihr seid völlig überarbeitet und habt etwas Spaß verdient. Ein Spieleabend im Turmzimmer wäre da genau das Richtige."

„Wir sind hundemüde", protestierte ich und gähnte demonstrativ. „Bitte, wir wollen bloß schlafen."

„Schlafen könnt ihr, wenn ihr tot seid", entgegnete Mary trocken, hakte sich bei uns beiden unter und führte uns zur nächsten Treppe. „Außerdem haben wir euch mit eingeplant."

„Vorsicht, die Frau trägt hohe Hacken und hat keine Angst, sie zu benutzen", scherzte Roderich, was mein Herz unerwartet mit Stolz erfüllte. Er war eher bedacht und steif gewesen, als ich ihn kennengelernt hatte, weswegen ich nun bloß über seine lockere Art staunen konnte. Er war wahrlich aufgetaut in den letzten Wochen. Selbstgefällig rief ich mir ins Gedächtnis, dass ich daran vermutlich nicht ganz unbeteiligt war. Roderich und ich, wir waren gut gewesen, so wie wir waren, ohneeinander, aber zusammen hatten wir uns weiter-

entwickelt, waren stärker geworden, hatten unsere Komfortzone verlassen und waren zu einer gelösteren Version unserer Selbst geworden. Wir brauchten einander nicht, um den jeweils anderen zu vervollständigen, aber wir wollten einander, denn so waren wir glücklicher. Niemand verstand und kannte mich, wie Roderich es tat, und umgekehrt galt das auch.

„Trödel doch nicht herum, Julie", befahl Mary und schob mich kurzerhand durch die Tür hindurch.

Ich stockte kurz. Dies war für mich nicht länger das Zimmer, in dem Roderich und ich unser erstes richtiges Gespräch geführt hatten, sondern das Zimmer aus meinem Alptraum, in dem die Hexen die Herrschaft über Hidden Island übernommen hatten. Ein ungutes Gefühl breitete sich in meiner Magengegend aus, legte sich aber schnell, als mein Blick auf den Schreibtisch fiel, den Stephen und Anthony mit Snacks und Getränken bestückten. Grinsend hielt Stephen einen Stapel Spielkarten in die Höhe, während sein Freund mir einen Stuhl zurechtrückte.

Ich schnappte mir einen winzigen Cupcake und verspeiste ihn gierig.

„Gut, was spielen wir?" Roderich rieb sich die Hände und setzte sich neben mich.

„Erst anstoßen", rief Stephen und verteilte Getränke mit dem Namen *Ogerbrühe* an uns. Ein appetitlicher Apfelgeruch schwappte mir entgegen.

„Worauf trinken wir?", fragte ich erstaunlich gut gelaunt angesichts der Tatsache, dass ich den ganzen Tag über unter Kopfschmerzen Löcher in die Luft gestarrt hatte.

„Auf die Freundschaft und auf Hidden Island", deklarierte Mary weise lächelnd, „eine Insel, auf der Herrscher mit ihren Angestellten zusammensitzen und ihnen auf Augenhöhe begegnen. Eine Insel, die zum ersten Mal in ihrem Leben Kopf

309

steht und dennoch der magischste Ort der Welt ist. Und auf meine neuen Kristallohrringe." Sie zwinkerte frech.

„Ein gelungener Toast", komplimentierte ich sie.

Ehe wir jedoch anstoßen konnten, vernahmen wir Stimmen, nein, Schreie. Roderich horchte alarmiert auf und war als Erster auf den Beinen. Nervös folgte ich ihm und legte keuchend meine Hände an das kalte Glas des Turms. Mein Magen rotierte wild, als ich auf den königlichen Hof hinabblickte.

„Wir werden angegriffen", sagte Roderich starr. Sein eiserner Blick jagte mir eine Gänsehaut über den Rücken, aber immerhin war er erträglicher als das, was sich vor dem Palast abspielte. Es kam mir vor wie ein Déjà-Vu. Die Wächter wurden von Ogern, Feen, Hexen und Menschen angegriffen und kämpften um ihr Überleben. Riesige, schwarze Drachen glitten durch die Lüfte und spien wahllos Feuer. Transport-Drachen flatterten aufgeschreckt hoch und zogen unruhig Kreise über dem Hof.

„Verfluchte Scheiße!", hörte ich Stephen angsterfüllt und hilflos rufen, womit er tatsächlich ganz gut meinen Gemütszustand widerspiegelte.

Ich fühlte mich dem Untergang geweiht. Erst als Roderich mich an sich zog und schützend seinen Arm um mich legte, kehrte ich mit meinen Sinnen in die Realität zurück.

„Wir müssen hier weg", sagte ich entschlossen, aber vielleicht zu spät.

Unser Turm wurde von zwei schwarzen Drachen umzingelt, deren hasserfüllt glänzenden Augen nicht von uns abließen. Sie spien furchteinflößend große Flammen. Unverkennbar wollten sie uns drohen, nein, quälen, bevor sie uns vernichten würden. Ich konnte nichts tun, als mich dicht an Roderich zu drängen, der mich plötzlich in seinen Armen herumwirbelte

und mir einen Kuss auf die Lippen drückte, so intensiv, dass es schmerzte. Kurz gab ich mich dem Verlangen hin, das er selbst in dieser unmöglichen Situation in mir auszulösen vermochte, rückte dann aber geistesgegenwärtig von ihm ab.

„Bist du irre?", sagte ich schrill. „Ein Abschiedskuss? Das ist extrem pessimistisch und nicht gerade hilfreich ..."

Vielleicht aber angebracht.

Einer der Drachen schlug mit seinem Schweif gegen den gläsernen Turm. Tausende Scherben regneten auf uns hinab, und der Boden unter uns begann zu wanken.

„Sie zerstören den Palast!", schrie Roderich gegen das Tosen an und beugte sich über mich.

Über seinen Arm hinweg nahm ich erschrocken wahr, wie Mary zu taumeln begann, da der Boden unter ihr wegbrach. Kreischend setzte ich zu einem Hechtsprung in ihre Richtung an, doch es war zu spät. Schreiend und mit weit aufgerissenen Augen ruderte sie unkontrolliert mit den Armen durch die Luft, verlor das Gleichgewicht und stürzte in die Tiefe. Einer der Drachen schickte ihr einen Schwall Feuer hinterher, der sie noch während des Falls in Flammen aufgehen ließ.

Aus Stephens Kehle drang ein Schrei, markerschütternd und von unbändiger Trauer, der wie ein Messer in mein Trommelfell einschnitt. Er grub sich schmerzhaft durch mich hindurch, bis er mein Herz erreichte und es mit Schwermut und Pein füllte. Nur mein Kopf wollte noch nicht glauben, dass meine Freundin in den Tod gestürzt war.

Ich erwachte aus meiner Starre, als ich eine schnelle Bewegung im Augenwinkel registrierte. Stephen zischte mit hochrotem, tränenübersätem Gesicht an mir vorbei – er wollte Mary hinterherspringen. Nur in letzter Sekunde konnten Anthony und ich ihn packen, bevor auch er dem Boden, der dort, wo Mary gestanden hatte, immer noch wegbrach, zum

Opfer fallen konnte.

„Hier herüber!" Roderich zog uns allesamt zu sich und krallte seine Finger so fest in meinen Arm hinein, dass es höllisch brannte.

Der Schmerz war jedoch vergessen, als wir in das furchterregende Antlitz von einem der Drachen blickten. Bösartig grinsend fletschte er die Zähne und holte aus, um auch uns in Asche zu verwandeln.

„Springt!" Wieder war es Roderich, der das Ruder übernahm. Unversehens riss er uns mit sich. Ich stürzte orientierungslos in die Tiefe, durch aufwirbelnden Staub und Rauch. Meine Augen brannten so sehr, dass ich den um mich herum einstürzenden Palast nur verschwommen wahrnahm. Ohnehin sah ich bloß das Bild vor meinem inneren Auge, wie ich auf dem harten Boden aufschlagen und leblos liegen bleiben würde.

Ich kreischte laut bei dem Aufprall – aber leblos war ich keineswegs.

Erst als meine Schnappatmungen sich ein wenig legten, realisierte ich, dass wir auf dem Rücken eines Transport-Drachens aufgekommen waren.

„Flieht!", hörte ich Roderich in eine unbestimmte Richtung schreien.

Der Drache drehte eine Runde im sichtversperrenden Rauch, dann zischte er mit uns Vieren auf dem Rücken Richtung Wald. Während wir über den Königsgarten flogen, fühlte ich mich schutzlos und angreifbar, doch sobald wir zwischen hohen, dichten Bäumen herflogen, wurde ich ruhiger – ansatzweise.

„Niemand verfolgt uns", sagte Roderich nüchtern.

Ich konnte ihn bloß dafür bewundern, wie er selbst in einer solchen Lage einen klaren Kopf bewahrte und an die wesentlichen Dinge dachte.

„Und jetzt?", murmelte ich und versuchte, Stephens herzzerreißendes Schluchzen auszublenden.

„Wir verstecken uns im Wald. Heute Nacht werden wir im Schutz der Dunkelheit aufbrechen und ein geheimes Versteck an der Küste aufsuchen. Das wird ein zwei- bis dreistündiger Fußmarsch. Dort werden wir in Sicherheit sein", erklärte Roderich sachlich.

„Hoffentlich", flüsterte ich und lehnte mich mutlos an seine Schulter.

KAPITEL 26

Das Meer rauschte friedlich unter dem Sternenhimmel, und der Sandstrand schien völlig unberührt von all dem Grauen, das Hidden Island von einem Ort des Schutzes in eine Insel der Furcht und Feindseligkeit verwandelte. Der tröstliche Anblick der Küste wurde einzig und allein durch eine kleine, scheinbar leerstehende Industriehalle am Rande des Ufers gestört. Rost zog sich an einigen Stellen über die grauen Wände, die Fenster waren allesamt zersplittert.

Unter anderen Umständen hätte ich mich gern in den kühlen Sand plumpsen lassen, um die dunklen Wellen zu beobachten. Es war nicht der rauschende Wind, den ich am meisten liebte. Strände bedeuteten mir auch nicht etwa so viel wegen des wunderschönen Anblicks des Ozeans, es war eher die salzhaltige Seeluft, die den Strand so verführerisch für mich machte. Ich liebte den Geruch des Meeres. Man musste bloß die Augen schließen und schon wurde man fortgetragen von der Realität, fern von richtig und falsch, von Schulnoten, von familiären Problemen, vom Alltag. Zu gern hätte ich ausprobiert, ob das auch bei schwerwiegenderen Problemen wie mordgierigen Hexen und zerstörungswütigen Drachen funktionierte, jedoch schlossen sich Roderichs raue Finger um mein kaltes

Handgelenk und zogen mich unnachgiebig vorwärts.

Ich folgte ihm zu der Industriehalle. Unbeirrt drückte er die verwitterte Metalltür auf und führte uns in den dunklen, leeren Raum hinein, wo Schutt und Dreck den Boden zierten.

„Hier." Roderich hockte sich auf den Boden und öffnete ächzend eine unauffällige Falltür, die ich im Leben nicht von selbst gefunden hätte. „Vorsicht mit der Strickleiter", murmelte er mir zu, als ich bereits hinabkletterte.

Ich landete in einem langen Gang mit Linoleumboden und niedrigen, hellgrauen Wänden. Das grelle Licht der Rasterlampen stach mir unangenehm in die Augen und beleuchtete die unzähligen Türen, die von dem Flur abzweigten. Durch kleine, rechteckige Fenster erkannte ich die karg eingerichteten Zimmer, die dahinter lagen. Sie waren mit simplen Hochbetten, schmalen Kleiderschränken und Säulenwaschbecken versehen. Einige der Zimmer waren bereits belegt. Stimmen drangen aus ihnen hervor, und hin und wieder wuselten Angestellte über den Flur.

„Alles in Ordnung?"

Ich zuckte zusammen, als Roderich von hinten seine Arme um mich legte. Ich spürte, wie er mir einen Kuss auf den Hinterkopf hauchte. Kurz fühlte ich mich geborgen und sorglos in seinen Armen, dann aber fiel mein Blick auf Stephen, der verstört den Gang entlang irrte. Seine Augen waren immer noch gerötet, und er sah aus, als hätte er seit Wochen nicht geschlafen. Anthony legte ihm die ganze Zeit über tröstend einen Arm um die Schultern. Ein Zeichen des Beistands, nur lange nicht ausreichend, um den Verlust vergessen zu machen.

Mein Atem wurde zunehmend zittrig. Ich konnte ihn nicht länger verdrängen, Marys Tod. Die Ungerechtigkeit und der Schmerz trafen mich unerwartet heftig und fraßen mich von innen auf. Langsam und qualvoll. Leere herrschte in meinem Kopf, während nie zuvor da gewesenes Leid mein Herz erfüllte. Wut und Verzweiflung ließen meinen Magen zusammenkrampfen, schnürten mir die Brust zu.

„Sie war meine Freundin", presste ich brüchig hervor und atmete panisch ein. Mein Körper bebte und sicherlich wäre ein scheußlicher Heulkrampf über ihn hereingebrochen, hätten nicht zwei bekannte Gesichter meine Aufmerksamkeit auf sich gezogen.

Eine Tür weiter hinten wurde aufgerissen. Livia und Malcolm rauschten auf den Flur hinaus. Ihre Augen wanderten suchend umher, bis sie an uns haften blieben. Ich bildete mir ein, Livia von hier aus erleichtert aufseufzen zu hören. Sie und ihr Ehemann hasteten los. Auch wir eilten ihnen entgegen. Malcolm drückte fest meine Hände, spendete mir unverhofften Trost, während Livia ihre Arme um Roderich schlang. Es war das erste Mal, dass ich sie mit ruinierter Frisur sah. Anstatt einer eleganten Hochsteckfrisur thronte ein wüstes Vogelnest aus blonden Strähnen auf ihrem Kopf.

„Gott sei Dank ist euch nichts geschehen." Malcolm lächelte matt. „Wir hatten solche Angst, ihr hättet es vielleicht nicht geschafft."

„Wir hatten Glück", erklärte Roderich gesammelt. Seine Gesichtszüge waren hart, seine Lippen gerade und seine Augen ernst. Intuitiv griff ich nach seiner Hand und tastete dort mit meinem Finger umher. Sein rasender Puls verriet mir, dass er nur nach außen die Ruhe bewahrte. In Wahrheit aber plagte ihn das Chaos, das in seinem Königreich herrschte, ebenso sehr wie mich. Dankbar drückte er meine Finger.

„Ihr wollt euch sicherlich ausruhen und ...", begann Malcolm, doch Livia fiel ihm ins Wort.

„Oh, Liebling, das wollen wir alle, aber wir müssen uns

darüber beraten, wie es weitergeht. Der Palast wurde gestürzt." Elend zeichnete sich in ihren Augen ab.

„Du hast recht." Malcolm massierte sich den Nasenrücken und blickte dann müde zu Roderich. „Die meisten unserer Berater und Bediensteten sind hier, es fehlen jedoch einige Wächter."

„Dann lass uns jetzt zu den Beratern gehen", sagte Roderich schnell und legte seinem Vater eine Hand auf die Schulter, da dessen Unterlippe zu beben begann.

Malcolm atmete tief durch und nickte. Er bedeutete uns, ihm zu folgen, und führte uns zum Ende des Flurs, wo eine Art Speisesaal abzweigte. Lange Kantinentische standen hier Reih an Reih, ansonsten war der Raum leer und schmucklos.

Die königlichen Berater saßen mit hängenden Köpfen und glanzlosen Augen an einem Tisch in der Mitte und sahen kraftlos zu uns hinauf, als wir den Raum betraten. Traurig lehnte ich mich gegen Roderich. Noch nie war mir etwas so trostlos vorgekommen.

„Also", seufzte Roderich energielos. „Vorschläge?"

Eine Hexe presste unsicher die Lippen aufeinander, dann schlug sie entschieden mit der Faust auf den Tisch. „Ich bitte Euch, was haben wir denn noch für Möglichkeiten? Uns bleibt doch nur Krieg!"

„Krieg? Das gab es noch nie auf Hidden Island!" Die Flügel einer männlichen Fee flatterten aufgeregt.

„Es gab auch noch nie Angriffe auf den Palast", entgegnete die Hexe und warf ihr wallendes Haar in den Nacken. „Und doch sitzen wir nun hier! Hätte man mich vor zwei Monaten gefragt, hätte ich geschworen, dass wir alle für immer in Frieden leben würden, aber seht Euch nur um. Wir sind nicht mehr sicher! Wir müssen uns wehren, gegen all diejenigen, die dieses Leid über uns gebracht haben."

„Ach ja? Und wie sollen unsere Wächter bitte mit Schwertern einen Krieg gegen Drachen, Hexen, Feen und Oger gewinnen?" Der Oger lachte bitter und zynisch auf.

„Wir werden den Rest an Tränengas einsetzen, den wir noch besitzen, und alle, die sich dem Palast verbunden fühlen, auffordern, für uns zu kämpfen", rief die Hexe grimmig. „Wenn wir nur genug Leute sind - "

„Das reicht!", fiel ihr die Fee ins Wort und wirbelte zu uns herum. „Mein König, meine Königin – die Entscheidung liegt bei Euch."

Hilflos starrte ich zu Roderich hinauf, der sich wiederum unsicher nach seinen Eltern umsah.

„Mum?", fragte er mit ungewohnt hoher Stimme.

Livia biss sich nachdenklich auf die Unterlippe und schloss kurz die Augen. Als sie sie wieder aufschlug, sagte sie ruhig und traurig: „Ich weiß es doch auch nicht. Vielleicht ist ein Krieg unsere letzte bleibende Option, vielleicht finden wir aber auch noch einen anderen Weg."

„Dad?" Roderich klang zunehmend verzweifelt.

„Hör zu, wir können euch die Entscheidung nicht abnehmen. Wir sitzen doch alle im selben Boot."

„Aber ihr habt doch viel mehr Erfahrung als ich!", rief Roderich heftig, wobei seine Augen glasig wurden und seine Finger sich angespannt in mein Shirt hineingruben.

„Du weißt, wir haben selbst nie in einer derartig ausgearteten Situation gesteckt", sagte Malcolm weich, trat vor Roderich und legte ihm eine Hand auf die Schulter. „Ich bin euch eine stumpfe Waffe. Ihr seid auf euch alleingestellt."

Ich spürte, wie Roderich leicht zu zittern anfing. In seinen zimtbraunen Augen zeichnete sich reine Zerrissenheit ab. Er senkte kraftlos den Blick, als sein Vater von ihm abließ.

„Kein Krieg", hörte ich mich plötzlich sagen. Ich schluckte

schwer, da nun alle Augen auf mich gerichtet waren und ich im Zentrum der Aufmerksamkeit stand. „Ich ...", begann ich unsicher, dann aber straffte ich meinen Rücken und sprach entschieden weiter. „Wie gesagt, es gab nie Krieg auf Hidden Island, das dürfen wir nicht einfach aufgeben. Außerdem wäre es für unsere Feinde, die uns für Bestien halten und glauben, wir würden ihnen ein Joch auferlegen wollen, ein gefundenes Fressen, würden wir sie tatsächlich angreifen. Sie würden sich bestätigt fühlen. Ich weiß mittlerweile sehr gut, dass die richtige Entscheidung nicht immer deutlich zu erkennen ist, aber ein Krieg kann nur falsch sein." Ich atmete tief durch, als ich endete, und wartete darauf, meine Entscheidung zu bereuen, was aber nicht geschah. Ich fühlte mich gelöst und stark.

„Ja, das denke ich auch", durchbrach Roderich das Schweigen, das sich über uns gelegt hatte, und lächelte stolz auf mich hinab. Niemand hätte nun erahnen können, dass er auch nur eine Sekunde lang gezweifelt hatte.

Ich nickte ihm zu. „Kein Krieg."

Gähnend drückte ich mich an Roderich. Wir hatten bereits vier Uhr früh und schafften es kaum noch, die Augen offen zu halten. Müde drängten wir uns auf der unteren Matratze des Hochbetts zusammen. Über uns schliefen Anthony und Stephen. Anthony schnarchte leise, und Stephen wälzte sich immer wieder unruhig hin und her, aber mit der Zeit schien auch er wegzudämmern.

„Ich vermisse Mary", flüsterte ich an Roderichs Brust. Allein ihren Namen auszusprechen, tat unsäglich weh, als fräße sich brennendes Gift in jede Pore meines Körpers. Mir wurde schmerzlich bewusst, wie sehr sie mir ans Herz gewachsen war.

„Sie war eine treue Seele", antwortete Roderich belegt und streichelte mir über den Nacken.

„Was glaubst du, wie lange wir in diesem Versteck bleiben müssen?", fragte ich, nachdem wir uns eine Weile bloß deprimiert angeschwiegen hatten.

„Keine Ahnung." Roderich zog mich nun noch enger an sich. „Du musst nicht hierbleiben, weißt du", fuhr er vorsichtig fort. „Du kannst zurück in dein altes Leben. In Sicherheit."

„Würdest du denn mitkommen in die andere Welt?", fragte ich hoffnungsvoll, glaubte aber, die Antwort bereits zu kennen.

„Ich kann nicht." Er schüttelte leicht den Kopf.

„Dann gehe ich auch nicht", sagte ich, ohne zu zögern.

„Überleg es dir." Zwiespalt klang in Roderichs Stimme mit. „Ich meine, ich will bei dir sein, aber es ist mir wichtiger, dass du nicht in Gefahr schwebst. Vielleicht solltest du tatsächlich zurückkehren ..."

„Ich würde ohnehin vor lauter Sorge um dich durchdrehen", beteuerte ich schnell und kam ihm dabei so nahe, dass unsere Nasenspitzen sich berührten. „Ich lasse dich hier garantiert nicht allein."

„Julie." Roderich begann, meine Lippen zu liebkosen, so innig, dass ich mich ihm widerstandslos hingegeben hätte, wären wir allein gewesen. So aber zwang ich mich, das prickelnde Gefühl, das durch meinen gesamten Körper strömte, zu bändigen, und beendete den Kuss, bevor wir beide nicht mehr an uns halten können würden.

„Ich hoffe, wir müssen nicht für ewig hierbleiben. Es wäre doch schade um unsere Privatsphäre", witzelte ich, konnte damit jedoch nicht die Sorgenfalten aus Roderichs Gesicht vertreiben.

„Es tut mir so leid", wisperte er nun, ohne mich dabei anzusehen. „Ich hätte dich nie bitten dürfen, mir zu helfen. Meine Frau zu werden. Ich hätte nie zulassen dürfen, dass du Teil dieser Katastrophe wirst. Nur meinetwegen bist du all diesen Fährnissen ausgesetzt."

„Hey." Sachte streichelte ich mit meinen Fingern über seine glühende Wange. „Du bist das Beste, was mir je passiert ist, also wage es ja nicht, dich dafür zu entschuldigen." Ich hauchte ihm einen Kuss auf die Lippen und spürte sein zaghaftes Lächeln.

„Wie Ihr befiehlt, meine Königin."

KAPITEL 27

„Eure Hoheit."

Eine alte, kratzige Stimme drang an mein Ohr. Ich ignorierte sie gekonnt, indem ich mich schmatzend auf die Seite drehte. Auch Roderich stöhnte unzufrieden.

„König Roderich! Wacht auf!"

Die Nervosität der Stimme steckte mich nun doch an, weswegen ich widerwillig die Augen aufschlug. Flüchtig rieb ich mir den Schlaf aus den Augenwinkeln und setzte mich unglücklich auf. Roderich stützte sich ähnlich schwerfällig auf seinem Ellenbogen ab und blickte fragend dem grauhaarigen Butler entgegen, der sich zu unserem Bett hinunterbeugte.

„Was ist denn los?", nuschelte Roderich.

„Sie kämpfen", flüsterte der Butler aufgeregt.

„Wer kämpft?", fragte ich verwirrt.

„Palastwachen gegen das Volk. Vollkommen wahllos."

„Was?" Roderich fuhr so ruckartig hoch, dass er sich den Kopf am Bettgestell stieß, woraufhin Anthony mürrisch grunzte.

„Wo?", rief ich schrill und schlüpfte bereits unter der Bettdecke hervor.

„Vor dem Palast", erklärte der Butler und drehte sich überfordert weg, als ich mich eilig meiner Schlafsachen entledigte und in Jeans und T-Shirt schlüpfte. „Oder besser gesagt vor dem, was vom Palast übergeblieben ist."

„Woher wissen Sie das?" Roderich knöpfte im Rekordtempo sein Hemd zu.

„Ein Wächter ist dorthin geflogen, um nachzusehen, ob die Angreifer fort sind. Bei seiner Rückkehr berichtete er von der Schlacht."

„A-aber wir haben uns doch gegen einen Krieg entschieden", stammelte ich.

Was hatte das zu bedeuten? Handelten die Palastwachen aus Eigeninitiative? Waren sie denn lebensmüde? Sie hatten doch kaum eine Chance!

Reichlich spät bemerkte ich, dass Roderich schon zur Tür hinausstürzte. Ich hechtete ihm hinterher, bis wir an der Strickleiter ankamen. Dort wirbelte er zu mir herum und umklammerte meine Arme so fest, dass es schmerzte.

„Bleib hier", sagte er eindringlich.

„Nein."

„Du könntest sterben."

„Und du ebenso!" Ich schnaubte wütend. „Bleib du doch hier."

„Auf keinen Fall."

„Wieso? Hast du etwa heimlich den Krieg angezettelt?" Meine Stimme klang spöttisch, aber in Wahrheit erinnerte ich mich erneut an die Zeit zurück, in der ein Teil von mir Roderich misstraut hatte. Ich hätte mich selbst dafür ohrfeigen können, dass ich für einen Moment an ihm zweifelte und mich fragen musste, ob er am Ende doch der Böse war. Der Böse, der Hidden Island unterdrücken und die andere Welt angreifen wollte. Allerdings schämte ich mich sogleich wieder dafür.

„Unsinn!", rief er heftig. „Ich will nur nicht, dass du in einen Kampf hineingerätst!"

„Richtig, weil die Frauen ja bekanntermaßen daheimbleiben, während die Männer in die Schlacht ziehen", schnappte ich.

„Ich bitte dich, so meine ich das nun wirklich nicht!", empörte sich Roderich.

„Du kannst mir ja einen Säbelzahntiger mitbringen", regte ich mich dennoch weiter auf. Es war so viel leichter, gegen ihn zu sticheln, als mir vorzustellen, wie er erdolcht wurde.

„Bist du jetzt des Wahnsinns?", fragte er ärgerlich. „Wollen wir hier streiten, während da draußen die Welt untergeht?"

„Du hast recht, entschuldige. Wir sollten uns beeilen." Ohne mich noch einmal nach ihm umzusehen, kletterte ich die Strickleiter hinauf.

Roderich folgte mir seufzend. Oben angelangt nahm er meine Hand und führte mich nach draußen, wo wir erst ein paar Minuten lang laufen mussten, bis wir einen Transport-Drachen fanden.

Der Weg zum Palast zog sich hin wie Kaugummi. Ich musste mir die ganze Zeit über vorstellen, wie viele Menschen sterben würden, bis wir dort ankamen, und fragte mich, ob wir überhaupt etwas ausrichten konnten. Und wen würden wir aufhalten müssen? Die Palastwachen? Das Volk?

Ängstlich klammerte ich mich an Roderichs Hemd fest und malte mir die übelsten Szenarien aus, bis wir unser Ziel erreichten. Schon von Weitem konnte ich Lärm und Schreie hören. Sofort stellten sich mir alle Nackenhaare auf, und ich kniff ängstlich die Augen zusammen. Ich öffnete sie erst wieder, als der Drache landete. Schockiert und von allen Sinnen übermannt griff ich nach Roderichs Hand und bohrte meine Fingernägel in sein Fleisch hinein, was ihm vor lauter Grauen nicht aufzufallen schien. Wie gelähmt standen wir beide auf dem königlichen Hof und sahen dorthin, wo einst der Irrgarten gestanden hatte. Dorthin, wo Wächter mit Maschinengewehren auf kreischende Hexen, Feen, Oger und Menschen feuerten.

Furios wirbelte ich zu Roderich herum. „Von wegen, Schild und Schwert!", schrie ich ihn an. „Von wegen, keine modernen Waffen! Kannst du mir das bitte mal erklären?"

„Nein", antwortete er matt.

Wütend schlug ich ihm vor die Brust, womit ich ihn aus seiner Trance zurückholte.

„Au!", bellte er und umfasste meine zu Fäusten geballten Hände. „Ich habe ehrlich keine Ahnung, woher sie die Waffen haben – he, tritt mich nicht! Ich weiß genauso wenig wie du, was hier vor sich geht!"

Meine Brust hob und senkte sich unregelmäßig. Ich wusste nicht, ob ich überhaupt zornig auf Roderich war. Vielleicht auf mich selbst, weil ich mich wie eine Versagerin als Königin fühlte. Weil all das Unheil erst über Hidden Island hereingebrochen war, seit ich hier lebte.

Zerrüttet wandte ich meinen Kopf wieder den Kämpfenden zu. Ich beobachtete, wie ein Oger durch einen Kopfschuss getötet wurde, wie eine Hexe eine riesige Knospe um sich herum wachsen ließ und diese als Schutz zu verwenden versuchte. Aber wer wusste schon, wie lange die Knospe die Kugeln noch abhalten würde?

Ein schwarzer Drache tauchte hinter dem Palast empor und bewegte sich wie eine mächtige, schwarze Wolke auf die Wächter zu. Er setzte ein Dutzend von ihnen auf einmal in Brand, woraufhin er sogleich unter Beschuss stand.

„In was für einer Hölle sind wir hier gelandet?" Roderich sah kurz so aus, als würde er das Bewusstsein verlieren, dann aber stürmte er los.

Ohne recht zu wissen, was ich da tat, folgte ich ihm. Kopflos

325

rannten wir auf die Palastwachen zu.

„Aufhören!", rief Roderich gehetzt, aber niemand schenkte ihm Beachtung, ganz gleich, wie vielen der Männer wir an den Schultern rüttelten, ganz gleich, was wir zu ihnen sagten.

Verzweifelt schlängelten wir uns durch die Kämpfenden, konnten jedoch nicht einen einzigen Schuss verhindern.

Gerade als ich am Arm eines besonders großen Wächters zerren wollte, hielt mich ein ohrenbetäubender Ton davon ab. Ich keuchte auf und presste mir die Hände gegen die Ohren, wie etwa ein jeder auf dem Schlachtfeld.

Was war das? Eine Art Sirene?

Erst nach einer knappen Minute verebbte der Lärm.

Ich sah auf und entdeckte einen walnussbraunen Transport-Drachen. Sowie er näherkam, erkannte ich, dass Livia und Malcolm auf seinem Rücken saßen. Hoffentlich hatten sie einen Plan!

„Was ist hier los?" Entsetzt presste Roderichs Mutter sich eine Hand gegen die Brust.

Der Drache landete, damit sie und ihr Ehemann von seinem Rücken klettern konnten. Malcolm hielt ein Megafon in seinen Händen, das er nun Livia reichte.

Ich hielt den Atem an. Ihre Worte würden über Leben und Tod, über Frieden und Krieg entscheiden.

„Wir hätten unser Amt niemals niederlegen dürfen", schluchzte Livia, womit sie mich zutiefst verwirrte. „Bewohner unserer wunderbaren Insel, nichts kann die Verluste der letzten Wochen wettmachen. Mein Mann und ich haben einen Fehler begangen. Wir haben unserem Sohn vertraut, aber nun sehen wir, was er angerichtet hat. Wir waren blind für seine Pläne und seine schwarze Seele. Niemals hätten wir ihm die Krone überlassen dürfen." Livia drehte sich zu Roderich und mir. Tränen glänzten in ihren entsetzt aufgerissenen Augen. „Königin Julie und König Roderich haben den Krieg ausgerufen, den wir nun beenden. Der Boden unserer ehrwürdigen Insel darf nicht noch weiter mit Blut getränkt werden."

Fassungslos starrte ich Livia an, während Roderich und ich bereits gewaltsam von zwei Wachen ergriffen wurden.

Livias Brustkorb hob und senkte sich unregelmäßig. „Bringt sie ins Gefängnis."

„Himmel, Mum!" Roderich sprang vom kalten Boden unserer kleinen, dreckigen Zelle auf und umklammerte die Gitterstäbe, sobald seine Eltern eintraten.

Auch ich erhob mich, allerdings bedeutend langsamer, da meine Beine so stark bebten, dass ich fürchtete, sie würden mich nicht tragen können. Kraftlos umfasste ich, genau wie Roderich, die rostigen Gitterstäbe, hinter denen Livia und Malcolm standen und uns seelenruhig entgegenblickten.

„Du kannst nicht ernsthaft glauben, ich hätte einen Krieg angezettelt!", sagte Roderich schrill.

„William." Livia drehte sich dem Mann zu, der vor unserer Zelle Wache hielt. „Würden Sie uns bitte allein lassen?"

William nickte und zog sich höflich zurück.

„Julie und ich würden niemals ...", fuhr Roderich fort, verstummte aber, als Malcolm gebieterisch seine Hand hob.

Ich konnte bloß denken, wie naiv Roderich doch war. Erkannte er denn nicht den Hinterhalt und die Zufriedenheit in den Augen seiner Eltern?

„Natürlich würdet ihr niemals einen Krieg lostreten", säuselte Livia. „Aber das denken nun alle. Weil wir es so eingefädelt haben." Ein fieses Grinsen stahl sich auf ihr Gesicht.

„Ich verstehe nicht ..." Roderich umklammerte die

Gitterstäbe nun so fest, dass seine Knöchel weiß hervortraten.

„Nein? Dabei planen wir das schon entsetzlich lange." Malcolm betrachtete betont gelangweilt seine Fingernägel. „Wäre es nicht ein wahrgewordener Traum, unser Reich zu vergrößern? Ein Imperium zu errichten? Natürlich konnten wir nicht einfach veranlassen, die andere Welt anzugreifen. Das Volk hätte sich aufgelehnt und den Kampf verweigert, also müssen wir den Leuten einen triftigen Grund für einen Krieg liefern."

„Was soll das bedeuten?", hauchte Roderich.

„Ich dachte, du wärst cleverer", sagte Livia trocken. „Muss ich es wirklich für Dumme erklären? Pass auf: Malcolm und ich haben die Gerüchte gestreut, du würdest Hidden Island knechten und zu einem Krieg zwingen wollen. Wir werden die Leute nun ein wenig zur Ruhe kommen lassen, damit sie neues Vertrauen zum Palast schöpfen können. Dann müssen wir bloß noch behaupten, Großbritannien sei von ein paar verängstigten Hexen vorgewarnt worden und würde darum einen Angriff auf Hidden Island planen. Unser Volk wird der anderen Welt zuvorkommen wollen, ja, ihm bleibt nichts anderes übrig, als zuerst anzugreifen. Und wir bekommen den Krieg, den wir schon so lange wollen!"

„Es hat uns perfekt in die Karten gespielt, dass ein paar Hexen geflohen sind. Euch beide konnten wir glauben machen, sie seien die Bösen, damit ihr uns nicht als die Schuldigen entlarven würdet. Außerdem wäre es wunderbar glaubhaft gewesen zu behaupten, die Geflohenen hätten Hidden Island verraten. Aber Roderichs Vorschlag, sie mit Hilfe einer Königin aus der anderen Welt zur Rede zu stellen und zurückzuholen, hat uns dazwischengefunkt." Malcolm verdrehte flüchtig die Augen. „Die Berater waren einstimmig dafür. Es wäre also ganz schön auffällig gewesen, hätten wir die Idee abgelehnt. Darum haben wir sie uns zu Nutze gemacht. Wir haben die Information verbreiten lassen, ihr würdet Hidden Island gemeinsam zu einem Krieg zwingen wollen. Wir haben alles Notwendige getan, damit die Leute die Gerüchte schlucken."

„Oswins Verhör", presste ich angewidert hervor. „Ihr wolltet ihn glauben lassen, ich wäre dafür verantwortlich, damit er den Vorfall in Umlauf bringt und alle an Roderichs und mein angeblich niederträchtiges Vorhaben glauben. Ihr habt mir eingeredet, das Verhör sei reine Einbildung gewesen, um mich davon abzuhalten, die Lüge aufzuklären."

Livia nickte begeistert. „Deine kleine Königin ist wesentlich schlauer als du, Roderich. Ach, ihr wart schon süße, kleine Marionetten."

„Sei nicht so herablassend, Liebes, wir haben zwischendurch immerhin auch die Kontrolle verloren." Malcolm lachte kopfschüttelnd. „Die Gerüchte haben ja leider nicht nur für den Hass gegen euch gesorgt, sondern gegen den ganzen Palast, und damit auch gegen uns. In der Nacht des Balls dachte ich tatsächlich, alles wäre aus."

„Ich auch", stimmte Livia beiläufig zu, bevor sie sich zähnefletschend an Roderich wandte. „Aber es war nicht aus. Egal, mit welchen Mitteln die Berater das Volk von eurer Unschuld zu überzeugen versuchten, wir haben die Lügen weiterleben lassen."

„Was ist mit Smith?", flüsterte ich. Mir wurde immer übler bei dem Gedanken, wie perfide Livia und Malcolm alles inszeniert hatten.

„Ach, Smith." Livia winkte gelangweilt ab. „Zu Beginn wollten wir euch die Hexen als Übeltäter präsentieren, aber Julies ach so warmes Herz hatte ja gleich Mitleid mit den Entflohenen. Als ihr dann noch durch Darcie Relishs Befragung herausfinden wolltet, wer die Gerüchte über euch verbreitet, wurde uns das Ganze zu riskant. Zwar haben wir dem Volk die Lügen nie direkt selbst, sondern stets aus zweiter Hand zutragen lassen, aber wir hatten nun doch ein wenig Angst, ihr würdet uns als den Ursprung der Gerüchte enttarnen. Also war es einfacher, euch mit einem engagierten Schuldigen abzuspeisen und ruhigzustellen. Natürlich haben wir dafür gesorgt, dass er nicht ins Gefängnis wandert. Wir sind immerhin keine Unmenschen." Sie lächelte ironisch.

Ich presste Unter- und Oberkiefer so fest aufeinander, dass es wehtat. Als würde mich Livias und Malcolms Geständnis nicht schon genug schmerzen. Ich hatte sie liebgewonnen, hatte sie beinahe als die Eltern angesehen, die ich mir so dringend wünschte, und nun rammten sie mir ein Messer in den Rücken. Und Roderich taten sie dasselbe an. Ihrem eigenen Sohn, der sie liebte und der ihnen vertraute.

„Ihr habt wirklich hervorragende Arbeit geleistet", raunte er und kräuselte angewidert die Lippen.

„Dafür mussten wir aber auch tief in die Tasche greifen", seufzte Malcolm. „Wir hatten keine andere Wahl, als die Oger auszubeuten." Er zuckte unschuldig die Achseln und lachte leise vor sich hin. „Von wegen achtundzwanzigkommavierfünfdrei Prozent."

„Aber heute hat sich endlich alles ausgezahlt." Livia warf manisch die Arme in die Luft. „Seit Wochen schon haben wir heimlich moderne Waffen importiert. In eurem Namen Krieg anzuzetteln, war ein genialer Schachzug. Immerhin sind wir jetzt die Helden der Stunde! Wir haben die armen, unschuldigen Mitglieder unseres Reiches vor euren blutrünstigen Machenschaften bewahrt. Sie werden uns treu in die Schlacht folgen, wenn wir unseren Plan endlich in die Tat umsetzen."

„Genug geplaudert." Malcolm wandte sich zum Gehen ab. „Komm, Liebling, wir haben ein Land zu regieren."

Livia warf ihr Haar in den Nacken, nahm die Hand ihres Mannes und folgte ihm hinaus, nicht ohne uns noch einen höhnischen Blick zuzuwerfen.

Roderich stieß sich kraftlos von den Gitterstäben ab, drehte einen ziellosen Kreis in der Zelle und setzte sich auf den schäbigen Boden. Er winkelte die Knie an und schlug die Hände über dem Kopf zusammen.

Ich brauchte einige Sekunden, bis auch ich mich aus meiner Starre löste, und setzte mich behutsam neben ihn.

„Hidden Island", flüsterte Roderich und legte nun den Kopf in den Nacken.

„Deine Eltern", flüsterte ich.

„Sie sind irre."

„Es tut mir so leid, dass sie dir das angetan haben." Zaghaft umklammerte ich seinen Arm und küsste ihn auf die Schulter.

Er verzog seine Lippen zu einem bitteren Lächeln, das mir eine Gänsehaut über den Rücken jagte. „Und ich dachte schon, sie würden mich doch lieben."

„Wie meinst du das?", fragte ich leise.

Roderich antwortete nicht. Er drehte mir langsam das Gesicht zu und schwieg, bis eine schaurige Leere in seine Augen trat. „Deine Eltern sind gar nicht mal übel, hm?", sagte er dann mit rauer Stimme und lachte freudlos auf.

„Und wenn ich sie nie wiedersehe?" Tränen kitzelten mir in der Nase, was Roderich zu bemerken schien, denn er legte liebevoll seine Hand an meine Wange. Ein Funkeln kehrte, ganz schwach nur, in seine Augen zurück. Ein Funkeln, das ich nie wieder erlöschen sehen wollte.

„Ich bringe dich hier raus. Und wenn es das Letzte ist,

was ich tue", hauchte er eindringlich und lehnte seine Stirn gegen meine.

„Ich gehe nicht ohne dich." Ein schwaches Lächeln umspielte meine Lippen. Dann tauchte ich in meinen rauschenden Gedankenstrom ab. „Ein Abenteuer habe ich mir irgendwie anders vorgestellt", wisperte ich abwesend.

„Du wirst noch viele Abenteuer erleben. Das verspreche ich dir, Julie", sagte Roderich, konnte die Zweifel in seiner Stimme jedoch nicht verbergen. „Oder wir verrotten in dieser Zelle", schob er düster hinterher.

Die Vorstellung ängstigte mich, ließ mich innerlich durchdrehen. Das Einzige, was mich davon abhielt, die Nerven zu verlieren, war Roderich.

„Aber immerhin verrotten wir dann zusammen."

DANKSAGUNG

Meine Dankbarkeit kann ich wohl kaum in ein paar Zeilen quetschen, nein, dafür reicht dieses bisschen Text auf keinen Fall aus. Trotzdem dürfen all die lieben Menschen, die mich auf meiner Reise durch Hidden Island begleitet haben, nicht unerwähnt bleiben.

Ich muss nicht lange überlegen, bei wem ich anfange.

Mein verlorener Zwilling, den ich wie durch ein Wunder im Veröffentlichungsprozess kennengelernt habe, hat Großartiges geleistet. Wie du mich unterstützt, motiviert und nebenbei all meine Probleme aus dem Weg geräumt hast, kann ich kaum in Worte fassen. Und dann hast du mir auch noch diese wunderschönen Zierden gezaubert! Darum danke ich dir von Herzen. Ich wünsche mir, bald auch dein Buch in den Händen halten zu können. Schaut gerne bei @romy.m.archer_autorin auf Instagram vorbei, sie ist wahnsinnig talentiert.

Lisa, du darfst auch unter keinen Umständen fehlen. Du bist mein erster Fan, meine persönliche Cheerleaderin. Manchmal braucht man einfach diejenigen, die sagen: „Ich liebe deine Geschichte. Ich habe nichts auszusetzen." Ich danke dir für deine uneingeschränkte Unterstützung, meine Busenfreundin. Du bist einfach ein wahnsinnig toller Mensch!

Und natürlich danke ich all meinen anderen TestleserInnen: Mama, Iris, Ralfi, Lea, Nina, Chrissi, Alina und in ganz besonderem Maße Uli, durch deren super Feedback ich die Rohfassung meines Buches so stark weiterentwickeln konnte.

Ein dickes Dankeschön hat auch die liebe Ryvie Fux verdient! Danke für den großartigen Buchsatz, der mich vermutlich wahnsinnig machen würde, wenn du mich nicht so toll unterstützen würdest.

Vielen Dank auch an Désirée, die mit mir den etwas längeren Weg zu meinem Cover gegangen ist und mir am Ende den Buchumschlag meiner Träume gestaltet hat.

Zum Schluss danke ich noch mir selbst. Nicht im narzisstischen Sinne, aber ich bin einfach dankbar, dass ich diesen Weg gegangen bin und mich getraut habe, ein Buch zu veröffentlichen. Danke an meine mutige Seite, die in Zukunft hoffentlich öfter zum Vorschein kommen wird.

Über die Autorin

Ihr Lieben, ich habe es nicht über mich gebracht, eine klassische Vita in der dritten Person für mein Buchbaby zu verfassen. Das kam mir zu unpersönlich vor. Darum möchte ich euch auf diesem Wege ein bisschen was über mich erzählen.

Mein Name ist Luca und ich studiere Grundschullehramt. Ich arbeite wahnsinnig gern mit Kindern zusammen, aber da gibt es eben noch die Leidenschaft zum Schreiben, die auch ihre Aufmerksamkeit verlangt. Und das schon seit Grundschultagen. Mein Weg begann bei kurzen Geschichten über meine Spielzeug-Pferde und führt mich nun zu meiner ersten Veröffentlichung, worüber ich wahnsinnig glücklich bin. Sicher war es eine Herausforderung, neben Studium, Arbeit und so etwas wie einem Sozialleben eine Dilogie zu erschaffen, aber meine Freunde, Familie und meine Passion haben mich zur Genüge bestärkt. Das Schreiben, begleitet von dem Knabbern meiner Meerschweinchen, gehört einfach zu meinem Alltag, ja, zu mir selbst und ich hoffe, dass ich dadurch auch in Zukunft noch viele weitere Geschichten hervorbringe.

Stay tuned ;)